诺贝尔奖获奖者散文丛书

青春之遐想

(爱尔兰)叶芝 著
徐天辰 潘攀 译

江苏凤凰文艺出版社
JIANGSU PHOENIX LITERATURE AND
ART PUBLISHING, LTD

图书在版编目（CIP）数据

青春之遐想/（爱尔兰）叶芝著；徐天辰，潘攀译. -- 南京：江苏凤凰文艺出版社，2017.10
（诺贝尔奖获奖者散文丛书）
ISBN 978-7-5594-0638-5

Ⅰ.①青… Ⅱ.①叶…②徐…③潘… Ⅲ.①散文集-爱尔兰-现代 Ⅳ.① I562.65

中国版本图书馆 CIP 数据核字（2017）第 136392 号

书　　　名	青春之遐想
著　　　者	（爱尔兰）叶芝
译　　　者	徐天辰　潘　攀
责 任 编 辑	黄孝阳　王　青
出 版 发 行	江苏凤凰文艺出版社
出版社地址	南京市中央路 165 号，邮编：210009
出版社网址	http://www.jswenyi.com
印　　　刷	北京时捷印刷有限公司
开　　　本	880×1230 毫米　1/32
印　　　张	10
字　　　数	278 千字
版　　　次	2017 年 10 月第 1 版　2017 年 10 月第 1 次印刷
标 准 书 号	ISBN 978-7-5594-0638-5
定　　　价	36.00 元

（江苏凤凰文艺版图书凡印刷、装订错误可随时向承印厂调换）

目录 CONTENTS

青春少年之遐想　001

四年　070

帷幕的颤抖　128

凯尔特的曙光　231

青春少年之遐想

序

　　我时常想起挚爱的亲属，或是过去发生的奇闻怪事，每当此刻，我便会满处溜达，直到遇见可以一叙长短的人。这位听我唠叨的人想必是倍感无趣，但我在将一切都写下之后，这些记忆可能会渐渐从我的脑海中逝去。一个人在厌倦时无法让说话者闭嘴，却可以将书合上，所以，我的朋友应该不会感到无聊了吧。

　　时隔多年之后，我重新写下这些往事。我既没有问过亲友，也未曾翻阅往日的信件或报纸，描述的只是记忆中最常想起的点滴。对于熟知的故事，我自然不会变动；但至于那些我不甚知晓的过去，难免存在偏颇之处。

　　我的担心便是，一些健在的老友或是家里的后辈也许会拥有不同的记忆，因而和这本书的内容有所出入。

——一九一四年圣诞

一

　　我最初的记忆纷乱而零碎，没有时间的概念，如同人们对于创世七日之初的模糊印象。这些记忆保留在我脑海中，好像时光不曾存在过一样,因为,一切只与情感和地点有关,与发生的先后并无瓜葛。

我记得曾坐在一个人的膝上向窗外远眺,墙壁表面的灰泥已是四分五裂,不住地脱落。我已经不记得是什么墙了,只是知道有亲戚住过那儿。我曾在伦敦的另一处对着窗外望去,一些小男孩在菲茨罗伊路上玩耍,其中有个孩子身穿制服,也许是个送电报的信童吧。我问他是谁,一位仆人说他每天早上用号子把全镇的人叫醒,然后我惴惴不安地睡下了。

后来是在斯莱戈的记忆,我曾和外公外婆住在那里。我曾坐在地上,看着一条没有桅杆的玩具船,它满是划痕,漆已经被磨得差不多了。我难过地自言自语道:"比原来更长了。"此时,我正盯着船尾的一条长长的划痕,正是这条越来越长的划痕让我说出了那句话。有天吃晚饭时,大舅公威廉·密德尔顿说:"我们不该小看孩子们的烦恼。他们的烦恼比我们的更糟,因为我们能看到烦恼的尽头,而他们看不到。"我很庆幸能察觉自己的烦恼,常常对自己说:"长大了以后,别像大人那样谈论童年的快乐。"我经历过痛苦的夜晚:在连续几天祈祷自己死掉以后,我开始害怕自己真会死去,于是,我又祈祷自己能够活下去。

我没有不开心的理由。没人待我不好,而多年之后我对外婆还是充满了感激和敬意。房子很大,所以我总是能找到躲藏的地方。我有一匹红色的小马,一座可以自由漫步的花园,我的身后跟着两只狗,一只浑身白色,头上顶着黑色的斑点,另一只则披着长长的黑毛。我常常想到上帝,想象着自己是个淘气的小孩。有一天,我在院子里不小心用石头砸折了一只鸭子的翅膀,当大人告诉我会用它做晚餐,而不会惩罚我时,我惊讶极了。

孤独算是种痛苦,对外公威廉·波莱克斯芬的畏惧便占据了其中的一部分。他并不凶,我也不记得他有没有对我吹过胡子瞪过眼,但畏惧和敬仰已经成了我的习惯。他曾经因为救死扶伤而获得几座西班牙城市的荣誉市民称号,但他一直守口如瓶,直到快八十岁时一位老船员过来做客,外婆才知道这事。她问外公这是不是真的,外公说"是",但对他了解如此之深的外婆并未多问,后来那老船员便走了。

外婆对外公同样有习惯性的畏惧。我们知道他去过世界各地,因为,他的手上有一道鲸鱼叉留下的大疤。饭厅的柜橱里有几块从约旦带来的珊瑚、给孩子们施洗的一瓶水、中国宣纸画,还有印度的象牙手杖。外公去世后,手杖传到了我的手里。

外公体魄健壮,以"己所不欲,勿施于人"而为人称道。他拥有很多帆船,有一次,一名在罗塞斯角抛锚停船的船长报告船舵出了故障,于是让信使传信"派个人来看看哪里出问题了"。回答是"没人愿意"。外公下了命令:"你自己去看看。"被拒绝后,他便自己从主甲板上跳了下去,沿着遍是卵石的海岸一侧游了一圈。他上岸时尽管擦破了皮肤,但对舵的问题已经了如指掌。外公脾气很烈,为了防范盗贼,他在床边备了把榔头,比起诉诸法律,他宁可一锤把人砸昏。我就见过他挥着马鞭追打一群人的样子。外公是独子,所以亲戚很少,孤僻寡言的他也没几个朋友。他和伊斯雷的坎贝尔和韦伯船长保持着通信联系,前者和他的船员在一次海难中和外公相识,而后者则是他的工作同事兼密友。韦伯是第一个横渡英吉利海峡的人,但在尼亚加拉急流游泳时溺水身亡。在我记忆中,外公也只有这些朋友了。但他是个广受拥戴和仰慕的人,当他从巴斯泡温泉回来时,他的手下会沿着铁路燃起绵延几英里的篝火,而他的伙伴、我的大舅公威廉·密德尔顿虽然来来去去,但并不受人注意。威廉·密德尔顿的父亲在大饥荒后的几个星期里照顾病人,有一次,他将一个病人抱回自己家里,却被那人感染了霍乱,后来撒手人寰。他对任何人都是彬彬有礼,为人处世也比我的外公聪明得多。我觉得自己是把祖父和上帝混为一体了。记得有次我在发愁,希望外公能够因为我犯下的错误惩罚我。这时候有个胆大的小表妹在街上的一排树边等着外公(她应该知道外公将近四点去吃晚饭时会经过这里),对他说:"如果我是你,你是个小女孩的话,我会送你个洋娃娃。"我大吃一惊。

尽管对他又爱又怕,但我从来没觉得用智谋打败他的武力抑或是严厉有什么不妥;其他人亦是如此。而且他很少疑心,孤立无助,这让一切变得简单。当我还是个七八岁左右的小孩时,一天,有个舅舅半夜喊我起床,让我骑马赶到五六英里外的罗塞斯角,从一位表亲戚那里借火车通票。外公自己有一张票,但他觉得借给他人用不太好。不过,这位亲戚可要好说话得多。于是,我溜出大门,上了花园旁边一条家里人听不见声音的小道,在月光下欢快地骑着马。午夜时分,我用马鞭打着表哥家的窗户,弄醒了他。凌晨两三点钟我回到了家,发现马夫在小道上等我。外公绝不会想到有人会冒这样的险,因为他相信马厩院子的门都在每晚八点锁上,并且钥匙都得交给他。有些仆人曾在夜里问他要钥匙,于是他吩咐他们要锁好门,但整个家里只有他不知道,门其实从没锁过。

直到今天,当我读到《李尔王》时,眼前总会浮现出他的音容笑貌。我怀疑,我在戏剧和诗歌里描绘的那些有血有肉的人们,他们的喜怒哀乐是不是根据对他的记忆写成的呢?尽管我在童年时并没有看出来,但他一定没啥学问,因为在孩提时代,他常常"从锚链孔钻到海里"——他正是这样描述的。在我印象中他只有两本书,一本是《圣经》,一本是法尔科纳的《海难》,这本绿色封皮的书一直躺在他的桌上。

他是老康沃尔人中一个分支的后代,父亲曾在军中服役,退役后成了几艘帆船的主人。客厅的盾形徽章边挂着一幅版画,外公认为画里的地方是他的老家。他的母亲来自爱尔兰威克斯福德,他的家庭和爱尔兰世代保持联系,一度还染指过西班牙同戈尔韦的贸易。自傲的他很是反感街坊邻居,而他的妻子来自密德尔顿家族,她温柔、耐心,在小小的会客厅里接济过很多穷人。每天晚上外公睡着后,她都会点着蜡烛沿着房子绕一圈,以确信周围没有盗贼会挨上外公的榔头。她热衷于自己的花园,在被家务缠得脱不开身之前,她常会选出几朵最为钟爱的花,然后在纸上画下来。我见过她的手工作品,它们无论从形式还是颜色上,都深深让我折服,而且,这些东西小到只能用放大镜看见。我还记得那些中国画,走廊墙上克里米亚战争的彩图,还有走廊尽头一幅描绘军舰的图画,随着岁月流逝,它比以前愈加黯淡了。

外公膝下儿女众多,这些成年的叔伯姨婶都是和善体贴之人,他们在我的生活中进进出出,言行几乎为我所遗忘。我所记住的,却是一些与他们温和性格大相径庭的"狠话"。我最小的叔叔身材结实,风趣幽默,为了防止漏风,他在大门的锁孔里塞上了皮革质地的鞋舌。还有另外一个小叔叔,他的卧室在石头走廊的尽头处,卧室的玻璃橱里摆放着一只炮舰模型。他很聪明,曾经是斯莱戈码头的设计师,如今却变得疯疯癫癫,在设计一艘"永不沉没"的战舰。他在设计手册上解释道,由坚固木料组成的船体是船不会下沉的原因。六个月前,我的妹妹梦见自己怀抱着一只没有翅膀的海鸟,结果不久就听说了小叔在疯人院去世的消息。海鸟是波莱克斯芬家族有人去世或遇险的预兆。

名叫乔治·波莱克斯芬的舅舅是外婆的掌上明珠,也是我的好朋友,他后来沉迷于占星术,成了神秘主义者。他住在巴利纳,却很少过来。有一次他来参加赛马会,身边还跟着两个穿绿衣服的马车夫。还有,那里也住着借给我火车通票的叔叔。仆人们告诉我,乔治曾经因为用撬棍欺负别人而被学校除名。

印象中,外婆只惩罚过我一次。我在厨房里嬉闹,结果正当外婆进来时,我的衬衫被一位仆人从前裤腰里扯了出来。外婆批评我不知廉耻,把我单独关在一间屋子里吃晚饭。比起外婆来,那些叔父和姑妈们却让我害怕得多。有一天外婆允许我在中午吃饭,但我却被那位拿着撬棍欺负人的小叔发现。他骂了我,让我很是羞愧。我们家九点吃早餐,四点吃晚餐,在两餐之间吃东西会被认为是放纵自己。还有一次,一位姑妈说我在城里骑马时会勒住小马,然后像炫耀似的抽它。她指责我,说我想法不端,为此我难过了一整晚。说到童年,除了痛苦之外我确实不记得什么了。每当一年过去,我都比以前更加开心,好像是在逐渐战胜心里的疙瘩一样。我的痛苦其实怨不得别人,只是我脑袋里的胡思乱想罢了。

二

某一天,有人和我谈到良心的声音这个问题。我思忖再三,得出的结论是我已经失去了灵魂,因为我没有清楚地听见声音。于是我愁眉苦脸地挨过了几天,直到后来和一位姑妈待在一起时,我听见一声低语:"你真可笑啊!"起初我以为是姑妈在说话,但旋即发现她其实什么也没说,我又开心起来:良心的声音出现了!打那以后,这种声音总会在危急关头时浮现在我的两耳中,不过现在,它的出现却如惊雷般突然警醒。它不会告诉我该做什么,而是常常谴责我,比如,"你的想法是不对的。"有一次我抱怨上帝没有听见我的祈祷,它就会告诉我:"上帝已经帮助了你。"

　　我家的门前立着一根很矮的旗杆,顶上挂着一面红旗,红旗的一角是英国米字旗的图案。每天晚上,我都会收下国旗,叠起来放在卧室的架子上。一天早晨,我在吃饭前发现国旗被打成结系在旗杆的下面,贴在草地上,可我明明记得在前一天夜里就把旗子收下来了。我立刻断定是有仙人下凡,把国旗打成了四个结(一定从前听过仆人们谈论仙人的缘故吧),而且从此以后,我一直相信有隐形人在耳边对我低语。有人说我曾经见到过神鸟,不过我已经没有印象了,也不知道自己看到过几次。还有一次,我和外婆在天黑后乘马车前去斯莱戈五英里之外的海峡。外婆指向一艘闪着红灯、开往外地的蒸汽船,告诉我外公就在船上。这天晚上,我哭号着梦见蒸汽船遇到了海难。第二天早上,感激的乘客为外公找到一匹瞎了眼睛的马,外公便骑着它回来了。在我印象中,外公正在睡觉,此时船长喊醒他,说船要触礁了,外公说:"你们试没试过用那条帆?"从回答来看,船长在接到命令时似乎已是六神无主。在蒸汽船危在旦夕之际,他把船员和乘客转移到了备用的救生小船上。外公自己的船被打翻了,他会水,因此捡了一条命,还救起了几个人;有些妇女靠着裙撑的浮力漂到了岸上。"比起大海,我还是更害怕那个蠢透了的桨手。"一位幸存的校长说。然而,事故中仍然有八个人溺水身亡,这次不堪的记忆也时常折磨着外公的余生。后来每次家庭祷告时,他只会念叨着这场圣保罗的海难。

　　我对狗的印象仅次于外公外婆。那只毛茸茸的黑狗没有尾巴,如果我没记错,是被一辆火车轧掉的。与其说是狗儿跟着我,倒不如说是我跟着它们,一路走到花园后面的养兔场。它们经常互相厮咬打架,黑毛狗全身的长毛让它屡屡全身而退。在一次残暴至极的打斗中,白毛狗的牙齿嵌进了黑毛狗的皮毛里无法拔出,后来马车夫将它们吊在水桶的里外两侧,一只掉在水里,一只掉在地上,这事才算了结。外婆曾经让马车夫把狗毛剃成狮鬃的形状,车夫和马童讨论了良久,然后将狗的头上和肩膀的毛发统统剃光,只留了下身的毛。于是,狗便消失了一些天,我相信它一定是伤心欲绝。

房子后面的大花园种满了苹果树,中央则是花坛和草地。园子里有两尊船头用的雕像。在被果树挡住的一面墙下,有一片草莓地,其中一尊雕像便藏身于这里,它是一位身着制服的魁梧男子,是外公那艘"俄国"号三桅帆船上的。仆人们都觉得雕像中的男子是沙皇,而且沙皇是亲自将雕像送给外公的。另一尊雕像坐落在花坛里,是一位穿着飘逸长裙的女子。私家车道穿过树丛,从大厅延伸到一座并不显眼的小门,沿路则是一些又脏又破的小屋。我常常觉得应该把这条有着两三百年历史的车道修长些,因为在我的眼里,私人车道的长度是人们社会地位的象征。我的想法也许是来自马僮吧,他是我的好朋友。他有一本《橙之韵律》,我们一起在干草堆里诵读,这让我第一次感觉到押韵的美妙之处。后来有人告诉我,盛传芬尼亚社社员造反,应战的橙带党党员已经分到了枪支。当我憧憬未来的生活时,我觉得自己会在和芬尼亚人的斗争中英勇战死。我会打造出一艘漂亮的快速战舰,手下拥有一批训练有素的年轻人,他们像故事书中的人物一样勇敢而英俊,而罗塞斯附近的海岸将会发生一场激战,我将会在那里血溅沙场。我到处收集小木片,把它们堆积在院子的一角。我经常跑到远处的农田去看一根很老的朽木,因为在我眼里,它对造船会大有帮助。我所有的梦想都和船有关。有一天,一名来我们家和外公共进晚餐的船长用两只手捧起我的脑袋,将我提起来,让我看地图上的非洲是何种模样;还有一个船长曾经指着草坪树丛后面、从码头珀恩磨坊袅袅升起的烟雾,问我圣布尔本山是不是着了火。

每隔几个月,我就去罗塞斯角或是巴利索达尔探访另外一个男孩,他曾经骑着一匹马戏团的花斑小马在广场里溜达,结果忘了路,兜了一个又一个圈子。他便是大舅公威廉·密德尔顿的儿子乔治·密德尔顿。人们那时候认为土地是非常安全的投资,于是老密德尔顿在巴利索达尔和罗塞斯角购置了两处土地,在巴利索达尔过冬,在罗塞斯角度夏。巴利索达尔有密德尔顿和波莱克斯芬家族的磨坊和一座大鱼堰,还有激流和瀑布,但我还是更经常在罗塞斯角见到表亲。我们或是在河口划船,或是乘着慢悠悠的斯库纳帆船出海,或是给轮船上的救生船装上帆具和甲板,然后起航。这里在一百年前曾住着走私贩,所以房子有一间很大的地下室。傍晚,客厅有时会传来三记敲窗户的声音,引得所有的狗都汪汪大叫,据说这是死去的走私贩在发出暗号。有一天晚上我特别清楚地听到了敲窗声,后来表妹也听到了声音,表弟则对它习以为常。有船上的领航员告诉我,他曾三次梦到我叔叔的花园里藏着财宝,然后他半夜翻墙进来开挖,但是一堆又一堆的泥土让他灰心丧气。我把他的话告诉了别人,他们说,领航员没找到财宝是因为一只形似熨斗的精灵守护在这里。巴利索达尔的山岩间有一道裂缝,我每次经过时都会心怀恐惧,因为我相信那里住着一只像蜜蜂一样嗡嗡作响的凶残怪兽。

也许是在密德尔顿家,我对乡村故事产生了兴趣。我听到的第一个故事想必和他们家的农舍有关。密德尔顿一家乐于与近邻交友,经常出入领航员和佃农的屋舍。他们心灵手巧,经常动手做些活,制作船只、喂养鸡鸭,从来不图回报。在我出生前很多年,密德尔顿家里有人设计过一艘蒸汽船。它的发动机早已过了时,所以即便船驶在海峡里,在几英里外的岸边还是能听见像哮喘一样的声音。我长大多年后,还是经常听到它的"喘气"。当年船是在湖边建造的,后来在无数匹马的牵引下穿过城里。那时我母亲在念书,船却在教室的窗外停下了,漆黑一片的学校连续五天都只能点着蜡烛上课。人们相信这艘船能带来好运,所以把它修修补补,一直用了很久。船以建造者的未婚妻"珍尼特"命名,风吹雨打让它的名字锈蚀成了我们更加耳熟能详的"珍尼特"。我很小的时候,这个女人便死去了,那时她八十岁。她是个脾气暴躁的人,她的丈夫因此吃了不少苦头。

还有个大我一两岁的亲戚,为了知道母鸡将要下蛋时是什么感觉,他整天追着它们跑来跑去,把我吓得不轻。他们从来不打理房屋,连温室的窗户玻璃摔下来也置之不理。他们很受人喜爱,但不知何为礼数与矜持,没有那种天生的、卓尔不凡的高贵气质。

外婆有时候带我去拜访住在斯莱戈的贵妇人,她的花园一直延伸到河边,花园的尽头处,一堵矮墙边栽满了桂竹香。我通常会百无聊赖地坐在椅子上,那些哥哥们则边吃油饼边喝雪利酒。相比之下,和仆人们散步要有趣得多。有时候我们会从一个胖胖的小女孩身边走过,这时仆人会说服我给她写一封情书,第二次小女孩路过我们身边的时候,向我吐了吐舌头。仆人的故事更有意思。比如,在某个角落里,一个站在桶里的男人从桶里滚了出来,露出他的瘸腿,便从一名中士教官那里拿到了一个先令。还有,在某座房子里,一位老妇人躲在床下,床上的客人——一名军官和他老婆在辱骂她,她便操起笤帚打了过去。所有的名门望族都有自己的轶事,要么荒诞不经,要么令人悲恸,要么浪漫温馨。我常常对自己说,如果没有人知道我的故事,就让它们这样消逝的话,那将是多么可怕的事情。几年之后,我在大约十岁或者十二岁的时候移居伦敦,那时我常常噙着泪水怀念在斯莱戈的日子。在开始写作之后,我希望用对斯莱戈的记忆来寻觅知音。

我住在梅尔维尔。我家相邻的房子被树木所环绕,在那里我偶尔会看到一个小男孩和他的奶奶待在一起。我已经忘了老奶奶的名字,只记得她对我很和善。我在十三四岁时去过她家,却发现她的疼爱只用在了小男孩身上。客人来的时候,仆人到院子里喊我,可我躲在干草棚里,平躺在高高的干草垛上。

我不记得自己几岁的时候大醉了一场(因为所有的往事看起来都一样遥远)。我同一个叔叔和几位表哥表弟乘快艇出航,但海上的天气并不好。我躺在主桅和斜桅之间的甲板上,一个大浪袭来,碧绿的海水扑向我的头顶。我全身都湿透了,但是很开心。回到罗塞斯角以后,我披上了大孩子的衣服,衣服太松,裤脚拖到了靴子下面,一名领航员递了瓶纯威士忌给我。在和叔叔开车回家的路上,我陶醉在一种奇怪的状态中，因为不管他怎么拉我，我都向每一位路人高喊着："我喝醉了。"不管是在城里还是别处，我一路都大喊大叫，直到外婆把我推上床，给我灌了点味同黑加仑的液体，我这才沉沉地睡去。

三

　　距本布尔本山六英里的海峡另一头，我们所谓的"感潮"河从斯莱戈和罗塞斯角之间流过。山顶上有一座方方正正的两层小楼，墙壁上攀满了爬山虎。房子面向一座花园，里面的花坛比我所见过任何一处的都要大。在花坛里，我第一次看到了深红色条纹的剑兰，还曾满怀兴奋地等着它盛开。在一侧的三角墙下，矮小的树丛围成了一个封闭而神秘的空间，我们在里面玩耍，总以为有什么事要发生。我的姑姥姥米琪就住在这里（她的本名其实是玛丽·叶芝）。她父亲约翰·叶芝是我的曾祖父，他娶了一位名叫玛丽·巴特勒的女子，担任过几十英里外的德拉姆克利夫的牧区长，不过早在一八四七年就去世了。米琪姥姥身材瘦削，脸色发红。她家里一只猫的毛发已经白中泛黄，结成一绺一绺的样子——我从未见过面相如此之老的猫。她靠务农为生，只有一个老得种不了田的男仆人，也没有附近的农民会因为交换农具或是"出于敬重"来帮她收割一下庄稼——斯莱戈的理发师约翰尼·麦克戈克曾对我说："叶芝家族的人都很受尊敬。"她的生活中充满了家庭传统，家里所有用餐的刀具都经过再三清洗，像短剑一样整齐地摆放着；她的家里有一个詹姆斯一世时期的奶油壶，上面刻着叶芝家族的饰章和格言；餐厅的壁炉架上摆着一个漂亮的银杯，它本来属于我的曾祖父。银杯制于一五三四年，巴特勒家族的饰章清晰可见，杯嘴边还刻着新郎和新娘的姓名首字母。银杯里曾经卷着一张泛黄的纸，上面记载着家族世代的历史，但一位客人却用它点了烟斗。

　　叶芝家族的另一个家庭由一位寡妇和她的两个孩子组成，我和外婆偶尔去拜访他们。他们住在附近一间狭长低矮的农舍中，家里养的一只火鸡脾气暴烈，经常和来访的客人打斗。大陪审团和地产经纪人的秘书,也就是我叔祖父马特·叶芝,和他的一大家人住在几英里开外的地方。不过,直到很多年后,我才和他们熟识。在我看来,由于家道中落,他们可能并不喜欢生活富裕、财大气粗的波莱克斯芬家族。我记得他们教养很好,信奉福音派教会,经常念叨着米琪姥姥家的悠久传统。我们的祖先里有一个曾在国王郡当兵,然后成了马尔博罗公爵家族的将军。有次他的侄子过来吃晚饭,他用煮猪肉来招待,结果侄子说自己不喜欢煮猪肉。于是他请侄子下次过来吃饭,保证说会有他更喜欢吃的菜。但第二次将军又拿出了煮猪肉,侄子若有所悟,什么也没说。某日我从美国回来,见到了将军的一个后人,但他家和我家鲜有联系。他也听过煮猪肉的故事,但除此之外一无所知。我们有将军的画像,他穿着盔甲,戴着长长的假卷发,精神看上去很是不错。在画的下方,他的名字后面跟着一长串的荣誉,可惜它们并没有传下来。倘若我们是乡下人,也许我们会把他的生平编成一部传奇。

另外一位先人,或者说是我的一个叔祖父,曾连续半个月追击爱尔兰人联合会的人,结果落到了对方手里并被绞死。瑟尔警长因为背叛了希尔斯兄弟而臭名昭著——他将希尔斯家的孩子们抱在膝盖上问话,一点点地套出起义的细节[1]——但如果故事属实的话,他是我高祖父孩子的教父;不过另一方面,我的曾祖父却是罗伯特·埃梅特[2]的朋友,他曾被当局怀疑并关押入狱,但不到几个小时就给放了出来。一位叔祖父曾是槟城[3]的长官,他带兵攻打仰光,但一无所获;更老的一辈中,还有人在一八一三年的新奥尔良之战中阵亡;即便是在上一代,家族里仍然不乏权贵。有个老头曾住在18世纪的房子里,那里的城垛和塔楼深受霍里斯·沃尔波尔[4]的影响。他是名收藏家,在家里款待过诸多名人,但后来输掉了所有的钱,便在取下自己的戒

---

[1] 此处疑作者记忆有误。据史料记载,背叛希尔斯兄弟的是一名叫作约翰·沃恩斯福德·阿姆斯特朗的警长。
[2] 罗伯特·埃梅特(一七七八——一八〇三),爱尔兰民族运动领袖,一八〇三年发动起义失败后被杀害。
[3] 槟城,马来西亚第二大城市。
[4] 霍里斯·沃尔波尔(一七一七——一七九七),十八世纪英国著名艺术史学家、文人。

指、手链和手表后投水身亡。身为私生子的他也有过更刺激的时光——比如指挥着炮舰进入罗塞斯角。现在，把先人们的画像翻到背面，就能看到一个个战士、律师或是城堡长官的名字。他们喜欢读书吗？会不会钟情于动听的音乐？我很高兴自己的命运能同这些爱尔兰的权势之人，以及那些善良的仆人和穷敝的商人联系在一起，但我在童年时并未关心过米琪奶奶的这些故事。我可以看到外公的船队航行在海湾或是河流中，他的船员会恭敬地待我，船上的木匠还会帮我制作和修理玩具船。我曾经觉得，没有人会比外公重要。也许只有在现在，我才能看到他身上那些不同于激情和凶暴的温和性格。一位斯莱戈的神父向我描述过，曾祖父约翰·叶芝会如何晃悠着钥匙走进厨房，他是多么多么担心别人犯错。牧区地主的代理人曾和他挨家挨户地上门走访，请女主人们把孩子送到新教的学校。所有人都一口答应，但有一家却叫道："我孩子打死也不进你们学校。"曾祖父说："谢谢你，我今天总算遇到一个诚实的女人了。"我的叔祖父、地产经济人马特·叶芝曾经有个星期整晚整晚地不睡觉，待在果园里抓偷他苹果的小男孩。揪住他们以后，他就会掏出六便士，劝他们下次别再犯事了。也许只有画家的这种想象力，抑或是柔和的手法，才能让我看到他们脸上的彬彬有礼和温和大方。所有的画中，要数两张 18 世纪的面孔最为吸引我（其中一张是某位曾祖父的画像），因为二者都被打粉的假卷发所遮盖，透露出一种阴性气息。看着它们，我登时觉得自己有些难看和笨拙。画中某位叶芝家族的成员说过一句令我很是得意的话："我们有思想，没激情，但只要和波莱克斯芬家族联姻，我们就能去往天涯海角。"

　　有一幅画比较大，我也比较喜欢它。作画的那位能人我并不认识，但比起其余的画来说，它实在是太显眼、太赏心悦目了。画中人是我曾祖母科蓓特的亲戚和密友，尽管我们叫他"比蒂伯伯"，但他跟我们并无血缘联系。九十三岁去世的曾祖母对他有着很深的印象。他是金匠的朋友，常常向牧师吹自己是打猎俱乐部的一员，俱乐部的成员要么被绞死，要么被流放，只有他自己幸免于难。每次问他问题，他总会找出一些下流亵渎的话来回答。

四

我的思想很活跃,对于那些没什么意思的东西,我很难集中思想,因此大人们很难教我。有些叔叔和姑姑曾经试着教我念书,但是他们没法教会我,而且我比那些读书毫不费力的孩子们要大得多,因此他们便觉得我没有什么才能。

父亲待在家里,从来不去教堂,所以礼拜日我也有了不出门的勇气。我通常很虔诚,每每想到主和我自己的罪恶,我的眼里就会充盈着泪水,但我很讨厌去教堂。我记得自己喜欢踮着脚走路,并且以此为乐,于是外婆就试着教我让脚尖先着地。后来我开始学习读书,沉浸在赞美诗的优美辞藻中,但我不明白为什么唱诗班念诗的时间会比我长两倍;还有,在诸如布道、念诵《启示录》和《传道书》这些我喜欢的仪式上,为什么他们重复了这么多遍,站立了这么久,却拿不到报酬呢?父亲说,如果我不去教堂,那么他就会教我念书。我猜他是为了让我遵循外婆的意思,却又想不到别的办法吧。他教起我来脾气又差又没耐心,常常把书摔到我头上,于是礼拜天我便又去了教堂。然而,父亲却越来越入迷,在克服了我的走神以后,他把上课的时间移到了周日。我的脑海中第一次留下对他的清晰印象,是在第一次上课前的若干天。他刚从伦敦过来,沿着托儿所的楼梯上下走动。他长着乌黑的络腮胡子和头发,一侧的脸颊因为塞了无花果而有些肿。无花果据说能吸收蛀牙的疼痛。托儿所的一个保姆(她同我的兄弟姐妹们从伦敦一起过来)对另一个说,她听说吃活青蛙是治牙痛的最佳偏方。后来我被送到了妇孺学校,学校的主人是个老太婆,她让我们站成一排一排,手中的长教鞭像台球杆一样,可以直接伸到最后一排。第一次课放学以后,父亲还在斯莱戈,他问我学了什么。"唱歌。"我回答道。他便说:"唱吧。"于是我唱了起来:

一滴滴水,
一粒粒沙,

  孕育出浩瀚的大海，

   还有那宜人的土地。

  于是父亲给老太婆写了信，我便再也没学过唱歌，后来父亲还告诉其他的老师，让他们别再教唱歌。不久，我的姐姐过来长住，我俩去了坐落在一条破败小巷里的两层小楼，在那里，有一位老贵妇教我们拼写和语法。在我们渐有长进之后，她便带我们去看别人赠与她父亲的一把剑（他曾在印度或是中国带兵打仗），并让我们拼写刻在剑鞘上的赞美铭文。第二次，我和姐姐举着一把大伞出了门，凭着老鼠在房顶上咬出的一个圆洞，我们找到了她家。渐渐地，那些语言简单的书对我来说已经不是什么难题，于是我开始在一间名叫藏书室的屋子里看书。除了几本从来没翻过的旧小说和一部18世纪末出版的百科全书之外，我对屋子里的书已经没有什么印象了。那本卷数甚多的百科全书我倒是读过不少，我还记得有一篇文章很长，说的是树木的化石到底是不是形状奇特的石头。

  父亲没有信仰，这让我开始思考宗教的依据，我曾经充满渴望地对这个问题思考了许久，因为在我眼里，没有宗教人是无法生活的。我觉得自己所有的宗教情感都与云，或者明亮而多云的天空联系在一起，也许是因为《圣经》里几幅上帝对亚伯兰等人说话的插图吧。我还记得，这些场景曾经让我泪流满面呢。有一天，我发现了信仰宗教的关键理由。一头母牛即将临盆，我跑去田里，一些农场工人正提着灯笼陪在母牛身边。第二天我听说母牛在大清早产下了牛犊，于是我问每一个人，牛犊是怎么生下来的，但是没有人告诉我，我便认为人们都不知道整个过程。它们无疑是上帝的礼物，但是没有人敢见证它们的降临，而且，婴儿们也一定是以相同的方式来到这个世界的。我暗自决定，待我长大成人以后，自己要通宵不睡，等到牛犊或是婴孩降临人世的那一刻。我确信，天上会出现一朵云和一束光，上帝从光束中变出牛犊，托云将它们带到世上。我一直为自己的这种想法而开心，直到一天，一个十二三岁的男孩来我家玩，我俩坐在干草垛上，他给我解释了性的机理。他说的一切都是从一个年纪稍大的孪童那里听来的，这些描述在现在看来不过是一些我所不知道的生理现象，但在那时却让我难过了好几个星期。在最初的印象逐渐褪去之后,我开始怀疑他的讲述是否属实,但有一天,我在百科全书上看到的一篇文章印证了他的说法,虽然那些长句我只是略知一二而已。

我对死亡产生认识,是在父母带着四个兄弟姐妹出游的时候。我在藏书楼里看书,听见匆匆的脚步声,有人在走廊里说我的弟弟罗伯特死了。罗伯特生病已经有段日子了。没过多久,我和姐姐无忧无虑地坐在桌边,画了一艘降半旗的船。我们一定是看过停泊在港口的船只降半旗的场景吧。第二天早餐时,我听见有人说,罗伯特去世的前一天晚上,我的母亲和仆人听见了报丧女妖的哭号声。就是因为这个,后来我对祖母说,自己不想和她去看望那些卧在病榻上的老人们,因为他们已经不久于人世。

五

我在八九岁的时候,一位姑妈对我说:"你要去伦敦了。在这里你很了不起,但在伦敦你什么也不是。"我知道她的话是冲着我父亲去的,而不是我,但直到很多年后我才知道她这样说的原因。她觉得,像我父亲这样有本事的人一旦决心走绘画这条道路,那就应该想办法创作更加大众的画作,而不是"每天晚上都待在俱乐部"。她误会了父亲,因为这个在她看来属于放纵之地的俱乐部,其实是海瑟利艺术学校。

我去英国的时候,和父亲还有一帮风景画家寄宿在伯纳姆比奇斯一对名叫厄尔的老夫妇家,母亲和兄弟姐妹们大概都留在斯莱戈。如果你从斯劳出发,并且经过法恩汉姆罗亚尔的话,那么你遇到的第一个大池塘便是父亲所画的景色。从春天开始,他花了一整年来记录那里随季节变换的景象,但到描绘荒凉河岸上的雪景时,他半途而废了。他从未对自己满意过,从未觉得自己的哪幅画是成品。晚上,他会检查我的功课,或者给我诵读菲尼摩尔·库珀[1]的小说。我发现在树林

---

[1] 菲尼摩尔·库珀(一七八九—一八五一),美国小说家。

里的冒险很开心——比如,蛆虫和小毒蛇会在绿色的山谷里厮杀起来;还有,厄尔太太有时不敢打扫我的房间,因为我把一个满是蝾螈的瓶子放在壁炉架上。大清早时,路对面农场的一个小男孩常常会向我家窗户扔小石头,然后我俩就会跑到第二大的池塘边钓鱼。我经常和另一位农家子弟用转管手枪打麻雀,然后串起来烤着吃。有时我和厄尔家的一位后生会驾着一匹被画家们称作"脚手架"的马去斯劳,有一次还到了温莎。在温莎,我们从酒馆买了冷香肠当午餐。我不知道孤独是什么感觉,因为我可以漫步在篱笆围起的花园中,走在或是宽阔或是圆形的池塘中,想象着芦苇丛间船来船往,惦念着斯莱戈,或是期盼着长大后乘着自己制造的帆船出海远航。每天入夜前我都要上课,这对我来说可是莫大的折磨,因为在印象中我很难集中精神,心里面只有担心和害怕。一天父亲告诉我,有个画家说我皮厚,对别人的话漠不关心。我不明白为什么有人会说出这么不公平的话。被人说成慵懒让我很是难过,但我也没办法。有一次,除了我和父亲外的所有人都去了一趟伦敦,我还模糊地记得,有三个叫肯尼迪、法拉尔和佩奇的人,回来的时候谈笑风生。三人中的一人在车站候车室弄到了一张写着《圣经》词句的明信片,把它挂在墙上。我心里想"他是偷的",但父亲他们却聊得不亦乐乎。

按照每年的惯例,我回到斯莱戈呆了几个星期,然后在伦敦定居。我想母亲和其他孩子们也许早已去了伦敦,因为在我印象中,父亲曾经偶尔去过几次那里。我们的第一个家在伦敦北区,距离伯恩·琼斯①的住所很近,不过一两年后,我们搬到了贝德福德公园。我们在北区的房子有一座花园,里面的梨树挂着很多梨子,但它们总是生满了蛆。差不多在我们家对面的地方,住着一位名叫奥尼尔的校长,有个小孩告诉我,这位校长的曾祖父曾是国王,我竟然毫不怀疑。我坐在某处别墅花园的篱笆和铁栏杆边时,听见一个小孩对另一个说:"我的肝脏有毛病,所以脸色很黑,而且活不过一年。"我对自己说,一年其

---

① 伯恩·琼斯(一八三三——一八九八),英国著名艺术家、设计师。

实很漫长,人在一年里可以做很多很多的事情,别再胡思乱想了。每当父亲给我放假,或者是后来学校放假的时候,我就会把自己的斯库纳帆船带到圆形的池塘里,和一位年长的海军军官赛船。他有时会瞅着池塘里的鸭子,说道:"我真想把这些家伙带回家做晚饭。"他会给我唱歌,有一首水手歌曲说的是大饥荒后一艘离开斯莱戈的运棺船,听着它让我觉得很是自豪。在斯莱戈时的仆人曾经讲过这样的故事。当她被人从船舶的铺上挪开时,一具无名男尸漂了上来,这是个不祥之兆。祖父于是把她关了禁闭,但她半夜时还是溜了出来。

那个池塘也有自己的传说。有个男孩曾经看到一辆蒸汽船模型"在水边烧了",他是我很要好的朋友。我对一个小男孩很好,因为我了解到他父亲干过很低贱的事情,但并不知道具体是什么。许多年后,我发现他父亲其实只是个刻雕像的工匠,他的许多作品都出现在公共场合中。我还听过他和自己的父亲说话。我有时会和姐姐到塘边去,回来的路上我俩总是会进糖果店和玩具店里看看,而荷兰屋对面的一家小店尤其让我们喜爱,因为透过橱窗可以看到一艘糖做的小船。我们路过每个饮水喷头时都会停下来喝水。有一次,一个同我们说话的陌生人给我们买了糖果,还一路把我们送到家门口。我们请他进来坐坐,并把父亲的姓名告诉他。他没有进来,却笑着说道:"哦,原来就是那个每天都把自己前一天的作品刮掉的画家啊。"有一天我在路过荷兰屋边的饮水喷头时,一丝酸楚突然冒上心头,于是我便和姐姐说到对斯莱戈的想念和对伦敦的厌恶。我记得我们都差点流出眼泪,因为在我的世界里,从没有哪个人会留意我的这些记忆。我很想得到故乡农田的一捧土,好让手里也有些来自斯莱戈的东西。这着实有些怪异,因为我们从小到大一直是笑对各种喜怒哀乐的。我的母亲也许会觉得这种感情的流露有些粗俗,但她却将这份爱留存到现在。她经常花上几个小时来聆听或讲述罗塞斯角领航员和渔民的故事,以及她在斯莱戈的童年,在她和我们的脑海中,斯莱戈比其他任何地方都要美丽。我还可以看出,作为一个女儿,她对我的外公有着很深的感情。我对她那时的印象已经变得十分黯淡,但她的个性意识,以及对于自己生活方式的渴求,已经在对我们的关怀和对金钱的追求中趋于无形。我总能看到她戴着眼镜、穿着朴素的衣服,坐在那里缝衣服或是打毛衣。十年前我还在旧金山的时候,有一位在我母亲出嫁之前就离开斯莱戈的跛脚老头找到了我。他说,我的母亲"是斯莱戈最漂亮的女孩子"。

我一直没学什么东西,只有父亲教过我几课。他经常用所谓道德沦丧来恐吓我,把我和那些不讨人喜欢的人们相提并论,通过让我难堪的方式来敦促我学习。但过了不久,我还是被送到了汉默史密斯的学校。学校是一座黄砖哥特式建筑,楼里有一间摆满课桌的大厅,一些小教室,还有为寄宿生准备的独立住所,上述这些楼房都建于一八四〇年到一八五〇年左右。我以为学校是座属于创办者戈多尔芬勋爵的古建筑,在我眼里,戈多尔芬勋爵是个很有传奇色彩的人,因为以前曾经有本关于他的小说。我并没读过这部小说,但我觉得只有传奇人物才会出现在书中。学校的一侧有一座黄砖砌成的钢琴厂,另外两面则是一排排盖了一半的小店和别墅,它们都是黄砖盖的;剩下的那一侧则是一个烧砖厂,地上全是炉渣和烧了一半的黄砖块。所有同学的姓名和相貌已经从我的记忆中消失,唯一那个还记得姓甚名谁的人,我也忘了他长相如何;只有一位朋友的名字和脸孔我还完全记得。年代久远固然是我无法记得他们的一大理由,但还有一个原因是,我记得住的那些事物往往与令人印象深刻的背景交织在一起,从而一次次地唤醒我的记忆。

有些天,当我沿着汉默史密斯路回家的时候,我自言自语道:"你最关心的那些东西已经不再拥有了。"我曾经找到过一本绿色封皮的小书,它是一位都柏林的科学家送给我父亲的。书中提到了这位科学家在霍斯的礁石中和都柏林湾的淤泥里发现的奇异海洋生物。它一直以来都是我最喜欢的书,每次读到它时,我都觉得自己的智慧越来越多,但现在我既没有时间翻阅它,也无暇做自己的思考。我的时间都用来学习或是念诵课文,以及一天四次来往于学校和家之间。每天中午,我都要回家吃饭。不久以后,我忘却了自己的烦恼,因为我沉浸于两件以前闻所未闻的事物:友谊和敌意。在我第一天放学之后,一群孩子围过来问我:"你的爸爸是谁?""他是做什么的?""他有多少钱?"后来有个男孩说了些侮辱我的话。我从未打过人,也没被人打过,但这次,我就像一只被线绳控制的洋娃娃一样,不假思索地向我伸手可及的男孩们打了过去,当然,我自己也挨了拳头。后来,他们骂我是爱尔兰人,我们之间也发生过大大小小的争斗,我身体瘦弱,没有肌肉,从来没占过上风。不过,有时我也想到过报复,甚至是主动出击。有个男孩块头很大,大家都很害怕他。我发现他一个人在操场上,于是我说道:"抬起苏贡,放下夏德。""什么意思?"他问,"抬起绑稻草的腿,放下绑麦秆的腿。"我回答道。我告诉他,爱尔兰的警官将稻草和麦秆绑在新警察的脚踝上,让那些笨家伙们发现两腿的不同。我的耳朵挨了几拳,当我向朋友们抱怨这件事的时候,他们说我是自找的,活该。我常常胆大包天到耍出这样的把戏,因为我觉得英国人既没有聪明的脑袋,也没有得体的举止,只有艺术家例外。在我所熟识的斯莱戈人中,虽说有人看不起国家主义者和天主教徒,但大家对英国却是出奇一致地厌恶,这种偏见从爱尔兰议会时期①就一直延续到现在。我听过一些给英国抹黑的故事,并信以为真。我的母亲见到过几个英国女人,她们不喜欢都柏林的原因竟然是那里男人的腿太直了。每个斯莱戈人都知道,曾经有一个英国人对当地的司机说道:"如果你们不像现在这么懒惰的话,你们定能削平山脉,把山间的泥土播撒到沙地上,得到一亩亩的良田。"斯莱戈有一条入海口很宽的河流,退潮时便会露出一片干燥的沙地,但所有斯莱戈人都知道,正是那覆过沙地的潮水使得这片狭窄的河道十分适合航行。不管怎么样,司机反正是笑了一路,逢人便说此事:"他们抱怨晚饭不好吃,什么都能抱怨——有个英国佬想要削平诺克纳里亚。"②云云。母亲曾经指给我看那些在火车站接吻的英国人,教诲我要对这种缺乏矜持的表现感到不齿。父

---

① 爱尔兰议会是一二九七——一八〇〇年间爱尔兰的立法机构,位于都柏林。
② 诺克纳里亚是斯莱戈西部靠近海边的山脉。

亲告诉过我,在我出生前就去世的爷爷威廉·叶芝有一次从英国回到位于唐郡的住所,他说自己在路上遇到一个"很像英国人"的家伙,这人把自己的私事统统告诉了他。父亲解释道,英国人通常认为透露私事可以让别人信任自己,但爱尔兰人一穷二白,甚至身负重债,根本没有信心去自曝隐私。然而,我并不相信父亲的解释。我在斯莱戈时的保姆们似乎也对爱尔兰的天主教政治运动嗤之以鼻,她们压根就没跟英国人谈得来过。有一次走在斯莱戈城里时,一对英国男女的装束吸引了我,我转过头看,那男人穿着灰色的上衣和齐膝的短裤,女人则穿着灰色的裙子。保姆不屑地说:"towrow。"好像在我出生前,英国就有首主题是"towrowrow"的歌①。每个人都告诉我,英国人喜欢吃鳐鱼,甚至是狗鲨,在我刚到英国的时候,还有个老头把果酱浇在麦片粥上。我和那些孩子们格格不入,不仅仅是出于各种有关种族不和的传闻,更是因为我们思维形态的不同。我看过他们读的书,内容确实扣人心弦,但当我读到英国历史上的胜仗时,我不敢想象它们说的竟然是本族人民。他们想的是克雷西之战、阿金库尔之战和米字旗②,充满了爱国热情,那时我还不知道爱尔兰天主教徒在利默里克和耶洛福德的事迹,我的脑海里只有高山和湖泊,外公和他的船队。土地联盟的成立和消灭地主的运动让反爱情绪一直高涨,不懂政治的我却充满自豪,因为在我眼里,生活在一个危险的国家该是多么有传奇色彩的事啊。

　　我敢说,在这样一个学费廉价的学校里发生的一切粗鲁举动,在英国随处可见,就像爷爷在回来路上的偶遇一样。不论如何,我的生活备受干扰,挨了不少揍,也曾因为悲苦和愤怒爆发过许多次。有一位来自波西米亚的工人子弟,年长我们几岁,因为情事被赶出自己的国家,记得有一次他为了我而痛打了一个男孩,因为"我俩都是异乡人"。还有个男孩后来成了学校的运动员,他是我的头号哥们,替我揍

---

① 叶芝说的是著名的《掷弹兵进行曲》。
② 克雷西和阿金库尔之战都是英法百年战争中的战役。

了不少人。他就是那个我还记得名字和长相的人——他的姓氏叫作胡格诺特,面庞和身体一样瘦削轻巧,无论是从肤色还是轮廓来说,都有些像美国印第安人。

我很害怕其他孩子,这也让我平生第一次怀疑自己。当我为自己梦想中的战船而收集木片时,我满怀信心地认为自己可以在风暴中从容不迫,在战斗来临时奋战至死。但现在,我却因为自己缺乏勇气而羞耻。我一直想拥有外公的胆魄,他从比斯开湾的船上跳进水里时没有想过任何的危险。我很害怕肉体的疼痛,有一次我在课堂上弄了点噪声出来,结果老师却责备了我的那位运动员哥们,在他挨了几鞭子之后,我才站出来交代。他伸出双手时并未有丝毫的退缩,即便是在被打过以后,也没有去搓手。我没有挨鞭子,但得在余下的时间里罚站。后来想到这件事时我十分难受,但他没有责怪我。我在最后一次打架之前,曾经度过了几年的太平日子。我的这位运动员哥们替我挡了几个月的架,但最后他也不愿意再打了。他说,我必须学拳击,在我掌握拳击之前不能靠近任何孩子。于是,我每天都和他一起回家,在他的房间里练拳击,但每个回合的结果都差不多。天生容易性格激动的我在开始时容易占上风,常常追得他到处跑;等到他开始追着我跑的时候,比赛就往往以我被打得鼻子出血而告终。有一天,他那年事已高的银行家父亲把我们带进花园,想让我们以冷酷而礼貌的方式打一场拳击赛,不过我们并没有听他的。最后,这哥们终于允许我再次靠近别的孩子。我一进操场大门,一个男孩就甩了一把泥巴过来,嘴里还高喊着"爱尔兰疯子"。我朝着他脸上挥了几拳,自己则毫发未伤,直到别人过来拉架,让我们"重归于好"的时候我才罢手。我知道如果继续下去的话肯定要吃亏,于是我满怀恐惧地伸出了手,他闷闷不乐地和我握了手。我不是个打架能手,所以这事让他蒙受了奇耻大辱,连学校的男老师都会拿他肿起来的脸开玩笑。后来尽管有几个小孩请我去收拾人,但我再也没在学校里打过架。我们倒是和街头的混混和隔壁一所慈善学校的孩子们交过手,因为不能相互扔石头,所以我们只能贴身肉搏,这反倒让我们占了不少优势。老师要求几个班长汇报在街头打架的学生姓名,但他们每次都只记那些扔石头的。我总是跟在运动员哥们的身后,但从来不打任何人。父亲认为这些打斗荒唐无比,即便它是种英国式的荒唐,也不应使我愤怒到沉迷于你一拳我一脚的地步;同样,我的朋友也在到处追赶着对手。面对敌人时,他从不会吝惜自己的拳头,而对方由于手脚笨拙常常挨打,于是便会在报复时酿下大错:我们中有一个男孩就因为被藏在雪球里的石块击中而丧命。有时家长还会找我们的麻烦。我们每天回家路上都要经过一个德国老头开的理发店,运动员便和他吵过一次,有一天他吐了一口痰,那痰飞过窗户,不偏不倚地落在德国人的光头上——班长们可没说不许吐痰。德国老头追在我们后面,但看到运动员摆开格斗架势,他还是识趣地走开了。于是,尽管知道吐痰不对,但我对这位朋友的敬仰却提升到了新的高度,在学校里处处宣扬他。第二天有人在石子路上看到德国老头向校长办公室的方向走去,学校里迸发出一阵骚动。不久走廊里传出喧闹声,惊动了校长。原来是校长那红头发的哥哥赶走了德国老头,还对仆人喊道:"别让他把大衣偷走了。"后来我们听说,德国人问起两个每天经理发店窗外的孩子姓甚名谁,但得到的回答却是两个优等生的名字,他们尽管也经过老头家门口,但从不惹是生非。我的朋友倒是吓了个不轻,我也因此恢复了自信。他经常会让我买些糖果或是姜汁汽水来壮胆,因为他有些怕生。

有时我很好面子。起初和其他的孩子们一起去汉默史密斯的室内游泳池时,我不敢扑进水里。我沿着梯子往下爬,直到水没过了大腿才敢下水。但有一天当我独自一人的时候,我从离水面五六英尺的跳板上栽了下去。打那以后,我敢从比别人更高的地方跳下去,还练习潜泳,每次上岸时都努力掩饰住自己上气不接下气的样子。在赛跑时,我尽力不去喘气,也不会表现出任何的紧张。在这方面,我竟然要强于运动员;尽管他比别人速度更快,耐力更好,但他的脸色总是会变得苍白,而赞美的声音却往往落在我头上。在他训练的时候,我常常跟着他一起跑,试着和他齐头并进。他每次都让我很长一段距离,但很快就能超过我。

我曾经连续几个月关注这位职业赛跑选手的运动生涯,为了知道他是输是赢,我常常去买报纸。我曾经在新闻中看到他被形容为"美国运动员中的耀眼明星",这条极尽恭维之辞的短语为他引来诸多仰慕的眼球。如果他成了耀眼的明星,那我便不再关注他的动静。很多年之后,我还是不理解自己为何要这么去想。尽管不再收集破破烂烂的木片,但我仍然有着自己的梦想,那种学校小男孩的平凡梦想。有时我不去上课,伏在自己的小桌前,用钢笔和墨水画的画填满国际象棋棋盘的白色格子,做着各种异想天开的事。有一天父亲说:"特拉法尔加海战时,纳尔逊将军船上的管家有着银白的头发。他的情感多么细腻,应该是立下过什么丰功伟业吧!"我既疑惑又苦恼。我发现一件荒诞而又不幸的事情:我们的脑海中全是那些高贵之士,却不能驾驭好我们自己。我依然很疑惑,很苦恼。

六

校长是位牧师,脾气温和,性格开朗,举止克制,他的宗教生涯无可指责,为人的各方各面也完美无瑕。倘若他为我们失眠,那么一定是我们的举止不够温文尔雅,让他着了急。有次我穿着母亲从德文郡买来的一件亮蓝色家纺毛哔叽衣服去上学,结果校长让我下次别再穿出来,让我很是难堪。校长曾经三番五次想要让我的父母给我穿上伊顿的衣服,但想必他自己也不指望能说服他们。有几天,他还强迫我们戴手套。我在学校的第一年结束后,校长开始禁止我们玩大理石,因为那是淘气小孩拿来赌博的东西。几个月后,他又命令我们不得在课上跷二郎腿。我们的学校很特殊,只有事业不成功或是刚刚起步的人才会把他们的儿子送到这里,当听说一个新生是药师子弟时(在我看来,最初他只有我一个朋友),大家都很恼火,我们都以为他的父母没自己的父母有钱。有个小男孩经常看到我母亲在缝补我的衣服,我对他说,母亲这么做只是出于爱好,其实我知道她也是迫于生计。

在我印象中,这种类型的学校都是充满下流和威胁恐吓的地方,大个子常常把小个子打到直不起腰,而有些年纪小得还不知道性为何物的男孩们,在街上唱着下流的歌曲,但我敢说,它比好学校更加适合我。我听过校长问道:"某某某的希腊文学得怎么样了?"然后班主任回答:"差得很,不过他板球打得不错。"校长边走边抛下一句:"哦,那就随他去吧。"学校的功课让我很头疼,尽管有几周我能学得不错,但我常常需要一整晚才能弄懂一篇课文。我是个思维容易兴奋的人,但倘若得用这些思维来做些什么事的话,那无异于在狂风大作时把一只气球塞进一座小棚子里。我的成绩在班上几乎垫底,经常为自己的胆怯找借口,但这样做无疑是欲盖弥彰;不过,没有老师找我的麻烦。大家知道我喜欢收集飞蛾和蝴蝶,最调皮的事情也不过是偶尔把一只没尾巴的老鼠藏进口袋或是课桌里。

有一位爱尔兰老师曾经短暂打破过我的平静。他是一位研究希腊的学者,上课时激情澎湃,口才也令人叹服。他开课时校长通常会路过大堂的尽头,此时他会说道:"他来了,他来了。这学校当然不会好,一个让牧师当校长的学校能怎样呢?"接下来,他便将目光聚焦到我这里,罚我起立。他告诉我,全世界都知道,爱尔兰的男孩比一个班的英国人都要聪明,因此我的平庸简直就是耻辱。我后来因为这句话吃到过不少苦头。有时他会喊起一位面相酷似女孩的小男孩,亲他的左右脸颊,说要带他去希腊度假。不久以后我们听说他因为度假的事给那男孩的家长写了信,但还没来得及成行,他就给开除了。

七

我的记忆里浮现出两个场景。我曾经爬到操场边的树顶上,骄傲地望着同学们,好像一只在三月迎来第一次日出而鸣叫的公鸡。我对自己说:"长大以后,假如我的聪明程度能像现在这样鹤立鸡群,我将会是个名人。"我提醒自己,别人想的都是千篇一律的事情,每当选举的时候,他们让自己的父亲从报纸中找出舆论观点,然后贴在学校的墙上。我提醒自己,我是艺术家的儿子,应该毕生为某些事业而奋斗,而不是像别人那样小富即安。另一个场景则是在斯特兰德一处旅馆的起居室里,一个男人蜷着身子坐在火炉边。他是我的表亲戚,拿另一个表亲的钱进行投机买卖,在警察的追捕下从爱尔兰出逃。父亲带我们同他一起过了一晚,好分散他的注意力,不让他因为悔恨而痛苦。

八

许多年来,贝德福德公园都是一个充满浪漫和兴奋的地方。住在北区的时候,父亲在早餐时宣布准备换掉那盏模样古怪的玻璃吊灯,没过多久,他又描述了诺曼·肖①正在建造的村庄。我本以为父亲说的是:"有一堵围墙,没有报纸记者可以进去。"当我抱怨自己既没发现围墙,也没看见大门的时候,父亲解释说,自己描述的只是村庄理想中的样子。我们看到了德摩根②设计的瓦片、孔雀蓝的门,以及出自莫里斯之手③的石榴和郁金香图案。绘上仿木纹和中维多利亚时期玫瑰图案的门很不讨我们的喜欢,覆盖着几何图案的瓦片看起来像从浑浊的万花筒中摇出来的东西,也深为我们所反感。我们后来的住所酷似以前在照片中看到过的一座房子,甚至连这里人们的穿着都与故事书中所描述的相像。街道不如北区的笔直工整,但也多了份热闹。它们曲折蜿蜒,或是萦绕着大树,或是仅仅为了"乐趣"而盘旋。在这里看不到铁栅栏,围栏都是木质的。一切都是新鲜的,孩子们玩捉迷藏的空房子,以及遍地的陌生感,让我们感觉像是生活在玩具城里。我们可以想象出人们过着幸福的生活,就像很久以前一样,穷人们绘声绘色地讲着故事,房子的男主人则会谈起海上的冒险奇遇。这个地带只有条件比较好的房子。建造商没有大规模建房,也没有削减房价;除此之外,我们所知道的只剩下那些最好看的楼房——也就是艺术家的寓所。我和弟弟还有两个姐妹曾在一座红砖瓦房里学习舞蹈课,这

---

① 诺曼·肖(一八三一——一九一二),英国建筑师。
② 威廉·德摩根是十九世纪英国著名的建筑设计师。
③ 威廉·莫里斯,英国十九世纪著名建筑设计师和文学家。

座房子让我想起了珍存已久的梦想——即有朝一日,住在一座形似船舱的楼房里。饭厅的餐桌据说是水手辛巴达可能坐过的地方,它被涂上了孔雀蓝。房间的木制品也都是孔雀蓝色。楼上的窗台壁龛既大又高,里面还摆着一张桌子。房子男主人是一位著名的前拉斐尔派画家,他的两个姐妹便是我们的老师。她们和年迈的老母都穿着经过简单剪裁的孔雀蓝衣裳,和每层楼都融为一体。有一次我正开心地看着那位老妇人,渐渐开始受到法国艺术影响的父亲在一旁喃喃地说道:"想想看给你妈穿上这衣服的样子吧。"

父亲的朋友都是受前拉斐尔派艺术运动影响的画家,但他们后来失去了信心。我还记得几个名字,威尔逊、佩奇、内特耳希普和波特,他们在伦敦北区的很多事我仍然记忆犹新。我经常听一个人对另一个人说,罗塞蒂①对于画布的掌控从来就没有达到过驾轻就熟的地步。内特耳希普尽管已经将注意力转到狮子的绘画上,但父亲还是常常探讨他早期的作品,特别是《上帝创造罪恶》,父亲曾经一封信里发现,勃朗宁称赞这幅画"对古今艺术的理解令人叹服"。来自社会的诱惑并未让内特耳希普在创作上分心。有一次他的衣摆炸了线,我的母亲帮忙把衣服缝好,但他第二次来的时候,缝过的部分又破了。波特的精美画作《睡鼠》曾经在我家墙上挂了很多年,现在陈列在泰特美术馆。他最要好的朋友是个漂亮的模特,在我印象中,她在一所寄宿学校工作。我还记得,她曾经捧着本书坐在北区画室的主座边,教授我父亲拉丁文的知识。她的面庞柔、清秀,标致的鹅蛋脸是那时画家的最爱,当然也让她成为了美人的典型。有一天,在一本《伊甸园》的空白页上,我发现了一幅铅笔画。后来在贝德福德公园,我从在伯纳姆比奇斯认识的法拉尔口中闻知了波特的死讯。波特一贫如洗,食不果腹是他的死因。他长期靠面包和茶水为生,导致胃部萎缩,亲人们后来发现这事,给他送了上等的食物,但为时已晚。法拉尔出席了葬礼,站在那些靠近墓碑的富人后面,那模特跟在棺木后面,痛哭流涕。法

---

① 但丁·加布里尔·罗塞蒂,19 世纪英国前拉斐尔派画家。

拉尔说:"他的财产都归了这女人。"她经常恳求波特,让自己替他还债,但波特从未答应过。他的富朋友也许埋怨过那些没有钱的朋友,但我敢说,这些富人里没有一个人了解波特的窘境,自然也帮不上他。除此之外,有人说他过着一种奇怪的放荡生活;还有,他很喜欢孩子——《睡鼠》便是一个孩子的画像,他还曾教过这孩子。我的姐姐曾看见他右手戴着深色的手套作画,他说,如果没有这手套,那么在给油画上光时就能看到手的倒影,这会让他很是难受。"我以后还要给自己的脸涂上黑色。"他说道。我对这事没有什么印象,但我记得他曾经坐在画板的旁边,父亲站在一边,在楼上楼下来回踱步,画中深蓝色的背景总是能感染我。威尔逊的老家在阿伯丁,他的画陈列在那里的一个画廊中。姐姐收藏了他的很多作品,大多是风景写生。这些画创作于浪漫派运动接近尾声的时候,充满了淡漠和忧郁的色彩。

九

父亲第一次为我朗读,是在我八九岁的时候。斯莱戈和罗塞斯角之间有一片狭长的土地,粗劣的草丛一直延伸到海边或者说是泥地边(取决于海潮)。死马都埋在这里。父亲曾坐在这里,给我念《古罗马民谣》,这些诗歌深深地感动了我,就像以前马童手里的《橙之韵律》一样。后来他还给我读过《艾凡赫》和《最末一个吟游诗人之歌》,我对它们仍是记忆犹新。我某一天曾经重读过《艾凡赫》,但除了开始时的葛四、猪群,以及后来的僧侣塔克和鹿肉饼,我便没什么印象了。《最末一个吟游诗人之歌》则让我幻想着成为魔法师,征战多年之后死在海边上。我开始上学时,父亲叫我不要看那些孩子们的报纸。他解释说,这些报纸在本质上是给那些平庸之徒看的,对人的成长百无一利。他拿走了报纸。我想告诉他,自己只是因为读到一篇重述《伊利亚特》的散文而心生喜悦,但我不敢说出来。几个月后,父亲说他太急于求成,于是他对我的督促便不再那么严格,而如果我学得不好,他也不会对我拳脚相加。对我所读的书,他也不再留意。从那以后,每到周三下午报纸发行时,我便可以和别的男孩们一同沉浸在欢乐之中。我读了数不清的故事,不过它们都和我在斯莱戈时看过的《格林童话》一样,被我忘得一干二净。《安徒生童话》也是如此,只有母亲给我和姐妹们念过的《丑小鸭》还有些印象。我还模糊地记得,比起格林,那时的自己要更喜欢安徒生,他虽然给不了我梦寐以求的骑士、巨龙和美女,但他起码没格林那么土气。我读过的那些文字早已淡忘,只有那些亲眼见过或是亲耳听过的事情还历历在目。我十岁或十二岁的时候,父亲带我去看欧文(一八三八——一九〇五,英国著名演员)饰演的哈姆雷特。那时父亲和他的一帮朋友都视艾伦·特里(一八四七——一九二八,英国著名女演员,以在莎士比亚戏剧中饰演角色而闻名)为偶像,但我不明白自己为何更喜欢欧文。比起特里,我更常想到《哈姆雷特》剧中的欧文,当然,以我当时的年龄,还认识不到女性的魅力和美丽。多年以来,哈姆雷特那英雄般镇定自若的形象为少年和孩童们树立了仿效的榜样,在我内心的斗争中,也常常出现他的影子。父亲曾经给我念过乔叟笔下死于犹太人掌中的小男孩,以及托帕兹爵士的故事,给我解释那些生涩难懂的词语。尽管两部故事都很让我开心,但我还是更喜欢托帕兹爵士,并为故事没有写完而感到失望。我岁数大了些以后,他给我读过几出巴尔扎克小说中的情节,运用事件和角色来例证些许对生活的深刻批判。《人间喜剧》某几个章节的突出显得很是反常,对要点的过分强调令行文头重脚轻,读完这部书后,某一天,父亲在郊外的街道上和我谈到吕西安·德·吕邦泼雷①,谈到他主人变节后的决斗,以及当听见有人说自己没死时,吕西安嘟囔的那句"这可就更糟了"。

现在我很难与朋友拥有共同的思想和情感,矛盾和差异会不断地涌现,但在那时候,也就是在我发现自我之前,我们会一同做些刺激的事情。当朋友们共同计划、共同行事时,大家便齐心协力,毫无半点保留。我在游戏运动中可以算是个废物。记忆中,我从未在足球比赛里

---

① 巴尔扎克《幻灭》中的人物。

踢进过球或是在板球比赛里得过分,但我却是个智多星——每当我、运动员,还有那两个以举止文雅著称的男孩(我只记得他们的面孔)去里奇蒙德公园、孔布伍德或是特怀福德修道院捉蝴蝶、飞蛾或是甲虫时,总是由我来出谋划策。这段时间,我有时会在午餐或者晚餐时遇到些人,他们的住址让我感到似曾相识。我会突然想起,看守猎禽的人曾经从他们家后面的树丛里跳出来追我,我则会为了寻找稀有的甲虫而搬开他们围场的牛粪。运动员替我们放哨,保护着我们的安全。他建议道,如果在私人车道上碰见了马车,那么我们便应该脱下帽子继续往前走,摆出一副去登门造访的样子。有一次,看守猎禽的人在孔布伍德发现了我们。他说服一个年纪最大的老兄扮成学校老师,带着孩子们过来散步,看守人也不再破口大骂或是扬言诉诸法律,而是变得既消沉又好争辩。于是乎,不管那地方有多么引人入胜(山谷中还有一条小溪,它从温布尔登公共地流到孔布伍德,让人心旷神怡),我知道那群孩子一定看到了我发现不了的东西。我只是个陌生人。他们称呼地名的方式让我萌生出备受冷落的感觉。

十

　　我回斯莱戈度假时先到了利物浦的克莱伦斯内湾码头(克莱伦斯·曼根的名字就是根据这个码头而起),在这里,我的周围都是斯莱戈人。我很小的时候,有个老婆婆带着一大箱鸡肉来到利物浦。我刚刚下马车,告诉帮我搬行李的水手,在我刚出世不久时,她经常把我抱在怀里。这时,老婆婆一把抱住了我,让我一阵心酸。那位水手也很熟悉我,因为我经常在斯莱戈的码头乘船,每年,我都会乘坐"斯莱戈"号蒸汽船或"利物浦"号蒸汽船,在爱尔兰和英国之间来回一两次。两艘船所属公司的董事长正是我的外公和他的合伙人威廉·密德尔顿。如果来的是"利物浦"号,那我一定会很开心,因为公司当初建造它是为了穿越南北战争时期的封锁线。
　　每次我都满怀喜悦地等待旅行,还向别人炫耀这事。在我很小的时候,我喜欢模仿水手的走路姿势,把双脚分得很开。我一度很晕船,但我想必是没有告诉其他孩子,甚至对自己也有所隐瞒;因为,当我回首往事的时候,总是记不起自己晕船的历史。不过,我却记得船长或是他的大副给我说的故事,以及多内加尔和托里岛的悬崖峭壁。经常有说爱尔兰语的人带着龙虾从岛上回来,如果是在夜里,他们还会向燃烧的草皮上吹气,以引来我们的注意。船长是个宽肩膀的老头,留着灰白的刘海,他经常和他的大副讲到自己在利物浦岸上的一场打斗,大副则会一脸恭敬地听着;也许正是因为他,我才在小时候问外婆,上帝是不是和水手一样强大?有一次,他的船差点就完了:加洛威角的大风撕扯着"利物浦"号,摧毁了船轴。船长对大副说:"我们可不想被掉下来的柱子给砸死,所以你得留神,有东西打下来的时候记得跳起来。"大副答道:"天啊,我不会游泳。"船长说:"海上都是这样了,谁掉下去能活过五分钟?"他常说自己的大副是胆小鬼中的胆小鬼,"连码头边的姑娘都会嘲笑他。"外公曾经不止一次地给这位大副提供过单独的船,但他总是要跟船长一起起锚出航,只有这样才能带给他安全感。有一次在利物浦,大副被要求负责管理一艘停在干船坞里的船。斯莱戈海边淹死了一个小男孩,可是在还未听到消息之前,大副就在给妻子的电报里写道:"鬼魂快来吧,不然我就要出发了。"他遇到过不少海难,想必也是被吓破了胆,在他的思想里,也许换个活干才能带给他生活的乐趣和品位吧。我曾把一本《巴黎的罗伯特伯爵》[1]忘在了甲板的座位上,后来我找到书时,发现书上全是大副污黑的手印。他曾经见到过"死亡列车"。他说"死亡列车"沿着马路驶来,隐入一座农舍,却再没有从农舍的另一头出来。有一次,在离陆地还有很远的地方,我居然闻到了新割下来的干草的味道。在望着海鹦鹉时,我注意到它们把头伸进翅膀的动作各有不同(也许只是想象),我告诉船长:"它们的性格都不一样呢。"有时父亲也在船上,水手们看见他过来时就会说道:"约翰·叶芝来了,暴风雨也要来了。"在他们眼里,父亲

---

[1] 该小说写于一八三二年,出自作家司各特之手。

是霉运的象征。

我不再注意那些被围起来的封闭空间,比如梅尔维尔外公家马厩院子的矮树林,或是米琪姥姥家三角墙边的那片地方。我开始爬山,有时和马童作伴。我还翻阅有关斯莱戈郡历史的书了解这些山的故事。在山间的小溪里,我用虫子来钓鳟鱼,晚上则去捕鲱鱼;因为外婆说英国人吃鳗鱼,我还从罗塞斯角步行六英里,带了条鳗鱼回来,但外公没有吃。

春分前后的一天晚上,海上狂风大作,我乘着海岸警卫员的小船回家。有个小男孩告诉我,在苏格兰有人看到了金色的甲虫,也许是爱伦·坡笔下"金甲虫"中走散的一只吧。我和他对这件事都毫不怀疑。在码头上,在斯莱戈和罗塞斯角航行的一只小蒸汽船的前舱锅炉室边,水手们给我讲过的故事堪称牛鬼蛇神,无奇不有,而打鱼的孩子们也说过类似的故事。戴耳环的外国水手不会讲故事,但我望着他们的眼神却充满惊奇和仰慕,就像看那些打鱼的孩子一样。在我哥哥的画作《梦的港湾》中,房屋、抛锚的船、遥远的灯塔跃然纸上,就像一幅老地图。看着这幅画,我一眼便能从穿白衫的人群中认出一个身着蓝色大衣的男人,他是和我一起捕过鱼的领航员。我充满了不安和激动,却也感到一阵哀伤,为什么我没有把这些事写成更多更美好的诗篇呢?我曾经走在留下过辛巴达足迹的黄色海岸上,没有什么地方能比这里更令我流连忘返。

那时我的小红马还在,有一次,父亲来和我骑马。严厉的他显得非常生气,说着威胁的话,因为他认为我骑得不好。"波莱克斯芬家族所重视的事情,你都要做好,"他说,"但也不能落下其他的。"他也曾这样说过我的功课,还告诉我要学好数学。现在我发现,原来他在那些活力四射、功成名就的人面前有种低人一等的感觉。波莱克斯芬家族的有些人告诉我,父亲尽管骑术不精,却常常去追猎动物,越过各种各样的深沟。他的父亲,也就是我的爷爷,是唐郡的牧区长。尽管他是个谦和而威严的学者,但我却听说在某次打猎中,他在跨上鞍座时撑破了马裤,如此反复连续三次;还有,他曾经吼道:"我想要个助理牧师,可他们却给了我一个骑师!"独自一人时,我便无忧无虑地骑马,不过跤可没少摔。我最经常去的地方是叔祖父马特居住的拉思布罗根。马特的孩子们经常和我在他家门前的小河里玩玩具船,给它们装上玩具大炮,在所有的点火孔里塞进火硝纸,希望玩具船在涡流里不会打转,而是互相开火。不过,我们的想法总是一厢情愿。我肯定在某一天的圣诞假期里回过斯莱戈,因为我记得自己曾经在那时候骑着小红马去打猎。在准备跳跃第一条沟时,它便徘徊不前,这让我松了口气,但当一群孩子开始打它的时候,我可看不下去了。他们嘲笑我胆小怕事。我发现了地上的一条裂口,当我一个人待在旷野中时,我想试试那条沟,但小红马还是不肯跃过去。我只好把它系在树旁,自己躺在羊齿蕨上,对着天空发呆。回家路上,我遇到了打猎的男孩们。我注意到所有的人都躲着狗,为了知道他们为何这样做,我骑着马来到路中央,停在这群人的中间。结果大家都开始朝我大吼。

有时我会骑马去达根城堡镇,那里住着一位聒噪的乡绅,他的老婆是密德尔顿家的一位姑娘。有一次,我和表叔乔治·密德尔顿去他那儿。我敢说,除了这里,已经没有哪处能让我回到一百年前,探访处于最后衰败中的爱尔兰,追寻那个蛮荒时代的气息。不过,我倒是很喜欢两个城堡遗址的浪漫气质,它们分别叫作达根城堡和富里城堡,隔湖相望。在十八世纪的某个年代,乡绅一家从城堡搬到现在的这座小屋,而富里城堡的后人,只剩下两位在斯莱戈靠出租房屋为生的老奶奶。每年,这位乡绅都会驾车到斯莱戈看望两位老奶奶,接她们去凭吊先人的断壁残垣,缅怀他们的文雅风度。乡绅把脾气最烈的马拴在车辕上,看着老奶奶们满脸惊恐的表情,他倒是觉得很好玩。

他自己的脑子很昏,常常不知道在交通拥堵的时候选择哪条岔路。我第一天来达根城堡时,他给表叔一把左轮手枪(我们在大路上),出于显摆,或是炫耀他的枪法,他射杀了路边的一只鸡。半小时后,他带我们来到湖畔,在一旁,他家的城堡只剩下一座带螺旋形楼梯、缺了一角的塔楼。他将子弹射向走在湖另一端的农村老头(也许只是射向他头顶上的空气);第二天,我听说他拿着一瓶威士忌找到老头,两人以一种"有话好说"的方式摆平了此事。有一次,他问一位胆小的姑妈愿不愿意看看他的新宠物,然后从大厅门外牵进一只赛马,让它绕着饭厅的桌子走了一圈。还有一次,他觉得打开窗户把猎犬放进饭厅吃掉早餐是个不错的恶作剧,于是在我姑妈准备吃饭的时候,桌上空空如也。还有个故事:他自诩为神枪手,操起一杆马蒂尼—亨利步枪向自家门射去,直到把门环打掉才肯罢休。后来,他终于和我的大舅公威廉·密德尔顿爆发了争吵,为了报复,他召集了一批乡下的乌合之众,给他们备上筋疲力尽的劣马,打着土地联盟的标语在斯莱戈游行。后来,他落得个众叛亲离、身无分文的下场,径自去了澳大利亚或是加拿大。我在达根城堡旁边的湖里捉狗鱼,用前膛装填的手枪打鸟。后来有一天,我听到兔子被射中时的凄厉尖叫,打那以后,我便再也不杀生,除了那些自己找上门来的鱼。

十一

我们离开贝德福德公园,搬到都柏林的皓斯,住在一座盖着厚厚茅草的房屋里。土地战争进行得如火如荼,我们也失去了基尔代尔的那片家族世代居住的土地。房租一降再降,为了支付杂费和偿还抵押借款,我们只好变卖了一些东西。不过,父亲在离开时和别的房客却没什么龃龉。在最困难的时候,有位老房客收养了父亲的猎狗,父亲每年会付给他钱,但老头子的照料可不是这些钱能衡量的。他把火炉边最好的位置让给了狗;如果有人在那位置,而恰巧狗进屋的话,这个人必须给它让位。我还记得,后来父亲经常被叫去调解老头和他儿女之间的纠纷。

那年我十五岁。父亲不想放弃绘画,于是他让我去哈科特大街找学上。我发现了一座十八世纪的破房子,以及一块满是泥巴和石子的操场,外面围着铁栅栏,栅栏外面是一条十八世纪的宽阔街道。望向路的对面,则可以看到一堵很长的木板围墙,和一座点缀着装饰物、但破败不堪的火车站。我很快就觉察到,这里没有一个人懂得礼貌,大家都在一片叽叽喳喳中学习。我们的每一天都以祷告开始,但当校长开始上课时,如果心情好的话,他就会嘲笑教会和神职人员。"他们爱说什么就说什么,"他说,"地球还是绕着太阳转。"不过另一方面,学校里没有欺辱和恐吓,而同学们的用功也是我始料未及的。打板球、踢足球,收集飞蛾和蝴蝶标本,学校虽没有禁止这些行为,却也不鼓励——在学校,只有懒散的学生才会去做这些事。和往常一样,我和大多数同学并不熟;因为,我们的课外生活很少有交集。我开始觉得学校的功课干扰了自己对自然史的学习,但即便不看任何课外的书籍,我一晚上也学不会四分之一的功课。欧几里得的几何我倒是学得很轻松,当我解出一道题的时候,其他人还在黑板上犯迷糊呢。凭借这门课,我常常一举摆脱垫底的位置,在班级里名列前茅。不过,其他孩子也有着同我不相上下的天赋,本该读第四或者第五册书的他们,却已经念到了启蒙教材最后部分的当代册;读维吉尔的诗句时,老师不许我查字典,而是希望我参考一百五十行的对照译文。别人可以将译文背得滚瓜烂熟,熟记拉丁文和英文的对应单词,我却还在试着弄清楚没有读到的诗句在描述什么内容,犯下一个个愚蠢的错误。而且,我从不做自己不喜欢的事,对于一堂除了七十个日期的描述之外并无他物的历史课,我能有什么办法?我们曾经专门为了学习莎士比亚的语法而阅读他的著作,我在文学方面也是班里最糟的。

  有一天,我脑海里蹦出个侥幸的念头。每天晚上临近午夜之时,我都要温习很多功课,都是些我们学过或者应该在晚上默记下来的东西。一连几周,我什么都没记下来,于是,我在没有任何人允许的情况下逃掉了这一个小时的温习时间。我让数学老师为我写一份学习小结,他也没说什么。父亲经常干涉我的学习,还教过我拉丁文,只不过他的尝试都以失败告终。"但我还有地理要学呐。"我说。"地理,"他回答道,"不应该学。它不能训练你的思维。你应该通过广泛的阅读学习你所需要的东西。"对于历史,他的看法也一样。"欧几里得的几何,"他还说,"太简单了。它很自然地引起人的文学想象。说它可以对思维进行良好的训练只是旧时的看法,而且早就被驳倒了。"我花了九天时间,奇迹般的学会了拉丁文,几周以后有人对我说:"你如此聪明却又这么懒散,真是让大家吃惊。"只有独自一人时才能让我集中精神,没人知道我是在对孤独的恐惧中学会拉丁文的。我肯定是告过父亲的状,因为我记得校长说过:"我没办法找你爸的麻烦,所以我准备找你的麻烦。"有时候我们会写些短文,可我从未拿过奖,因为文章是按照字迹和拼写来评分的,但我在这两方面却是一团糟。我会被叫到某位老师面前,他问我是不是真正相信自己写的东西。我很恼怒,因为我的创作要么是我毕生所信奉之事,要么就是父亲的叮嘱,或是他和朋友们的谈话。也有些其他的观念,但信奉者多为名不见经传的人,或是鄙俗愚钝之徒。我曾被要求写过"人以死亡的自我为基石,一步步向高处攀登"的文章。父亲念着题目,对这种话题兴趣索然的母亲在一旁听着。"就是这样,"他说,"孩子们变得不诚实,喜欢欺骗自己。理想让满腔的热血变得冷淡,令人失去人性。"父亲在屋里走来走去,滔滔不绝地表达着他的义愤。他不允许我写这个话题,而是令我就莎士比亚的名句"你必须对你自己忠实;正像有了白昼才有黑夜一样,对自己忠实,才不会对别人欺诈"①展开写作。还有一次,他抨击了责任的概念,"想想看,"他说道,"正常的女人都看不起尽职的丈夫。"这时他便会描述我母亲是如何如何鄙视这种人的。也许在有些人的眼里,责任是与生俱来的观念;但他们多是孤家寡人。他对我的教诲不胜枚举,但我现在只认同其中的一句,那就是他应该让我辍学。这样,他便只会教我希腊文和拉丁文,我便将成为一个受过良好教育的人,而不用心怀徒劳的渴望,对着枯燥的译文翻阅那些塑造灵魂的书籍,也不会揣着一颗胆小的心,以借口和逃避来面对强权。逃避和借口,就像海狸筑窝的天性一样,是一种聪明的懦弱。

十二

我在伦敦的同学,也就是那个运动员,与我们度过了一夏,但那种建

---

① 引自《哈姆雷特》第一幕。

立在行动和冒险之上的童年友谊,已经走到了尽头。他在体育运动方面仍然处处高我一等,在遍布岩石的地方爬上爬下,我却开始指责他。一天早晨,我提议去兰贝岛①,他却说我们会错过吃午饭的时间,我向他投以鄙夷的目光。我们在小船上升起帆,在疾速航行九英里之后,我们看到了岸边一只温驯的海鸥。海岸警卫员的两个儿子穿着衣服跑向海边,像书中说的野人一样把我们拉上岸来。我们在晴空万里的海岸上待了一个小时,我说:"我真想永远住在这里,也许有朝一日,我会的。"我总是喜欢寻找自己可以度过终生的地方。我们划船回家,当晚饭时间过去差不多一小时的时候,运动员肚子疼,蜷着身子躺在船底。运动员和他那些老乡们真是好笑:每到吃饭时间,他们的胃就开始报时,准得像钟似的。

对动植物的研究也令我们渐行渐远。我曾经计划写一本关于岩洞生物随季节变迁的书,也有一些自己记不得的理论,比如海葵的颜色。在历经思忖犹豫,困苦疑惑之后,我成了反驳亚当夏娃、诺亚舟和创世七日的高手。我读了达尔文、华莱士、赫胥黎和海克尔的著作,常常在周末花上几个小时去讨教一位地质专家,他在吉尼斯酿酒厂工作,闲时则戴着一把锤子到皓斯悬崖去寻找化石。"你知道,"我说,"根据出土的岩层来看,这些人类遗迹的历史不可能少于五千年。""哎呀!"他回答道,"这个例子得单独来看。"有一次我想用自己的事例来反驳《乌社尔年表》②。"如果我相信你的作为,"他说,"我的生活将陷入不义之中。"但对于运动员,我却没有什么好跟他争辩的,因为他只是为了冒险的刺激才收集蝴蝶标本,况且,他只对蝴蝶的名字感兴趣。我开始怀疑他的智力。我告诉他,他对动植物的研究简直如同集邮,跟科学没有一点关系。可能是受到父亲影响,早在伦敦上学时我就很看不起集邮。

十三

我们第一年住的房子坐落在海边的峭壁上,而我又把窗户的玻璃

---

① 都柏林郡附近的岛屿,为爱尔兰最东端。
② 由乌社尔大主教编纂的年代史,完全根据《圣经》的历史年代编成。

拆了下来,因此当暴风夜晚来袭时,水花时而会浸湿我的床。那几年,我一直对露天的环境怀有一种文学上的热爱。一两年后,我们搬进了一座可以俯瞰海港的房屋,在这里,最壮观的景色莫过于来来往往的渔船队。我们长期雇佣一位仆人,她是一名渔夫的妻子。此外,一个脸颊通红的高个子姑娘偶尔也来帮忙,她在母亲去教堂时吃了一整罐果酱,回头来却告我的状。这种安排持续了很长一段时间,直到后来父亲意外地在厨房发现一个临时来干活的姑娘,她噙着泪水,不愿意离开我家的其他仆人。父亲只能允诺永远不让她们分开。住在海湾边上是母亲的意思,这一点我深信不疑。当我们还很年幼的时候,她不愿意带我们去海边的某个地方玩,因为她听说那里有更衣室;然而,她很喜欢渔村的活动。当想到她时,我的脑海中常常浮现出她在厨房里边喝茶边和仆人(渔夫的妻子)聊天的场景——尽是我家周围那些为数不多的趣事,比如皓斯的渔民,以及罗塞斯角的领航员和渔民。她不读书,但她和仆人会互相讲些荷马可能说过的故事,为突然的情感起落而开怀,为讽刺揶揄而大笑。《凯尔特的薄暮》中一篇叫作《乡村鬼魂》的文章便记录了这样的一个下午,但还有其他的故事因为我没有立刻想起并记下而从此失传。父亲总是当着我和姐妹们的面称赞母亲,因为她从不会说些无中生有的感觉。在给父亲的信里,她描绘过看到浮云滚滚时的喜悦,可是她并不关心绘画,既不去展览厅看他的画作,也不进他的画室,从结婚到现在一直如此。对这些事我一直记忆犹新。在得了瘫痪后不久,神智日衰的她终于不用再为经济而发愁,在伦敦的房屋窗边享受着喂鸟的乐趣。父亲说母亲总是有着强烈的情感,并常常因为这个称赞她。有一次,他还补充了一句"守财奴养儿能作诗,挥霍徒有子不懂诗"。

十四

性意识的觉醒是男孩一生中的大事。他一天会洗很多次澡,或是天刚亮就起床,脱光衣服,对着架在两把椅子上的木棍跳来跳去。他既不知道,也不会承认开始迷恋上自己的裸体,也不会意识到身体的变化,直到一场春梦让他恍然大悟。至于思想中那愈为激烈的变化,他更是可能从未发觉过。

将近十七岁时,这些变化像炮弹的爆炸一样发生在我身上。村里有些得了梦游症的姑娘,当她们进入青春期时,便会将盘子扔得满地都是,或是用修长的头发缠着它们,如同闹鬼一般;或者,成为那些顽皮精灵的通灵人,让奇幻和灵异支配大脑。回首过去时,我似乎发现,自己的情感、热爱与绝望已然不是烦扰和伤害我的敌人,而是变得如此美丽,以至于我必须独身一人,才能对它们抱以全部的关注。我察觉到,在我的那时记忆中,独自所见的事物第一次显得比我同别人一起做或看的事物还要鲜活。

有位牧人曾将一座山洞指给我看,它离悬崖上的小径一百五十英尺,离海面两百英尺。他告诉我,有个已经死了十五年的房客马克罗姆,在被房东赶出来后,他在山洞里住了很多年。在他的指点下,我看到了岩洞上一根锈迹斑斑的钉子,也许老头当年正是用它来撑起防风防雨的木板吧。我将饼干和一罐可可粉放在这里,当夜晚比较暖和时,我就会以屋里招蛾子为由跑去洞里睡觉。在去山洞的路上,我必须经过一块突出的岩石架,尽管从上向下看它既窄又陡,但一般人还是可以安全穿过的。我在爬岩石架时曾受到一位陌生人的责备,但他的不满反而令我愈加开心。然而,在某个银行假日①时,我却在洞里发现一对情侣。我有些恼火,直到后来听见渔船的警报声,我才开心起来,原来日出前有人看到了马克罗姆的鬼魂,他弓着背站在洞口的火把前。我还试过煮鸡蛋——有本书说,把鸡蛋埋在土里,再点上一把火,就可以在洞里煮蛋了。

其他时候,我会睡在皓斯城堡野外的杜鹃花丛和岩石中。过了一会,父亲叫我半夜时必须待在屋里,也就是说,我得在床上睡觉;但我知道自己困意正浓,睡在床上又这样舒服,所以怕是不大可能再起来了。

---

① 英国的法定节假日。

于是我坐在厨房的炉子边,等到午夜一过便偷偷溜出去。这件事被渲染了一番,在学校里流传,有堂课上老师还拿我打趣。我对科学的兴趣开始渐渐消褪,不久以后我曾自言自语道:"所有理解都是错的。"我记得,自己很快就厌倦于各种样品标本,也意识到这么多年的收集其实并没有给我带来多少知识。还有,我之所以费那么多力气,只是因为一篇最初在斯莱戈圣约翰教堂听过的文章。我希望仿效通晓牛膝草和树木知识的所罗门王,确信自己的智慧。我仍然带着绿色的虫网,却幻想着成为智者、魔术师或是诗人。我有很多偶像,在攀爬于狭窄的岩架之上时,我便是冰川上的曼弗雷德①;我也想到过阿札纳斯王子②和他那孤独的灯,可是没过多久,我又崇拜起阿拉斯托耳来,希望能拥有和他一样的忧郁,最后,像他乘着船在林间缓缓淌动的河流中渐行渐远一样,从所有人的视野中消失。我还会想到一些女性,她们或是悲剧中受到爱慕、为我喜欢的那些诗人所极力模仿的角色,或是《伊斯兰的反叛》中那些跟着爱侣走遍荒野的姑娘,以及无牵无挂、生活在世外桃源中的女人们。

十五

父亲对我思想的影响达到了顶峰。我们每天早上都乘火车去都柏林,在他的画室里吃早餐。画室坐落在约克街的出租公寓内,宽敞的房间内有一座十八世纪的漂亮壁炉。早餐时他经常阅读诗人们的作品,而且每每是最为激情澎湃的诗歌或戏剧片段。他从来不会念那些富于思辨的篇章,亦不关心带有概括和抽象的诗歌,即便它再热血沸腾,他也毫不在意。他会读到《解放了的普罗米修斯》的第一幕,却从未讲到过第四幕赖以成名的喜悦抒情;他还会念起另一个场景:科利奥兰纳斯来到奥菲狄乌斯家中,告诉无礼的仆人,他的房子已经盖上了顶。后来,《科利奥兰纳斯》在剧院播放了很多回,剧本我也读过不止一次,但只有这一幕

---

① 拜伦诗作《曼弗雷德》中的主人公。
② 雪莱笔下的人物。

是我印象最深的,因为我脑海中萦绕着父亲的声音,而不是欧文或者本森的声音。他对行文优美的抒情诗篇漠不理睬,除非这种精致的优美背后存在着实际的人物。他所寻找的内容,无一不在描写理想而又熟悉的生活。当精灵们高歌着对曼弗雷德的鄙夷之时,我从曼弗雷德的回答"啊,甜蜜而忧郁的声音"中判断出,精灵纵使身陷愤怒之中,也褪不下可爱的外衣。父亲认为济慈比雪莱更伟大,因为济慈在诗歌中运用的抽象较少,但他其实从未读过济慈。我觉得,对于那些受到绘画影响的优美现代诗歌,父亲鲜有关心。但凡这种诗歌,都逃不出措辞的理想化,时为激情的行动,时为梦游的幻想。我记得父亲说过,所有的沉思者都蓄谋着抬高自己的生活状况,而且,除了伟大的诗人,其余的作家都属于这个范畴。回首过去,我发现自己似乎是从父亲的只言片语中来洞察出他的思想,其中的内在联系我直到现在才有所觉悟。他不喜欢维多利亚女王时代的诗歌思想,也不欣赏华兹华斯(某些诗歌或章节例外)。一天早晨,他在早餐时描述了一个华兹华斯研究学者的模样,他正在为这位德高望重的老牧师创作肖像画。父亲说,自己在老头子身上找到了一切职业拳手所具备的野兽本能。他瞧不起拉斐尔画作的形态美,认为画中的平静是虚伪而非控制得体的炽热感情,还攻击拉斐尔的生平,称其寻欢作乐、自我放纵。在文学方面,他则总是个前拉斐尔派主义者。他的文学观念是,只要皇家艺术学院不解体,就要带头攻击学院派的形式。他不再给我读故事,我们的讨论也只停留在表面。

十六

走亲访友的时候我开始常常犯错。一个我从小就认识并颇有好感的女人对我说,我已经不如从前了。我倒是想成为睿智健谈的人,一篇关于安培年轻时的短文也促使我向自己的远大抱负努力。当独自一人时,我便会放大自己犯下的错误,整个人也变得很难过。我开始模仿雪莱和埃德蒙·斯宾塞的风格写诗,一部一部地写下去——因为戏剧诗正是父亲最为推崇的体裁。我还创作出一些荒诞怪异而又逻辑不清的情节。尽管有些诗句碰巧自成一律,然而由于不理解书中所说的韵律学,因此我的诗句绝少合韵。我边写边念,但当读给别人听时,我还是发现,诗中没有共同的音律和韵律。不过,我在诗中倒是描绘了观察的瞬间。尽管我不再捉飞蛾,但我仍然能察觉到一切的发生经过:小飞蛾如何在日落时降生;为何此后只有寥寥几只大飞蛾,直到小飞蛾随着黎明的到来再度降生;还有,夜里哪些鸟儿会在看似深眠之时发出鸣叫。

十七

我仍然回斯莱戈度假,和乔治·波莱克斯芬舅舅待在一起。外公退了休,于是乔治从巴利纳赶来,顶替他的位置。外公没了大房子,合伙人威廉·密德尔顿也撒手人寰,还受到法律纠纷的困扰。他也不再是有钱人,膝下子女结婚生子,分居各地。外公的房子俯瞰海湾,高大而空荡。他无所事事,要么对着操作不当的运泥驳船发火,要么盯着蒸汽机的烟雾,判断它烧的是不是廉价煤,要么就去督工,看看自己的坟墓进展如何。密德尔顿家有一块墓地,墙上刻满了密德尔顿族人的名字。墓地里有一块为波莱克斯芬家族准备的空地,但外公说,因为地里葬着一位他很是讨厌的密德尔顿族人,所以他"不会跟这些老骨头们躺在一起";而且,他的大名已经用镀金字刻在了新墓地的石栏上。几乎每天,他都要散步到圣约翰教堂庭院那儿,因为他喜欢一切像船上那样整齐而简洁的东西,如果他自己不去督工,建造坟墓的工匠便会加上画蛇添足的装饰。虽然世事变迁,但外公的技巧和胆量犹在。我曾经乘着一艘小型商用蒸汽船去罗塞斯角,外公从舵手手中夺过方向盘,驾船穿过海峡峭壁间的狭长缝隙,又驶过一片沙滩,最后,他没有借助惯用的绳拉和"之"字形运动,一个动作就将船靠在了罗塞斯角的码头上——这个航道以前从未有人走过。外公从不抽烟喝酒,只有在感冒时才会吸一点鼻烟。八十岁时,医生建议他服用兴奋神经的饮料,但他回答道:"不,不,我不会养成这种坏习惯。"

在一定程度上,哥哥代替了我在外婆心目中的位置。哥哥在她家住了很久,学也是在斯莱戈上的,不过他在班上总是最后一名。外婆并不介意,她说:"他心肠太好,不好意思超过别人。"哥哥闲时会和领航员和水手家的小孩们到处游逛,作为深受爱戴的"头儿",他常会安排赛驴,或是把驴子前后系起来骑,考虑到驴子脾气很倔,因此这些活动十分考验一个人的智力。除此之外,他还用自己的绘画来逗乐大家。时至今日,在他的画作中,有一半的面孔我都在罗塞斯角或是斯莱戈的码头上见过。他住在那里已是很久以前的事情,但他的记忆似乎与目光一样犀利而精确。

外公是那么的暴躁,但乔治·波莱克斯芬却是那么的耐心。他是个富裕的中年人,过得却不如年轻打拼时那样舒坦。他有一座小房子,一位干杂活的仆人,和一位看马人。他每年都会戒掉一种活动,每年都会对一种食物失去兴趣。他对自己的身体简直如杞人忧天:从冬天过渡到夏天时,他通常穿着各式毛料衣裳,而衣服的重量总是要经过一番测量;无论是四月还是五月,不管任何日子,他当天所穿的毛衣重量都与以往年份同一天的重量相同(他从孩提时代就开始这样了)。他意志消沉,即便是最令人振奋的新闻,他也能挑出泄气的部分;每当六月二十二日来临时,他就会因时日渐少而唉声叹气。若干年之后,某一个仲夏的晌午,我在都柏林街头看到了满头大汗的他。我把他带去阴凉的基尔代尔图书馆,但这也没让他轻松起来,他愁眉不展地说道:"这地方冬天该会有多冷啊。"早饭时,我常会用自己的开心来对抗他的忧愁,我坚持说,他的天赋、记忆和健康并未耗尽,但他的话却让我无能为力:"二十年以后,我该有多么老啊。"但就是这样一个怠惰沉郁、活力尽失之人,却拥有着如画的思想。他的生平并不如我想象中那样激情燃烧,除了一场失败的爱情和一次年少时的旅行之外并无波澜。外公曾经用一艘斯库纳帆船将他送到西班牙的一座港口,在那里,有两位名叫奥尼尔的西班牙人,他们的祖先正是詹姆士一世时期从爱尔兰逃往西班牙的休·奥尼尔[①]和蒂龙伯爵;奥尼尔们同爱尔兰

[①] 奥尼尔当时一边同英国谈判,一边联合爱尔兰各地首领,并暗中求助西班牙,反抗英国统治。

的交易是西班牙贸易的残留,当年戈尔韦①曾凭着和西班牙人的商业往来而富极一时。多年来,出于对血统的珍视,他们一直和乔治保持着联系。有一次,他在康诺特省②的一座坟场碰巧看见一个孩子的葬礼,唯一到场的哀悼者是一位有着外国人模样的男子。原来,他是名奥地利的伯爵,他埋葬的孩子则属于一个居住于爱尔兰的奥地利世袭贵族家庭的最后一代,他们都葬在这个残破不堪的坟场里。

乔治舅舅几乎已不再打猎,没过多久他便彻底放弃了这个爱好。他曾经参加过障碍赛马,据驯马师说,他是康诺特省最好的骑手。毋庸置疑,他对马有着很深的了解,因为我听说在数个郡县之外的巴利纳,他曾用魔法医好了许多马匹。不过,他在疾病诊断方面却乏善可陈,因为那时候离他研究星相和仪式武术的日子还远着呢。乔治舅舅的仆人玛丽·巴特尔在他年轻时就一直跟随着他,她拥有预知力,将他带上了研究灵异学说的道路。他告诉我们,他曾经不止一次地在没有事先通知玛丽的情况下将客人带回家,竟发现她已经备好了两个人的桌子;一天早晨,玛丽正准备给他送干净的衬衫,却半路停下,说衬衫的前襟沾了血,必须换另外一件。在去办公室的路上,乔治翻墙时摔了一跤,血恰恰溅在玛丽所"看见"的衬衫位置上。到了晚上,玛丽说当她再看那件自己以为带血的衣服时,却发现它没有一丝污迹,这让她惊讶极了。她不识字,总是以欢笑来应对乔治的沉郁。她的思想里装满了各种各样的古老故事和怪诞的观点,我的《凯尔特的薄暮》中便有很多故事是来自她的叙述。

乔治舅舅很受斯莱戈老百姓的尊敬,这是斯莱戈男人绝少能做到的;但他却把这种尊敬当成一种更为强烈的情感,一种对他私人自由的侵扰。对于那些有势有钱的人,他总是致以一种额外的敬意。他要求工人们养成像军旅或是船上的纪律,服从个人权威,唯他马首是瞻。比如,假如一个赶车夫犯了错,舅舅不会开除他,而是让他赶来报到,

---

① 爱尔兰西部港市。
② 即戈尔韦和斯莱戈所属的省。

将他的鞭子夺走挂在墙上,然后,舅舅会降他的职,过几个月再复职,并把鞭子一同还给他。这个勤奋而讲究方法的男人,进取心不强却富于思考,对于他那在爱尔兰数一数二的万贯财产,他说这是来自某个兄弟或是伙伴的天赋。他是我小时候赖以诉说幻想和奇事的知心密友。跟他讲话时,我会回忆起一些书中的内容,讲到一个无人知晓、直到某个夜里才被人发现的乡村,他会很高兴(不过时间一到,他就会上床睡觉,谁也拦不住他);因为,他很喜欢自然的东西。他听到过麦鸡的叫声,第一声过后,所有的麦鸡都飞到了他所站的地方,第二声过后,它们便又统统飞走。当我告诉他,自己准备去吉尔湖①,晚上睡在树林里时,他很快应允,还帮我安排了一顿便饭。我并未将自己的意图告知于他,因为我又捣鼓出一个雄心勃勃的计划。父亲曾经给我念过《瓦尔登湖》的片段,我便打算在一座小岛的农舍里过上几天,这座名叫伊尼斯弗里的小岛对面,正是我和舅舅所说的夜宿地点——斯利什树林。

我认为,在战胜了肉欲以及对女人和爱情的向往后,自己应当像梭罗一样,为了追求智慧而生活。斯莱戈郡在历史上有个故事:一棵树在这座由怪兽守卫的岛屿上长大,依赖众神提供的养分而生。一位姑娘为树上的果实所诱,让她的情人杀死怪兽,带走果实。他照着姑娘的吩咐做了,却偷尝了果实。当他回到陆上,却已由于果实的神力而垂死。出于悲伤和悔恨,姑娘也吃下果子,死了。我不记得自己是否是因为美丽和传说而选择伊尼斯弗里岛,但二十二三岁的时候,我放弃了这个梦想。

晚上六点时,我从斯莱戈出发,美丽的暮色让我放缓了脚步。尽管到达斯利什树林时已经到了就寝时分,但我却无法入眠——倒不是因为被我当做床的那块岩石太干燥,而是恐惧森林巡逻员。有人告诉过我,他会在某个不确定的时间巡逻森林,可我很是怀疑。我一直在想,如果被他发现,我该如何解释,却想不出来能够让他信服的说法。不过,清早时我倒是能巡视我的小岛,观察鸟儿鸣叫的先后顺序。

---

① 位于斯莱戈郡。

第二天我走过不少颠簸不平和泥泞湿软的土地,步行三十英里回到了家,不出意料,我疲惫不堪,昏昏欲睡。在后来的几个月中,如果我提到那次远行,舅舅家的仆人(不是玛丽·巴特尔,她正在从病中恢复,自然也不会这么冒昧)便会笑得前仰后合。她相信我的这个夜晚肯定过得别有一番天地,而且我当初一定是编了什么借口来搪塞舅舅。她说:"你当然有理由这么累了。"我那时像个老处女一样拘谨,因此听到这话让我很难堪。

每年特定的几个月,舅舅都会去罗塞斯角,我便和他待在一起。有一次,因为想知道破晓前哪些海鸟会发出动静,我在将近半夜时造访某个表兄弟,让他把自己的快艇拖出来。他很恼火,不愿意把船借给我;但他的姐姐无意中听到我们的讲话,叫他别那么激动。焦躁之下,他大声朝厨房嚷去,让仆人把靴子拿来。他说,自己倍受别人尊敬,在人们口中的形象也不像我这般疯狂,因此跟我出来是件挺丢人的事。我们在村子里把一个昏昏欲睡的男孩拖下床,准备扬帆起航。他觉得,如果捕到鱼的话自己的形象便能得到弥补,所以我们还弄了一张渔船拖网。然而,此时风却突然停了,船无法出航。因为找不到地方睡觉,我便用主帆把自己裹起来,沉沉地睡去。将近拂晓时,我从睡梦中醒来,发现表兄弟和那男孩正在找钱,还在我的口袋里乱翻。一辆满载着鱼的小船从拉夫利驶来,他们想买些鱼,好在回去时佯称它们是自己捕的,但三个人的口袋都是空的。我之所以要去听鸟鸣声,是因为想写一首诗,不过十五年之后,我才最终完成了《浅水区》。如果最初便能将诗写下来,那么它一定是一篇观察入微的作品。我重温了风中的晨光,小时候我便曾为它触动。我对自己说,我热爱拂晓时分,这种热爱尽管多像小儿的嬉闹,像目标宏大的游戏,矫情而做作,却也不乏真挚的瞬间。数年之后,当《乌辛之浪迹》[①]完稿时,我不满于拂晓时黄色和淡绿的色调,不满于浪漫主义运用带来的色彩的过分渲染,因此便有意改变了自己的风格,试图刻画出冷色光线和云朵

[①] 叶芝一八八九年创作的叙事长诗。

翻滚的效果。我抛弃了传统的隐喻手法,放松了对节律的控制;而且,我意识到对生活的批判都来自外国和英国,于是,我便尽可能地增强情感,但将这种情感自我描述为"冷漠"。作为画家的儿子,我自然而然地相信景观对于某一精神状态有着特殊的象征意义,并会引起人内心的渴望,正如猫之于缬草那样。

十八

受到父亲早期作品的提示,我根据一则寓言的内容创作了一出长剧。国王的女儿年幼时在花园里看到了天上的神仙,对他的爱慕之情油然而生。为了让自己配得上他并远离凡间,她冷酷无情,犯下滔天罪行,最终依靠杀戮篡夺皇位。她在侍臣的簇拥下等待登基,但属下们却一个个身体僵硬,倒地而死——所有人中只有她能看到,那位神仙正走过大堂。最后,神仙来到宝座下,国王女儿的脑海中再度出现幼时的那座花园,她像孩童一样咿呀乱语地死去。

十九

有一次我和表兄弟出海,船上有个男孩说到相邻海港的音乐厅,说到里面的姑娘如何向男人投怀送抱,语气像是在夸赞示巴女王或是那些以自己名字命名整座城市的高级娼妓。还有一天,他希望我的表兄弟能沿着海岸航行五十英里,然后在附近有农舍的一处地方停船,因为他听说那里有很多姑娘,"我们会受到不错的欢迎。"他满心激动地再三恳求(我想,他的眼神怕是都在发光吧),但并不指望能说服我们,也许,他满脑子都是那些男女交欢的激情场面吧。有位年轻的骑师兼驯马师曾经为舅舅训练过马匹,某一年圣诞,我们将火鸡串在线上,放在他的马具室壁炉前烘烤时,他跟我说到了丑恶的英国。他曾在马赛遇见过两位英国的贵族王公,他们"去欧洲大陆度假时总会互换老婆"。他自己也曾受人引诱,跟着一个女人回了家,但在无意中摸到自己的肩胛骨后,他霎时间看见了在空中挥舞白色翅膀的天使。后来我再没有见到他,舅舅说他对一匹马做了下流的事情。

二十

我在皓斯爬山时,听见背后的车轮声,一辆小马车在我身边停下来,原来是一位独自驾车、没有戴帽子的漂亮姑娘。她报上自己的姓名,说我和她有共同的朋友,让我骑在她身边。我不住地瞅着她,顿时心生爱慕。然而,我没把自己的爱意告诉她,因为她已经订了婚。她把我当作知己,于是,我便将她和情人之间的争吵了解得一清二楚。他曾好几次取消了婚约,她因此卧病在床,朋友又劝他俩和好。有时她一天会给他写三次信,但没有密友的帮助,她根本写不下来。她是个奔放的人,善于模仿,在宗教的力量下常常控制不住感情。我听说她在讲道时会流泪,把自己唤作罪恶的女人,事后又模仿自己的行为。我曾经为她写过几首拙诗,还不止一次地因为她的未婚夫而生气得睡不着觉。

二十一

巴利索达尔的一件事令我重拾儿时的迷信。我不记得这事发生在什么时候,因为那段时间的记忆与童年一样,几乎没有先后顺序。我和一群表亲待在阿维纳的一座房子里,他们中有一个比我稍大的年轻人,一个同我年纪相仿的女孩,还有一位年长许多、也许是她姐姐的女人。那女孩经常告诉我一些她在巴利索达尔或罗塞斯角看到的奇异景象。一位三四英尺高、拄着拐杖的老太婆曾经走到她家窗前看着她,有时,她会在路上遇到些人,"谁谁谁近况如何",并提到自己一些家人的名字。她认为那些人不属于这个世界,但无法解释为何如此。有一次,她在一块熟悉的田地里迷了路,当她再次找到路时,却发现在那根属于他哥哥的手杖上,一块银饰不翼而飞。村里的一位老妇后来说:"那些人里有你的好朋友,他们拿去了银子,所以没有把你带去另一个世界。"

尽管下面的故事已经有些年代,但我所说的绝对没有差错,因为老太婆不久前曾写下了自己的回忆(没有别人提示或帮助),事情的来龙去脉同我的记忆没有半点出入。她坐在一面老式的镜子下读书,我则在房间的另一边读书。突然我听见一阵脆响,似乎是有人朝镜子扔了几粒豌豆。我让她在隔壁房间用指关节敲击墙的另一侧,看刚才的声音是不是这样发出来的。后来当我独自待在房间时,另一面墙壁和护墙板上又传来一声闷响。那天晚些时候,有仆人在空房子里听见了沉重的脚步声,到了晚上,当我和两位表亲出去散步时,这位仆人又看到一些树发出明亮的光芒,但我什么也没发现。不久,我们穿过河流,沿着岸边走动,他们说,在一处老坟地的边上,有一座被夷为平地的村庄。在我看来,它可能毁于十七世纪的战乱。突然,我们全都发现,有光线正顺着水流湍急的河段移动,像是耀眼的火把。过了一会,女孩看见一位男子正朝我们走来,却在水中不见了踪影。我一直在扪心自问,自己被欺骗了吗?尽管看上去不可能,但确实有人握着火把在河里走路。七英里外,一束微光落在诺克纳里亚山上,沿着山坡缓缓上升。我掏出手表计时,这束光在五分钟内"爬"到山顶,以我经常爬山的经验来看,没有哪个人的步子能有这么快。

从那以后,我常常漫步于土丘和仙山上,向老人们讨教问题,如果感到疲乏或不快,我便衷心期盼着真理托马斯①所预见的某种结局。理性让人兴奋,但我不借助理性去相信某事;我依靠的是感性,农村人的信仰使之变得简单。有次我在罗塞斯某座山丘的石径上爬行,和我同来的领航员向我喊道:"先生,你没事吧?"

一天晚上,我从斯莱戈出发,沿路来到罗塞斯村附近。此时,右边河岸七八英尺高的地方窜起一束火光,诺克纳里亚山也冒起了火团,交相呼应。我满腹疑虑,但毫不怀疑它和上次在巴利索达尔看到的火光是一样的。我开始不时地告诉别人,对于一切国家在一切时期都相信的东西,我们也应该相信,只有掌握了足够证据才有理由怀疑;而不应

---

① 13世纪苏格兰预言家,以从不说谎言而得名。

另起炉灶，只信从自己可以证明之物。不过，我也随时准备好推翻或是嘲笑那些自己所迷恋过的理论。我读过达尔文和赫胥黎的著作，并对他们的学说深信不疑，此时，我便产生了同所有人论战的欲望，因为确立的权威站在我这一方。

二十二

我不再去哈科特街学校，全家也从皓斯搬到了拉思加尔①。我在基尔代尔的艺术学校上学，但我的老师却是偶尔到学校来的父亲。老师们对我置之不理，因为他们喜欢平滑的表面和细腻的轮廓，除了细腻和平滑，他们一无所知。父亲画《掷铁饼者》时运用快速而破碎的线条来突出人的肩部，这在老师眼里什么都不是；但在大多数情况下，我对这些线条的使用比父亲还要夸张。有时，为了和周围的同学们对抗，我也试着做到平滑和细腻。有一天，我帮一位没有艺术天赋的同桌画塑料水果，在感谢我之时，他也道出了自己的过去。"我不喜欢艺术，"他说，"我台球玩得不错，是都柏林的顶尖高手；但家长说我得有份工作，于是我问朋友什么地方不用考试，然后我就来了这里。"我来这里，似乎也没有什么更好的理由。父亲想送我去三一学院，我不愿意，父亲便说："我爸，我爷爷，我太爷都是三一学院的。"我并没有把自己的理由告诉他：在我看来，自己的古典文学和数学水平都不足以通过考试。

我有位同学是个郁郁寡欢的"乡村天才"，康诺特郡的好心地主将他送到都柏林。他用钉在卧室墙上的被单创作宗教画，其中有一幅是《最后的审判》。有个性格不羁的年轻人早晨常常带着雏菊花环来上学；还有，化名"？"的诗人、神秘主义作家乔治·罗素不像我们那样临摹模型，因为他的眼前总会浮现一些另类的图景（在我印象中，有一幅《沙漠中的圣约翰》），而且，他还对我们提起过他的设想。现在，他的措辞清晰而炽热，那时却鲜有人能够领悟，仅有只言片语可以为人理

---

① 都柏林的郊区。

解和复述。有一天,他宣布准备离开艺术学校,他说,自己的意志本已十分薄弱,而艺术乃至任何情感上的追求只会让它愈加薄弱。

不久,我和某些同学一起上雕塑课,他们岁数大些,自然在班上也有些号召力,爱尔兰著名雕塑家约翰·休斯和奥利弗·谢泼德当时便在其中。第一天踏入他们进行创作的画室时,我呆呆地立在门口,眼前的一切令我大为吃惊。一位相貌和善的漂亮姑娘,也就是模特,坐在画室中央。因为她挡住了光,所有的人都用着最为激烈和荒诞的词语咒骂着她,极尽各种侮辱方式,但她依然纹丝不动,一丝不苟地坐在那里。距我最近的人一看见我,便大声说道:"她是个聋子,所以每次她挡住光时,我们总会骂她。"我很快发现,大家实际上待她都很好,帮她提画板和诸如此类的东西,晚上还送她上电车。

我们才疏学浅,对绘画史缺乏批判观念,也没有成规的标准。有位学生常在课上向大家展示法国的图片报纸,我们便全都喜欢上罗丹和达鲁的雕像,以及描绘巴黎人慷慨演讲的纪念雕塑,如果不和父亲进行一番讨论,那么我对艺术品简直没有任何鉴别力。哗众取宠的甘贝塔(一八三八——一八八二,普法战争后法国著名的政治家)纪念碑曾让我们很是骚动。

法国对我们的影响无与伦比。有一两名学长去过法国,而全校人都对那里朝思暮想。说到英国,却只有我一个人对它无所不知。最有才华的那位同学为阅读但丁的作品而学习意大利语,但他既不知道丁尼生,也没听说过勃朗宁。在我的努力下,一些关于英国诗歌的知识进入学校,首当其冲的便是以智慧打动我的勃朗宁。在我看来,自己做得并不好,我写了很多很多的东西,并因此而厌倦,开始时踌躇满志,后来却虎头蛇尾。当独自一人,无人打扰时,我便会迷恋于某种图案,渴望前拉斐尔主义,向往一种与诗歌有关的艺术形式,一次次地跑去国家画廊,凝视特纳的《金枝》[①]。然而,尽管知道如何去挣脱枷锁,

---

[①] 为同名著作《金枝》的插图。J. 弗雷泽所著《金枝》是一部研究宗教和巫术的科学著作,被誉为人类学的奠基之作。

但怯懦还是让我无法摆脱父亲和周围人风格的影响。我总希望父亲可以重现他年轻时的风格,描绘出流失已久而又独具匠心的创意。在画中,有位隐约穿着中世纪服装的驼背老人,他穿过一座地下室,地下室的床上还睡着人;一位姑娘从床上半坐起来,抓住老人的手亲吻。故事的来龙去脉我已经忘了,但这位不同寻常的老人,和姑娘肖像所携带的强烈情感,仍然栩栩如生。我记得《圣经》的某个章节曾提到,一个男人在拯救了一座城市后悄然离开,从此便杳无音讯,在画中他却成了另外一副模样:他成了一名衣衫褴褛的老乞丐,在集市里对着自己的雕像放声大笑。但父亲会说:"我必须画下眼前所见的东西。当然,我也会画些不同的东西,因为天性的灵感会不由自主地涌入。"有时我试图跟父亲争论,因为在我看来,他和那些画家同伴们的思想都源自于维多利亚时期科学所带来的误解,而我则渐渐地对科学抱有一种僧侣式的敌意;然而,这并没有什么好处,有段时间我甚至会收回自己说出的话,装作不懂的样子。父亲创作了许多优秀的肖像画,律师界的领袖,学院的要人,或是偶遇的路人,如果父亲中意他们的脸型,便会无偿为他们作画一幅;但没有一张合我的意。在我眼里,只有美丽的东西才应该被画下来,而只有古代的事物和梦中的意象才是美丽的。父亲曾为一位患肺痨的行乞小女孩画过水粉像,这是他最杰出的画作,但现在已经失传。为了这张画,我差点和父亲吵了起来。爱尔兰学院展出的一幅画出自马内的追随者之手,它描绘了一名脸色蜡黄、坐在咖啡店前的妓女,让我难受了好些日子,然而,当父亲的努力使得惠斯勒[①]的一些作品远涉重洋来到展馆时,我又重新开心起来。父亲说:"想想看,你老妈如果穿上灰色的搭配,该会有多好看!"[②]我才不会同意他的看法。

我不喜欢单纯的现实主义。在我看来,创作也应该是有意识的,但我的绘画仅限于对父亲的模仿。我只会画肖像,甚至是现在,每当

---

① 詹姆斯·麦克尼尔·惠斯勒(一八三四——一八七一),祖籍英国的美国画家。
② 叶芝父亲说的是惠斯勒的名画《惠斯勒的母亲》,它又名《灰和黑的搭配》。

看到别人时,我便总会像肖像画师一样,在脑海中将他们的形象置于某个背景之前。我仍然像个小孩,有时在一种复杂的狂热下作画,模仿出灵感带来的印象,有时则做作地迈着步子,惦念着哈姆雷特,停在商店的橱窗旁,对着玻璃看自己系成松散的水手结领带,为它不能像画中拜伦的领带那样不停地被风吹出领口而懊恼不已。我那时的想法和现在一样多,但我却不知道如何选出真正属于自己生活的念头。

二十三

我们住在一座别墅里,红砖夹杂着蓝灰石板色的条纹,显眼而又庸俗,而且,左邻右舍似乎并不友好。住在房子一侧的建筑师倒是挺和善,但在另一侧却住着一个愚蠢而粗壮的婆娘和她全家。我看书时坐在她家窗户的正对面,一天晚上我正在写字,却听到了嘲笑声,然后看见那胖婆娘和她家人站在窗边。我习惯一边写字,一边无意识地把写下的文字大声读出来。也许那时,我正趴在地上,或是低头看着椅背,说着自己想象中的无底深渊吧。一天,有个女人让我给她指路,我当时正在想心事,被这突然的打扰惊得愣了一下,此时,住在隔壁的一个女人走了过来。她说我是个诗人,然后问路者便满脸鄙夷地掉头离开。另一方面,当仆人告诉警察和电车售票员我是诗人时,他们倒是很体谅我的心不在焉。有人问警察,为什么不论地面干净还是泥泞,我都照样在走?警察说道:"啊,他只管他脑子里面的诗!"我想自己一定是个骨瘦如柴、弱不禁风的人,因为住在隔壁路口的小孩在我路过时会喊道:"哦,死神又来了。"一天早晨,父亲在去画室的路上遇到了拥有一家大杂货店的房东,他俩的交谈如下:"先生,告诉我,你觉得丁尼生应该被授予贵族称号吗?""问题只是他该不该接受,这总比单名一个阿尔弗雷德·丁尼生好吧。"沉默片刻,然后:"哎,所有我认识的人都说他不应当贵族。"然后,他不怀好意地说:"诗歌有什么好处?""哦,它令人精神愉悦。""那假如他写一本健康向上的书籍,你岂不是精神更加愉悦?""哦,假如这样的话,我就不该读这书了。"晚上回来时,父亲开心地说着他的故事,但我无法明白他为何能从容对待这事,却不与那人大吵大闹一番。

除了一个白发老头外,左邻右舍们便没有见过其他诗人。那老头写了不少文字简单而又甜得腻人的诗歌,他挥金如土,神志日衰。他在街上也算小有名气,住在一座破旧的出租公寓里,与鹅卵石堆砌的鸡舍为伴。每天早上,他都会带着一块大面包回家,掰一半下来喂鸡、喂鸟,或是施舍给一些忍饥挨饿的猫猫狗狗。据说,他住处的天花板中央有一颗钉子,无数根细绳从这里伸展出来,同墙上的其他钉子拴在一起。这样,他便可以幻想自己住在阿拉伯沙漠的帐篷里。我不能像老头那样远离尘埃,但听到每一声流言,看见每一束投来的目光,我便无法不讨厌这个家,讨厌周围的街坊邻居。

外公曾抽出几天过来看病,当他出现在家里的时候,我大吃一惊。晚上,父亲给他念克拉克·罗素的《格罗斯维纳号海难》,但医生不允,因为半夜时外公竟然从床上爬了起来,像我演绎诗歌那样演绎着海难时船员哗变的经过,嘴里还说道:"嗯,嗯,一切就是这样。"

二十四

第一次到都柏林时,父亲经常带我去拜访爱德华·道登①。道登和我父亲是大学同学,两人也许是想再续旧情吧。有时他招待我们吃早餐,餐后父亲便让我诵读自己的诗。道登的鼓励张弛有度,既不过分表扬,也不冷漠无情,还时常借些书给我。他的房子整洁有序,生机勃勃,处处品位高雅,对诗歌的重视恰如其分,一度让都柏林都为之增色,而他本人几年来也以浪漫的形象著称。然而,父亲却没有我那样的热情,很快便对见面失去耐心。他有时会说,年轻时自己投身于艺术创作,但道登并不在身边,还常常提起他眼里道登生活中的失败之处。现在我知道,父亲在这位朋友的身上发现了自己曾经的弱点,但

---

① 道登(一八四三——九一三),英国文学批评家和诗人。

前拉斐尔派成员的对话已经医好了父亲的痼疾。父亲说,"他不相信自己的天资",或是,"他总是受不如自己人的影响",或者,他会称赞道登的诗《断念者》,来印证他可能写过的东西。我不为父亲所动,因为在我看来,这张阴郁而浪漫的面孔背后,一定有着不一般的过去。我逐字赏读了他的诗句,深为那斯文宾式的修辞所感动,我相信,他曾与人私通,但爱得郁郁寡欢。在艺术的经历中我发现,对于女人爱情的某种意象是一个派别的专长,于是我改变了自己的臆想,重又觉得他是个睿智的人。

我总是为哲学问题所困。我对艺术学校的同学说:"诗歌和雕塑的存在令我们的激情长存。"有人便会说:"没有激情,我们会过得更好。"或者,我会为一个问题而焦虑一个星期:艺术究竟是令人快乐,还是令人敏感并因此更加悲伤呢?我对休斯或谢泼德说:"如果我无法确定艺术能让人快乐,那么我将不再写作。"如果我向道登提起这问题,他便会开心地以反讽应答。面对任何人任何事,他似乎都能放下架子,他就是我的智者。我了解,倘若一个人要写抒情诗的话,他就必须受到自然和艺术的塑造,从五六种传统的形象中蜕变出自我,爱人或圣人,智者或耽于肉欲者,抑或是嘲笑生活之人;只有不幸的造化,才能为他打开世间千姿百态的大门。而这种思想,在为人所认识之前,本是直觉。

父亲把道登的反讽称为懦弱,让我甚是气恼,但很多年后,他的看法也没有改变,因为就在几个月前,他在给我的信中写道:"这就像和神父对话一样。人应该小心点,别提到他付出的代价。"一天早餐后,道登为我们朗读尚未出版的《雪莱生平》片段。我将雪莱的《解放了的普罗米修斯》视为圣书,听着道登的念述,我非常开心。然而,后来他却说自己对雪莱的热爱早已淡漠,写书的目的只是兑现和雪莱一家的约定,这让我很是扫兴。《雪莱的一生》出版时,马修·阿诺德[①]对书中一些或是守旧或是放肆的言语大加揶揄。我和父亲发现,这些言语

[①] 阿诺德(一八二二——八八八),英国诗人、评论家。

充分显示了一个谨小慎微之人在力图掩饰自身缺乏同情心之时所表现出的激动和愚拙。道登年轻时曾在亚历山德拉学院讲课,他公开谈论歌德的情史,让都柏林的新教大主教很是不悦。然而,对于本可能成为集大成之作的《歌德的一生》,他要么已经放弃写作,要么即将放弃。他说,只有最初对华兹华斯的喜爱一直延续到现在。

我的信念受到了动摇,但直到他让我读乔治·艾略特的作品时,大失所望的我才燃起了愤怒的火苗,和他吵了起来。我读过维克多·雨果所有的浪漫主义作品,两部巴尔扎克的小说,对艾略特没有半点好感。她似乎对生活的方方面面都充满了怀疑和厌恶,令人忍不住拍案而起,而且,她知道如何娴熟地运用维多利亚中期的科学权威,或科学滋生的思维习惯来加强自己的这种厌恶,以至于我并未摆脱所恶之物的吸引,将书摊在桌上,怀疑起自己的直觉和对于美的认识。艾略特让我不安,令我警醒,但当我在父亲面前提到她时,他只说了一句话:"哦,她是个痛恨俊男靓女的丑女人。"然后便把她扔在一旁,开始赞美起《呼啸山庄》来。

直到有一天,我才从道登的来信里发现,他和父亲多年来的友谊原来竟是一种敌对。六十年代住在菲茨罗伊路时,父亲曾写道,他们三兄弟(指的是诗人埃德温·埃利斯、内特耳希普和他自己)"讨厌华兹华斯";道登则以恼怒而郑重的措辞给父亲写了一封信。父亲回应道,道登过分相信人的思维能力,而所有有意义的教育无非是对情绪的激发,他还说,这并不等同于易冲动的性格。"对于完全情绪化的人来说,"他写道,"当所有代表各种感觉的弦都和谐地振动时,他对知觉的感察程度最小。兴奋只是一两根弦的强烈振动,是情绪不足的特征。"父亲生活在一个自由的世界,习惯了同伴之间谈笑风生的爽朗,习惯了人们为发现真理却非教诲大众而谈论和写作,他已暗下定论:当时同为二十多岁的道登,毫无疑问,是个褊狭之徒。

二十五

当我开始研究心理和神秘哲学时,才挣脱了父亲的影响。父亲曾是约翰·斯图亚特·密尔的拥趸,在科学运动的伴随下长大成人。从这一点来看,父亲和罗塞蒂的团体八竿子打不着,因为在他们眼里,无论是太阳绕着地球转,还是地球绕着太阳转,都跟人们没有半点关系。不过,通过新的研究,我发现自己的神秘思想也不乏志同道合者。

  有一次我正在道登家的客厅,这时仆人通报,前任校长来了。我的脸肯定吓得煞白,或是羞得通红,因为道登一边说着揶揄而友好的话,一边把我带进另一个房间,直到客人走了我才敢出来。几个月后我再次见到校长,这次我的胆子大了些。我们在一条街上撞见,他说道:"我希望你可以利用和某某的关系劝劝他,他把所有的时间都花在研究某些神秘主义学说上,考试肯定及格不了。"我大为惶恐,但还是说了一些关于今世之子比光明之子更加聪明的长篇大论。他走时粗暴地丢下一句"早安"。那时的我,除非遭遇恐惧,否则根本不会在说话时卖弄辞藻,但校长的态度却让我将义愤之情统统发泄出来。

  新友故交的帮助是我研究下去的动力。我总不参加所谓的"中级考试",它之于学生、之于老师都具有弥足轻重的意义,但也仅限于此。父亲教育我在学校时不要为未来忧虑,不要看重实际的成绩,我甚至听他说过:"我年轻的时候,绅士的定义是:一个不全身心投入眼前事物的人。"但这校长却想阻止朋友们和我一起追求真理中的精髓要义。我在学校里有个快毕业的朋友,他是位足迹踏遍整个爱尔兰的舞男,但现在却跟我一起读起了瑞生巴贺男爵的自然力学说和神智学社出版的小册子。我们花了很多时间去基尔代尔街博物馆,把手放在玻璃橱上,感受从大块水晶内传来的自然力。我们还蒙上眼找钉子,或是在报纸上阅读有关我们"秘术学会"的新发现。学会的成员每次都在约克街一座房子的屋顶边见面。学会最初成立时,我提议说,大诗人们在辉煌时期所确立的一切事物都可以拿来建立权威宗教,而他们笔下的神话、水里和风中的精灵,都是不折不扣的真理。如果有人让我定义宗教中的那个"最高者",我或许会这么说:"荷马在寻找主题时发现了奥德修斯,我们也可以这样。"

  我的那位朋友给传教士协会写信,让他们送他去南海。我想给他雷南的《基督的一生》和《密乘佛教》的抄本,他两本都不收,但几天后,当我们在基尔代尔街图书馆准备考试时,他在休息时提到了《密乘佛教》的问题,从此皈依密乘佛教。于是,他又给传教士们去信,收回自己的请求。他向神智学社自荐,希望成为门徒。他对我缺乏热情的态度感到十分焦急,因为我常常在书上的某些地方停顿下来,用父亲的怀疑态度来加以审视。我说,即便我的内心坚定不移,自己也不认识"哪怕一个天生可以使人信服的人"。我说这话时很认真,但他却当我在开玩笑。有段时间,他令我耻于自己的这个世界,耻于这个世界的冷淡,我开始怀疑,他那个信仰即为一切的世界(他的父亲是有名的橙带党领导人)是否真的不如我的世界。他曾经怂恿另一位小舞男立刻改换门庭,这个聪明的小家伙现在是一名都柏林的数学家,身高仍然不足五英尺。第二天,我发现了沮丧的他。我问道:"他没听你的?"他说:"是啊,我才讲了一刻钟的时间,他就说自己信了,怎么可能呢?"当然,这些被考试折磨坏了的脑子,确实需要些新鲜的东西。

有时,三一学院一位教东方语言的波斯教授会来到我们学会,跟我们讲东方魔术师的故事。他小时候曾目睹过异象,众多精灵在墨水池中用阿拉伯语高唱:"不相信我们的人们呐,你们有祸了!"我们曾说服一位婆罗门出身的哲学家从伦敦来都柏林待几天,让他和我们中间唯一一位自己有房子的朋友住在一起。这是我第一次接触哲学,它证明了我那些模糊的猜测,同时又显得那么得条理井然、广阔无垠。他教诲我们道,意识不仅仅流于表面,更拥有着另外一种运动,它见于想象,见于沉思,并随着高度和深度而变化。有位面像酷似基督的英俊青年,他曾经好好挪揄了我一番:他说,我早餐时便来到他那,正要开始提问,却被第一位访客打断,于是我便默不作声地等到晚上十或十一点钟,直到最后一位访客离开,我才继续问完了自己的问题。

二十六

我经常思考令自己倍受折磨的教育体制问题,在我看来,人对其所做之事都会用哲学道理来自我辩解,于是,我便极其希望遇见某位校长,好质问他一番。评论家曾开会讨论模仿埃德蒙·斯宾塞的田园戏剧诗《雕像的岛屿》①是否有资格发表在学院杂志上,我便受邀在会上朗诵这首诗。杂志已经登出过我的一首抒情诗,它也是我第一首见诸于刊物的诗歌,打那以后我的名字便渐渐为人所知。我们在新大学政治经济学教授 C. H. 奥尔德汉姆的住所里见面;尽管年轻的伯里教授具有决定权,但奥尔德汉姆先生还是请来了一大帮听众。朗读结束,诗歌获得通过以后,不知为何,我便被人群撇下,和据说是教师的一个人待在一起。我沉默不语,积攒着胆量,他也同样沉默不语。没过多久,我唐突地开口:"我知道你会辩解普通的教育体系,说它能够增强意志,但我确信这只是表面现象,因为它会削弱人的冲动。"他默不作答,只是笑笑,带着惊奇的眼光看着我,像我曾说过的那样:"你也许会说,这是最漂亮的波斯装;可是我看还是请你换一换吧。"②

二十七

我开始经常光顾奥尔德姆先生创办的会所。我加入它,不是出自天生的热爱,而是有着不为人知的雄心。我希望变得沉着自若,可以像哈姆雷特一样,将敌人玩弄于股掌之间,可以盯着狮子的脸孔,而睫毛都不会颤动。在英国,措辞激烈的争论早已过时,不过在爱尔兰,这仍是人们对话的方式。在会所里,联英主义者和国家主义者会互相打断,互相辱骂,毫无公共演说时的规矩和传统约束。有时他们会改变话题,讨论社会主义,或是哲学问题,但不过是老瓶装新醋罢了。我谈吐从容,工于思考,但若有人无礼插话,我便会或是沉默不语,或是夸大观点,荒诞不经,或是犹豫迟疑,渐生迷惑,或是沉浸于其他人的激辩之中,兴奋不能自拔。事后,我会花上数个小时来斟酌自己的言论,

---

① 叶芝的第一首重要诗作。
② 这句话出自莎士比亚《李尔王》第三幕。

扭错为正。我发现,只有在面对熟人之时自己才能做到镇定自若,于是我便来到一座陌生的屋子,尽管知道这一个小时会很难熬,但毕竟能受教良多。我所不知道的是,哈姆雷特的冷静并非来自于教育,而是出自那种压倒和颜悦色的冷漠和激情,魄力匮乏之人,唯独在老时方能期盼拥有。

二十八

我很穷。有一天,在利菲河的一座金属桥前,我不愿掏半个便士的过桥费,说道:"不,我还是从奥康内尔桥绕吧。"收费员和他的一个伙计狠狠嘲笑了我一番。我第一次到莱因斯特路上的一座房子拜访时,几个正在打牌的中年女人拉我一起玩牌,还给了我一杯雪利酒。六便士的酒钱落到我头上,接下来几天我几乎身无分文。这里的女主人叫艾伦·奥里亚雷,她替哥哥约翰·奥里亚雷打理房子。芬尼亚社成员约翰·奥里亚雷是我所见过最为英俊的老头,他曾被判处二十年的苦役,但在五年后获释,前提是十五年内不得返回爱尔兰。他告诉政府:"如果德国对你们开战,我不会回来,但若法国对你们开战,我便会回来。"他和年迈的妹妹住在一起,正对面则住着他景仰有加的橙带党领袖。他的妹妹从一开始便唤起了我的感情,她谈及我在伦敦上学时的那位和蔼可亲的女总管,谈及对她面庞和样貌的喜爱,令我激动得无以复加。但当我开始了解她时,我发现她和哥哥均是普鲁塔克的拥护者。她说到哥哥的生平,他年轻时如何花上一个下午,在二手书店寻找稀缺图书(现在仍是如此),以及芬尼亚社的组织者詹姆斯·斯蒂文斯是如何找到他,让他帮助自己的。"我看你没有成功的可能,"他说,"不过,假如你答应不让我招收其他人的话,那我倒会加入你们,这对于整个国家的风气也不乏好处。"她告诉我芬尼亚社如何成长为一场声势浩大的运动,谈到随后的逮捕(我认为,她的爱人便死于这次劫难),以及莫须有的死刑和公众的恐慌。提起这些事的时候,她的脸上没有一丝苦涩。在如此的温文尔雅之下,一切的狂热都难以生根发芽。她相信,敌人的动力并不亚于自己,在艰难的斗争道路上,并不需要仇恨的煽动。

从开始的只言片语来看,她的哥哥则是迥然不同的一个人。他骂起人来很凶,"天杀的"就是其中一句;如果他对别人的任何言语或是行为产生反感,他定会将自己的想法展露无遗,但从某种程度来看,他的公道却与她的仁爱相衬。"没有哪项事业会糟糕到没有仁义之人捍卫、没有正当理由辩护的地步,"他说。他也不会因为和人意见相符就拼命地夸赞他;他曾经借给我戴维斯①和青年爱尔兰运动成员的诗歌,但即便是戴维斯的诗让他投身爱国运动,他也没说过这些诗有多好。

他的房间里摆满了书,它们都是些二手货,印刷粗糙,邋遢不堪,在我那没有多少历史印记的脑海中,它们并不比都柏林某家旧书店的灰尘显得更为赏心悦目。很多书由爱尔兰语写成,在这里,我也第一次看起了爱尔兰天主教徒自小读过的历史和诗歌。他几乎把政治完全等同于道德学科,很少认为提出的行动方针切合实际。当他和我提及自己的狱中生活时,他的语气听上去是那么无忧无虑,但我很快注意到,他对狱中的艰难困苦只字未提,我问他为何,他答道:"既然我已经落入敌人掌中,那么抱怨还有什么意义吗?"后来我听说,监狱长发现他几个月来一直在忍受着一些不必要的痛苦,便问他为何不说,"我不是来这儿抱怨的。"他回应道。他那与生俱来的道德感染力打动了所有的年轻人,如果他们常为那些待人严厉、自身平庸的泛泛之辈排挤,那么受到的影响甚至更大。像其他人一样,我开始用激烈的言辞说出一些似是而非的话,震慑着褊狭的审慎,而道登那讽刺般的冷静不过是惯常的装腔作势罢了。但在他的话中,也曾迸发过艺术家般的灵感。有些话,即便是放在伊丽莎白女王时代的某些宏伟剧作中,也是字字珠玑。我乐于唤醒他那勃发的情感,没有他的主题引导,我作诗时便无从下笔。有一次,我在为一位爱尔兰政治家辩护。人们认为他犯下了重罪,但他却强烈抗议,认为自己的所作所为只是为了事业。

---

① 戴维斯(一八一四——一八四五),爱尔兰革命作家、诗人,是爱尔兰青年运动的组织者。

奥里亚雷说:"有些事,即便是可以拯救国家也不能做。"他说话时可能全然注意不到话中的强烈感情,片刻之后便会忘个一干二净。

在他家里,我遇到了后来的一些朋友,比如,仍然住在父亲农场里的凯瑟琳·泰楠①,还有道格拉斯·海德博士,那时还是学生的他像马约郡②的农民一样吹着鼻烟,记录下他们的故事和音乐。"达维特③希望有成千上万的追随者,"奥里亚雷说,"我只要六个。"有个人经常来拜访他,他名叫约翰·F·泰勒,是个默默无闻的演说家,总是以充满敌意的眼光望着我。一天在都柏林,我无意中听见一个人在向另一个人低声念诵演讲辞,印象告诉我,它出自伊丽莎白时期的某一首抒情诗。演讲发表在都柏林的一场辩论会上,也许是学院某些社团组织的吧。大法官的发言措辞周全,感情平淡,带着自满和嘲笑。泰勒开始举棋不定,停下话来想词,在磕磕绊绊地说了只言片语之后,他板起脸来,如同梦呓一般说道:"我被带到了另一个时代,一个更高贵的法庭,另外一名大法官在说话。我来到了第一法老的法庭。"接着,在他的描述下,埃及法老吃掉了所有的听众,但转眼间,他又在对以色列的孩子说话:"如果你们真的像吹嘘的那样拥有灵性,那么,为什么不利用我们强大的帝国来将其扩张到整个世界,为什么仍然守着你们那一贫如洗的国家不放?你们的历史和成就,和埃及相比简直不值一提!"然后他的声音变得沉郁:"我看到,人群的边缘有一位男子,他站在那里聆听,却不会顺从。"声音重又扬起,如同嚎叫一般:"若他顺从,他便不会怀揣用律外语言写成的《律法》,从山上走下来!"

他在麻布商人的店里帮工,通过自学进入了学院,现在则是一名律师。他以接受没有胜诉希望的案子而闻名,虽说案子的糟糕程度连法院判决都无能为力,但他却能运用自己的雄辩口才、连续盘问和渊博学识来扭转乾坤。和他的谈话总会演变为争执,对于顽固的对手,

---

① 爱尔兰女诗人,叶芝早年和她过从甚密。在她的影响下,叶芝频繁地参加各类神秘主义组织活动。泰楠一生都很仰慕叶芝的才华,而叶芝却在后来逐渐疏远了她。
② 康诺特省的一个郡。
③ 爱尔兰记者、国家主义运动领导人,土地联盟的创立者。

他会说这样的话:"先生,你是个坐井观天的人么?"而且,他似乎特别讨厌我。同那一代众多白手起家的人一样,他以卡莱尔①为文学偶像,认为对复杂精妙思想的蔑视便是对他的支持,而在我们这一代的眼里,卡莱尔则是雄辩家和煽动家。有一次,我以为自己在田里看见一头发怒的公牛,为了考验自己的胆量,我便迎面走了上去,但当恐惧萦绕在心头时,我却发现那不过是头易怒的母牛罢了。我曾三番五次地与泰勒交锋,但他却总是令我失望。我引用密尔的话:"雄辩是讲给别人听的,诗歌是无意中被人听见的。"他则以轻蔑的语气答道,自己总不乏听众;然而,他那崇高的演说不过是自顾自地陈词,无论台下坐着什么人,他在台上都是个孤家寡人。

他宣扬科学和天主教的正统,却往往为我的超自然主义而惹恼。记得有一次,我就曾泰然自若、毫发无伤地躲过了他的攻击。在某次晚会上,我故意以夸张的语调来谈论奥里亚雷的"六分之五的人撞过鬼";泰勒果然中计,他说:"好吧,我来问问在场的每一个人。"第一个回答来自一位男士,他认为自己听到过死去兄弟的声音,第二个则来自一位医生的妻子,她住在闹鬼的屋子里,还撞见过一个喉咙被割开的男人,那人在花园走廊上游荡,喉咙"像鱼嘴般一张一合"。泰勒像只发怒的马一样猛地抬起了头,但没再问任何问题,那晚也没再回到过这个话题上。倘若他不依不饶的话,他怕是会从每个人的口中听到鬼故事(即便有些是道听途说),艾伦·奥里亚雷也会对他讲述麦克马努斯兄弟中一人的死。麦克马努斯兄弟是青年爱尔兰运动的著名活动分子,当其中一人在床上奄奄一息时,他的兄弟正在一旁盯着。他看见一只形似老鹰的怪鸟飞过敞开的窗户,停在将死之人的胸膛上。他不敢将怪鸟赶走,它便待在那里,盯着他兄弟的眼睛,直到死亡降临,它才飞出窗外。在我看来,艾伦·奥里亚雷的故事应当来自那位目睹一切的麦克马努斯,但我并不敢妄下结论。

泰勒也许是他这个时代最伟大的演说家,但人们认为,他的怪脾

---

① 卡莱尔(一七九五——八八一),苏格兰讽刺作家。

气令他与公众生活渐行渐远。从某种程度上说,他远离政坛是因为没有领导人愿意接纳他,但更重要的原因则如泰勒在都柏林的政敌所说:"他从不参加任何派别,如果别人加入他的阵营,他便会立即退出。"泰勒与奥里亚雷尽管时常意见不合,可他对后者却态度和善、敬重有加,而多年后,我却一度以为他也会纳我为友。我们在伦敦的街上偶遇,他唐突地拦下我,"叶芝。"他说,"如果你和……(另一个讨厌的人)生于中世纪意大利的某个小公国,他在法院里有朋友,那么你将流亡国外,他们还会悬赏要你的脑袋。"他说完这些便走开了,但后来我们再度相遇时,他的措辞之尖锐,较以往有过之而无不及。在我的青年时代中,自我禁锢的泰勒才是悲剧的角色,而非始终冷静从容的奥里亚雷。同奥里亚雷一样,他热爱一切精神和物质上的美好,这种热爱令他景仰奥里亚雷,令他时常借来朋友的戒指或胸针,也令他的心为每一位佳人而燃烧。我不知道他的爱情是否幸福;因为在我眼里,那些姑娘虽能为他强大的智慧所吸引,却会因他的模样而望而生退:粗糙的红发、瘦削而笨拙的身体、僵硬如木偶的动作,还有他那破旧不堪、卷成一团糟的雨伞。然而,对于女人,他就像对于奥里亚雷一样,温和、恭敬,甚至有些露怯。

  青年爱尔兰运动的一个学会在约克街一家工人俱乐部的讲堂里聚会,奥里亚雷担任主持,我和四五名大学生就爱尔兰历史或文学发表讲话,泰勒也偶有露面。泰勒的到场绝对是件盛事,他常常讲些托马斯·戴维斯的政治诗,他的谈吐让我深信,如果读到情感强烈之时、思想升华之际,读诗者近乎陶醉在节奏之中,那诗句的气势该会有多么宏大。从某种程度上说,醒耳的奇妙,高贵的气质和独特风格是泰勒声音的美之所在,这些诗句在书页上显得多么的平淡而空乏,却从声音中获得了神韵。我的父亲在读诗时,总是带着一成不变的情感,令人难以觉察,但读诗的艺术是见于大众的艺术,父亲的读法却只能自娱自乐。相比之下,泰勒的声音在我耳中萦绕不绝,唤醒了我的渴慕,如同台上的演员吟诗。"多么自然啊,"有位著名的演员曾对我讲道,"没有人能觉察出它其实是诗歌。"我也演讲过许多次,但我多半认为自己是为了训练冷静而演讲,而不是为了演讲本身而演讲。有一次,我们的争论引起了大街小巷和报刊媒体的骚动。有个性情激动的人曾为了捍卫教皇而与意大利爱国者争斗,在爱尔兰国家主义者的游行队伍中,他总是骑着一匹白马。他和奥里亚雷素来不睦,因为后者曾告诉他"通过试图打压别人来取得祖国的解放根本不靠谱"。奥里亚雷曾向媒体写信谴责所谓的"爱尔兰——美国炸药党",划定了"光荣战争"的界限。在接下来的一次聚会上,这位教皇的拥护者一跃而起,建议对奥里亚雷的言论进行审查,并提出举行投票表决,而此时,聚会正在讨论与此毫不相干的话题。"我自己并不赞成暴力,但我认为,我们不应该打击任何一个爱尔兰人的积极性。"奥里亚雷要把他赶出会场,但他不从,继续站在那里。四周的人开始威胁他,但他却操起自己的椅子,举在头上挥舞,公然反抗所有人。然而,大家还是将他捉了起来,扔出会场,并举行了特别会议,准备将他开除。他抗议道:"我爷爷在一七九八年被绞死,哪个青年爱尔兰运动的学会敢开除我!"那天晚上,在关于是否开除他的表决尚未进行之时,有个神情激动的人宣称,这位教皇的拥护者正在外面演讲,在街上煽动了一大群听众,我们不久便会受到攻击。于是,三四个人把背贴在内门上,而其他人继续辩论。门的两侧各有一扇狭长的玻璃窗,这样,我们便能透过窗户来观察外门和街上的人群。不久,一个人隔着门缝问我们愿不愿"把这群人留给楼上的工人俱乐部处理"。没过几分钟,我们便听到棍棒敲击和玻璃砸碎的巨大响声,后来,房东还闻声赶来,寻找砸坏厅堂大灯的人。

二十九

后来,这些辩论、同奥里亚雷的交谈,以及他借或送给我的书都成为我研究的资料,我也开始对用英语写作的爱尔兰诗人了如指掌。那些现在看来不值一读的书,当时我却读得十分起劲,我发现,即便生活没有了趣味,没有了冒险,也依然有其浪漫的一面。我不会欺骗自己,我知道他们的文字时常是冰冷而抽象的。不过,虽说我对济慈和雪莱住在哪里并无兴趣,却会到处打听因切多尼是个什么样的地方,因为,卡拉兰①便以《恰尔德·哈洛尔德游记》②的风格创作了一首拙劣的诗,并以"因切多尼"命名。我记得,在某一次辩论完回家之后,自己对一位大学生说:"爱尔兰无法摆脱她从军事文明时代沿袭下来的习惯,对于拉丁教会③的影响亦是如此。那些众口交赞的诗人其实并未触及她的心灵,她的诗歌,一旦见诸于世面,将是高处不胜寒的。"奥里亚雷曾对我说:"无论是什么艺术,爱尔兰和英国都无法做到去伪存真,但不同于英国的是,当好的事物被择出的时候,她不会心存憎恨。"我开始盘算:爱尔兰的思想文化如同软蜡,如何才能在它变硬之前使它定型?我注意过,爱尔兰的天主教徒中诞生过如此之多的政治殉难者,却缺乏爱尔兰新教徒的品位、礼节和端庄,但新教地区已经在思索如何在世界上出人头地。在我看来,倘若要拥有流芳百世的爱尔兰国家文学,我们或许该将这两部分合而为一,而我则通过严格的批评和欧洲的思维形式,将自己从狭隘的地方主义中解脱出来。出于这种理想,当回到伦敦以后,我用蜡笔在书房的天花板上绘出了一幅斯莱戈地图,像为老地图点缀一样,在图中画上舰船和精密的指南针,然后,又有些不情愿地写上两则斯莱戈的故事,其中一则大致是模仿童年时父亲常念给我听的《壮士葛瑞特》,以《凯瑟林伯爵夫人》的浪漫色彩起笔,又以《乌辛之浪迹》的核心风格收尾④。我发现,我们的人民不好读书,却善于耐心地倾听(他们不知听过多少次长篇政治演讲呢),并藉此认为,我们必须开设一个剧院,如果有合适的音乐家,便能将文字转变为音乐。我当时的很多预想如今已经成真,不过,新中产阶级对"现实主义"的渴求,反对力量的强大,以及胜利的举步维艰,都是我不曾料到的。戴维斯在工作的四年中贡献颇多,我曾以为,所有必需的檄文执笔和演说宣传在一天之内便能完成,却不知道对观点的鉴别力

---

① 卡拉兰(一七九五——一八二九),爱尔兰诗人。
② 拜伦的长篇诗作。
③ 指罗马天主教会。
④ 《凯瑟林伯爵夫人》和《乌辛之浪迹》皆为叶芝的杰出作品。

要比观点本身更加根深蒂固,这样,即便是拥有学派和报纸的帮助,也不易在两代人中激起对观点的共鸣。还有,我在画室里长大,在这里,人们谈论的事情包罗万象,而他们也告诉过我,轻率和活力是形影不离的,因此,我对保守主义和怀疑信仰一无所知。我曾打算写一部类似于希腊风格的戏剧,用半雨果、半莫特—富凯(一七七七——一八四三,德国作家)风格的浪漫故事来将爱尔兰的回忆与想象注入这座小城,用中世纪爱尔兰的历史和传奇来渲染整个剧本,用圣地来点缀爱尔兰。在细节方面,我甚至还构想出另一个萨莫色雷斯岛①和新的厄硫西斯②。我觉得,自己的信仰是如此坚定,青年爱尔兰运动的先例又如此具有欺骗性,所以,我应该穷尽各处寻找天赋异禀之人。我不认为一个民族可以在逼迫下写出愉悦的篇章,因为,逼迫只能造就花言巧语和教育运动,但我坚信自己猜中了人民的心思,并踏上了一条日后为大众所接受的道路。

三十

青年爱尔兰学会的某个成员给了我一份报纸,我或许会看看上面的文章或信件。无所事事时,我还开始阅读诗歌,读到一位返乡的爱尔兰移民在垂死时所见的海岸景象。尽管诗句的言语抽象晦涩,令人不知所指,一如报纸诗歌的拙劣,但我的双眼却噙满了泪水。结尾时,我看到一位流亡政治家的名字,他在回到爱尔兰后,没多久就与世长辞。我深为这些诗而感动,因为它们涵盖了一个人在激情岁月时的真实思想,而当见到父亲时,我满脑子都是这种感觉。我们用什么语言思考,就应尽可能地用这种语言来写下自己的所思所想,如同给密友写信一样。无论如何,我们也不应遮掩这些想法,因为,我们的生命赋予思想以力量,恰如戏剧中的人物赋予言语以力量。个人言辞的表达

---

① 北爱琴海上的岛屿,在色雷斯以南。
② 雅典附近的希腊古城。

几乎已从英国文学中消失,但它却同戏剧本身一样,可以有效地摆脱浮夸辞藻和抽象言语。然而,父亲却十分愤怒,甚至差点动起手来——戏剧之外,他不会再听任何东西。"个人言语的表达不过是自我中心主义罢了。"我明白事实并非如此,但不知道如何解释这种差别。从那以后,每当生活涌现出情感之时,我都会原原本本地记下它们的本来模样,不去做任何粉饰,摒除了一切倒装语法和文学词汇,但这绝非易事。一些词语和结构可以顺畅地与韵脚和体裁融为一体,为我一而再、再而三地使用,但现在,我却要将它们拒之门外。还有,追求语言的真实,不美化或是激化感情的表达,不为环境添加浪漫的色彩,同样也是难以做到的。"如果我能写出真实而自然的语言,不像小说家那样东拉西扯、漫不经心而又单调乏味,"我对自己说,"如果好运和厄运的陪伴能使我的生活更加有趣,那我将成为伟大的诗人;因为这等创作将不再与文学相干。"而当我重读那些曾给我带来诸多麻烦的早期诗歌时,除了惯常的浪漫和无意识的激情之外我便再无所获。人要经过漫长的岁月,才能充分相信乃至明白自己的感觉。

三十一

大概是在回伦敦之前的一年,一位信奉天主教的朋友领我去参加降灵会。降灵会在一位年轻人的家中举行,他曾因涉嫌参加芬尼亚运动而被捕,但后来因证据不足而被释放。每周,他都会同朋友坐在桌边,期待鬼魂显灵,有个人还施展了通灵术。一个装满了书的抽屉在无人触碰的情况下跳出桌子,而墙上的一幅画径自动了起来。在座共有六人,主持者这时开始演法,直到通灵者坐在椅上沉沉睡去。然后,灯光全部熄灭,我们在微弱的火光中坐等着。没过多久,我的肩膀和双手开始抽搐。我本来可以轻易地控制住抽动,但出于新鲜和好奇,我没有乱动。几分钟后,抽搐强烈起来,我便压制住它。我一动不动地坐了一会,接着,我的全身像突然被松开的手表发条一样颤动起来,整个人也被抛到墙边。我再次压抑住了自己的抽动,重新坐在桌旁。

每个人都开始说我是个通灵者,如果我不去制止抽动的话,会有奇妙的事情发生。我记得父亲告诉过我,巴尔扎克曾为了体验这种感觉而试图吸食鸦片,但终因为担心失去意志力而放弃。我们手拉着手,很快,我的右手便把旁边女人的关节摁到了桌子上。她笑了起来,而从睡眠中醒来的通灵者则吃力地说道:"告诉她,大难即将临头。"他站起来,开始绕着我走动,手里则做出像是要把什么东西推开的动作。我徒劳地试图抵抗这种强迫自己运动的力量,而自己的动作则是如此之强烈,竟然撞坏了桌子。我试着祈祷,但想不起一句祈祷词,于是,我便大声重复着——

> 人类最初违反天神命令而偷尝禁果,
> 把死亡和其他各种各样的灾难带到人间……
> 天庭的诗神缪斯呀!

我的天主教徒朋友离开桌子,在角落里念诵《天主经》和《圣母经》。瞬时间,万籁俱静,伸手不见五指。第二天,我在别人面前描述这事,那感觉如同是从喧闹的政治集会中逃出来,踏上幽静的乡村小道一样。我自言自语道:"我现在已魂不守舍,但无意抵抗,唯能听之任之。"但将目光转回到火炉上时,我看到一丝微弱的火光,于是我自忖:"不,我的魂还在身上呢。"然后,我瞧见这些隐隐约约的形状在黑暗中褪去,心想:"它们是神灵吧。"但"它们"不过是那些唯灵论者和我那位祈祷的朋友罢了。通灵者用虚弱的声音说道:"我们避开了邪恶的神灵。"我说:"你觉得它们还会回来吗?"他说:"不,我想再也不会了。"那时像孩子般虚荣的我认为,是自己驱走了这些邪恶神灵。

多年之后,我既不去降灵会,也不会掀桌子。我常常扪心自问,自己的神经究竟为何种激烈的冲动所传染?是自身的一部分,隐伏在心中呢,还是像看上去那样,凭空出现的呢?

三十二

我依靠捐助出版了自己的第一部诗集,奥里亚雷替我找到了很多捐助人。出版一部故事集时,我闻知外婆的死讯,便赶去斯莱戈参加葬礼。她曾要见我一面,但粗心的我没有成行。她听说我对一位备受仰慕的美女钟情有加,担心我因为生活拮据而不敢论及婚事,便想叮嘱我:"女人不在乎钱。"外公也时日无多,只比外婆多活了几个星期。我去探望他,看到他帅气的面庞反倒因病痛而增添了几分英俊,我讶异极了。我还发现,他仅凭着光线和温度便能预测天气的变化,这于我来说是毫不可能的事情。坐在那里,孩提时代的畏惧重又涌上心头,而离开时,我感到心情愉悦。我还去了外公住处对面的舅舅家,陪他呆了些时日,回家时,我们问了医生。医生说外祖父已经没有希望了,我们应该让他知道自己的病情,但舅舅不允:"让一个人知道自己将不久于人世,他该会疯的。"医生则说,依他所见,闻知自己的病情只会让病人更加镇静,但他的恳求似乎徒劳无功。我在一边听着,既难过而又生气,但舅舅把人性看得很卑贱,他那惊人的宽容源自他不指望任何人。正当舅舅准备妥协之时,外公扬起手臂,高喊着:"她在那里。"然后便仰身倒下,驾鹤西去。外公的房子从未有过吵闹和混乱,但在他死之前,老仆人们便开始了小偷小摸,外公死后,人们还因为壁炉架上饰品的摆放问题吵过一架,但那些东西其实不名一文。

三十三

几个月来,我一直沉浸于对青少年时代的回忆中。我不总将所想到的东西写下来,但对它们的想念却几乎是无日不有。我满面哀愁,心神不宁,这并非因为我完成的理想寥寥无几,而是因为自己的雄心不够远大;但想到自己所读过的书,所听过的恒言警句,想到父母和外公外婆爷爷奶奶对我的焦虑,想到自己怀有的希冀,我感到,若以自己的生活来衡量,那么我生命中的一切,似乎都是为某件从未发生的事情而作的准备。

四 年
一八八七——八九一

一

八十年代末,我、父母和兄弟姐妹们离开都柏林,定居在贝德福德公园①的一座红砖房里。屋里的木制壁炉架由亚当兄弟②设计的大理石壁炉架仿制而成,此外,房子还有一座阳台和一座被马栗树遮蔽的小花园。在我们入住之前的几年,前拉斐尔派运动③终于开始影响社会生活,弯弯曲曲的街道被打扮得花里胡哨,还种上了枝繁叶茂、好不阴凉的大树,成为人们热衷的对象。然而,这种热情却已为言过其实的批评声所湮没。在现代伦敦首度出现的砖瓦屋顶据说会漏风,下水道也饱受诟病,但这些说法都是凭空捏造、子虚乌有;我想这些房子大概很廉价。我记得在上学的路上经过正在施工的福利社,它们装饰着十七世纪风格的小块窗玻璃,缺乏浪漫气息,让我失望不已;坐落在乔叟客栈后面的"战袍"酒吧,不过是个普普通通的酒吧,使我备感扫兴;前拉斐尔派艺术家鲁克设计的吹号兵指示牌本应是块宏伟的标志牌,却被拙劣的工人弄得粗糙不堪,同样很令我沮丧。我对那座庞大的红

---
① 位于伦敦。
② 即18世纪的三位苏格兰建筑师兄弟约翰·亚当(一七二一——一七九二)、罗伯特·亚当(一七二八——一七九二)、詹姆斯·亚当(一七三二——一七九四)。
③ 一译"拉斐尔前派运动",是一八四八年在英国兴起的美术改革运动。

砖教堂也没有好感。教堂屋顶的边缘是倾斜的,没有人在上面走过,也没有人能站得稳,我发现它的四周围上了木栏杆,习惯性地想起我父亲的一位建筑师朋友,为了防止鸟儿摔下来,他萌生出这个创意。不过,教堂倒也保留了一些乡村特色,这样,我们在大城市里便不会感到迷茫。我已经没了定期去教堂的习惯,但偶尔也去去。某个星期天的早上,我在教堂门廊的公告板上看到了这些话:"会众在祈祷时须跪下,跪拜者吊在钩子上。"每个座位前都有一个垫子,它们被称作"跪拜者"。没过多久,笑话就传遍了整个街区。这里有许多艺术家认为,宗教最多只是优美建筑的一个无关紧要的附属品,他们并不喜欢这样的教堂。

二

　　我曾在房屋的工地里玩耍,有一次,我摔在油漆上,把手弄得污黑,但我却用脏手触碰白色的栏杆。我那时十二三岁,还在上学,我不明白,当时的那种兴致究竟去了何方。我有时觉得,这些工地的魅力在于它们是真实的房屋,而我的玩耍却常在玩具屋里,住着想象中的人物,幸福美满,就像小画书里的一样。

　　我的生活充斥着前拉斐尔派的影子。十五六岁的时候,父亲跟我讲起罗塞蒂①和布莱克②,为我念他们的诗歌。有一次去斯莱戈的路上,我在利物浦的画廊见到了《但丁的梦想》,罗塞蒂作此画时已经才思枯竭,我现在也不喜欢它,但它的色彩、人物和浪漫构思却是其他画作所无法企及的。我父亲出道时是前拉斐尔派的画家,后来则画起了肖像,他的画笔下有来访者、报童,或是头上顶着一篮子鱼的肺痨姑娘;或许是受到了少年回忆的影响,他又从诗歌传统中选取主题,却很快厌倦下来,半途而废。他的转变让我长久以来都很困惑。我目睹着

---

① 但丁·加布里尔·罗塞蒂(一八二八——一八八二),前拉斐尔派画家。
② 威廉·布莱克(一七五七——一八二七),英国浪漫主义诗人。

变化一点一滴地到来,巴黎艺术学校刚毕业的后生们则精心罗织着词语为这些变化辩护。"我们必须画出眼前的东西"或"一个人必须属于他自己的时代"是他们的口头禅,如果我谈起布莱克或是罗塞蒂,这些年轻人便会指出他们的绘画是多么的拙劣,还让我去欣赏卡罗吕·杜朗①和巴斯蒂安—勒帕热②的作品。他们还很无知,从来不读书,因为他们认为"明白怎样绘画"才是最重要的,并以此回应看似在很多事情上浪费时间的这一代人。如今,这些年轻人业已步入中年。我认为自己很憎恶他们,憎恶他们对过去的蔑视,憎恶他们对未来的支配,但几个月后,我却发现同龄的人们和我怀有一样的想法。年轻人对待问题的眼光,其实并不像训练有素的士兵那样机械。年轻一代不是在同过去争吵,而是同现在争吵,对手则是那些势力强大、简直无法撼动的前辈。映入眼帘的多是底层人民的辞藻,而备受烦扰的高贵却埋藏在橡树叶中,这便是未来的图景。修养甚高的年轻人,你们真的热爱未来吗?

和同一代人比起来,我只有一件事与他们不同。我有着虔诚的信仰,在我所厌恶的赫胥黎和丁达尔③剥夺了我童年那种简单朴素的宗教之后,我根据诗歌传统自创了一种近乎是无可指责的新宗教:数不清的故事、数不清的人物、数不清的情感,它们甫一释放,便形影不离,诗人和画家使之代代相传,哲学家和神学家也为之添砖加瓦。我希望能在一个世界里探寻这个传统,而非囿于图画和诗歌,但壁炉架的瓦片和墙上的帷幔却将世界拒之门外。我甚至创立了信条:"人用直觉的最深处创造出想象中的人物,并藉以反映他自己的尺度和准则,因此,人物说出的话便是我最接近真理的探寻。"当我倾听之时,他们的话语似乎只诉说了一件事:他们,他们的爱,他们生活中的每一件事,都逃不出超自然的范畴。如果提香之前的画家没有学过画像术,就去描绘他们顶礼膜拜的圣人和圣母,那么我最钟爱的画像《阿里奥斯托》

---

① 卡罗吕·杜朗(一八三七——九一七),法国画家。
② 巴斯蒂安·勒帕热(一八四八——八八四),法国画家。
③ 丁达尔(一八二〇——八九三),英国物理学家。

还能拥有那种面容肃穆、像是在等待某种完美的末日结局的表情吗？十七岁时，我已经犹如一座填满子弹的老式铜炮，一有疑虑，便毫不犹豫地提出。

三

我不是勤奋的学生，知道的无非是偶然所得。我在都柏林看见了《以玛斯的晚餐》的仿制品，于是知道了提香；提香之后的人我却乏有关注，直到威廉·布莱克和前拉斐尔派；我父亲的朋友里，没有一个前拉斐尔派成员。有些人确实是出于对第一座楼的热衷而来到贝德福德公园，另一些人为了接近他们，也蜂拥而至。当我父亲还是前拉斐尔派成员时，一位名叫托德亨特的富人买了他的画；这个人一度是医生，但现在已经改行，成为诗人和戏剧诗作家。他瘦瘦高高、面色蜡黄、神情忧郁，是个知识渊博的学者和知识分子。父亲和他维持着一段夹杂着争吵的友情，为旧时的记忆所延续，为不和的争吵而消磨。在所有在世的人里，他是最沉郁的一个，却又是最合群的一个。我还记得，自己曾经出于某种共同的崇拜，而怂恿他购买一条莫里斯①设计的昂贵地毯。他展示地毯的时候，并没有流露出喜爱之情，如果你挑出什么瑕疵，他便会应声附和。如果他对什么东西都能表现出强烈的喜爱，那么他也许已经是个名人了，因为多年之后，他怀着惯常的爱国激情写下了一行行完美的诗句，现在，所有的爱尔兰语诗集里都收录着这些诗。对于他来说，每一本书都如同一棵崭新的树木，而非旧树生新芽，旧瓶装新酒。我觉得，他的内心并不平静。不过，父亲最重要的朋友却是约克·鲍威尔，他是位经历丰富的牛津大学教授，身材宽阔，脑袋很大，留着棕色的胡子，穿一件深蓝色的衣服，看起来像商船船长，但一副眼镜和模糊的视力又令他有些学生味。假如你是托德亨特的朋友，假如你遇见了安静得有些引人注目的鲍威尔，你定会疏

---

① 威廉·莫里斯，英国19世纪著名建筑设计师和文学家。

远前者,结交后者。鲍威尔只热爱哲学,对经济学和国家政策则兴味索然;在他看来,历史不过是一些滑稽有趣之人的回忆罢了。所有见过他的人都被他感染,他似乎是个天才,却没有足够的雄心来为自己的思想定型,也缺乏足够的信念来为自己的风格添加节律,所以,他一直没能摆脱差劲文人的名头。他的思考没有缘由,缺乏动机,所以纵使他学富五车,他的学问也只是将说话与其他事物无条理地联系起来。我则为一知半解的思考和尚不成熟的信念所笼罩,因此也无法正确地评价他的言辞。然而,我父亲却认为鲍威尔那种实实在在的叙述式说话风格是对自己思想的必要补充,我数年后写信问他,他的哲学知识从何而来,他回答道"来自约克·鲍威尔",还说"看着他我就明白了";当然他也没忘记,鲍威尔是个缺乏思想的人。于是,鲍威尔的身边就多出一位倾听者,这位画家①在自家的门厅里挂上了学生时代创作的巨幅画作:尤利西斯②乘船从费阿刻斯的法庭回家,身旁是一个橘子和一袋葡萄酒,扁舟划过屹立的青山。如今,他靠为杂志描绘家庭场景和情人相聚而谋生,而这杂志却深受文化较低人群的青睐。他对这份工作毫无兴趣,但迫于生计,他常常在大厅和出版商的信使一起忙活到深夜;为了不使工作太过无趣,他便设计出机器玩具,摆在画室里,玩具的数量也一直在增加着。墙上,一辆火车模型不时地喷着气,经过一个又一个车站和信号塔;地上搭着个军营,士兵们互有攻守,攻方透过窗户射出一粒豌豆,一座要塞便应声爆炸;天花板上挂着一艘泰晤士河驳船的庞大模型。我们家对面住着一位老艺术家,他也靠为报纸插图谋生,但常常画些风景画以陶冶性情。他拥有着不老的雄心,善于倾听别人,父亲给我解释过,因为他是波卡洪塔斯③的后代,所以骨瘦如柴;除此之外,我对他便没什么了解。倘若说这些人如同因为无风而静止的帆船,那么,这里还有一位如同满帆之船的人。

―――――――

① 即叶芝父亲。
② 即奥德修斯。
③ 波卡洪塔斯(约一五九五——一六一七)是弗吉尼亚州印第安人酋长的女儿,致力于维护英国殖民者和印第安部落间的和平,并改信基督教,嫁给了英国移民。

一位装饰艺术家住在距我家三四户远的地方,和我家在路的同一侧。他天真地相信自己是人们眼中的完人,深受公众的喜爱。他也是我们的开心果。他说过很多话,"我和弗雷德里克·莱顿爵士①是这个时代最伟大的装饰艺术家"便是其中一句。他从乡下的教堂买来一座停柩门,它盖着茅草的顶篷,本是让抬棺人和棺材通过的东西,但他却把它架在前花园的入口处,看来,他对停柩门的阴暗意义一无所知。在这个人数众多的圈子里——虽然我已经不记得其他的面孔了,父亲和约克·鲍威尔找到了聆听者,他们的交谈没有固定的话题,也没有各执一词的交锋;我正值青春年少,思想炙热,只能就一些特定的话题发表看法,但那些令我激动不已的话题却从未被提到过。

四

贝德福德公园有一座红砖盖的会所,里面的小型剧场让我浮想联翩。我说服托德亨特创作出一部田园戏剧,并在那里上演。

两年前,当我们还住在都柏林时,托德亨特便在改造后的希腊式剧场"亨格勒广场"里,上演了自己最为昂贵的一出作品《特洛伊的海伦》,这出戏充满斯文宾式的高谈阔论,我本以为,由于艰深晦涩,它根本无法演绎。我那时十七岁,常用济慈的诗句来赞扬他"将伟大的诗句,留给一小部分人"②,并以此来检视自己的宏图大志。因此,自然地,我会花上一整晚来劝说他,诸如,我们和大众没有什么关系,我们应当把满足于自己的小团体看作是荣耀之事,他应该描写牧羊人和女牧羊人,因为人们希望他们可以吟诗,而不是通过夸张的渲染来表现,等等。他写下了《西西里田园诗》,三十年来我都没看过它,作为诗来说,它的评价也不是很高,但这部作品却无可争议地使他获得了平生最大的一次成功。一场戏能吸引来两场的观众,艺术家、文人和从伦

---

① 弗雷德里克·莱顿(一八三〇——一八九六),英国画家、雕塑家。
② 出自济慈的《颂迈亚》。

敦各处赶来的学生蜂拥而至。

演出时,我认识了一位密友,并认识到一个影响到我一生的发现。托德亨特使用了几位小有名气的专业演员,却把女主角的戏份给了弗罗伦斯·法尔,她的才华在当时没有哪一位专业演员能比得上。男主角则归属业余演员赫隆·艾伦,他是个律师和小提琴家,写过很多关于看手相的文章,深受人们欢迎。当他俩站在台上时,人们几乎目不转睛,耳不闻他。他们的念诵宛如天籁,令诗歌颇具高贵,激扬的朴素令它有时不亚于世界上的伟大诗歌。赫隆·艾伦除了在拉琴时偶说几句之外,从未在公众面前开过口,他谙熟将表演简化为几个连续姿势的技巧,"拽了拽蓝斗篷"的动作毫无画蛇添足之意,精练地刻画出威武的牧羊人形象,也从容地衬托出弗罗伦斯·法尔那更加激情的表达方式。当他们说完一段时,另一位演员便接过话茬,为了表现出对话感,他将诗句分解得支离破碎,摆动着身体,挥舞着手臂,像个卖弄的凡夫俗子,将朴素的诗歌形象破坏殆尽,听到这里,我充满了愤怒与憎恶。我竭力克制,把自己按在座位上,在脑海中搜索着各种辱骂的词汇,甚至是自言自语地对他们发牢骚,也许周围的人都能听得到我的声音。我平生第一次发现,一切戏剧的表演效果都依赖于语言美,诗歌素养也许比职业经验要更加重要。

弗罗伦斯·法尔寄宿在布鲁克格林,走过去要二十分钟左右,我后来经常去拜访她,和她谈到将来要写给她的戏剧。她有三件宝:一是静谧之美,犹如大英博物馆阅览室门外的德墨忒耳①像;二是无与伦比的节奏感;三是柔美的嗓音。后两点令她对形象的表达显得十分自然。除此之外,她也不乏其他天赋。我们拥有正在简化的意象,怀揣天生的禀赋,也背负着肩上着实沉重的负担——这些负担若非因为他人的盛赞,我们定会一笑了之,然后一脚踢开。她只能通过这种十七世纪以来便少得可怜的非流行艺术来表达自我内涵,因此得到的赞誉也多是零零星星、无关紧要。她穿着随意,不经思考,对衣服的作用

---

① 希腊神话中掌管农业、丰饶、婚姻的女神。

不屑一顾,好像它们会掩埋自己的美丽一样。如果一个男人爱上她,她便会注意到,自己刚刚在台上看到过这一动作,或是听见过这一语调,而一切都不真实。用英语或法语吟诗之时,她激情澎湃,富有传统之美,但说到现实事物,她的言语却不乏冷讽和隽语。冷讽和隽语盖过了一切传统与激情之物,很快,她便成天泡在大英图书馆的阅览室里,在那颗永无止境、攻无不克的好奇心驱使下,她熟练掌握了多门学问。我同她的友情在不和中长存——"为什么你要弓着背、捏着声音来演绎这个角色呢?你憎恨我们的一切生活,自己却生活在幻象中,你如何又能成为角色演员呢?"但争吵毫无用处,若饰演欧里庇得斯笔下的保姆,须表现出绵弱体衰,而不是我想象中那种女巫的威严,也许是因为"做没人喜欢的事纯属白费力气",也许是因为她会证明"自己能做好别人做的事"。

当她情绪奇差时,我激动地将她的思想比作我童年时见过的"抽杆"游戏,你得用钩子从一堆小骨头中取出其中的一根。是一堆骨头,而不是德墨忒耳那金黄的麦秆!她在布鲁克格林的住处很快也成了她思想的体现,墙壁布满了乐器和东方的布料,以及出自她笔下、来自大英博物馆的埃及诸神。

五

不久后,一架马车停在贝德福德公园的我家门口,车上坐着茅德·冈小姐,她带着芬尼亚运动领导人约翰·奥里亚雷写给我父亲的引见信。她颂扬战争,说战争本身并不能创造出美德,但美德似乎存在于激动之中,这可惹恼了我父亲。我支持茅德·冈的说法,父亲便更加恼怒,不过他恐怕也理解,除了卡罗吕·杜朗和巴斯蒂安—勒帕热,像我这般年纪的人怎么会和一位妙龄美人意见不一呢。现在的她身段高挑,轮廓仍然一如既往,像弗罗伦斯·法尔扮演的女巫,但那时候,她却如同春之化身,好像维吉尔的赞颂"她像女神般走着"专属于她一样。她的脸色光彩动人,像阳光照耀下的苹果花,我还记得,初次见到她的那天,她便站在窗里的一大片苹果花旁。后来几年,她在都柏林和巴黎之间来来往往,我便总是能见着她。不管旅行有多么匆忙,逗留有多么短暂,她的身边总是不乏笼子里活蹦乱跳的鸟儿、金丝雀、狗和鹦鹉,有一次,她还带了一只来自多内加尔、羽翼丰满的老鹰。我曾亲眼见她上火车的样子,那些笼子占了不少坐垫的位置,我很想知道同路的旅客会说些什么,但车厢一直空荡荡的。直到多年后,我才知道在这美丽和活力之下隐藏的思想。

六

W. E. 亨利住在通向里奇蒙德的大路上,从贝德福德公园出发,步行约摸一刻钟便能来到他家。我像许多人一样,在他的教导下开始了学习。我家的壁炉台上挂着很多好友的肖像,其中就有罗森斯坦①为他作的平版画像。他在画中是站着的,但瘸腿无疑让身子有些歪斜。他把胳膊肘搁在某些不太清楚的东西上——可能是桌子或窗台。我还清清楚楚地记得他:笨重的身躯,硕大的脑袋,凌乱的头发笔直地挺着,短而不工整的胡须,爬满皱纹的脸,眼睛,直直地盯着某样东西,充满自信与冷静,却又好像陷入几乎破碎的幻想中。我也看过他的其他肖像,它们跟我的印象毫无出入,好像他只有一种相貌,所有人对他的第一印象都没有区别。他很"仁"——我正是用"仁"来描述莎士比亚笔下的某个人物——但势不可挡的形势却将他挤压成一个态度单一、行为和说话方式单一的人。在各方各面,我对他不尽赞同,但我对他的仰慕却难以言表。除了早期一些按照法国古体诗写成的诗歌之外,我对他的诗并无好感——他用自由体写作,这让我想到丁达尔和赫胥黎,还有巴斯蒂安—勒帕热笔下盯着自己靴子发呆的可笑农妇。再者,他常加入一些无趣的描写,比如,他被截去一条腿的医院病房。我却渴望最为热烈、与观察无关的激情,人们即便半睡半醒,或是骑马旅

---

① 罗森斯坦(一八七二——一九四五),英国画家。

行时,都能用古老的韵律唱出这种激情。他受前拉斐尔派的影响,就像是人受到屋子里的猫影响一样,而且,尽管在初次见面时,他并未表现出自己的政治倾向和信仰,但没过多久,他便成了一名激进的联合主义者①和帝国主义者。提及他的诗时,我常会说:"他就像烂戏中的好演员;如果萨尔维尼②来扮演掘墓人,那么谁还会盯着哈姆雷特呢?"这样,我大概就能解释他的多数所作所为了。我是说,他像一个伟大的激情派演员。多年来,角色型表演在我眼里不名一文,而激情派则能演绎出灵魂深处的禀性,一次次地将其赋予人形,就像提香、波提切利和罗塞蒂这些作品富含诗歌神韵的画家一样,将自己的伟大建立在一种美上,后人便以他的名字来为这种美命名。欧文③是激情派的绝唱,在现代的英国和法国也是稀罕之极,他从未打动过我,但他却将理智的尊严诠释得出神入化。尽管我只见过萨尔维尼一次,但我却深信,他一定是个天赋异禀的人。亨利有点结巴——"我脑子有点慢。"他常这样说——他也常为私人间的争吵所困扰,因此,他便构筑起一个强大而宽容的形象,但偶尔,一旦被人像闪电一样看穿,他就会原形毕露。他的观点半数来自潜意识,而潜意识总试图将生活带入戏剧性的危机,将表达带入真正自我得以抬头的诡计中。没有对手,也就没有激情,亨利与我的父亲同属一代,在他年轻时,只有罗斯金主义和前拉斐尔主义才能构成针锋相对的关系。他也许扮演着一个值得尊敬的角色,因此,他必须从那备受他嘲讽和鄙夷的乌合之众中,选择出一个被塑造成他那种类型的对手,这样,谁又能憎恶他的偏见呢?有一次,他跟我宣传起帝国主义,讲到起劲时,他说:"告诉那些爱尔兰的年轻人,伟大的事业仍得继续。自治政府在爱尔兰就像在欧洲其他国家一样适用,但我们却不能承认。"然后他提及自己想在都柏林创办一家报纸并担任编辑的愿望。尽管海德博士还没有成立联盟④,但报

---

① 主张不列颠与北爱尔兰实行联合的人。
② 托马索·萨尔维尼(一八二九——九一五),意大利演员。
③ 亨利·欧文(一八三八——九〇五),影响深远的英国演员。
④ 道格拉斯·海德博士是叶芝的密友,他成立了旨在推动爱尔兰复兴的"盖尔联盟"。

纸将详细阐释对盖尔人的宣传,然后将我们的古老故事和现代文学推向新的开端——一切不需要政府的东西。他梦想着专横统治,但那属于科西莫·德·梅第奇①。

七

每逢周日晚上,我们都在两间屋子里碰面。屋子装有折叠式的门,在我印象中,还挂着荷兰大师的画作。有间屋子的桌子上总是摆放着冷肉。在所有人中,我只记得一个名叫邓恩老头,他是亨利的老友,沉默寡言,但判断力强。我们都是年轻人,对自己、对世界的看法都不甚成熟,亨利便担当起我们的领袖和密友。一天晚上,我发现他一个人待在那里,又气又笑:"小 A 刚才过来征求我意见,他要和 B 夫人私奔,我认为这明智吗?'你下定决心了?'我问他。'铁了心了。''好,'我说,'这样的话,我拒绝给你任何建议。'"B 夫人是个模样俊俏、多才多艺的女人,她就像《威尔士三部曲》中对吉尼维尔②的描述一样,"乐于被男人抢来抢去。"我们聆听他的教诲,也常常遵循他的指导,也许是因为他并不站在我们父母这边的缘故吧。我们在争吵时也许有着不同的理由,但结果似乎比理由更加重要,而他自信的态度和言谈更是让我们相信自己会胜利,这也许是破天荒的第一次。此外,如果他谴责我们私下崇敬的人或事(对我而言,他也确实这样做过),他便常常将其与我们不为所动的人或事联系起来。有一天,他参加完某个艺术大会,从曼彻斯特或是利物浦回来。他把大会称作"艺术的救世军",用怪诞的语言描述一位崇拜特纳③的市议员。亨利厌恶一切罗斯金所赞扬的事物,因此也嘲笑特纳。第二天,亨利看见那位市议员在画廊的另一端表达着对某位前拉斐尔派成员的景仰,竟也讽刺起前拉斐尔派来。第三天,亨利发现那可怜的人坐在房间正中的椅子

---

① 科西莫·德·梅第奇(一五一九——一五七四),佛罗伦萨公爵,以统治专横而闻名。
② 吉尼维尔是传说中亚瑟王的王妃,水性杨花,因和兰斯洛特的风流韵事而为人熟知。
③ 约瑟夫·特纳(一七七五——一八五一),英国浪漫主义画家。

上,闷闷不乐地盯着地板。他同样会吓到我们,当然,如果我喜爱不招他待见的某本书或是某幅画,我可绝不敢表露自己的赞赏之情,也没有人敢这样。不过,他总是让我们感觉到自己的重要性,我们中没有人能创作出优秀的作品,也从未表现出潜力,但他却不吝表扬。记得在某个周日的聚会上,我见到了查尔斯·惠布利①,《黄金时代》的作者肯尼思·格拉汉姆,现已成为著名小说家的巴里·佩恩,艺术批评家和著名演讲家 R. A. M. 史蒂文森,后来成为内阁成员和爱尔兰首席大臣的乔治·温德汉姆,还有比我们年长十岁左右的奥斯卡·王尔德。不过,这些面孔和名字已经在我的记忆中变得模糊,我也许能清晰地记住一些只见过一面的人,却也会忘记在聚会上遇见过许多次的人。我觉得,吉卜林偶尔会来参加聚会,但我从未见到他;斯特普尼亚克是个虚无主义者,我和他在别处很熟(但不是这里的聚会),他说——"我最多一年只能来一次,这儿太折腾了。"亨利可以令我们尽情地发挥,因为他使得我们接受他作为"仲裁员",我们知道,他的判断清醒而强硬,不可更改,不可推翻。每当我想到他时,眼前便浮现出对立这一人性存在的基础:我看见他的瘸腿,便仿佛是看见伏尔甘②为别人锻造宝剑;当然,我也总是想到 C 先生,这位拉丁文和希腊文学者脸色苍白,看上去为人和善,他便是我们的头号剑客和杀手。当亨利先后创办《苏格兰人报》和《国民观察家报》时,这位年轻人便在这些周报上撰写一些以粗鲁幽默而著称的文章和评论。数年之后,《国民观察家报》停办,亨利本人也是行将就木,我们这个叛逆之窟也是人去楼空。我在巴黎遇见他,他郁郁寡欢,我想他也是失魂落魄。"没人肯雇我。"他说。"你的老师已经不在人世,"我答道:"你像爱尔兰古老传说中的长矛,只有浸在罂粟汁里,才不会自己乱跑,到处杀人。"我初期在《国民观察家报》上发表过一些不错的抒情诗和短文,因为我总是署上名,所以我多少还有路可走。亨利常常修改我的抒情诗,划掉一行或

---

① 查尔斯·惠布利(一八五九——一九三〇),英国记者、作家。
② 伏尔甘是古罗马神话中的火神,相貌丑陋且瘸腿,为诸神锻造出了许多武器和工艺品。

是一节,写上他自己的。我相信,亨利帮吉卜林改写了作品以后,后者便声名鹊起,想到这我倒是挺欣慰。起初,我确实觉得被改写是件很丢脸的事,觉得别人不会像我一样。当警句、古语等编辑特征出现在有关巴黎时尚的文章,以及一篇由埃及长官撰写、有关鸦片的文章中出现,我才开始了探查。诗歌的形态是固定的,所以我也不用被迫随波逐流;至于散文,为了避开那些不为人们接受的观点,我便取材自母亲和罗塞斯角领航员口中的故事,写下一篇篇关于仙灵鬼怪的文章。亨利则认为,我需要再为自己的题材加入一点色彩。不过,如果他将每一个"has"都改成"hath"①,我倒也并不阻拦,因为没有他的宽宏,我们又如何能破茧而出、亮出自己呢?"长江后浪推前浪,后生们的写作比我优秀。"他在一封表扬查尔斯·惠布利作品的信中写道。在给另一位朋友的信中,他还附上了我的诗《梦见仙境的人》,并写道:"看吧,我的小伙子写出了多么好的作品。"

八

初次与奥斯卡·王尔德见面,我着实被吓了一跳。我从未见过言谈如此完美的人,好像每一句都是他在夜里提笔疾书、一气呵成的佳作。那天晚上在亨利家,来了个因为愚蠢而心生怨意的人,不知是出于座位邻近王尔德还是某种偶然的缘故,他不停地打断谈话,扰乱着大家的思想。我注意到,王尔德熟练地控制住场面,那人便不战自败。我还注意到,王尔德的这种被所有聆听者记下的矫饰之感,来自对句子的完善和审慎。这种感觉本身就是一种格律,其效果如同诗歌的韵律,或是十七世纪的对仗骈文,藉此,他可以天衣无缝地从无法预见的、敏锐的诙谐短句,过渡到缜密复杂的幻想中。"把《冬天的故事》给我,'在燕子尚未归来之前,就已经大胆开放,风姿招展地迎着三月之

---

① hath 是 has 的旧体,常见于诗歌中。

和风的水仙花.'①不是《李尔王》。《李尔王》,不过风雨飘摇中蹒跚行走的悲苦生命吧。"那舒缓自如、抑扬顿挫的语句,在我的耳朵里并不做作。那天晚上,他还称赞了沃尔特·彼得的《文艺复兴史探究》:"这本书于我来说如同黄金般珍贵,不论走到何处,我都要带着它;它是文艺堕落时期的精粹之作;它完成的那一刻,想必末日的号角都会奏响。""但是,"那蠢人说,"你不给我们时间读它么?""哦,不会,"王尔德反驳道,"来日方长——不管是在哪个世界。"年轻而羸弱的我们常遇困惑,对于我们来说,他是个极具成功之人,对于一些人来说,他则如同来自另一个时代,好似一位十五世纪的无畏的意大利人。王尔德和亨利都受雇于一家出版社,担任编辑,这家出版社的一位官员是我父亲的朋友,几周前,他指责亨利"如果没人管着,简直一点用都没有",表扬王尔德"虽然懒惰,但是天赋无与伦比";现在,出版社便成了我们的谈资。"你多久上一次班?"亨利问。"每周三次,"王尔德答道,"每天一小时,但我经常逃掉一天。""天哪,"亨利说,"我每周去五次,每天五小时,即便我想逃掉一天,他们还是要开个特别委员会议。""还有,"王尔德回应道,"他们的信我从来不回。我知道,有些人来伦敦时前程似锦,结果没过几个月,一封接一封的回信就把他们给毁了。"他还知道如何稳住那些长者,而且他的方法也比亨利有效,后者已经被解了职。亨利后来评价道:"不,他不是个审美家,你很快能发现,他是个学者和绅士。"那时,王尔德和前拉斐尔派有着千丝万缕的联系,亨利也颇有些尴尬。几天之后,我和王尔德共进晚餐,他开口说道:"为了能同他平起平坐,我必须绷紧每一根神经。"老实的我说不出自己的想法:"说出那些美妙言语的人是你,而不是他。"强烈的紧张让生活处于戏剧的定点,他和我们一样,想必也感受到这种紧张。初次聚会时,他说"文学友谊的基础就是在碗里下毒";几周之内,亨利和他便成了密友,直到相遇的惊奇感消退、性格与志向的差异逐渐显现,他们才分道扬镳。在半个"叛逆之窟"的帮助下,亨利开始给王尔德的碗里下毒。

---

① 《冬天的故事》是莎士比亚的戏剧,引文出自该戏第四幕。

不过,亨利对王尔德的景仰却从未消失,王尔德没落之后,他对我说道:"他为何要这样?我让小伙子们抨击他,却发现我们似乎都支持他的主张。"

九

不管是在亨利家还是在贝德福德公园,人们都公认,经常光顾两个圈子的 R. A. M. 史蒂文森要更为健谈。王尔德被学生们捆得像只火鸡,沿着小山拖来拖去,他的香槟被倒进冰激凌盒里。他遭到大街小巷的冷嘲热讽,或许,在我看来,他已是人人喊打的过街老鼠。报纸凡是提及他的姓名,没有不对他嗤之以鼻的。为了不输给对手,他的态度变得强硬,有时甚至以无法原谅的粗鲁对待他人。他的魅力系后天习得,自成一体,成为唯有他得意时才戴上的面具,而史蒂文森的魅力则像头发的颜色一样与生俱来。如果史蒂文森的讲话成了他的个人独白,我们也会假装不知,因为我们的目的是,通过专注来让他马不停蹄地讲下去。倘若他为思想所困,我们并不会和他激辩一番,也不会另辟话题,而是用问题来激励他。你会觉得,自己在童年起便得到这样的对待。他的脑海中遍是纯粹的幻想,他的独白让人愉悦,就像他的表弟罗伯特·路易斯①用诗歌或是故事表现出的那样。他总是"假如":"假如你有两百万,你会拿它去做什么?""如果你在西班牙坠入爱河,你将如何求婚?"我记得一天下午,他来到贝德福德公园的我家,被我的兄弟姐妹和父亲的几个朋友簇拥着,谈论各国的求婚方式。你们的父辈得穿成如何如何,说如何如何的话,一位朋友必须在教堂门外等待新娘,在她的身上洒上圣水,说道:"我的朋友琼斯渴望得到您的爱情。"但当一切结束以后,这些充满欢笑和怜悯的古雅描述或是消逝,或是留存在记忆中,成为陌生的片段,就像我在一间大屋子里看到的舞蹈一样,穿着艳丽的孩子们一边翩翩起舞,一边将长缎挥来挥

---

① 罗伯特·路易斯·史蒂文森(一八五〇——八九四),苏格兰诗人、小说家。

去。我并不支持史蒂文森,我觉得,这主要是因为他写过一本赞扬委拉斯开兹①的书,在那时,凡是前拉斐尔派为人憎恶之处,这种赞扬便无处不在。在我的思想中,委拉斯开兹便是枯燥无聊之物的第一位枯燥无聊的鼓噪者。私下的思考让我深信,史蒂文森的谈话方式令他易于与我的长辈和冷漠的世界打成一片,好像老人、庸人和所有的女人都为他的魅力和幽默而感到满足。偏袒是年轻人的专利,王尔德说:"萧伯纳先生没有敌人,但他所有的朋友都很不喜欢他。"我便明白自己永不应将这句话遗忘,对于这位以憎恶浪漫而闻名的人,心中顿时萌生报复之快。不过,萧伯纳的宽宏和胆魄却是我当时不能理解的。

十

那时我常常见到王尔德——一八八七年或是一八八八年吧——我不记得确定的日期,只知道那时我的第一部著作《乌辛之浪迹》已经出版,而王尔德还没有出版《谎言的衰朽》。在我们初次相遇之前,他已经评价过我的书,尽管这部作品主旨不明、语言粗糙,但他还是毫无保留地予以称赞。当然,也有些事情比他的点评更加宝贵,不久,他似乎以为我在伦敦孤身一人,便邀请我与他共进圣诞晚餐。他开始注意装束,紧跟潮流的脚步,不穿棉绒衣服,连那些袖口向后翻起的衣服也遭他嫌弃。他住在切尔西区②,戈德温设计师将他的屋子装饰一番,使其颇有惠斯勒③的风采。没有中世纪和前拉斐尔派的东西,没有碗橱门上的金底装饰图案,没有孔雀蓝,没有灰色背景。我还依稀记得,在他的客厅里,镶板上"嵌"着一幅惠斯勒的蚀刻版画;餐厅里,椅子、墙、壁炉架、地毯也都是白色,只有两件东西是红色:一样是陶瓷小雕像下、桌子中央的钻石形红布,另一样是吊在天花板上、伸展到雕像上方的一盏红灯。也许,整个屋子是过于完美地统一了,这种统一属于

---

① 委拉斯开兹(一五九九——一六六〇),西班牙画家。
② 位于伦敦西部。
③ 詹姆斯·惠斯勒(一八三四——一九〇三),出生在美国的英裔画家。

他过去的岁月,但如今已消失殆尽。我记得自己曾联想到他完美而和谐的生活,他那美丽的妻子和两个年幼的孩子,令人想起一些审慎精细的艺术作品。

晚餐上,他对自己既褒又贬,将自己的性格与祖国联系在一起:"我们爱尔兰人过于理想化,所以不能当诗人。我们是个拥有非凡失败的民族,却也是希腊人之后最能说会道的民族。"晚餐结束后,他给我念到《谎言的衰朽》样稿:"叔本华分析了现代思想特有的悲观主义,但它的缔造者却是哈姆雷特。世界变得难过,因为木偶曾经很忧伤。"我问:"为什么要把'难过'改成'忧伤'?"他回答说,他是想让句尾的发音变得饱满,但我却认为这不是借口,在我的想法里,这种模糊的感动恰恰毁坏了他的写作。只有当他开口,或是写下反映自己言谈的作品,或是写下简单的童话故事时,他的文字才能变得准确,才能吸引住敏锐的听者。他令我警醒,即便不及亨利,每次走出他家,碌碌无为的感觉便一扫而空。凡是他欣赏之人,他总会对他们的睿智大加赞赏;他让我讲述爱尔兰的长篇故事,将我的讲述与荷马进行对比;有一次,他描述自己在人口普查表里填上"年龄:19岁,职业:天才,缺陷:人才"①,另一位客人是刚从牛津或是剑桥毕业的年轻记者,他问道:"那我该写什么?"王尔德告诉他:"职业:人才,缺陷:天才。"有一次,我穿着一双略略发黄的鞋子去拜访他——亮色调的皮革那时刚刚兴起,他的眼睛一直盯在鞋上,我便意识到,它们太过显摆了;另一天,王尔德让我给他的儿子讲童话,我刚说出"从前有个巨人",孩子便尖叫着逃出房间。王尔德板起了脸,我则因为自己的拙劣故事吓到孩子而深为羞愧。我想为某家地方报纸写些文学杂谈,正好每个月可以挣几个先令,但王尔德毫不讳言地指出,撰写文学杂谈不是绅士做的事。

被拿来与荷马相比时,时间会过得很快,不过,即便是他用"这故事很长吗"这样的话(亨利便经常如此)来打断我,我也不会受到太大

---

① 一八五一年起,英国人口普查表增设"缺陷"(infirmity)一栏,用以记录受调查者的生理缺陷,如失明、耳聋、弱智等。

惊扰。在这样一个风趣而老成的人面前,我有些自惭形秽。在我印象中,之于那些人们对他的成功或是能力的普遍看法,他感到不自在,我能看出,他的这种难为情是发自内心的。一种形式上的成功已经远去:他不再是文坛的泰斗,也未发掘出创作喜剧的天赋,但我认为,自己了解处于最幸福时光的王尔德。那时,他作为一个演讲家的名声在同行中日益见长,且尚未受到丑闻的玷污①,活在无拘无束的快乐之中。有一天他说道:"我在创立一种异端宗教。"他以先知的叙事风格详尽讲述了一个故事:基督在被钉死之后复活,从墓里逃了出来,活了很多年,成为世上知道基督教之谎言的人。有一次,圣保罗主教来到他的镇子,木匠聚居区的所有人都赶去听他布道,只有王尔德不为所动。后来,其他的木匠都注意到,不知出于什么原因,他一直双手合拢。又过了几天,我发现王尔德穿着色彩斑斓的罩衣,一位传教士正对着他解释说,他并不反对异教徒在平日赤身裸体,但在教堂里必须有衣物蔽体。他将罩衣带上马车,只有那位声名远扬至中非的艺术批评家才能分辨得清颜色。于是,王尔德便坐在马车上思考着,神情清醒而庄重,像传教士一般。

十一

后来,我常常用家庭历史来为自己解读王尔德这个人。他的父亲是我祖父的朋友或是熟人,我们家还流传下来一句老都柏林的谜语:"威廉·王尔德爵士的指甲咋这么黑?"答案是:"他老是抓自己呐。"②都柏林还有个老故事一直流传到现在,王尔德夫人对仆人说:"为什么不把盘子放煤桶里?搁椅子上干嘛呢?"他们都是有名的人,类似的故事也绝不在少数;有位康诺特的农民甚至编出个耸人听闻的民间故事:有几个人到威廉·王尔德爵士那里去看眼疾,威廉·王尔德把他

---

① 指王尔德的同性恋关系。
② 奥斯卡·王尔德的父亲威廉·王尔德是都柏林的名医兼学者,但极不讲究个人卫生,因此遭人嘲笑。

们的眼球取了下来,放在一个盘子中,准备片刻之后再装上,结果眼球被猫吃了。奥斯卡·王尔德无疑是我的朋友,而他还曾长期研究猫的本性,听到这故事后他说道:"猫儿喜爱眼睛。"污秽、凌乱、鲁莽,王尔德家族便这样填饱了查尔斯·莱弗①的想象。不过,莱弗想象丰富、见多识广,也许他更喜欢正常的活动,对王尔德家的这些事不感兴趣。王尔德夫人接待朋友时总是拉上窗帘,关上百叶窗,这样便没人能见到她干枯的面庞。她或许总是渴望着某种不可能实现的优越和美丽,不过这多半见于自嘲之中。她的住处紧挨着儿子家,位于切尔西区的平地上,但我听她说:"我想住在高一点的地方,比如樱草花山②和海格特,因为我年轻时是一只鹰。"我觉得,他儿子过着一种幻想中的生活,全然没有自嘲;这是永不谢幕的一场戏剧,一切事物都与他童年和少年的所知而相悖;在自家的漂亮屋子里,每天早晨睁开眼来,奇思妙想的火焰从来不会熄灭,惦念着昨天和公爵夫人共进晚餐,惦念着对福楼拜和帕特③的陶醉,阅读荷马的著作,却不是为了老师布置的语法学习。我还觉得,他的血管里流淌着半开化的血液,所以,他无法忍受艺术创作的久坐和艰辛,便仍停留在行动者的层面上,为了即时的效果,将每一个从导师那里得来的技巧加以夸大,将他们的画板转为绘布上的景色。他像个暴发户,但这个暴发户的行为却表明,如果他果真将《石榴屋》④的每个故事献给一位显赫女士的话,一切都不过证明,他是杰克,而社会的阶梯是那根豆茎罢了⑤。"你听过他说'迪姆斯代尔侯爵'吗?"他的一个朋友曾经问我,"他从来不乐意说'约克公爵'。"

  有一次他告诉我,国会曾经向他提供过一个可以高枕无忧的席

---

① 查尔斯·莱弗(一八〇六——九七二),爱尔兰小说家。
② 一译普里姆罗斯山,位于北伦敦,高 78 米。
③ 沃尔特·霍拉修·帕特(一八三九——一八九四),英国评论家、小说家。
④ 王尔德出版的一部童话故事集。
⑤《杰克与豆茎》是英国童话。在一个贫困的家庭里,母亲让儿子杰克去变卖家里的最后家产——一头奶牛,杰克用奶牛从陌生人手中换来五颗"魔豆"。夜里魔豆长出巨大的豆茎,直入云霄。杰克顺着豆茎爬上天空,进入巨人的领地。他先后偷走了巨人的金币、下金蛋的鹅和竖琴,巨人紧追不舍,但杰克锯断豆茎,巨人摔死。

位,如果接受,他便能拥有比肯斯菲尔德①那样的灿烂仕途,前呼后拥、欢欣鼓舞、日理万机、一夜成功;而且,比肯斯菲尔德的早期风范和他也是如出一辙。对于此类人,大场面的交流方是他们显山露水之时;王尔德的大场面便是晚餐,在餐桌边,他成为那个时代最伟大的演讲家,他的戏剧和对话,神韵皆出自对他讲话的模仿和记录。那时候,我常常为他辩解,说在他年轻时,勃朗宁、斯文宾和罗塞蒂风靡一时,倘若他没有对这些前辈的景仰,那又何以缔造这种足以满足他宏伟抱负、却看似不可能的成功?艺术家曾经如此伟大,但之前只有一次;艺术的劳动从未如此艰辛。我会将他与本维努托·切利尼②相提并论,后者追随米开朗基罗,最后发现只有和打折米开朗基罗鼻梁的人③纠缠一生,才能满足自己。

十二

威廉·莫里斯④住在汉默史密斯的凯尔姆斯科特住宅,我曾经去过那栋房子边上的老马厩,参加社会主义者联盟每周日晚举行的辩论,但并不记得第一次是跟着谁去的。他们在辩论结束后和莫里斯共进晚餐,我很快便融入这个小圈子。晚餐时,我常能遇到沃尔特·克兰⑤、埃梅里·沃克⑥和印刷发行过众多优良图书的科布登·桑德森⑦,偶尔也能看到萧伯纳和剑桥博物馆的科克雷尔,社会主义者辛德曼⑧和无政

---

① 比肯斯菲尔德伯爵一世本杰明·迪斯雷利(一八〇四——八八一),英国前首相、国会议员,在文学上也有不菲的成就。
② 切利尼(一五〇〇——五七一),文艺复兴时期意大利画家、雕塑家。
③ 托里贾诺是一位默默无闻的画家,他年轻时遭到同样年轻气盛的米开朗基罗嘲讽,气急之下打断了后者的鼻子。
④ 威廉·莫里斯(一八三四——八九六),英国社会主义者及工艺美术运动改良者。
⑤ 沃尔特·克兰(一八四五——九一五),英国艺术家、插图画家。
⑥ 埃梅里·沃克(一八五一——九三三),英国雕刻家。
⑦ 科布登·桑德森(一八四〇——九二二),英国艺术家、书籍装订商。
⑧ 亨利·迈尔斯·辛德曼(一八四二——九二一),英国作家、政治家,英国社会民主联盟和国家社会主义党的创始人。

府主义者克罗波特金王子①也见过一两次。一些文化水平或高或低的工人也时常聚集在这里,他们言辞粗糙,举止欠妥,但每次都怀着信念前来。有天晚上我在讲话,但也许有些啰嗦,一位工人便告诉我,他这一晚听到的废话比他过去大半辈子听到的都多。在如日中天的帕内尔②和因参与国际政治而毁坏自己在爱尔兰影响力的达维特③之间,我并不偏爱前者。屋子里挂着一幅罗塞蒂为莫里斯夫人所作的肖像《石榴》,墙上和半边的天花板上则覆盖着波斯地毯,新木制成的长条桌既未擦亮,也没上漆,我们便围桌而坐。莫里斯不知在何处说过,地毯是人们进屋脱鞋的地方,大多数铺在帐篷的地板上。我对房子有些失望,因为莫里斯终究只是个收集漂亮东西的老头,却不知道如何布置出漂亮的屋子。我曾有一两次看到客厅,厅里的装饰物倒是挺合我的口味,摆放在一座碗橱里,碗橱上绘着伯恩·琼斯所作、取自乔叟诗歌场景的图案,背景则是罗塞蒂的画作;但即便是厅里陈设着椅子或是桌子之类的物品,好像莫里斯在添置它们时十分匆忙,只是凑巧让他的妻女感到舒适罢了。小时候,我读过父亲的一些藏书,比如《人间天堂》④第三卷和不那么讨我喜欢的《吉尼维尔的辩白》,但已经很久没有翻开过它们。《再也没笑过的人》也许是最好的一部故事,但后来父亲指责我偏爱莫里斯,忽视济慈,满面怒容地盯得我发怵。他搅了我的兴致,我越读越生疑,最后半途而废;那时,莫里斯还没有开始浪漫传奇散文的创作,在他死后,这些作品给我带来了极大的愉悦,没有多少书能让我细细品读,从头到尾都不加快速度,它们便是绝无仅有的几部。后来,莫里斯本人也引起了我的兴趣,我喜欢他的第一个原因便是,他的一些言辞和动作让我想起了远在斯莱戈的外公,不过,我很快发现了他身上的自然和快乐,将他视作领袖。现在,我对他的

---

① 彼得·克罗波特金(一八四二——九二一),俄国地理、生物学家,影响深远的无政府主义者。
② 查尔斯·帕内尔(一八四六——八九一),爱尔兰国家主义政治领袖。
③ 迈克尔·达维特(一八四六——九〇六),爱尔兰记者、国家主义运动领导人,创立了土地联盟。
④ 威廉·莫里斯的著作。下同。

诗歌评价不高,但一些美妙的句子或思想除外;如果某位天使可以给我一次选择,我会选择他的生活、他的诗歌和一切,而非自己或他人的。瓦茨临摹了一幅他的画像,它与亨利和其他朋友的肖像一起,挂在我家的壁炉架上。他那庄重而圆睁的眼睛与某只梦中野兽的眼睛相似,让我想到了提香的《阿里奥斯托》;他的身体宽阔而强壮,暗示着他也许并不需要聪颖的智慧,但他的脑子却不住地陷入幻想:中世纪的梦想家。他是"仙灵中的愚人……如山丘般广阔而不羁",坚定的欧洲形象之中,却夹杂了佛陀的静思冥想,与饥渴的思考之中的犹疑和贫乏大相径庭。由于我们舞台上某些著名的"哈姆雷特"的存在,这种饥渴的思考只能用来填充我们的想象。莎士比亚本人预示了一个标志性的变化,也是整个世界气质上的变化,因为,尽管他称笔下的哈姆雷特"臃肿",甚至是"呼吸困难",但他还是在自己的指间刺入尖矛利剑①。

莫里斯的幻想世界与其他天才人物的想象一样,对立于平日生活,不过,他从未意识到这种对立,因此对智慧的痛苦毫无察觉。他的智慧不为苦思和诡辩所耗,完全为手眼所用。凡是有令他欣悦之物,他便以一种闻所未闻的舒畅和简单的形式来将其记下,如果文风和词汇偶显单调,他也无法用不同的方式表达,否则,他便如同失魂落魄一般。他的语言不同于乔叟和莎士比亚,好似从田野和集市得来的经纱和纬纱,年龄赋予他一场出离幻想的演讲,只有经博学多能之人从容不迫地写下,方能恢复其百分之百的活力。

他那对立幻想的根源再明了不过:一位不甘庸碌、身体健壮且极易动怒的人(圣诞节的时候,他不是抄起一块烤煳的李子布丁,扔出窗外吗?),一个比世上任何一位聪明人都要快乐的人,自称为"空虚一日的无聊歌手",创作出新形式的忧郁作品,刻画出无精打采的人物,他们就像伯恩·琼斯画笔下的骑士和贵妇一样,四十卷书中没动过一次肝火。在都柏林的一次社会主义者野餐上,一个不会说话的家伙找到

---

① 比喻莎士比亚写下巧妙的言语。

那唯一一位没有改变信仰的人,向他证明平等并不难以实现:"我出身于绅士家庭,可现在你们看看,我和各种各样的人打交道。"他因此给暴打一顿,直到二十年后仍然耿耿于怀。这个人据说"总是害怕自己做错事,但又总是做错事"。他写下许多很长的故事,主旨无非是教育人们要在悲切困苦之时懂得说话的技巧。

他没有像亨利或王尔德那样映射出自己的影子,因为,他的想象建立在创作和行为的基础上,已经没有多少自知了。他转而想象那些新的创作和行为;我却不顾那些自打小时便威吓着我的科学概括,在每一次大变革中都能发现些许类似的想象,相信第一只飞鱼第一次跃出水面,不是出于想要"适应"空气的缘故,而是在海里受到了惊吓。

十三

开始上课后没多久,一些计划去法国旅行的年轻社会主义者们在老马车房里开了法语班,我也参与其中,还一度成为模范学生,大家不停地使用旧时法国妇人口中的称赞词来褒奖我。我把上课的事告诉父亲,他让我带家里的姐妹们一起去听课。我提出异议,再三推诿,因为我知道,如果天天被家人盯着,那么我正在塑造的这个崭新而优秀的形象,会立马变成一个灰头土脸的布娃娃。假如我的姐妹们在身旁,知道我其实一窍不通,那么我又如何装作刻苦努力,甚至是将上课弄成演戏一样。但我理屈词穷,于是姐妹们便进了法语班。我记得,她们并没有说什么刻薄的话,但一两个星期后,我又成了那个拖拖拉拉、碌碌无为的我,没过多久就退了班。我姐姐没有退学,还在梅·莫里斯小姐的指导下学会了刺绣,莫里斯那牛津郡凯尔姆斯科特的住所里有张大床,四周悬挂的帐子上绣着莫里斯的诗句:安逸地躺在床上,"树木之城,万鸟齐唱"。这刺绣便出自姐姐之手,只是图样的设计者并不是她罢了。最初几个月,她在汉默史密斯的凯尔姆斯科特住宅干活,有时,我无法将自己的所见所闻与她的描述区分开来,对于那些莫里斯崇拜者的汇报亦是如此。他对别人无所需求。我怀疑,对于别人的婚丧,他究竟是喜是悲? 然而,据我所知,没有人能像他一样深受爱戴;你看,他在各处创造着组织和美丽,几乎每次都是孤立无援下缔造的成功;而人们爱他,如同爱护孩子一样。左邻右舍的人们渐渐地迷恋上他,或是迷恋上他的事情,就像着迷于孩子一样,简单朴素,不怀任何的希冀。我记得,莫里斯曾痛风发作,这时有个人巧妙地在对话中提到莫里斯所憎恶的某位米尔顿,成功地分散了他的注意力,那人也因此而得意洋洋。他从斯文宾说起。"哦,斯文宾啊,"莫里斯说,"是个修辞家。但我的导师是济慈和乔叟,因为他们描绘的是形象。""米尔顿不描绘形象吗?"这位仁兄说道。"不,"莫里斯回答,"但丁描绘形象,米尔顿虽然有颗认真极了的心,表达起来却像个修辞家。""认真极了的心"听起来很怪诞,我怀疑,幸好这位提问者不是个普通人,否则莫里斯大概会横眉竖眼吧。另一天,这个人通过表扬乔叟来开始谈话,但痛风却愈加厉害,莫里斯也指责乔叟用外来词语毁坏了英语。

许多人认为,一切优秀的演说都少不了可拆分的短语,但他鲜有使用。关于他的演讲,我已经没有多少印象,只记得演说倒是和他健壮的身体十分合拍,在有限的疆界里,事实和感情源源不断地喷涌而出。在所有人中,只有他似乎受到了类似于某种兽类直觉的驱使,从来不吃陌生的肉。"巴尔扎克! 巴尔扎克!"他有次对我说,"哦,几年前法国资产阶级都在读他的书呐。"我还记得他在晚餐上表扬葡萄酒:"为什么人们说,被葡萄酒激发灵感是件乏味的事? 没有阳光和树叶,哪儿来的葡萄酒?"他还贬低自己装饰的房屋:"你觉得我会喜欢这房子么? 我想要一座像大谷仓那样的房子,人可以在一个角落吃饭,在另一个角落做饭,在一个角落睡觉,在一个角落接待朋友。"罗斯金反对修地铁,他也要挖苦两句:"如果你有了条铁路,那么把它装在管子里,两端堵上木塞子真是再好不过了。"我还记得,当我问他是何种缘故驱使他开展改良运动,他的回答是:"哦,罗斯金和卡莱尔,不过卡莱尔的身边得站着一个人,每五分钟就敲下他的脑袋。"我记得的事情屈指可数,但我毫不怀疑,假如自己坚持每个周日晚上都过去,我理应能从他的话语中捕捉到火花,翻阅一些中世纪或是其他时候的作品。

我后来不再去莫里斯家,但之前,我将自己的作品《乌辛之浪迹》寄给他女儿,无疑是希望他可以看到自己的书。书寄出后没多久,我在荷尔伯恩偶遇他——"你的诗很有我的风格。"他称赞了我,并承诺将他的表扬发表在联盟的机关刊物《公益报》上。幸好他没注意到崭新的装饰性铸铁灯杆,否则他怕是又会在这个话题上大说特说一番。

莫里斯的演讲和宣传册让我成为社会主义者,但我并不阅读经济学,在我看来,莫里斯本人也不太可能去阅读经济学。我的旧日信条似乎与此休戚相关。假如我们将诗人想象中的男男女女视为标准,假如在莫里斯的描述下(比如,那时在《公益报》上刊登的《乌有乡的消息》),男男女女在自然的状态或是他们理想的状态下生活,那么这种状态必须成为标准,当我们摆脱某些由来已久的习惯之后,世界不再怪诞。也许在内心里,莫里斯用简单的理由证明着自己的正确性,而某次演讲结束后,一位社会主义者D在回家路上对我说,莫里斯是"无意识的无政府主义者"。我和身边的人,包括D在内,都在挥刀劈向老国王,准备将他投进美狄亚的锅①。莫里斯叮嘱我们不要与国会的社会主义者来往,后者的代表是费边社②和辛德曼的社会民主联盟,在社会主义者联盟中的代表则是D。在过渡时期,必然会犯下错误,而犯错误的帽子和恶名得留给"资产阶级"。此外,当你开始谈及这种或是另一种标准时,你便看不见目标,就像把斯文宾对泰瑞西斯的描述颠倒过来一样:"路途光明,目标黑暗。"③莫里斯说的错误,是指恼人的约束和妥协——"如果有人把我扔到一群工人中,我会躺在地上,双腿猛蹬。"这句话充分地表现出我们对于革命手段的看法:我们都一

---

① 希腊神话中,伊阿宋在回到希腊后发现父亲被篡位者珀利阿斯所害,便请美狄亚帮他复仇。美狄亚来到珀利阿斯家中,称自己掌握返老还童之术,并将一头老公羊剁碎投入锅中,施展法术使之变成羔羊。美狄亚于是怂恿珀利阿斯的女儿们如法炮制,珀利阿斯便这样死于非命。
② 费边社是激进资产阶级知识分子在伦敦成立的改良社会主义团体,主张采用缓慢渐进的策略来达到改革社会的目的。
③ 原诗出自斯文宾《泰瑞西斯》第一部分:"……目标光明,路途黑暗……"泰瑞西斯是希腊神话中只能看见黑暗的底比斯先知,因为窥见雅典娜洗澡而中咒语,双目失明。

样,打算躺在地上,双腿猛蹬。久坐不动、脸色发白的D并不是不喜欢工人阶级,我们对他虽有一半是憎恨,但另一半则是极大的钦慕。他曾被邀去跟莫里斯夫人谈天,让她开心了一阵子——他知道很多关于爱尔兰的叔叔舅舅们的故事,最有意思的一则是,他的一个舅舅把脑袋塞进毯子制的旅行袋里,打算以这种方式自杀。那时他还是个名不见经传的人,只是在街角和公园的集会上发表些风趣的演讲罢了。他逻辑冷静,一贯温和,镇定自若,却装腔作势地摆出一种咄咄逼人、激情四射的模样。每次讲到一半时,台下一位起了个意大利名字的鞋匠便开始指责他。他在D的影响下开始信奉社会主义,接着自己又迷恋上了无政府主义。他挥舞着双臂,高声夸大着我们对国会的顾忌。"我缺乏尊敬。"D说,那鲁莽的人便吼道:"你算个球。"回首过去,我时常也会将自己与那歇斯底里的鞋匠形象混淆起来,因为,我也像一个虔诚的信徒一样,变得充满庄重和激愤。我甚至记得,自己坐在D的后面,向他抛去一阵阵粗话。

我不记得自己为何放弃了这种信仰,但的的确确在转眼间就突然放弃了信仰。动力也许来自一位自学莫里斯和卡尔·马克思思想的年轻工人。他谙熟海军史,当我说到纳尔逊时代的战船时,他回答道:"哦,那是战船的衰落期。"不过,如果说他对海军的兴趣停留在中世纪,那么他对宗教的看法则纯粹是卡尔·马克思式的,我们也很快陷入不停的争论中。除了对这个话题避而不谈的莫里斯外,几乎每个人对于宗教的态度都让我心烦意乱,在某场演讲之类的活动结束后,我终于和那些傲慢气盛的年轻人爆发了争吵。我指责他们攻击宗教,认为人们的内心必须做出改变,而只有宗教才可以实现这种转变。当势在必行的转变真正降临,却如太阳的冷却,或是如月亮的枯竭一样缓慢,那么,谈论将一切事物归为正轨的新革命还有意义吗?莫里斯摇响主席铃,但愤慨之下,我对铃声置若罔闻,直到他第二次摇铃,我才坐了下来。那天晚上,他在晚餐上说:"我当然知道,内心的改变是势在必行的,但不会如此缓慢。我摇铃,是因为别人没有理解你。"他心平气和,没有一丝恼火,但那天晚上之后,我便再没去过他家。不过,我对自己的话也偶有怀疑,渐渐地,我不再去思考和策划那呼之欲出的突然变革。

十四

我成天泡在大英博物馆里,整个人都有些消瘦。我记得,因为懒得去搬那些又厚又重的书籍,我把查阅的时间一拖再拖。为了能在下午喝咖啡和吃面包圈,我每次都是走回贝德福德公园的家,好存些钱出来。我当时正在为一部廉价丛书编写爱尔兰童话故事集,还应一家美国出版商之邀,编纂一部两册的爱尔兰小说家选集。报酬不高,因为我只是在每本书上花了三个多月的时间来阅读资料;第一本书的报酬是十二镑(出版社对编辑说:"哦,E 先生,你下次可别给他这么多钱呐。")第二本书则是二十镑,但我却不觉得钱少,毕竟我也很乐于此事。

虽说每年夏天都回斯莱戈,但一年中的大部分时间我还是不得不住在爱尔兰以外的地方,并且牢记,自己所知道的事物必定是诗歌的素材。我知道莫里斯是威尔士血统,还错误地以为他在威尔士长大。我相信,如果他笔下的故事发生在故土威尔士的景色下,如果雪莱的《普罗米修斯》等代表作能加入威尔士或苏格兰的标志色彩,那么,他们的艺术便会更加亲切入微地进入我们的思想,为现代诗歌带来古代诗歌的宽广。大英博物馆里摩索拉斯①和阿蒂密斯②的雕像,神态清净,半兽半神,完全不像古希腊的运动健将和邻邦埃及的国王。他们或是站立,为欢呼的人群所簇拥,或是端坐,思量不可动摇的公正,在我眼里,不时地充满着自发的欢乐和充沛,无论我还是别人,纵使殚精竭虑,也无法达到这种境界;一旦达到,那么当康纳马拉③和戈尔韦的男男女女看到它时,仿佛是见到自己的灵魂一般。故事中说,一位皇

---

① 公元前四世纪波斯属地卡利亚的国王。
② 摩索拉斯的妻子。
③ 位于爱尔兰西部的一个区。

后为死去的爱人竖起了一座陵墓①,在她因悲伤而死后,几位不求报酬的伟大雕塑家完成了建造工作。我们研究过这座已成废墟的陵墓,分不清哪些雕塑是斯科帕斯的,哪些是普拉克西特利斯②的。我想创立一种新的艺术,艺术家的工作隐于其中,如同出自无名的凿子,或是如同旧时苏格兰人的歌谣和十二、十三世纪的亚瑟王浪漫故事中藏匿的佳作。既然确实存在这些手工品,我便不会埋没根据帕拉斯雅典娜之圆盾而仿制塑像的人。因为,人们可以在古时的传说和歌谣中发现些许吟唱诗人的典故,比如胖胖的乔叟,他跟在赎罪券贩子和粮商后面,走在坎特伯雷的路上。我便从这些典故中得到了极大的乐趣,觉得诗人的存在使得一切更加辛酸,因为我们发现已经有半数的东西失传。吟唱着《帕西法尔》③的沃尔夫拉姆·冯·艾申巴赫不再讲述忍饥挨饿的城市,却想起故乡家里的老鼠断了粮,还有,是哪位诗人白天打仗,晚上吟唱?那直觉是多么的自如,如果游方歌者不知道作诗的人是谁,那么他会编造出这样一个人:"陌生人问道,吟唱诗人中,谁的声音最动听? 一个声音回答他:'一位盲人;他住在层峦叠嶂的希俄斯岛;他的歌谣永远是最美丽的。'"我觉得,复杂的现代心理在以第一人称陈述时,听起来总以自我为中心,与简单的情感相去甚远。对于简单的情感来说,它们的力量越强大,便越能反映每个人的情感,不久以后,我便将个人化的情感编织在神话和象征的一般格局下,写下大量的诗歌。芬尼亚诗人说他的心变得淡漠而冷酷——"为了那不幸的命运,亲爱的爱尔兰,和我自己的忧伤。"——他只是循规蹈矩,倘若我们没有被他感动,那是因为他在需要之时缺乏那些刺激感官、富于韵律的词汇;他没静坐在桌前,为这些词语好好花一番功夫,自然也不会比别人高出一筹。我考虑过创造一些刺激感官、富于韵律的词汇,它们不仅仅为我所用,也许还能留给以后的爱尔兰诗人,就像一位将画风

---

① 即阿蒂密斯。
② 都是古希腊的雕塑家。
③ 艾申巴赫(约一一七〇——一二二〇)是中世纪时德国诗人,帕西法尔是亚瑟王传说中的圣杯骑士。

遗赠予子孙的中世纪日本画家一样。我慎重地使用传统的方式和内容,但为词语所下的苦功,却令我创作出完全不同的一番景象。这种苦功的动力来自我对该隐之诅咒的共感,来自现代那贫瘠的复杂,来自我的"首创性"——报纸上的称法。莫里斯决心要开创一场革命,让他《世界尽头的井》和《奇迹岛的水》中那些在我看来神似阿蒂密斯和她爱人的人物可以在他故土的景色下行走;我故土的住民们不乏想象力,因此我便筹划着全新的方式和文化。我的思想开始倾向于"面具"的理论,相信每一位有情感的人(我和机械技师、慈善家等眼中没有好恶的人毫无关系)都与历史或是想象中的另一个时代联系在一起,只有在这个时代,他才能发现可以激起自身活力的形象。在自然主义作家和画家的观点中,每个人都不属于自己的时代,拿破仑亦是如此,他的头脑中是一副罗马皇帝的形象,心里流淌着雇佣兵的血液;当他在罗马用自己的手为这颗头颅戴上皇冠时,他用皇帝的旧衣掩饰住了自己的犹豫,从大卫①的画中或许能发现这一点。

十五

我有很多女性朋友,每到将近五点之时,我便会去拜访她们,讨论一些话题。原因之一是,倘若我跟男人们说起这些话题,常常会争个面红耳赤;不过,还有一个原因:到她们家去可以享用茶水和吐司,从而省下钱来搭乘公车。然而,我在面对女人时总有些胆怯和不好意思,只有亲切地交流思想时,才不那么羞赧。我坐在大英博物馆前的椅子上,给鸽子喂食,这时两位姑娘在近处坐下,把鸽子从我身边逗开,放声大笑,交头接耳。我气急败坏,眼瞪前方,随后便头也不回地走进博物馆。后来我常常思忖,她们究竟是漂亮,还是不过是年轻而已?我有时会自言自语地讲述一些以自己为男主角的惊险爱情故事,有时会构想独自修行的生活,有时又将各种理想糅合起来,规划出独

---

① 雅克—路易·大卫(一七四八——一八二五),法国画家。

自修行却时有艳遇的生活。我小时候住在斯莱戈时,曾经梦想着像梭罗之于《瓦尔登湖》那样,住在吉尔湖中的伊尼斯弗里小岛上,如今这个愿望也仍未退却。我走在舰队街上,思乡之情溢于言表,此时,我听见流水的淙淙声,透过橱窗望见一座喷泉,泉口处顶着一只小球,看到这,我便惦念起湖水来。这突然的回想让我写下《伊尼斯弗里》,这是第一首节奏中带着我独有音律的抒情诗。为了脱离华丽词藻及其带给人们的情感,我开始放宽节律,但我只是模糊和偶尔地懂得,为了自己的特别目的,我只能使用普通句法。几年之后,我不会在第一行写下传统的古语——"起身去罢"①——也不在最后一段使用倒装。有一天,我路过新落成的皇家法院,它的哥特式风格深深博得我的喜爱——"这算不得好,"莫里斯说,"但好于其他所有的建筑,所以人们不喜欢它。"——突然,我感到内心不能承受之重,想道:"我的周围全是石头和砖块。"我立刻又补充道:"如果施洗约翰之类的人再度降临,将思想专注于此,他便能让所有的人离开建筑,走入荒野。"这种思想现在看来已经没有多少价值,但那天却令我颇受启迪,直到现在我还记忆犹新。我去了牛津,花上几天为出版社抄写包其奥《诙谐录》或是《寻爱绮梦》的十七世纪译本,具体是哪一本我不记得了,因为两本我都抄了下来。回到拮据的家中时,我气色很是不好。我依靠面包和茶水度日,因为我相信,既然古代人相信蝗虫和野花蜜富有营养,那么我的魂魄也已足够强大,不需要更好的东西来养活自己。我总是在设想某种伟大的姿态,将整个世界放在天平的一端,将自己的灵魂放在另一端,想象着世界如何打破平衡。三十多年过去了,我所见过的年轻作家,无一不凭借类似的动力来直面这个城市;两三年,或是十二三年后,他们终于在固执中理解,我们就像在编织花边一样,在细小的一针一线中实现一切(倘若我们确实实现的话)。我的动力则赋予我无可比拟的优势:我可以用墨水浸染自己的袜子,好让它们不从鞋里露出来;怀着一颗最为高傲的心,想象自己带着破旧的渔具,站在远方"苍

---

① 出现在叶芝《伊尼斯弗里岛》第一节第一行诗中。

天之下……鹞子和乌鸦的城里"①。

在伦敦,我没有见到什么好的事物,萦绕在耳边的,总是罗斯金对我父亲的朋友所说的一句话——"我去大英博物馆上班,发现人们的面孔一日比一日堕落。"有一段时间,我确信自己在同一条路上与罗斯金看到了相同的情景。某些老妇人的脸庞令我充满恐惧:肥胖而遍布斑点的脸庞,臃肿的双下巴,明显是喝酒吃肉过度的标志。在都柏林,我常见到昂首抬头、瘦骨嶙峋的老妇人,她们因为饮酒和贫困而心情狂躁,扯着嗓子胡言乱语,但与前者不同,她们属于浪漫。达·芬奇的笔下,便出过这般模样和这般举动的妇人。

十六

我试图让父亲的一位老友重拾青年时代的老本行,但没有成功——父亲改变了信仰,但他没有。父亲带我去维格莫尔街,和杰克·内特耳希普共进晚餐。内特耳希普曾是个创意设计师,现在则专画情景剧中的狮子。晚餐时,我的话滔滔不绝——我想,对于一个年轻人,或是任何人来说,都有点啰嗦了——回家路上,急于让我留下好印象的父亲显得十分生气。父亲说,我说话完全是耸人听闻,夸夸其谈,这是无论如何也不能做的。他厌恶华丽的词藻和强调,也让我不要执迷于此。他的愤怒让我很是沮丧。第二天,我来到内特耳希普的画室,登门道歉,内特耳希普则亲自为我开门,热情地接待了我。他向一位女客人解释说,我是个爱尔兰人,能说会道,只是有些超越现实,等等等等。看到不用道歉,我心里舒坦了许多,但并没有高兴起来,因为我很快发现,内特耳希普本人沉默寡言,于是对我的能说会道十分羡慕。他约莫六十岁,脑袋光秃秃的,留着灰白的胡子;鼻孔黑洞洞的,用我父亲一位朋友的话来说,就像看戏戴的眼镜一样。整个下午和晚上,他都在喝大茶杯里的可可,丝毫不在乎可可已经冷了下来;那

---

① 出自莎士比亚《科利奥兰纳斯》第四幕第五场。

茶杯一定是他自己设计的。许多年前,他在打猎时从马上跌了下来,摔断了手臂,病痛因此困扰他许久。他常喝一点点威士忌来止痛,但没过多久,这一点点就变成了一大瓶,他便成了个酒鬼。几个月后,他从病痛中康复,行动重新自如起来,但也沾上酒瘾,不一会儿就要小抿两口。自打年幼时我便很崇拜他,因为父亲总是这样说:"乔治·威尔逊是天生的画家,而内特耳希普是个天才。"尽管他身上已经没有值得我热爱的东西,但我仍然崇拜他,这是一种深入骨髓、发自肺腑的崇拜。他给我看一些他早年的作品,虽然笔调拙劣,但足以令我的愿望得到满足。它们的确展现出些许威廉·布莱克的风格,但不同于布莱克的欢快睿智、富于活力,它们体现了撒旦式的情感和忧郁。《上帝创造罪恶》[①]描绘了死神一般的头颅,以及额头上的女人和猛虎形象,罗塞蒂(还是勃朗宁?)将其称为"古往今来最伟大的艺术创作"。这幅画虽已失传,但还有其他反映相同主旨的画作。他的其余画作则从未发表或展览。即便是现在,每当沉思时,我的脑海中依然能浮现出他的画,而一个形似泰坦的失明鬼魂用双手摸索着飞过树顶的形象尤其让我难以忘怀。我写了一篇评论,然后叮嘱一家艺术杂志的编辑将其改写,但当文章完稿后,杂志的老板却拒绝发表。在我看来,他不过是赫胥黎、丁达尔、卡罗吕·杜朗和巴斯蒂安—勒帕热的马屁精罢了。内特耳希普倒是毫不在乎:"谁现在还关心这个?不到十个吧。"我不愿意把自己写的文字给他看,他却较起真来。虽然我写的尽是些褒奖之辞,但毕竟生平头一遭写艺术评论,我还是害怕他会给出什么评判来。他在狮子的绘画中尝试一种不同的艺术形式,但它过分强调触感,强调柔软、刚硬和观察入微的不规则表面,所以并不受我喜欢,我相信他也明白这一点。"罗塞蒂曾说我画画是为了生计,"他说,"但这些画都富有象征意义。"——他一边说着,一边将手挥向画布。当我每每请他设计神灵、天使和游魂的形象时,他总是思忖片刻,然后答道:"众口难调。""每个人都有存在的理由"便是他常说的话。"某某夫人的文章不

[①] 内特耳希普的画作。

咋地,却是她存在的理由。"都柏林艺术学校教不了多少学问,因此我对艺术所知甚少,于是,对于一切可以与我的世界观联系起来的事物,我都所视甚高。假如我能给他的狮子起个天使或是魔鬼的名字,那么我大概也会迷恋上它们,内特耳希普会更加热爱他的狮子,并藉此成为一名更为优秀的画家。我们具有同样的宗教情感,但我可以粗略地用哲学的语言表达出来,而他只能用动作、画笔或是铅笔释放情感。他经常跟我提到他的审美理想——与我的还颇有几分相像——因为他将年少时的道德理想完整地保留到现在,比如——"叶芝,有天晚上,我为了运动运动下面的肉,赤脚在摄政公园里走路,这本是件好事,但我被警察捉了起来。我手里还拿着靴子,可他硬是认为我是个盗贼,任凭我怎么好说歹说,他都不肯让我走,直到我答应在遇见下一个警察之前把靴子穿上,才被放了出来。"

　　他自尊心很强,但性格腼腆,我简直不敢想象人们在问他问题时会出现怎样的场面。于是,我乐呵呵地写下了这些故事,确认童年时代一些关于他的见闻。有个故事尤其让我浮想联翩,因为,我对自己那缺乏血气之勇的童年感到羞耻不已,羡慕一切我所不能通过模仿而得的人和事。内特耳希普认为,一切脆弱,甚至是躯体的脆弱,都具有罪恶的品性。他从前和哥哥同住在三楼拐角处的一间屋子里,有一天,当两人共进早餐时,他说自己的神经乱了套。随即,他离开餐桌,从窗户爬了出去,来到窗台下的石架上。他沿着石架缓缓地挪着步子,拐了个弯,从另一扇窗户钻了进去,重新回到桌边。"看来,"他说,"我的神经比想象中还是要好一些。"

　　内特耳希普问我:"埃德温·埃利斯[1]可曾说过饮酒对我天赋的影响?""没有。"我答道。"我问这个,"他说,"是因为我一直觉得埃利斯在医学上有些非凡见解。"尽管我的回答是"没有",但事实上,埃利斯在几天前给出了结论:"内特耳希普把他的天赋给喝没了。"埃利斯

---

[1] 埃德温·埃利斯(一八四八——九一六),英国诗人、插图画家。

那时刚从居住多年的佩鲁贾①回到英国,也是父亲的老朋友,不过比父亲和内特耳希普都要年轻几岁。埃德温·埃利斯是亚历山大·埃利斯之子,亚历山大·埃利斯曾是著名的科学家,或许也是英国最后一位远离肤浅、孜孜以求的科学研究者。内特耳希普已经找到了他那简化的意象,但在绘画时却刻意回避,而埃利斯却从未找到过这种意象。他是诗人和画家,但他的画作并不令我动容——只有莱顿②对他的作品产生过影响。他的起步晚了几年,而且过早地离开英国,研习法国画家的作品,未能赶上前拉斐尔派的影响期,因为一八七〇年之后,前拉斐尔派便再未诞生出伟大的作品。不过,作为诗人,他却偶尔显得十分感人,而更多的则是惊愕。我听说他能将方才说出的话语锻造成一行行诗句,口中的话却不曾停下;可作品一旦完成,他既不会、也不能对诗进行润色修改,父亲便说他缺乏志气。然而,他有时也不乏高贵的韵律——那是一种对宏伟壮丽之物的直觉,三十年后,他对大地母亲的歌颂仍然常常为我记起——

　　　"哦,山之母亲,原谅我们的高塔吧,
　　　哦,云之母亲,原谅我们的梦想吧。"

　　还有一些我时不时阅读,或是推荐别人阅读的整首诗作。有首描述亚当和夏娃逃离天国的诗歌,松散而粗糙,表达方式和主题很不相称。亚当问夏娃,她在小心翼翼地揣着什么?夏娃回答,这是为子孙保留的一小块苹果核。仓促而作的歌谣《更少的基督》记叙了他的幻象,基督那神的一半"为寻求快乐而逃脱",另一半留下来代之受难,歌谣便描绘了这牺牲的一半在各各他③哭泣着游荡的故事。《圣人和年轻人》则没有任何可以指责的地方。他喜欢构造复杂的意象——"七股寂静像蜡烛般萦绕在她的脸庞周围"便是其中一句——此外,无论诗歌优劣,他的表现形式都有其他诗人的影子。他对我说"我是个不

---

① 意大利中南部城市。
② 弗雷德里克·莱顿(一八三〇——八九六),英国维多利亚时期著名画家、雕塑家。
③ 耶稣受难之地。

会数学的数学家"——他的父亲是伟大的数学家——或是"一个女人曾对我说:'埃利斯先生,为什么你的诗歌像算术?'"当然,他同样钟爱象征和抽象。有一次,我要求他不去提及某种事物,他便说:"想必你这次是发现了,我不知道如何在对话中提及真实的事物。"

他在前拉斐尔派的画室里产生了对威廉·布莱克的热爱,在我们相识之初,他曾将一张信纸塞进我的手中,上面写有他数年前对一首诗的解读。诗的开头为:

> "从伊斯灵顿到玛丽尔本,
> 从樱草花山到圣约翰林,
> 田地里建满黄金的柱梁,
> 矗立着耶路撒冷之柱。"①

伦敦的四个区代表了布莱克的四个伟大的神话人物形象:四天神,也即四元素。寥寥几行诗句构成了对威廉·布莱克哲学思想研究的基础,此研究追踪布莱克体系与斯威登堡②和波墨③体系的联系,要求研究者对其追求的目标了如指掌。我从埃利斯闻所未闻的基督卡巴拉教中发现了布莱克体系的某些属性,证明埃利斯所书并不仅仅是幻想,于是,我和他开始了对布莱克《先知集》的四年研究。一八八九年春,我们第一次达成共识,时值《先知集》第一部《塞尔书》出版一百周年,我们将其视作是布莱克冥冥之中的鼎力相助,好像故人在百年纪念之时大发慈悲一般。经过数月的讨论和阅读,我们为威廉·布莱克笔下所有的神秘术语编写了索引,不过,我们还需费上一番精力,在大英博物馆和雷德希尔完成大量的抄写工作——雷德希尔居住着布莱克的故交和资助人、风景画家约翰·利内尔的后裔,他们拥有着大量手稿。利内尔家族的宗教思想十分狭隘,他们以遵从正统信仰为荣,怀疑布莱克的宗教思想。有一位胆小的老婆婆在年幼时认识布莱

---

① 出自威廉·布莱克《耶路撒冷》。
② 伊曼纽·斯威登堡(一六八八——一七七二),瑞典科学家、神秘主义者和神学家。
③ 雅各布·波墨(一五七五——一六二四),德国神秘主义者、神学家。

克,我记得她是这样说的:"他的观念很有问题,不相信史上有稽可查的耶稣。"一个老头儿总是坐在我们边上,假装帮我们削铅笔,实际上却是在监视我们,看我们有没有偷走手稿。午餐时,他们用年代久远的波尔图葡萄酒款待我们,还送我一幅出自布雷克之手的但丁版画,它至今仍挂在我家饭厅的墙上。来回的路上,埃利斯常用伴随着各种故事的哲学讨论来逗乐我,最初的一些是他自称在苏格兰听到的民间故事。尽管阅读并收集过诸多民间故事,但我还是没发觉出他是在骗我。我只对两则叙述较为详尽的故事有部分印象,其中一则说的是一天清晨,在一个我不记得名字的城市,一名意大利阴谋家光脚从一场危险中逃出。由于害怕自己的光脚被人发现,他装成迟来的房客,报到"我是某某房间的",从而躲过了昏昏沉沉的旅馆门卫。他穿过卧室,来到另一间屋子试靴子。他总算找到一双合脚的靴子,房间里却传来声音:"谁啊?""我啊,先生,"他回话道,"我来拿您的靴子。"另一个故事则源自一位殉道者的《圣经》,将基本的美德赋予人形——正是布莱克哲学中的一部分。基本美德掌握在一位教士手中,一位骑师登门拜访,踌躇迷惑之后,基本美德投入了骑师的怀抱。无论他犯下什么罪过,一项基本美德便会介入其中,将他带回美德的正轨上,因此,他生活在盛誉中,若不是一句话,那么他也能像圣人一样死去。临终前,他的妻子和家人敬重而伤感地跪在边上,此时他突然说道:"该死。""哦,天哪,"他老婆叹道,"这样说可不太好吧。"他回答:"我要上天堂了。"便一命呜呼。故事很长,因为骑师徒劳地试图犯下各种罪恶,而教士也变得邪恶,经历了一番冒险。骑师死后,基本的美德回到教士心中,故事便皆大欢喜地结束了。我觉得,埃利斯也许会把这故事告诉一切愿意聆听的人,而不在乎听众是谁,大概是出于这一点,父亲才认为他没有志气的。他年轻时结交了一位改过自新的小偷,让后者带自己到伦敦小偷的聚居区去逛逛。然而,那人却急着要将他支走,说了些很不好听的话:"再多待一分钟,他们就会发现你了。若不是他们这么笨,早就把你撑走了。"埃利斯还用诙谐和传奇般的语言细述了那位小偷偷过和抢过的所有房子,以及他割过的所有喉咙。

他的言语常常陷入抽象和微妙的迷宫,难以为我乃至任何人理解,又突然凭借一些俏皮幽默回到正轨。据说这种思维只有在一定的瞬间恍惚状态下获得,这恍惚来得是如此之快,在脑海中激起转瞬即逝的智慧,将我们从肉体的笨重中解脱出来。我想,埃德温·埃利斯的思想便一直处在这种恍惚的边缘。有一次,我们讨论布莱克哲学中性的象征意义,结果整个下午都处于分歧之中。我谈及自己的新看法,过了片刻,站在画板一旁的埃利斯扔下画笔,说自己在一系列象征的幻视中看到了相同的解释。"还有段时间,"他说,"我变得很异常。"我们来到室外,走来走去,试图摆脱这种感觉,但当我们回到屋里,我重新开始解释时,埃利斯又躺倒在沙发上。我讲了一会儿,埃利斯夫人进来,问道:"你为什么坐在这黑咕隆咚的地方?""没有啊。"埃利斯答道,随后他又以奇怪的语气说,"我记得灯本来应该是亮着的,我端坐在这里,现在我发现自己躺在沙发上,这里一片漆黑。"我看到天花板上闪过一丝光线,但心里想这不过是屋外一些光亮的发射罢了。也许,这便是他幻象的来源所在。

十七

我已经见过我这一代的绝大多数诗人。在《乌辛之浪迹》出版后不久,我对一部廉价再版丛书的编辑(就是邀我编纂爱尔兰童话故事的那个编辑)说:"我越来越嫉妒其他诗人,我们以后会变得互相嫉妒,除非我们彼此相知,为对方的成功而感到欣慰。"他是个威尔士人,名叫欧内斯特·瑞斯,后来改行当了采矿工程师。他做过翻译,也创作过诗歌,虽然没有人读过他的作品,但它们却让我很是感动。他大概比我年长十几岁,因为是当编辑的,所以那些愿意以七八英镑的报酬编书的人都是他的相识。我俩成立了诗人俱乐部,数年来,俱乐部的成员每晚都会来到斯特兰德大街上一家名为"柴郡奶酪"的餐馆,在楼上一间地板磨得非常光的屋子里聚会。莱昂内尔·约翰逊、欧内斯特·道森、维克多·普拉尔、欧内斯特·拉德福德、约翰·戴维森、理查德·勒加里恩、T. W. 罗勒斯顿、塞尔文·伊梅奇、埃德温·埃利斯和约翰·托德亨特都是常客,亚瑟·西蒙斯和赫伯特·霍恩偶尔露面,威廉·华生虽为俱乐部的一员,但从不参加聚会,而弗朗西斯·汤普森虽然来过一次,却没有加入俱乐部。有时,如果我们在私人住宅里碰面,奥斯卡·王尔德也会来。不过,邀请他来"柴郡奶酪"却是白费力气,因为他不喜欢波西米亚式的作风。"奥利芙·施赖纳①住在东区是因为,"他对我说,"只有在那里,人们才不会戴着面具。但我告诉她,我住在西区是因为只有人们的面具才让我感兴趣。"

我们互相读诗,评论文字,品点小酒。谈到这个俱乐部时,我说:"我们有着如此如此的理念,与维多利亚时代的伟大人物有着如此如此的争吵,设下了如此如此的目标。"好像我们拥有各种各样的哲学观念一样。我之所以这么说,完全是因为不敢承认这些观念都是我一个人的。只要我一开始讲话,屋子里便会鸦雀无声。一位文笔出色却教养不佳的年轻爱尔兰诗人几年后给我写道:"你说话时不像个诗人,却像个文绉绉的作家。"其实,倘若所有的诗人都欠缺礼数,倘若他们的大多数人都没有在牛津或是剑桥上过学,那么我怕是会挨一大堆人的骂。我充满思想,且多为抽象的思想,无时无刻不在憧憬着各种想象,因为我上的不是大学,而是艺术学校。博大精深的学问,一旦习得,就会脱离那种躁动不安的心境。如果我上过大学,学习过英国文学和文化的基础知识,那么我应该已经放弃了爱尔兰式的题材,或者是已经开始尝试新的传统。我缺乏足够的显赫先例,因此我必须找出可以解释自己所作所为的理由。几乎从一开始起,我就明白,理由太多即是出身不够高贵,我隐瞒它们,就像一个人隐瞒自己卑微的出身一样;而我,只能无助地看着这个事实:我的祖国根本就没有出生,何来出身。我便是这些人中的一员:他们的成就注定无法尽善尽美,在诅咒下生活,如同两只筑巢的鸟儿为苔藓、地衣还是嫩枝中谁更舒适而终其一

---

① 奥利芙·施赖纳(一八五五——一九二〇),南非女作家、政治活动家。代表作有《一个非洲农庄的故事》。

生喋喋不休一样。勒加里恩和戴维森的思想带有狭隘的地方主义,但他们的地方主义可以医治,我的则无可救药;约翰逊和霍恩喜欢将自己的个性强加在我们头上,以他俩为首的所有年轻一辈,都信奉一种观念,但它却反对一切可以为我们所解释和讨论的见解和概括。从巴黎学成归来的 E 有时会说:"我们只在乎印象,不在乎别的。"但这句话本身就是概括,引来的不过是冷眼和沉默。对话渐渐缩短为:"你喜欢某某人的上一本书吗?""不,我喜欢前面那一本。"在我看来,若不是那些想到什么就说什么的爱尔兰成员,俱乐部恐怕挺不过最初的艰难日子。他们对自己的思想温床的风气竟然是这般冷漠,着实令我着急。我认为(我可不敢说自己"像个文绉绉的作家一样"认为),斯文宾、勃朗宁和丁尼生各以自己的方式,在自己的作品中掺入了我所说的"杂质"——对政治、科学、历史和宗教的好奇;而我们,必须再一次创作出纯净的作品。

多数时候,我们的衣着就像我们的对话一样平淡无奇。我自己打着松领带,穿着棕色的棉绒大衣,和一件很旧的长斗篷。父亲二十年前就扔掉了这件斗篷,但母亲却将它保存下来。母亲出生在斯莱戈,但做事没有理性,全凭自己的习惯,就像四季般变幻莫测。俱乐部里没有人打松领带,只有勒加里恩除外;西蒙斯有一件崭新而时髦的长斗篷,只要不"显得像绅士",他会穿着各式各样的衣服出现在人们面前。"为人当低调。"约翰逊向我解释道。那些在衣着上最贴近潮流的人,在书写上却通常是最为远离潮流的人,一位诗人(我忘了是谁)便根据乔治·赫伯特的手写体,创立了自己的一套书法——小而工整,精慎考究。后来,我对道森和西蒙斯的了解多了一些,并和西蒙斯成为了亲密的朋友;尽管经常见到约翰·戴维森,可我从未领略过他那苏格兰式的粗鲁和愤怒。不过最初的时候,常和我在一起的却是莱昂内尔·约翰逊。他、霍恩、伊梅奇和另外一两个人同住在菲茨罗伊广场夏洛特街的一座老房子里,共有一位男仆,他们都是过渡时期的典型人物,沿袭着先贤常在无意之中所做的事,在学识和品位上都有所成就。几个人都是前拉斐尔派成员。有时你能在一间屋子看到一个衣衫褴褛的身影,好像是来自某个失落王朝一样,他便是前拉斐尔派画家西蒙·索罗蒙,此人曾是罗塞蒂和斯文宾的朋友,但现在却出入于低档酒吧。他因为犯罪而在牢里呆过很长时间,如今日日买醉,愁苦不堪。一天晚上,有个人在昏暗的烛光下把他当成了另一位索罗蒙——成功的学院派画家R. A. 索罗蒙,他一怒之下跳了起来:"先生,你竟然把我当成那江湖骗子?"尽管未去聆听那虚弱不堪的鸦叫,也未被赫胥黎、丁达尔、卡罗吕·杜朗和巴斯蒂安—勒帕热的老枝所砸中,但我却开始怀疑,他们已为冷淡甚至是倒退所包围,我想,正是这怀疑令我从未跟霍恩走得很近。霍恩后来成为英国研究十四世纪意大利生活的顶级权威,并撰写了一部有关波提切利的权威性作品。他通晓数门艺术,以伊尼戈·琼斯①的风格为大理石拱门②的墓地设计了一座小教堂。尽管现在看来,他的教堂的确算是杰作,但在当时,也就是我二十二三岁时,它的风格比我欣赏的风格晚了一个多世纪,因此不足以唤起我的喜爱之情;我还指责他倾向于十八世纪的风格。

"你们教一群傻瓜如何作诗文,
  通顺、添加、紧凑和扣题,
    直至,
  像雅各指挥的智慧魔杖,
    在歌唱。"③

另一份狂热则耽搁了我和两个人的友谊,他们现在已经成为我的朋友,在某一些方面,他们还是我的主要导师。有个人(也许是莱昂内尔·约翰逊)带我来到两位名门之后,查尔斯·里基茨和查尔斯·香农的画室。首先映入眼帘的便是一幅香农的画:一位贵妇和她的孩子,身着花边丝线和绸缎,令人想到那个遭人憎恶的世纪。我的眼前浮现出另一些神话中的母子形象,却对眼前的图画毫无兴趣。我告诉

---

① 伊尼戈·琼斯(一五七三——一六五二),英国建筑师。
② 伦敦牛津街上的标志建筑。
③ 出自济慈《睡眠与诗歌》。

香农,他画的不是母子,而是仪态高贵之人等待客人的场景。我想,这无疑是种莫大的侮辱。有位在《起源》①中发表文章的人说,一幅关于野鸡和苹果的画作不过是在描绘一些吃的东西,这种对主题的冷漠态度让我恼火不已,以至于我有时只专注于作品的主题。在巴斯蒂安—勒帕热之后的艺术评论中,对于主题的漠不关心实属老生常谈。我认为,如果一个男人深深地爱上一个女人,那么,不管她是个扒手还是个常在英国教堂领圣餐的人,她的身份与这个男人本身并无关联,却会影响到他的亲友,甚至是整个街坊邻居。有时,我确实像莫里哀戏中的某位父亲一样,完全置情侣的感觉于不顾,甚至不愿承认一丝魔鬼的痕迹(也许是一道光迹)会增添些许趣味,尤其是当这联系并不恒久之时。

这些人中不乏伟大的天才,他们多数激情一生,却又悲惨而死,不过,安静的 T. W. 罗勒斯顿却似乎与大家格格不入;我打算激发他在爱尔兰的创作,于是把他拉进了俱乐部。我听说,年轻的都柏林工人们会偷偷溜出作坊,打量路过的这位"托马斯·戴维斯②第二";我甚至还记得,有三四个人串通起来,要将他推举为"国内外爱尔兰民族的领袖",一切都是因为他相貌不错罢了;都说亚历山大大帝和亚西比德是英俊的人物,而耶稣基督是唯一一位既不高也不矮、身高刚好六英尺的人。从自然之母预见到巴斯蒂安—勒帕热降生的第一刻起,她便只将非凡的创作能力赋予那些模样稀奇古怪的人,或是因愚蠢而倍显驽钝之人。我们爱尔兰人的思想如同戏剧和歌谣,并不明白这些。

现在,我已经见过组成文学史中上世纪九十年代"悲剧一代"的所有成员,不过,无论天赋还是命运,我们似乎都如出一辙,连个性也罕有差异。一天晚上,"柴郡奶酪"来的诗人比往常要多。我说道:"我们无法妄言谁会成功,甚至也不能说谁有天赋、谁没有天赋。唯一确定的是,我们的人太多了。"

---

① 前拉斐尔派兄弟会的刊物,由罗塞蒂主编,只发行了四期,一八五〇年四月便寿终正寝。
② 托马斯·戴维斯(一八一四——一八四五),爱尔兰革命作家,青年爱尔兰运动成员。

十八

我已经描述过王尔德、亨利和莫里斯仿效或是试图仿效的意象——一种与本质或自然世界相对的意象,但我尚未提及有没有为自己找到一种意象。我对自身的了解本已不够,对于反自我的见解更是少得可怜:或许,连为我做晚饭和为我打扫书房的女仆都比我知道得多。这也许是因为我天生便是个爱好交际的人,四处游历,与人交谈,怀着公正中立的感情聆听他最为宝贵的信仰——我喜欢那些自豪而又孤独的东西。年幼时,我每天都去教堂司事的女儿那里学习写作,她的《学生读本》中有一首诗最受我的喜爱:对阿里斯托芬作品的诗体翻译片段,描述了鸟儿用歌声对人类进行的嘲讽。后来,我沉浸于同样爱好交际的雪莱对一位年轻人的幻想——他独自在塔中研习哲学,忧愁染白了他的头发;或是沉浸于他对一位长者的幻想——他通晓所有的学问,远离凡人的视野,隐居在地中海某个铺满贝壳的洞中。有一篇便在我耳中萦绕不绝——

> "有人将他当作以诺:
> 别人梦见他来自亚当之前,
> 历经世代与毁灭的轮回。
> 在人类历史不曾到来之前
> 这位贤人节制万欲,
> 克服肉体反抗的自惩,
> 苦思冥想,孜孜不倦,
> 或许已在那人所不知和害怕的
> 强大而隐秘的事物和思想上
> 建立了君权和科学。
> 马哈茂德我要跟这个犹太老人谈谈。
> 哈桑你的愿望他将会知道,
> 他住在代莫内西岛的海洞中,

比你和上帝都难找到!
谁若是想请教他,
须得等待日落来临,
海水在风平浪静的岛边平息,
上弦月缓缓西移,
晚风游走于波浪之上时,
独自扬帆行船;
那蜂儿纷飞的岛上,
绿怪埃雷宾杜化作松林,
将他的镀金船首摁入湛蓝的水中,
孤独的舵手必会喊道
'亚哈随鲁!'那洞里
便应声道'亚哈随鲁!'若他被允许
祈祷,一颗微光渺渺的流星将会升起,
用光芒引他渡过马尔马拉海;
一阵风冲出叹息的松树林,
一场和蔼的暴风雨随之而起,
却美妙得不可名状。
在温柔的薄暮中,
它带他穿过博斯普鲁斯海峡:
此时,此地,此景
正适合他们的谈话,
犹太老人于是出现。
罕有人敢于赢得
也罕有人能够赢得
这憧憬中的情感交融。"[1]

在都柏林时,我就深为那些通神论者所吸引,因为他们印证了这

---

[1] 出自雪莱的诗剧《希腊》。

个犹太老头（或是同类之人）的真实存在，抛开赫胥黎、丁达尔、卡罗吕—杜朗和巴斯蒂安—勒帕热的任何想象不看，我找不出任何反面的证据。后来，听说布拉瓦茨基夫人①从法国或是印度过来，我便想趁此机会将事情弄个水落石出。当然，如果智慧存在于世间某处的话，它必定属于这般孤独的思想，他们对我们不负有责任，只与上帝作灵的沟通，宠辱皆忘。一切民族都被限制在单一的思想和修养中，他们相信这种人的存在，对他们，或是他们的影子致以敬意，而慈善家和学者都不曾受过这番礼遇，不是吗？

十九

我在诺伍德的一间小房子里找到了布拉瓦茨基夫人，房里还有三名她的追随者——她说，通灵者研究协会刚刚对她的印度现象进行了报道——其中一名坐在外面的屋子里，防止不受欢迎的访客进门。我百无聊赖地等了许久，之后终于被请进内屋。我瞧见一位老妇人，她穿着宽松而朴素的深色衣服，有几分像爱尔兰的老农妇，不乏幽默感和胆魄。她正忙着与一位女访客谈话，所以我只能继续等着。我四处闲逛，穿过折叠门，来到相邻的屋子，无聊地看着一座布谷鸟钟。这钟一定是停了：钟锤已经掉了下来，落在地上，但我站在那里时，布谷鸟却钻出木门，叫了起来。我打断布拉瓦茨基夫人："您的钟冲着我叫呐。""它经常对着陌生人叫。"她回答说。"这里面有鬼魂吗？"我问。"我不知道，"她说，"只有独自一人的时候，我才能知道里面有什么东西。"我走回钟边，开始摆弄它，却听她喝道："别把我钟给弄坏了。"我怀疑钟里面是不是藏了什么机关，但转念一想，假如我真的找到什么机关，那么她势必会把我轰出去。不过，亨利告诉我："当然，她会耍些欺骗人的把戏，但天才之人总得拿出点本事；莎拉·伯恩哈特②还躺

---

① 叶莲娜·彼得罗夫娜·布拉瓦茨基夫人（一八三一——一八九一），出生于俄国的通神论者，通神协会创始人。
② 莎拉·伯恩哈特（一八四四——一九二三），法国女演员。

在棺材里睡觉呢。"顷刻之后,访客告辞,布拉瓦茨基夫人解释说,她是一位女权宣传家,呼吁人们找出"男人为什么这么坏"的原因。"您是如何解释的?"我问道。"男人生来就坏,但女人是罪魁祸首。"她还解释了让我等这么久的原因:她把我误当作一个与我名字相近的男人,而这个人想要让她相信地球是平的。

第二次见到她时,她已经搬到了荷兰公园的房子里,而这距上一次见面也有了段时间——她拥趸众多,而我又时常回到斯莱戈进行长期探访。夜里,她坐在一张铺着绿呢子垫的小桌前,在呢子垫上不停地用白粉笔画着什么东西。她潦草地画着些符号,它们有些拥有诙谐的解释,有些则是难以名状的图形,而粉笔则用来记录她玩牌的分数。相邻的房间里有一张大桌子,每天晚上,一批批的追随者和客人都会围在桌边吃素餐,她则站在折叠门的另一边,或是促进气氛,或是开些玩笑。她生性热情,活脱脱一个女性版的约翰逊博士[1]。我觉得,她对那些感情丰富的男男女女极有感染力,而且似乎对周围人那些尖锐而抽象的理想形式主义显得很是不耐烦,于是,她便开始责备别人,给人起各种各样的绰号——"哦,你这个废话精,可你却又是个通神论者和教友。"最虔诚、也是最有学问的一位追随者对我说:"布拉瓦茨基夫人刚刚告诉我,另外一个星球和我们这个地球的北极贴在一起,所以地球的形状其实是个哑铃。"我知道她的想象囊括了世界各地的民间传说,便说道:"这一定是东方神话里的故事吧。""哦,不是的,"他说,"我很确信。这传说一定是有什么道理,否则她也不会讲这些的。"她嘲笑的对象并不仅限于她的追随者,听起来会让人不太舒服,当她谈及自己科学唯物主义的看法时,她的嘲弄便失去了幻想和幽默。一次,在某种传心术占卜的引导下,我看到这种矛盾以一种残酷幻想的方式出现。我带一位很有本事的都柏林女人去拜访她,这女人的哥哥是位生理学家,在同行内的名声传遍欧洲,因为他,整个家庭都在科学

---

[1] 即塞缪尔·约翰逊(一七〇九——一七八四),英国诗人、文学评论家、编辑、词典编纂家,被誉为"英国历史上最杰出的文人"。

和现代学界享有荣耀。整个晚上,那位都柏林女人很少开口,布拉瓦茨基夫人也不知道她姓甚名谁,我只是偶然瞥到,那张布满皱纹的衰老面孔埋在纸牌中。就是这仅有的一瞬间,我看见了人与人之间的敌意,一个女人对另外一个女人的憎恶。布拉瓦茨基夫人似乎穿着暖和的衣服,像位古时的农妇,开始抱怨起自己的病痛,尤其是自己的腿疾。但过了一会,她的师父——她的"犹太老人",她的"亚哈随鲁"——治好,或是说正在治好她的毛病。"我坐在自己的椅子上,"她说,"这时,师父进了门,将随身带的一些东西抹在我的膝盖上,我的膝盖便被温暖的东西包围——这时他刚刚剖开的一条活狗。"我于是明白,这时一种中世纪医学偶尔使用的疗法。她的两位师父长着印度人的面孔,他们的画像为某位最不入流的画家所作,挂在折叠门的两边。一天晚上,当我们在讨论一些客观而笼统的事情时,我透过折叠门,看到远处饭厅的一丝微光。我注意到一道奇怪的红光在一幅画上闪闪发亮,于是站起身来,想知道这光线来自何方。原来,它出自一幅印度人的画像,随着我渐渐走近,它也慢慢消失不见。我回到座位上时,布拉瓦茨基夫人说:"你看到了什么?""一幅画。"我答道。"让它走开。""它已经走开了。""那便再好不过了,"她说,"我担心这是通灵,原来不过是透视啊。""有什么区别?""如果是通灵的话,它会待在那里不动。对于通灵你可得防着点,因为它是一种癫狂状态。我经历过,所以我知道。"

  我发现,她周围的人只是偶尔开开玩笑,她则几乎无时无刻不处在欢乐中,这种欢乐尽管没有逻辑、不可捉摸,却总是和善而宽容。有一天晚上,我登门拜访,却发现她不在,我便一直盼着她回来。原来,她因为健康问题而去了海边,一小群拥趸也尾随而至。一次,她坐在宽大的椅子上,翻开一个棕色的纸包裹,人们好奇地看着。包里藏着一本家庭《圣经》。"这是为女仆准备的礼物,"她说。"多好的一部《圣经》,连注释都没有!"有人惊讶地说。"哎,孩子们,"她回答说,"如果一个人想要橙子,你却给他柠檬,那又有什么意义?"当我开始频繁光顾她家时(我很快便成了那里的常客),我注意到,圈子里有一位漂亮聪明的女人,她看上去与大家格格不入,不过她自称是在忏悔。不久传出很多丑事和闲言碎语:人们本来期盼这位忏悔者能成为苦行的圣人,却不想,她竟和两个男人陷入纠缠。丑事闹得很大,布拉瓦茨基夫人只好把忏悔者叫到面前,说了下面这番话:"我们认为,克服这种动物本能是很必要的;你应当在行动和思想上纯洁地活下去。只有完全纯净的人才可以加入我们。"一番狂风暴雨之后,忏悔者绝望而羞愧地站在那里,然而夫人却说了最后一句话:"下不为例。"她认为,只有思想才是最重要的,如果我们控制不住自己的思想,那么行动便没有意义。一个年轻人令她很恼火,因为在她看来,他那根深蒂固的忧郁来自他的纯洁。我在都柏林时便认识这位年轻人,他已经习惯偶尔打断长期的苦修。在苦修期间,他只吃蔬菜和喝水,但在短暂的休息期内,他会干一些在自己看来很邪恶的事情。休息期后,他会花上几个小时,说几段有关妓女和路灯的狂想诗篇,令当地的通神协会成员们听得如痴如醉。一次,另一位通神论者发现他在窗户的杆子上上吊自杀,但在最后一刻这个人割断绳子,救了他一命。我问那位救他命的人:"你们之间说什么了?"他说:"我们晚上在说滑稽的故事,笑得可开心呐。"此人曾在肉欲和虚幻的理想之间徘徊不定,现在却是所有人中最为虔诚的一个。他告诉我,他在午夜时分经常能听到布拉瓦茨基夫人的师父用来唤起她注意的"星铃"声,尽管清脆的声音并不响亮,却使得整座房子摇动起来。另一天晚上,我发现他守在大厅门口,将那些有权进入的人领进屋里。他正私下跟人聊天,我路过时,他悄声对我说道:"布拉瓦茨基夫人也许根本就不是一个真实存在的女人。据说,许多年前,人们在俄国的战场发现了她的尸体。"她拥有两种主要的情绪,皆为极端之体现。其一是冷静和豁达,每周的某一天晚上,她总是带着这种情绪回答那些关于自己体系的问题。三十年后回想过去,我常常会问自己:"她的回答是下意识的吗?她的通灵是存在于恍惚之中,还是每周的某个夜晚,存在于某种类似的状态?"在另一种情绪下,她则充满了幻想和没有逻辑的揶揄。"这是希腊东正教堂,是个三角形,真实的宗教中都有这个。"她边说,边用粉笔在绿呢子垫上画出一个三角形,接着,又随手将三角形涂掉:"它散开,变成像罗马天主教堂一样的荆棘丛。"然后,她又统统擦掉,只留下一条直线:"现在,我们砍掉了树枝,把它变成了笞帚把子,这便是新教。"夜复一夜,每天晚上,她的思绪都飘忽不定,无法预见。我观察过他人思想中类似的突然变化,其中半数人都具有超自然的思想。劳伦斯·奥利芬特[1]也曾在某处记录过类似的观察。在我印象中,她只有一次表现出幻想的思绪,她的精神受到抑制,她的行动,或者说她的自我,也受到侵扰。她提到巴尔扎克,她曾经见过他一面;提到阿尔弗雷德·德·缪塞[2],她对他了解甚是透彻,因此反感他的病态;提到乔治·桑[3],她俩是老相识,当时曾经涉足"俩人都一窍不通"的巫术。她继续滔滔不绝、旁若无人地讲着:"对于那些将灵魂出卖给恶魔的人,我曾经既好奇又同情,但现在,我只是同情他们。他们这样做是为了能有庇护自己的人。"她还补充了一些,但我已经忘掉了只言片语:"我写呀,写呀,写呀,浪迹的犹太人走呀,走呀,走呀。"

她的信奉者们前来聆听她的教诲,他们孩提时的信条属于维多利亚时代,如清教徒般清心寡欲,而她的每一条理论,都被他们转化为新的律行。除他们之外,各种古怪的人从大半个欧洲和美国各地赶来,好和她谈天说地。一个美国人对我说:"她坐在一张大椅子上,让我们说话,就这样,她成了世界上最有名的女人。"他们谈天,她玩牌,在绿呢子垫上累加分数。她常常装作聆听的样子,但有时她根本不在听。有个女人滔滔不绝地谈到她的"神之火花",直到布拉瓦茨基夫人打断她——"嗯,亲爱的,你心中有一束火花,但倘若你不小心,它便会发出呼噜声。"某位救世军的领队倒令她开心不已,他虽然有些聒噪,但朝气蓬勃。他体会过艰难困苦的滋味,说到自己在街上忍饥挨饿时的幻想,也许,他那时已经饿得晕头转向了吧。我很好奇:他的头脑中尽是狂野的神秘主义,该如何向一个无知之徒宣扬思想呢?后来,他在考

---

[1] 劳伦斯·奥利芬特(一八二九——一八八八),英国作家、旅行家、神秘主义者。
[2] 阿尔弗雷德·德·缪塞(一八一〇——一八五七),法国浪漫主义作家。
[3] 乔治·桑(一八〇四——一八七六),法国女小说家,原名露西·奥罗尔·杜邦。

文特花园附近的街上同一群人谈话,我便遇见过他的听众。"我的朋友们,"他当时说,"你们心里拥有一个天堂之国,只有一剂猛药才能将它激发出来。"

与此同时,我并没有去深入考证亚哈随鲁"住在代莫内西岛的海洞中"的说法,也没有再探询布拉瓦茨基夫人所称的"师父"。在那里,似乎所有的人都能感觉到他们的存在,所有的人都会讨论他们,好像他们比屋子里那些血肉之躯更加重要一样。如果布拉瓦茨基夫人沉默下来,不如平素那般活跃,这是因为"她的师父们生气了";他们责备她犯了错,她也承认如此。有一次,他们似乎出现了,但也许是他们的信使。当时是晚上九点,我们六个人围着她家的大桌布坐了下来。屋子里好像充满着香火的气味。有人从楼上下来,但什么也闻不到——似乎没有受到香火的影响——不过,在我和其他人看来,这味道却很浓。布拉瓦茨基夫人说这是一种普通的印度香。她仿佛急着要重事轻说,转移话题。屋子充满了奇幻的气氛,可我用自己的意志,努力不使自己的精神与之脱离。从布莱克那里,我学会反感一切抽象的事物,而受到所谓"神秘教义"幻想的影响,我开始了一系列试验。协会出版的某本书或是杂志上引用了一篇关于巫术的文章,它的作者是十八世纪的占星师锡布利,出现在他的占星学大作中。如果你将一朵花烧成灰烬,将其置于气泵的进气口,再把进气口放在月光下,数晚之后,花的鬼魂便会显形,盘旋在灰烬的上方。"神秘教义"宣称,他们将人性分为七种道义,而一种极为纯净的靛蓝染料便象征着其中的一种。我费尽周折,终于弄到一点这种靛蓝染料,分给各位会员,让他们晚上把染料压在枕头下,用它来记录自己的梦。我说,根据这些道义,一切自然景象都必须被分为七类,通过对它们的研习,我们便能戒除幻想。不久,一位和善而聪颖的干事让我进去找他,我来到他面前,他指责我引发了争论和骚动。我注意到一张充满狂热而渴望,却面红耳赤、噙着泪水的脸庞。显然,我与他们的方式和哲学有些出入。"我们拥有明确的思想理念,"他说,"我们的使命是唯一的:将这些理念传遍世界。我知道这些人变得很教条,相信着他们无从证实的东西。他们远离家庭生活,这对他们来说是莫大的不幸,但我们该怎样做呢?我们被告知,一切进入协会的教义将在一八九七年时寿终正寝,一百年之内不能重现;在这一天之前,我们必须将基本的理念传遍世界各国。"我通晓他们的教义,这教义令我不禁生疑:这位老妇人,以及不管是真是假,赋予她禀赋之源的"师父",为何要坚持这种说法?因为教义一旦形成,必将是恒久不变的。他们究竟是惧怕异教,还是本无目的,只是想尽可能地达到最大的瞬间效应?

二十

在大英博物馆的阅览室里,我常常看见一个三十六七岁的男人,他身着棕色棉绒外套,脸庞憔悴而坚定,体魄健壮,颇像个传奇人物。那时,我既没听说过他,也不知道他在研究什么。后来,一位我不记得姓名的男人或是女人介绍我与他相识。他名叫利德尔·马瑟斯,但不久,在"凯尔特运动"的影响下,他又改称麦格雷戈·马瑟斯,再后来干脆唤作麦格雷戈。作为《解读卡巴拉》的作者,他的研究仅限于两个方面——巫术和战争论,因为他相信自己是天生的指挥官,无论是智慧还是力量都与那犹太老人不相上下。他在大英博物馆抄写了许多关于巫术仪式和教义的手稿,而在欧洲大陆的图书馆,他抄写的著作甚至更多。多半是在他的影响下,我开始了某些研究和经历,通过它们,我确信那些脑海中浮现出的意象应当来自某个深于意识或潜意识的地方。我认为,他早年的思维可以映射出他的面孔和身体,但在后期,他的思想开始错乱,因为即便是一贫如洗,他仍然高抬着他那骄傲的头颅。有个常在晚上和他打拳的人告诉我,曾经有几个礼拜,他能够击倒比自己更加健壮的马瑟斯,但直到很久之后,他才知道马瑟斯那时一直在挨饿。我和马瑟斯去拜访一位牛津郡的老教士,这位白发苍苍的老头大概是我所认识的最为胆小惊惶的人,但马瑟斯对他的介绍却是"是他将我们与古代的能人们联系在一起"。老头将我拉到一边,说道——"我希望你永远都不要召唤那些鬼魂——这是很危险的事情。有人告诉我,即便是这个行星上的鬼魂,终究也会攻击我们。"我问道:"你见过鬼魂吗?""哦,是呀,见过一次。"他答道,"我的炼金实验室藏在我家房子的地窖里,主教可找不着哩。有一天,我在里面走来走去,听见身旁有来来回回的脚步声。我转过身,看见我年轻时深爱的一个姑娘,但她早就死了。她想让我吻她,可我哪里敢啊。""为什么呢?""哦,她也许会趁机对我施加法力。""你的炼金术有没有研究出什么成果?""有啊,我有一次炼出了长生不老药。一位法国的炼金术士说,从气味和色泽上看,它的确是真的。"(这位术士大概是在六十年代访问过英国的埃利法·莱维,这话可能是他在访问时说的)"不过,长生不老药起效后,服药者的指甲和头发会脱落。我的药没有显现出这些效果,也许是配药的时候弄错了。于是我便把药搁在架子上,准备等老了以后喝,不过有一天,我把药拿下来,却发现它已经干了。"

初遇马瑟斯后不久,他就转了运,在福雷斯特希尔的一家私人博物馆当了两三年的馆长,娶了一位年轻漂亮的老婆——哲学家亨利·柏格森的妹妹。他在福雷斯特希尔的家很快成了一个小团体活动的浪漫之地,我、弗罗伦斯·法尔和一些学生经常在这里聚会。在我看来,正是好奇心永无止境的法尔,用揶揄和惊异的语调为我带来了马瑟斯新居的消息。马瑟斯曾带她去一片到处是绵羊的田野,说道:"看着这些羊。我要将自己想象成一只公羊。"眨眼间,所有的绵羊都跟在他身后奔跑;另一天,他拿起一把共济会的剑,在空中挥舞出各种符号的形状,试图平息一场暴风雨,但未能如愿;他很是惊讶。他递给她一片画有几何符号的纸板,让她贴在额头上,于是她发现自己走在海边的悬崖峭壁上,头上的海鸥在尖声鸣叫。我并不怀疑公羊的故事,毕竟,为了刺激一只猫,我甚至数次臆想出一只停在它面前的老鼠。不过,我还是认为,法尔看到的不过是羊群偶然的运动,却信以为真。但究竟是什么在那奇特的异象中欺骗了她呢?后来,有个人道出了类似的经历,接着是我。他给了我一片画着符号的纸板,我闭上眼。幻象慢慢地到来,却不像那种宛如黑暗被利刃所切去的突然的奇象——奇象是女人的专利。我的脑海中浮现了无法抑制的精神形象:荒漠中,一位黑色巨人用双手将自己托起,从古老的废墟中缓缓升起。马瑟斯解释道,我看见的是火蜥蜴族的生物,而他给我看的便是火蜥蜴族的符号,不过他并无展示符号的必要,因为,只需他进行想象,我的脑海中便能浮现出异象。我在一八八七年某天的日记里写道,布拉瓦茨基夫人的"师父们"是"恍惚之中的人物",我的黑色巨人想必也是如此,只是更加持久而强大罢了。年少时,我在都柏林皇家爱尔兰学院的桌上看到一本关于日本艺术的宣传册,里面写道,有一位动物画家技艺极其高超,以至于他在寺庙墙上绘出的骏马在天黑之后竟然破墙而出,踩坏了邻居们地里的庄稼。一个人在大清早来到庙中,被洒下来的一阵水滴吓了一跳,他抬头一看,原来画中的骏马刚刚从沾满露水的田野里回来,身上还是湿漉漉的,但"抖着抖着,它们就不动了"。

我很快掌握了马瑟斯的符号体系。我发现,对于一小部分人来说——我会用某些无法分析的特征来遴选出他们——眼前的真实世界会完全消失,符号召唤来的世界则会取而代之。有一天,我独自坐在火车的三等车厢里,当火车在维多利亚①附近穿过泰晤士河时,我在铁路桥的中央闻到了熏香的气味。我当时正在赶往福雷斯特希尔,难道这气味来自马瑟斯召唤来的鬼魂?在布拉瓦茨基夫人那里闻到这股味道时,我便很是好奇——也许是什么机关或是隐秘的香炉,但这种解释并无可能。我相信他的火蜥蜴只是虚幻的形象,不久,我在香气和形象之间找到了相似之处。香气必定来自于思想中,然而,是什么信念用惊诧占据我的头脑,并源自于我自己的思想呢?如果一种思想可以影响嗅觉,那么它为何不影响触觉呢?随后,在那群围在麦格雷戈周围的学生中,我发现了这样一个人:他梦见与一只猫打斗,醒来时发现胸膛上遍布抓痕。抓痕和被踩踏的庄稼之间有什么不可逾越的障碍吗?似乎如此,但一切皆不确定。我们的试验会为我们的想象留下什么定律吗?

马瑟斯有些学问,但算不上满腹经纶,脑子里尽是些想象和算不

---

① 伦敦的一个地区。

得高雅的品位。不过,如果他说些荒谬的话语,或是提出些难以置信的主张,或是开些陈词滥调的玩笑,我们便会半故意地将这些话语、主张和玩笑修改一番,好像他是我们笔下戏剧中的一个角色一样。他就像一件必需的生活奢侈品;他有一种超越他人的看法,这种观点曾深深地植根于雪莱和巴赫以来的浪漫主义运动中;还有,至少从体魄和嗓音来说,他是个完美的人——浮士德在其百岁生命的末端大概也是如此。在天真的青少年时代,我们私下怀疑马瑟斯其实并未见到发现长生不老药的老头,也没有得到他的教诲。他也没去解开我们的疑惑。"如果你找到了长生不老药,"他常说,"你的模样便总会比找到药时的年龄年轻几岁。如果你在六十岁时找到长生药,那么在接下来的一百年里,你看起来只有五十岁。"没有人会承认自己相信仙石或是长生不老药,牛津郡的老教士也没能让我们信以为真,但我们中的一个人却费尽心思,用坩埚和炼炉钻研起来。十年前,在一次出差中,我去拜访一位年长的律师,但在他家里,我在壁炉床的灰烬里看到一只小锅,他的学生时代便立刻浮现在我眼前。他佯称自己苦研炼金术,以便有朝一日为炼金术作史,不过,当我问及别人时却发现,二十年来,那小锅不过是一直孤零零地躺在灰堆里罢了。

二十一

我作了太多的概括归纳,却深为此而羞耻。我认为,成为艺术家和诗人是我毕生的事业,没有什么可以与此相提并论。我不愿意读书,甚至不愿意见到那些易于引发我概括归纳的人。我像童年那样做着祈祷,不过时间和地点都不固定。我开始祈祷,有朝一日,自己的想象力可以被抽象的幻想解救出来,沉浸在生活之中,就像乔叟的想象一样。接下来的十一二年,我仍处在持续的懊悔之中,只有当幻想在脑海中编织成图画或是戏剧时,我才会开心起来。在早期诗歌的创作中,回避了一切在我看来是不纯净的理性思维,而这种懊悔所加入的一丝多愁善感,也多少培养出自己的诗风。即便是在现实生活中,我也只是渐渐地开始运用概括归纳,这也为我在爱尔兰的作为或是即将进行的作为奠下了基础。据我所知,凡人皆胆小懦弱,因为我确信,一个人二十岁时的思维能力便已囊括我们所能发现的一切真理,但直到现在,我们仍难以从一时激愤或片刻幻想得来的念头中,明白属于我们的真理。随着生命的继续,我们发现,一些思想或是帮助我们渡过失败的难关,或是帮助我们战胜自我和他人,这些经受过情感考验的思想,便是我们称为信念的东西。在主观的人(也就是那些非要在自己的最深处编织出一张罗网的人)中,是用自己的理性思维,日复一日地重新创造出那些被外部命运掳走的东西便是胜利,于是,胜利便是命运的对立;而我所谓的"面具",则是一切来源于内部性质之物的情感对立。当我们视生命为悲剧之时,我们便开始了生活。

二十二

我的脑海中不断地浮现出一种念头:世界只是一堆碎片的集合。我曾在诗人俱乐部里道出了这种念头,使得那个沉默的晚上陷入更大的冷清之中。我常说:"约翰逊,我知道你是唯一一个沉默起来有棱有角的人。"我曾为某个伦敦爱尔兰人协会作过这方面的演讲,后来还准备在都柏林说说这个,但我发现只有一个人感兴趣。他是樱草会①的一名官员,同时也是芬尼亚兄弟会的活跃分子。他向我解释道:"除了爱尔兰,我是个极端保守分子。"我深信,是他的个人经历让他和那些视世界为碎片的人持有相同的看法。一些赫胥黎、丁达尔、卡罗吕·杜朗和巴斯蒂安—勒帕热的拥趸不仅强调艺术和文学中主题的次要性,还声称艺术之间是独立的,令我很是恼火。另一方面,在一些时代中,诗人和艺术家乐于将自己的创作限制在全体人民耳熟能详的题材中,这些时代深得我的敬仰,因为我觉得,在人类和动物种族中,有一种"存在一体性",但丁在《席上谈》中将美感与一个身材比例完美的人

---

① 为纪念本杰明·迪斯雷利而成立的一个爱国组织。

体进行比较时,便用到了这个词。教我这个词的父亲则更倾向于将其与乐器进行比较——如果乐器的弦上得很紧,那么只要我们拨动一根弦,所有的弦都会嗡嗡作响。他说,比起真爱,肉欲其实并不包含更多的欲望成分,但在真爱中,欲望唤起怜悯、希望、喜爱、钦慕,在适当的情况下,尽可能地激起人心头的每一种情感。然而,当我将这种思想运用于国家层面,呼吁在行业和职业间建立起一种法律上的平衡时,父亲却立即表现出激进的自由贸易者和自由鼓吹者的态度。我认为一体性的敌人是抽象性,它造成的不是职业、阶级或是能力上的区分,而是孤立——

"唤下那空中翱翔的鹰,
罩住他,或将他关进笼,
直到黄色的双眼驯顺,
原来,厨房里空空如也,
老厨子于是怒气冲冲,
帮工也变得怨气难忍。"

我没见过中世纪的大教堂,作为令人厌恶的伦敦的一部分,威斯敏斯特也从未引起过我的兴趣,不过,我却常常想到荷马和但丁,想到摩索拉斯和阿蒂密斯之陵,想到伟大的国王和王后,想到无关紧要的希腊人和亚马逊族女战士,以及半人马怪和希腊人。念及荷马的诗歌为人吟唱,念及但丁聆听普通人吟唱《神曲》某个章节的故事,念及堂吉诃德与某位吟唱《阿里奥斯托》的凡人的相遇,我也会开心不已。莫里斯似乎对乔叟以后的诗人乏有关注,尽管我对莎士比亚的喜爱要甚于乔叟,但我却为自己的这种偏爱感到不快。欧洲以前不是享有共同的思想和心灵,直到莎士比亚诞生前不久才分崩离析的吗?为了赋予其更多沉思,乔叟剥夺了诗歌的快速,此时,音乐便与诗歌分离,即便在数代之后,游方歌者还是会唱起他那漫长而精细的《特洛伊罗斯与克丽西达》;文艺复兴后期,绘画与宗教脱离,以不受侵扰地研究那种可以触及的效果;对于我们谓之为诗歌的主题,绘画或许会对已经拟人化的部分再度刻画,但在我们这个时代,它却放弃了这种创作题材。

后来,受到康格里夫①那句"女人的感情太过强大,自然不允许幽默的存在",或是如我们所说形象"存在自有其道"的激励,我将形象自身也包括在抽象的幻想中。我们在平素的白昼下也并未得更好,因为众所周知,纯粹理性看轻实践理性,而当某天早上,笛卡儿发现自己在床上可以更好地思考时,纯粹理性也遭到了漠视;我很晚才接触莫里斯的学说,不需要用独到的见解来认识到,为了世界着想,机械没有完全与手工脱离,也不用注意阶级上的区分变成孤立。如果现在的伦敦商人一起比赛写抒情诗,他们不会像都铎时代的商人那样,在胜者家门口的宽阔大街上跳舞;即便是在十八世纪,那些察觉到来自四面八方的关心的伦敦贵妇人们,也不会像威尼斯的贵妇人那样,在家门口的人行道上结束一场舞会。毫无疑问,这些碎片会分解成更小的碎片,因此我们便好像是在一出苦涩的喜剧里互相瞧见;在艺术中,不同的技巧元素各领风骚,代代之间互相嫉恨,当杰出之美最为吸引我们感情之时,它却已然被掠走。有一件事我未尝预料到,因为我自身思想的勇气不够:这个世界,杀气渐长。

> "在不断扩大的循环中旋转,旋转
> 猎鹰已听不到驯鹰者的呼唤;
> 万物都已解体,中心难再维系;
> 世界呈现出一片混乱,
> 血染的潮流横溢,到处
> 都有纯洁的礼仪被淹没;
> 好人缺乏信念,而坏人
> 则狂热到极点。"②

二十三

如果抽象已经或是接近达到高潮,那么很多人便有可能逃避,即

---

① 威廉·康格里夫(一六三七——一七〇八),英国作家。
② 出自叶芝《第二次降临》。

便未至顶峰,个体仍可以逃避。如果乔叟笔下的人物脱离了乔叟笔下的众人,忘记了他们共同的目标和圣地,在各种夸大和赞美轮流被搬上伊丽莎白时代的某处戏剧中,又分解成各种元素,催生了浪漫主义诗歌的出现之后,那么,我是否得逆转这一部时光的摄影机呢?我想,一般的文学运动都必须是这样一种逆转,人们在那儿,如同"战袍酒吧"门口的人群一样,只是不期而遇,偶有交往。最近,我读了托尔斯泰的《安娜·卡列尼娜》。我觉得,只要是他的理论力量未能触及之处,便存在着这样一条回头路:一个具有强烈感情的民族或个体,也许会跟着朝圣者去一处无从知晓的圣地,沉浸于一切分散的元素,以及一切抽象的爱和忧郁——从象征上,从神话上,它们都是一致的。不是乔叟笔下那言语粗鲁生硬的骑马人,而是业已结束的朝圣之行,络绎不绝的诸神!亚瑟·西蒙斯从巴黎带回凡尔哈伦和马特林克①的故事,也为我带来了确信,于是,我发表了一首类似苏菲派②风格的诗歌。不过,我却无法容忍一种国际性的艺术随心所欲地挑选故事和象征符号。在健康和好运的眷顾下,我是否能用帕特里克、科伦布基尔、乌辛或是费奥恩③来代替普罗米修斯,创作出新的《解放了的普罗米修斯》?能否不提高加索山脉,而是讲述克罗帕特里克和本布尔本山④?一切民族的首度统一,不正是来自将他们许配给岩石山丘的多神论吗?在爱尔兰,我们拥有着想象力丰富的故事,它们在没有文化的阶层中可谓妇孺皆知,甚至为他们所传唱。我们何不让这些故事在修养甚高的阶层中广为流传,为了创作的目的,重新找回我所谓的"文学的应用艺术",找回文学与音乐、演讲和舞蹈的联系?何不趁此加深这个民族的政治情感,令所有的艺术家、诗人、匠人和苦工接受共同的蓝图?也许,这些形象一旦被创造出来,与河流山峦联系在一起,它们便会自己活跃起来,拥有着强大甚至是躁动的生命,就像踏在日本庄

---

① 二者均为比利时作家。
② 伊斯兰教的一个宗派。
③ 均为爱尔兰神话中的人物。
④ 均为爱尔兰的山脉。

稼地里的画中骏马一样。

二十四

我经常告诉那几个可以让我倾诉肺腑之言的朋友,自己想在爱尔兰进行一番尝试,但注定会失败——元素与类似某种低等形式生活的阶层相乘,构成了极为强大的文明;但事实上,我有着无边的希冀。今天,我增添一种信念,一种对一体性的憧憬,明天,我又会怀有另一种信念,一种长期以来我只能偶尔模糊理解的念头:国家、民族和个人被一个意象,或是一系列相关的意象所统一,这些意象或是对心态的象征,或是对心态的唤醒——它囊括在千万种可以触及的心态之中,为国家、民族和个人所最难达到之物;因为,只有面对最为艰险的阻碍,我们才能充满希望地沉思,将自己的意志充分激发。

当战争的日子迫近,掌握大权的阶级无法再保护人民时,便会用恐吓、说辞和精心梳理的柔懦,将他们推上战场;当武力均等之时,他们又如何面对东方那心无杂念的国家?在我的有生之年,我已经看到爱尔兰从奥康内尔[①]时代和学派的那种夸夸其谈和叽叽喳喳的幽默中脱离出来,为她自己准备了孤独而高傲的帕内尔,作为自我的对立。我开始满怀希望,或是带着些许憧憬,愿我们能成为欧洲第一个有意地寻求一体性的民族,就像十一到十三世纪的神学家、诗人、雕塑家和建筑家一样。毫无疑问,我们必须以一种不同的方式摸索,不再认为概括一切人类知识是简单的事情;如果能够先发现哲学和一点点的感情,也许,我们便能成功地寻找到一体性。

[①] 丹尼尔·奥康内尔(一七七五——一八四七),爱尔兰政治领袖,被称为"解放者"。

帷幕的颤抖

序　言

　　我发现我曾经在我的旧日记本中引用了一句斯蒂芬·玛拉美的话，他说他的时代被教堂帷幕的颤抖深深困扰着。我的生活正如本书中所写的一样，同样适用于这句话。因此我决定将本书定名为《帷幕的颤抖》。

　　在本书中我不会引用任何能叫得出名字的人或者能被读者认出来的人之间的私人对话或者私人事件。有一两处我违背了这个原则，那是因为在那一两处地方我所描述的是一些小事情，而且有着长久的友谊做保证。但是，随着我年轻时候的朋友一个个离开人世我并没有觉得我写作的自由有所减少。因为对于死者我可以从历史的角度陈述他们的生活。在我的艺术家和作家朋友中有很多人都是天才。而天才的生活因其更为诚挚的过法，更像是需要人们去分析和记录的一场实验。至少在我身处的这个将个性视为有价值的时代是这样的。在本书中我将描述我所知道的所有美好与邪恶，换句话说，我不会隐瞒任何有碍理解的事物。

威廉·巴特勒·叶芝
一九二二年五月
巴列利塔

第一部 帕内尔陨落后的爱尔兰

I

在帕内尔死后的几年里,我停止了对爱尔兰小说家精选集的介绍,并预言在政治风波平息后会有个知识界的运动。而且我希望实现这个预言。我并非有意地那样说,因为我宁愿相信那突然而至的情绪和那认为爱尔兰将在未来几年像一块软蜡的信念,是某种超自然的灵感。当时我怎么能知道呢。即便是现在我又怎么能知道呢。

有一个爱尔兰年轻人的团体叫"索斯沃克爱尔兰文学社",当中有公司职员和男女店员。每次他们开会的时候一有委员站起来发言,女孩子们就格格地笑个不停。因而这个团体中的他们都把自己要讲的话重复了很多遍。于是乎他们不得不终止集会。我曾经给他们做过关于《人类思想的崩散有如盛开花朵的崩散一般》的演讲。在长时间的演讲中我没有任何引用或者插入故事。这使他们每个人都对我敬佩有加。后来我把他们邀请到了我父亲在贝德福德公园的房子里,并在那里倡议成立一个新组织"爱尔兰文学社"。托马斯·威廉·海森·罗尔斯顿参加了这个组织的第一次集会。正是因为有他的聪明机智和他对委员会运作所需技巧的了解,我们才能组建出一个所有伦敦—爱尔兰(以下简称伦爱)作家和记者都参与的团体。几个月之后,有人将这个团体的历史出版成书,并配上我们的照片,卖一先令一份。那时候我还在都柏林创建了一个叫"国家文学社"的团体,并收纳遍布在乡村里的青年爱尔兰社团为成员,后者似乎也很希望被领导。我当时有很明确的计划:我要建一个爱尔兰剧院;当时我刚完成《凯瑟琳女爵》的骨架草稿并计划找一个伴陪我探访我们社团在各地的支部;但在所有计划中最重要的还是创作一部受人欢迎的富有想象力的文艺作品。我与费舍尔·安文先生(Mr Fisher Unwin)以及他的审稿人同时也是我的私人朋友爱德华·加内特先生(Edward Garnett)商议,在我们的组织创建完毕之后由费舍尔先生为其出版一系列的书籍,每本卖一先令。关于此事我只告诉过一个人,因为在我定下我的计划之后听到一则惊人的传闻:查尔斯·加万·达菲老爵士(SirCharlesGavanDuffy)从澳大利亚回来要开一家爱尔兰出版社并计划出一系列他组织的书籍。我并非要迎合他,只不过不想和他的计划有冲突。我们这两个出版计划都是很必要的,因为组织中的演讲必须刊登在受人欢迎的有知识含量的报刊上从而建立一种新的批评标准。而这样的报刊恰好是我们之前和现在都不曾有的。爱尔兰文学已经被人藐视;没有一个受过教育的人会买爱尔兰书籍;在都柏林的道登教授(ProfessorDowden)的文字有着国际影响力,他经常说他闻一闻就知道一本书是不是爱尔兰的,因为有一次他见过几本爱尔兰的书用腐烂了的胶水装订在一起;斯坦迪什·格雷迪关于爱尔兰历史的最后一本书——此书天马行空,推测性质很强,但却是该领域的开山之作——没有被爱尔兰或者英格兰的任何报纸期刊评论过。

一开始我的计划进行得很成功,我得到由一些索斯沃克爱尔兰青年文学社的成员提供的一份名单。在接下去的六周时间里我四处奔波,呼吁并且游说名单上的人。我记得我的第一次游说的地点是在都柏林一条小巷的黄油桶上。我游说的那人立刻同意了——事实上名单上的每个人都同意了。他们都觉得是时候做点什么了。可是没人知道具体该怎么做。也许他们没能了解我的想法,也许是我没有和盘托出自己的想法,也许他们只不过看上去在听我讲而已,"好的,你有个计划而且你决定去实施。我知道了。"有一次我去一个乡镇上做演讲,一位工人的妻子邀请我去她家做客。她本人在为一些周报撰写爱国故事。我到达她家的时候她家中的几个孩子都身着节日盛装。接着她作了个简短而且正式的演讲,说她为周报写的那些东西都没什么价值,纯粹是为了给孩子们交学费。在演讲的结尾她告诉她的孩子们千万不要忘记曾经见过我。有一个人曾经把我比作托马斯·戴维斯,还有一个说我有戴维特的组织力,而且我继承了他思考的深度和速度。我没有去推敲他们对我的赞美,也没有去推测我遇到过的人的真实想法,更没有仔细考虑过这个国家的概况。但是我经常自省,也因此对自己很迷惑。我知道我是个害羞腼腆的人,我也经常会留下一些事没做,或者一些采购没完成。因为当我面对一个陌生的办公室或者一个比普通大一点的商店时我就会退缩。不过,我很高兴每天跟陌生人聊天。我花了很多年才明白我之前使自己屈服于做艺术家的首要诱惑——轻松的创作。韵律文对我来说总是非常难:在创作的第一天什么都作不出来,没有一个韵律在它该在的地方;好不容易韵律开始在我脑中出现了,第一个六行诗节的草稿也得花我一整天的时间。那时我还没有形成自己的风格,所以有时候一个六行诗节都可能花我好几天的时间,甚至几天时间都不够。而且那时候我还不知道——但现在我知道了——在睡觉前把工作抛在脑后。因此交稿前的最后一晚我总是失眠,最后一天也总是神经兮兮。然而,现在我已经能体会到如同当年雪莱往热气球里绑小册子时的那种幸福了。

II

我没有一开始就去寻求杰出人士的帮助,当一些店员对我说"某某教授或者某某博士不会理睬我们"的时候,我就会回答:"当我们证明我们有能力召集羊群的时候,牧羊人自然会来。"不久之后,他们果然来了,其中有老人,中年人,还有比我大一点的,但都是在他们生活的地方有些权威的人士。他们中有约翰·奥利里,约翰·F·泰勒,道格拉斯·海德和斯坦迪什·奥格雷迪——这些都是来得最快的。除此之外还有辛格森教授,他之前跟我吵了一架,当然不用我说大家也知道他不会再跟我吵;考特·普伦基特,后来的新芬党成员,当时的爱尔兰国会下议院的议长;科菲教授,现任爱尔兰国家大学的校长;乔治·科菲,后来在皇家都柏林学会博物馆内管理爱尔兰古物;帕特里克·J·麦考尔,诗人并且拥有一间叫"帕特里克街"的酒吧,后来成为市政局的一员;理查德·阿什·金,小说家,《真理报》的通讯员,一个文雅的,机智的人,从不墨守成规;另外还有一些有名的和默默无闻的人。现在我们变得重要了。我们的会议室设在市长官邸内。而且我记得就连那位年老的市长官邸仆役长对我们的重要性也有充分的了解,因为每周我们坐着等人的时候他都会跑过来跟我们谈心事。他见过很多任市长,尤其记得那些在市政权利宽泛化(theextension-ofthemunicipalfranchise)之前在任的杰出市长,也因此说起他现在的主子来带着一种藐视。对我们组织内的权威人士和他们带来的朋友或者追随者来说,如果有人向他们兜售一种雕有圆塔下蹲着只狼狗的图案的胡椒盒,他们中的许多人都会觉得很难拒绝。而且他们觉得如果一本爱尔兰书籍没有竖琴,没有三叶草,没有绿封面将会是一件很不妥的事。他们的思想还完全徘徊在青年爱尔兰运动时期的图案和隐喻之中,因而我对查尔斯·加万·达菲爵士的来临充满了警觉。我到处都能注意到一种安详微笑的表情,这种表情我们在委拉兹凯斯的画中第一次看到;所有的那种饥渴的,粗糙的思考都没有了,人们都如同埃尔·格列柯的画中人一般,拥有一种自满的信念,似乎在关于奉献和主义的手册里一切都已经安排好了,准备好了,并且已经有了一个清晰的规划。这些人并非是青年爱尔兰运动的真正门徒,因为青年爱尔兰运动追求的是国家由以下内容联合在一起:遵循某种政治主义,有阿谀奉承的文艺加以辅助和煽动。那种十九世纪四五十年代在巴黎,伦敦和波士顿发生的思想运动,那种文学作品辈出——尤其是对科学,历史和政治怀有好奇心的诗歌,带着道德目的和教育热情,只有抽象诉求的思想运动只不过为爱尔兰政治提供了一种新的工具。他们直接用坎贝尔,斯科特,麦考利和贝朗热的风格加上一点盖尔语就成了自己的诗歌风格,而至于散文,青年爱尔兰运动中唯一有自己风格的约翰·米切尔则是模仿卡莱尔。把这种写作方法称为毫无保留和歧视的方法我认为是一种自欺欺人。如果有人研究过一些乡村爱情歌曲,那他就会发现这些歌曲并非出自一个恋爱中的人之手,而是出自一个想要证明我们国家的确有——用丹尼尔·奥康奈尔的话说是"世界上最善良的农民"——的爱国者。然而还是有人在介绍这样一部诗选的时候断言它比"矫揉造作的"英格兰爱情歌曲(比如《用你的眼神让我沉醉》)更优秀。"矫揉造作",这个词正是维多利亚时期的英格兰作家在报纸上打击陷于幻想的个人写作而用的词。但是,大多数人,包括那些认为我们著名的诗选《国家的精神》除了三四首之外全部只是精心挑选的韵律而已的人,对待这种诗选的态度就如同一个开蒙了的人对待亚当,夏娃和苹果的故事,或者约拿和鲸鱼的故事一般。他们并不公开质疑这些故事,因为这些故事是宗教用来简化人们的系统之不可分割的一部分。然而,年少轻狂的我,以最公开的姿态,否认所有这些诗选的价值,当中除去从盖尔语民谣翻译过来的和描写个人悲惨经历的少数几首诗歌。

III

在那个我们都只是蜡的时代,大多数来参加我们团体的人身上都像是印刻着"青年爱尔兰运动"的标签。他们中那些比较有雄心壮志的人每天都跑去公共图书馆翻阅一大堆托马斯·戴维斯办的旧报纸,努力让自己像他那样看世界。哲学上的沉思和现实中的经济问题都无法撼动这种正统。而这种正统又并非像宗教中的正统一样有着长久的哲学史,而这一点正是那些托马斯·戴维斯的忠实门徒们所乐意看到的。有一小部分很热心的年轻人——这种年轻人在伦敦的要比在都柏林的多——曾经给过我支持;一些年纪大点的人,大多是我和我父亲的朋友也加入了我们。他们大多只对托马斯·戴维斯和他的学派有着历史学的兴趣。青年爱尔兰运动中的散文和它的诗歌比起来有着同样多的爱尔兰文学的优点,但却更加具有入侵国文学的缺点。很快我们就泥足深陷,一头栽进类似问题的探讨之中:克伦威尔是否彻底邪恶,古代爱尔兰部落的首领是否彻底善良,丹麦人是否全都是强盗和教堂纵火犯(在罗席斯海角他们告诉我丹麦人在他们的地图上还保留着他们在九世纪被赶出来时的罗席斯领地,时刻准备着打回去),而我们是否现在或者曾经是这个世界上最好的演说家。所有的爱尔兰历史似乎都成了一出通俗戏剧,在这场剧中爱尔兰有着完美的英雄,诗人和小说家。历史学家们只有一个目的,那就是让我们厌

帷幕的颤抖 133

恶侵略我们的恶棍,而且他们大部分都认为一个恶棍的才能越大我们更应该厌恶他。我们很难用更加高贵的艺术形式去替换这种通俗剧,因为无论形式差别有多大,剧情中始终有恶棍和受害人存在。但我还是批判了这种在通俗剧中的民族积怨。如果我在一八九二年和一八九三年没有批判这种通俗剧的话,一九〇七年爱尔兰史上最伟大的戏剧天才约翰·辛格就很可能没有发出自己声音的空间。很多年前我写了许多批判的文章,这让我的随后几年变得很不好过。我也许夸大了这些文章的重要性和破坏性,但我觉得关于以下这一点我是对的:关于青年爱尔兰运动的是非评价太频繁了以至于打断了我们对社会规则的讨论和对某某演讲者的客观评价。而且这种是非评价由于卷进近代帕内尔主义者与反帕内尔主义者之间的争斗变得更加尖锐化,并导致我们团体的公开亮相晚了整整一年。还有一些激动的人们确信无比地认为我们是一个言语无节制的民族,然后从他们的积怨看向挂在墙上的已故爱尔兰总督的画像。这些总督拥有着高人一等的特权,我们不应该再允许有类似的人物出现,而那些表面上看上去很学院派的积怨者们更不应该允许这种人物的再次出现。我当时在自己不知情的情况下为走上这样一条路做准备:成为一个伟大的讽刺家并用经典的作品含糊地打动那些还没有被同一思想禁锢的人们。那时有一个念头曾经掠过我的脑袋,跟其他念头碰撞因而还没有在我脑子里扎根。这念头就是确信我们应该讽刺而非赞扬,因为人类原始的美德会通过罪恶的发现而产生。如果我们正如我担心的那样只是言语锋利,散漫并且夸夸其谈,那我们就不过一群养尊处优的人,曾经衡量并宣布要创造不屈不挠的个性,冷静而热情的行为方式以及一部大胆并经过深思熟虑的法律。如果说这种苦涩超越了这世界上的所有人,我们还是会撒谎,仍然会站在最靠近蜂巢的地方衡量并宣布:

> 正如铃儿叮当响,
> 动听而刺耳,刺耳而动听,
> 这就是为何他学得如此之棒,
> 把玫瑰当成他的食粮。

IV

还有许多人因为有属于他们自己的团体或者因为太老或者太冷漠而没有加入我们。那些从来未曾接受过青年爱尔兰理念的老人和中年人保留着某种家族传统,思维上始终生活在爱尔兰人民觉醒前的时代,像是那个丹尼尔·奥康奈尔,蓝佛和托马斯·摩尔生活的时代,同时也是那个充满了传统的眼泪与欢笑的歌舞升平的时代。他们唱着摩尔的《歌曲集》,在他们眼里只有他的诗才能称为诗。这些人反对青年爱尔兰运动的政治主张就如同我这一代人反对硬造的简单韵律一样。曾经有一个旅行推销员,同时也是一位盖尔语的学者,他平时老昂着个头并有着野兽般的活力,经常造访我们团体领导人的住处。他就曾经大声说过:"先生们,托马斯·摩尔是古往今来最伟大的史诗作者。"这听着像《拉拉罗克》里的拜火教徒对荷马的崇拜,或者像在他的流派处于巅峰时期的瓦格纳(他一直很嫉妒有人能作出像《歌曲集》那样动听的音乐),"我愿意在沼泽里跑上十英里来摆脱他。"那时有一个我们耳熟能详但未曾谋面的老年墓碑工匠,他因为殴打一位售酒员而被关进了监狱。这位售酒员来自伦敦,后来成为爱尔兰国家大学的图书管理员,他的名字叫 D. J. 奥多诺霍。他曾经出过一本关于爱尔兰诗人的字典,里面搜罗了大概两千多人的名字。也因为这种突然而来的爱国主义精神,他来到了都柏林并定居在了那儿。他从小在伦敦长大,说着一口你能想象出来的最为地道的伦敦腔,因而也受到伦敦的批评家的影响对托马斯·摩尔没有一点好感。有一次那位墓碑工匠请他喝茶,他就带着一捆书去了。到了那儿之后他把书放在旁边的桌子上。在喝茶的时候他开始详细阐述他对托马斯·摩尔的厌恶,此时主人不作声了。可他还是继续讲,你知道,他是一位很固执的矮小男人。不久之后那位墓碑工匠霍的一下站了起来,并庄严地说道:"我绝不允许有人在我面前诋毁那位伟大的诗人。"接着抓起他客人的后衣领,把他掷到了街上,随后又把他带来的书也一本一本地掷了出去。据这位售酒员自己说,当时他站在街中心,不断地重复说:"这可真是友好的待客之道啊。"

V

我和芬尼安兄弟会的会长约翰·奥利里住同一个住所。那住所里覆盖着一层灰尘和泥土,里面堆满了书籍杂志。"在这个国家",他曾经这样跟我说,"你得保证有教堂或者芬尼安会员站在你那边,而你永远不可能让教堂做到这一点。"他因为戴维斯的诗而转向民族主义,而且他想要像戴维斯那样发起一场运动。但不同的是他了解文人。并且是惠斯勒的朋友,明白旧文学的缺点。我们推举他为我们团体的主席,没有他我什么事情也做不了。因为他有长时间的牢狱生活和更长时间的流亡史,了不起的形象,最重要的是他有独立的人格,他主张的观点并非是为了左右群众,而是为了表达自我。正是这一点使我们这一代的人无法抗拒他的魅力。他跟我是老朋友了,在贝德福德公园的时候他就已经跟我们在一起。我父亲还为他作了一幅肖像画。但是如果我没有跟他住在一起的话他也许会反对我。他是一位老人,而我的观点与他年轻时接受的又很不一样,所以我常常要花半天时间让他理解一些很简单的观点(他对所有新观念都抱怀疑态度),而他之后又会热情地支持这些观点。他是在一场欧洲的运动中成长的。那位改革家认为他应该超越所有人,必须秉着最高尚的动机和一些理想化的理念,有点像是加图或者布鲁图斯。他也曾经见证了陀思妥耶夫斯基在《附魔者》中所描绘的那场变革。他们派别的人(更多的时候是他们的儿子)教导人们用暗杀和炸弹解决问题;更为严重的是他们国家的大多数人都追随宪制体系下的投机主义的政治家。这些政治家在他看来有着如此低的道德以至于在他们需要的时候会尽可能地撒谎,或者公开私人信件。他会将每一个具体的实施计划分割到它的选民构成上去推敲这项计划是否会导致某些道德上的错误,像是一个教会的诡辩家。但如果那项计划是改革性质的,他有时就会用怜悯来缓和谴责的口气。尽管他会因为一个老相识与炸弹携带者有密切的交往而与他断交,但我还是听他说起过一个试图把威斯敏斯特桥炸断的炸弹自杀者,"他不是个坏人,也不是没有智力,正是因为他的智力因而他有着太多的道德品质。"他没有解释为什么这样说,但我猜不公正的现象可能会使一个好人比平常人更容易疯狂。他就是这种人。虽然曾走入歧途,但他平生都在与宪制内的政治家做斗争,他们做的每一件事都使他不快。不是说他认为他们的目标是错的,或者他们的能力不足以完成他们的目标——他接受了格拉德斯通的《自治法案》——而是在他看来他们贬低了男儿的勇气。"如果英格兰是因为这种人而给我们正义的话,"他说道,"那并不是因为我们的强大,而是因为她的弱小。"他尤其痛恨那种在格拉德斯通转换立场的声明发表之后的民众情绪(我们称之为"心灵的联合"),并大加嘲弄这种夸张的情感。"国家之间会互相尊敬,"他说道,"但他们不会互相爱慕。"他家的主业也就是一小片店面和提派累立县的一小片农场,然而他痛恨民主,但是他从不用这个词来赞美或者指责,这纯粹是一种客观的痛恨。"没有一个绅士会成为社会主义者,"他说带着某种深思说道,"他可能会成为无政府主义者。"他没什么哲学理念,但有些理念还是很倒他的胃口,国际宣传和组织性质很高的国家便是其中的两种(这两种理念社会主义正好全都追求)。在他说出譬如"博爱","人道主义"之类的词的时候总是带着一种似乎这些词冒犯了他的口气。他对教会的好感也高不了多少。当时芬尼安兄弟会有关于宗教的争论,他说道:"我信仰的是古老的波斯教,崇尚拉满弓弦并陈述事实。"他这人从不自以为是,也没有显而易见的自负。他痛恨所有固有的姿态,但其实他这种稀有的艺术家足以形成自己流派的固有姿态了。他也从没说起过牢狱生活的艰难,每次说起的时候都带着调侃的口吻。有一次我强迫他告诉我,于是他回答说:"我当时落在敌人的手里,有什么好抱怨的?"几年之后我听说典狱官曾问过他为什么他没有上报一些不必要的麻烦,奥利里回答说,"我来这里不是为了抱怨。"要不是他去世了,我真希望能问问他,说不定能发现是否在他年轻的时候他的某位老师曾经传授给他罗马帝国的美德。但我估计我发现不了什么,因为我认为蜡早已忘了印章——如果印章还在的话。那印章无疑是在夸夸其谈的人道主义者盛行的四五十年代之前刻出来的,而且它是那种塑造出萨维奇·兰道的年轻头脑的印章。斯蒂芬斯,芬尼共和主义的建立者之一,曾发现奥利里在二手书店淘珍藏本书籍,随后请他加入了自己的组织。"你没机会成功的,"奥利里说道,"但这对于国家的士气有好处。"("士气"是他最爱说的词)。他接着说:"我同意加入,但前提是我不用拉人进组织。"然后他接着在二手书店淘书,成果很是显著,尤其是关于爱尔兰历史和文学的书籍。每天早晨在我因为我们之间的诡辩而筋疲力尽之后我会坐下来开始我白天的工作。(那时候我在写《神秘的玫瑰》)而他则会静静的散步到都柏林的码头。到了夜晚,在喝了咖啡之后,他会在明信片和奇怪的小纸片上为他的回忆录写文章。他会为了一个字或者一个逗号沉思良久,因为他觉得一部伟大的作品一定是其作者风格的代表。当他的回忆录完稿之后,人们发现它很难读,行文枯燥抽象,而且文意让人很困惑。似乎他的思想里没有具体的画面,有的只是抽象的思考。我相信他是一场将人们的思想统一禁锢或者割裂开来的运动的受害者。这种运动如同粘鸟胶,从来不管个人的兴趣和喜好。那些有着丰富人格的人们发现他们不得不因为一种不断出现因而已经失去新鲜感的刺激将自己简化。我时常好奇为何他会跟我交朋友,为何他为我募集出版了《乌辛之浪迹》,为何在我做了这么多事之后还支持我——他怎么会喜欢蕴含着画面感,情绪,联想和神秘主义的诗歌呢?他也不会赞同我的评判标准,因为我对面具和图案的赞美要高于他喜爱的十八世纪的理性主义。而且我总是将经验放在观察前面,把情绪放在事实前面。但他还是说,"我有三个追随者,泰勒,叶芝和罗尔斯顿。"不久之后他从名单上除去了罗尔斯顿,"戴维特想要使成千上万的人转变信仰,而我只想影响两三个人。"我猜想那是因为他觉得宁可用二流的文学也不用二流的道德来强化爱尔兰民族,所以很高兴我们俩都赞同这一点。"有些事是一个为了拯救国家的人绝对不能做的。"他曾经跟我说。当我问是哪些事的时候,他说,"公开的哭泣。"如果继续追问的话他也许会再加两条,"撰写高谈阔论的或者不真诚的诗歌。"

奥利里的动作和语调都十分有力,但是约翰·F·泰勒的在私下讨论时的语气除了偶尔表达藐视之外几乎不包含情绪。当他要挥动手臂的时候除了他的肩或者手肘以下的部位其他地方都不动;当他走路的时候腰以上部位也纹丝不动,看起来就像个机器人或者一个木偶士兵,似乎他的生命就是枯燥而抽象的。除了公共演讲的时候,他几乎不表现出任何个性。不过有人看到他对奥利里很尊敬友善,就像对某些有魅力的女士一般。有人说他感觉到了奥利里的魅力。在文学和绘画方面,除非作品很尖锐否则很难打动他。因此虽然他在艺术方面有着博大精深的研究,他缺少一种艺术感受,并以是非感来评价任何事物。他是个有野心的人。如果他加入过很多政党并参加起草过很多可行的政策,他可能会有更多的追随者,作出更大的贡献,但带着某种挫败感,他肯定已经知道没有人会像追随奥利里或者帕内尔那样追随自己。他的演讲很高尚,不带煽动性,甚至可以说是美丽的,至今还是我听过的最好的演讲。但是,除去在演讲时他超越本身的理念,我们就会明白的看到一个穿着不合身且不搭配的服装的不雅之人在那里激动的说着某某人的坏话。我们知道他不会给我们想要的东西或者一条可行的政策。没有一个政党或者政府会跟一个因为气质而臭名昭著的人商议大事。如果说正是这种气质给了他天生的才能的话,它也会加倍的使他走向疯狂的边缘。

泰勒出生于某个乡镇上,是一个造表师的儿子。他曾经当过售货员,后来自己上了大学并进入酒吧,学会了怎么在戒酒会议和青年爱尔兰团体内发言。他后来成了女皇的御用大律师,因为为一些国家罪犯辩护而闻名。那些罪犯的案件几乎没有挽回的余地——人们称他们为"泰勒的孩子",他们自己也这么说。他从卡莱尔这位八十年代和九十年代早期自学成才的人的首要启发者那里借鉴了想象方式并形成了自己的风格。"我喜爱爱默生的《超灵》,"这位康达尔金(Condalkin)的修鞋匠对我说,"但是当我和邻居闹别扭的时候我总是读卡莱尔。"但是他用他老师的风格,如同米切尔曾经做过的一样,来贬低他老师喜爱的东西而赞扬他老师嘲弄的东西。他对历史的博学如同约克·鲍威尔那样深厚,但他感兴趣的与鲍威尔不同,因为他的思考方式很抽象。他唯一感兴趣的就是在一个他认为座无虚席的陪审团面前以他的国家的名义做无罪的辩护。奥利里毫不在乎国家的荣耀,在他看来个人主义更为重要;他就像某些男士对妻子一辈子忠心而不管她是好是坏,聪不聪明。但是泰勒则刚好相反。他是一个忠实的奥利里的门徒所以他在他们的谈话中会说:"我们的道德正在堕落,如果没有的话还有什么理由改革呢?"这是因为奥利里不赞成在道德生活之外的改革。但是当他做辩护的时候他就改口了。他在许多偏僻的角落都曾为了他的主张而疾呼,譬如在某个有着被人们头上的油脂弄得脏兮兮的白墙的小巷过道里,面对着一群医学学生或者一群售货员。他就像一个被诅咒的人,被强迫要隐藏起他的天才,同时也被强迫要在显眼的地方显露出他病态的评价和气质。

他对我时不时的厌恶,并非是因为那种对他而言美学性多于伦理性的想象力,而是因为我在英格兰评论上发表爱尔兰的民间传说——这在他看来是对爱尔兰农民名声的破坏,而且由于英格兰如此的近所以他也能看到我对青年爱尔兰运动中的诗歌与散文的批评。他一定也会讨厌《西方世界的花花公子》这部剧,这么看来他在这部剧上演前去世对于我和辛格来说也算是某种幸运。他写的文章毫不足道。其中有一部历史作品,写的是关于休·奥尼尔的生平,更是不值一提,缺乏智慧。虽然他曾经是一位很难对付的人,现在他已经被遗忘了,除了在少数朋友发黄的记忆里和作为一个四处写文章的敌人来记忆。达·芬奇不是警告过我们一个想象力丰富的人应该抵制那种在他死后无法流传的包含偏见的文艺吗?

VI

当卡尔顿在一八七〇年去世的时候,他说未来二十年的爱尔兰文学都因此而沉寂。他的预言实现了,土地战争使爱尔兰充满了苦涩。但接下去想象力又开始萌动了。我当时对未来有着在七八年后我与格雷戈里夫人一同创办爱尔兰剧院时的信心——尽管当时我们没有剧本和演员。随后一些著名人士开始演出我的大众剧本，直到我不知道名字的人也开始学会表达自己。我是住在都柏林的时候认识的道格拉斯·海德博士。那时他还只是个大学在读生。我记得我们的第一次见面时在大学的宿舍里，一位肤色很黑的年轻小伙子不断地带给我惊奇：部分是因为他递给我一个鼻烟壶，更多的是因为他那位于高高的颧骨上模糊而严肃的眼睛里包含着一种暗示着不同文明，不同种族的东西。我之前以为他只是个农民并因此而好奇是什么使他进入了大学，而且还是一所新教徒大学。有人解释说他属于海德城堡的海德家族的一员，而且他还有一个当清教牧师的父亲。他经常拜访老农民，因而十分精通爱尔兰语言。他爱好抽鼻烟和适量的他的邻居从土豆中蒸馏出来的令人恶心的威士忌。他早已是一位有着许多知名度的盖尔语诗人——尽管都柏林的知识分子还没认识到这一点，从多尼哥到凯里在田里劳苦耕种的农民都传诵着他写的诗。几年之后我跟他一起听到在戈尔韦的农田里收割粮食的农民唱着对他们来说不知名的出于他之手的盖尔语诗歌。这就像是在印度，农民唱着对他们来说不知名的出自孟加拉国某个伟大诗人之手的诗歌。此情此景经常发生在古老且想象力充足的世俗生活没有被打扰过的地方，或者像是学生们在学校里传阅故事书而不去看首页的作者名字。到处可见的是，农民们并没有丢掉用盖尔语阅读的习惯。他们从那些在皇家天主教家庭离散之后到农民中寻求庇护的诗人和像奥拉伊利这样的人都拾起这门语言。而奥拉伊利曾经在一本盖尔语的译作（这部译作本身就是充满全神贯注的热情的杰作）中写道，"那长春花和坚硬的狗鲨／到了夜晚便成了我的盘中餐"

在康诺特省的村庄里村民们用食物和威士忌款待了一个老顽童，只因他们相信他就是克劳依宾·奥依宾（Craoibhin Aoibhin）。在英语中的意思便是"快乐的小树枝（the pleasant little branch）"。海德博士在报纸上发表那些农民熟读的诗歌时用的就是这个笔名。这个仿冒者的饥渴更使村民们相信他是一个天才，因为我们的盖尔语歌曲家有着与罗伯特·伯恩斯一样的疾病。"酒不醉人人醉人。"他曾经这样

帷幕的颤抖 141

写道。自从那次会面之后我和海德博士就一直通信。他为我的《爱尔兰乡村的神话和故事集》提供了最好的故事原稿,而我也曾为他的《在火边》(这是一本用美丽的康诺特省的本地英语写成的书,里面包含有盖尔语的习语和都铎式的词汇)的出版做出了自己的努力。事实上,这本书是第一本使用这种语言来表达情绪和浪漫的书,之前卡尔顿和他的流派中的人写的书完全是一场闹剧。亨利曾经夸过他,约克·鲍威尔也曾经说过:"如果他保持这个势头他将成为爱尔兰有史以来最伟大的民俗学者。"在我们这个时代我从没见过有任何诗人的第一首诗能像他的《Abhlade'n Craoibh》那样浪漫而具体的。但在几年内都柏林的学者却嘲笑他,把他的天才排除在爱尔兰之外。他在批评方面没有太多的才能,事实上他好多年之内都是一个不做批评的民俗学天才。用一种模仿过来的同情来写文章如同一个小孩想到一段旋律然后随便为这段旋律起名字一样,这一点是很多受过教育的爱尔兰人和英格兰人所缺少的。这种朴实的天才在我们第一次试图创造一个现代的爱尔兰文学而失败的时候被扼杀了。那时候海德博士准备发起一场大众的运动。这项运动在实践方面的成果比我能发起的任何运动都重要的多,无论我多么受幸运女神的眷顾。但是,无意冒犯他,如果我说我悼念那个在年轻时就逝去的"最伟大的民俗学者"和伟大的诗人,看在我们的追随者份上他也不会生我的气。竖琴和胡椒瓶使他成名,并使他停留在它们的意象之中,直到他选择用普通的英语来写作——"一个人必须在英语或者爱尔兰语之间选其一。"一位被青年爱尔兰运动十足影响了的爱国编辑说。他后来选择用墨守成规的语言来代替他那富有活力的语言风格,并仿照报纸上的行文来创作。本来很多人除非在大学老师指着他的墓碑时才能知道他的名字的,但因为他的转变使他成了一个被群众热爱的人。他那不妄加评论的性格使他成了一个愚弄群众的骗子。有一位崇拜他的老妇人说过:"他不该来到这个世上或者为这个世界做事。"在很多年里年轻的爱尔兰女郎都会在她们镀了金的帽檐上展示他的笔名"克劳依宾·奥依宾"。

"亲爱的克劳依宾·奥依宾,……告诉我们,

我们会保守这个秘密,当做一种新的取悦方式;
海神普洛透斯的身上是否有缰绳,
变幻着如同海面上的风,
到底有没有呢,告诉我吧,最受欢迎的人啊,
但是,为什么要让我们一再的失望?"

VII

斯坦迪什·奥格雷迪,与海德博士刚好相反,是个充满激情且惯于批评的人。那些比我更加了解他的人肯定地跟我说他能跟稻草人吵起来。我知道他几年前跟杰克·内特尔希普吵过一架。内特尔希普的说法是:"我母亲无法忍受《旧约全书》,但喜欢耶稣;而我喜欢《旧约全书》,但无法忍受耶稣。我们为此在午餐的时候经常争辩。然后有一次奥格雷迪跟我们一起用餐。他说这是他见过的最有失体面的一幕,并因此离席而去。"事实上我想让他成为我们中的一员,因为他那富有激情而少有怨念的争辩。他争辩得越多,我们所使用的隐喻就越高贵,越完整,他的风格也越具有音乐性。当他被批评的时候,在他最爱的地方争辩得最多。作为一名政治上的联邦主义者,在《每日邮报》这份爱尔兰最保守的报纸上当红的作家,以及一位痛恨任何形式的民主的人,他将所有的精力都花在支持爱尔兰的小土地主们上。他本人就是个小土地主,他的童年也是跟这群人一起度过的。他为他们写了很多书,当他发现在他总能用他演讲的技巧让我们喃喃地低声说:"是我们的错,我们太盛气逼人了,表现得太过暴力。"有时候他那些诗歌般被人人传诵的名篇名段里居然没有他们的身影时,他们非常愤怒。我们周围的人都为了胜利而说话或者写作,同时也因为他们的胜利而被人嫉恨——但是这里有一位先生,他的愤怒如同为他最珍爱的东西唱起的挽歌,正因为如此每一个有想象力的爱尔兰作家的作品里都有他的一部分灵魂在。在他未完成的《爱尔兰历史》这本书里,他让爱尔兰的古代英雄,比如芬尼安,奥辛和 Cuchullan 重新复活,并把他们从奥克里和他学派的枯燥卷轴里面提炼出来并重新撰写,以一种

帷幕的颤抖 143

荷马可能提炼和撰写的方式。格雷戈里夫人也曾说过同样的故事,但她的文章更贴近盖尔语的原文。奥格雷迪是第一个将这些故事写出来的人,我们在十几岁的时候就读到他写的文章了。我认为,如果我说的没错的话,他不会因为有大众读者而改变,他那曾经年轻时在省会里被磨练出来的天才仍旧会在,到最后他还是会在不时的摩擦中表现出自己最好的一面。如果我们不只是让我们的年轻人读他那受人尊敬的著作《繁星沼泽》而是他的全部富有想象力的著作的话,他将带领爱尔兰文学的想象力更接近于图像和蜂巢。

莱昂内尔·约翰逊是我们团体内的批评家,但首先是我们的神学家。他转而信仰了天主教,因而他的神学正统观念可以接受我们所做的事情和我们大多数的计划。有着悠久历史的天主教和它的启示及教条,像一个主妇的美丽一样挑起了他的热情。那些认为好的文学或者好的批评很危险的无知的教区牧师在他看来都是"异教徒"。他的家族在数代之前称自己为爱尔兰人,在最近生活在英格兰的几代人只是让他能将爱尔兰民族主义和天主教结合起来看成一个单一的神圣传统。他怎么能不知道应许之地呢?难道他没有去过埃及?他在伦敦加入了我们的爱尔兰文学社,并参加了委员会的会议。之后他在伦敦,都柏林和贝尔法斯特作关于爱尔兰小说家和爱尔兰诗歌的演讲。他的演讲总是能打动他的听众。可能是因为爱尔兰还是保持着十八世纪的老样子,我无法做到他这一点,因为我可以感受到他精妙演讲中的高贵之处,而非技巧。他的身材很小,一眼看去你会以为他是一位十五岁的学生。我记得有一次在诗人俱乐部(the Rhymers'),他谈起自己在夜间安全的穿过七钟面(Seven Dials)的经历,他的邻居对他说,"谁会期待从你的口袋里找出除了陀螺和一卷线以外的东西?"但是当他演讲或者朗读的时候没有人会注意到他瘦小的身躯。他的头部有一个细致优雅的明显特征,如同在英国博物馆内的一个希腊运动员般——那是一件仿造四世纪的希腊古物的赝品——将头发束在了一起。这种相似象征着他所著诗歌的那种凛然和高贵。那时他正处于巅峰时期,毫不费力而又充满力量地写着文章。我和其他人都未曾预见他的悲剧。

由于他深受失眠的困扰,在他还在大学的时候,某个医生推荐他用酒精来调节睡眠。他照着做了并因为效果不佳而越喝越多(这就像是罗塞蒂加大了他服用三氯乙二醇的剂量一样),到了最后他染上了酒瘾。他喝了太多的酒,尽管看起来没有什么可以妨碍他的冷静或者使他的手脚颤抖,但他的学说,在几杯下肚之后,变得越来越带有禁欲色彩,也越来越轻视我们口中的"人类生活"。有一次,在他喝了四五杯酒之后我听他赞扬起一位做了外科手术而把自己从性欲望中解放出来的神父,并且列举了很多历史学的依据,轻蔑地批判了所谓阉割了的人将失去智力的观点。即便没有酒精的刺激他的神学观点也不曾承认人类的弱点。我记得他曾经有力地说道:"我希望那些否认惩罚的永恒性的人能认识到他们自己的无法用语言表述的粗鄙。"

在我知道了他的结局之后,我看到他创造了一种用他自己最喜欢的形容词来说就是"大理石般的"诗歌,相信一种最折磨人的学说来抑制自己的狂躁。有一个他在都柏林时候的形象在我脑海里是如此清晰以至于我几乎想不起来那个时候的其他形象。在回忆中,他坐在寄宿处的桌子上,在他周围杂乱地躺着或者坐着六七个醉汉。而他把头竖得笔直,一只手放在桌子上,眼神固定地看着前方。那是凌晨三点,我刚要离开。在我走到楼梯那儿的时候我听到他用清楚的声音说道:"我只忠诚于神圣的罗马公教。"有时他说起酒的时候会把它当成随时可以戒掉的东西。他的朋友们相信,我想也许他想要让我们相信,他可以随时去当僧侣。他是否有意地欺骗我们呢?他是否预见了他能写出《黑暗天使》?我几乎可以确定地说答案是肯定的,因为他已经写了《神秘主义者和骑士》。在那部诗歌里,我相信他用了虚拟的历史设定。

"远离我:我是堕落者中的一员。
什么!你们的心从未被寒冷的风扫掠过,
想在我悲伤的时候陪着我?在一切结束之前,
远离我,我亲爱的朋友!

> 你们是光明的使者:饱经劳累之后你们在勇敢甜蜜之地休息。
> 但是,在一场如死亡般阴暗的战争之后,
> 我休息在诅咒的云彩之中。
> ……
> 用你的双眼穿过水晶球找寻:
> 我的命运清晰而繁盛么?
> 只有迷雾,只有哭泣的云朵:
> 这是一场幽暗如风中飘零的桅杆般的命运。
> ……
> 噢! 饱满的狂风呼啸之声!
> 绝望的诠释者和预言者:
> 主持这场可怕圣礼的神父啊! 我将
> 和你一起回去我的家。"

VIII

查尔斯·加万·达菲爵士到了。他带来了很多手稿,包括青年爱尔兰运动时期一位女诗人写给他的私人信件,一部戴维斯写的未发表的枯燥但有启发性的历史散文,以及一部出自威廉·卡尔顿之手的未发表的小说——他在这部小说的中间放了一块烧炭,因而整本书被烧的只剩下边框了。他请了一个年轻人读文章给他听。饭后读的是卡莱尔的《英雄和英雄崇拜》,饭前读的是一些对所有权威人士(尤其是对我们的竖琴和胡椒瓶)来说都显得高尚的书籍。泰勒把他比作回到伊萨卡岛的奥德赛。每一家报纸都刊登了他的自传。他是一位头发苍白的老人,写过青年爱尔兰运动的正史。后来搬去了澳大利亚,成为澳大利亚第一位联邦党人并在之后担任了总督一职。但是,他的文章很诚实,几乎不含仇恨。他写的句子如果从行文中抽出来的话几乎没有独立的意义,也没有一个句子能因为其包含的思想或者良好的韵律而显得很与众不同。有人猜想这是因为他在一个荒凉的爱尔兰小

镇上长大，那里没有令人敬畏的古老建筑或者习俗；而且那儿的语言无法包含情感，无法被缓缓细细地说；在他成年后的政治实践中，他又待在楼梯角落堆满橘子皮的报社里，开着任何能造成片刻误会的话都会影响和谐的温情会议。我的观点对于他来说都是无法理解的。也许我的力量很弱小，但我还是要说他在五十年前给自己树立了一个敌人，虽然这敌人已经不在了，但他的学说存活了下来。我不记得到底是出于什么原因，查尔斯爵士攻击了青年爱尔兰运动唯一一个有着自己的韵律和人格的政治家，虽然这个人饱含怨恨并且如同魔鬼般疯狂。在我们的某次公共会议上，他在掌声中用流畅的，格拉德斯通式的复杂句式说起他组建的爱尔兰出版公司。有人听到一个微弱但充满敌意的低吟："记住纽利。"然后一个声音附和道："那还有一座坟！"接着一部分听众吟唱道："向已逝的约翰·米切尔致敬，向所有已逝的朋友致敬。"散会之后我们中的一群人在那愤愤不平，认为他的欢迎会里肯定混进了想让他道歉的反对者。他曾经写过一个小册子并答应给我们每人一份，在那个小册子里他会让我们看到为什么他做得对而米切尔是错的。但爱尔兰的国民性里不只有着坚韧和严厉，它还包含着爱。我们中的某些人也许会回家之后咕哝着："如果米切尔是错的，他怎么敢说自己是对的？"

IX

他想要"使青年爱尔兰运动完整"——去做那些因为饥荒，戴维斯的死或者他自己的移民而搁浅的事，但是所有年轻人都和我一起反对这一点。他们也许不想读我想读的书，但他们都想读写自于他们同时代的作者的书。于是我们开始与查尔斯爵士争夺公司的控制权。泰勒对此很生气，我也能理解在他眼里我是怎么样的一个人，而且我也记得埃德温·埃利斯语重心长的忠告："一个不到三十岁的人允许自己正确是很不好的习惯。"但约翰·奥利里自始至终都支持我。

加万·达菲在都柏林为他筹建的公司找到很多投资者之后继续前往伦敦，在那里为了同一目的大写文章，因而招致了很强烈的非议。

有天晚上一群公众爬到我们位于六楼的会议室（我们的会议室从市长府邸搬出来了），并自己找椅子坐在我们的身后。我们当时正在生气，所以没赶他们走，甚至没有发现他们的存在。我们生气的原因是我被指责了，因为我在科克市的一次公共会议上错将"查尔斯·加万·达菲的书"说成了"我们的书"。在说话的艺术上我远不及泰勒，在写作上也不及他。二十七八岁的时候我不成熟而且很笨拙。而且奥利里的支持也是反复无常的。他作为一个生活的旁观者，如果我用了某个不好的观点，他就会放弃支持我直到我采用了一个好的。我们的主席海德博士，"最受欢迎的人"，在遥远的罗斯哥蒙市创作着他那本关于老年白色美冠鹦鹉的书。我们的成功成了不幸的事实，因为它给我们带来了政治上和文学上的对手，更为糟糕的是现在它开始向公共社会蔓延，因而也带来了宗教上的偏见。突然之间，在我们的组织看上去刚刚建立起来并且拥有了一个由某些当代爱尔兰作家为代表的计划时，加万·达菲拿出了一封来自沃尔什主教的信件并放弃了组建他的组织。在那封信里主教警告他说在他死后他的组织将在一种危险的影响力之下崩塌。正在这个当口上，我那位一直很仁慈的朋友，唯一一个我在寻求他帮助时满怀信心地与他和盘托出我与出版社商议事项的人，跑去找到了加万·达菲并向他提议他们两人合伙向费舍尔·安文先生提供一系列爱尔兰书籍。费舍尔·安文先生和他的审稿人欣然接受了，只因为他认为这是我的计划。当我到达伦敦的时候合同已经签了，而我能做的一切只是再任命两位副编辑，分别代表我们两个团体。那个系列里有两三本好书，尤其是海德博士的《盖尔语文学的历史》和斯坦迪什·奥格雷迪的《繁星沼泽》。但整个系列都被系列的第一部作品，托马斯·戴维斯那枯燥而有启发性的历史散文搅黄了。我们的这项活动是如此得重要以至于在书本尚未面世之前就有上万本被预订了。

　　加万·达菲不知道我的计划，所以他并不感到羞愧。在某个夜晚我的朋友听我批评了很多人。我可能贬低了人道主义者史蒂芬·菲利普斯，说他已经得到了大家的注意；赞扬了弗朗西斯·汤普森，但说他还是摆脱不了粗俗;我还以一些著名人士的恶习为依据嘲笑了他对天才与美德永远如影随形的信仰;还说了一些关于这个人的好色,那个人的酗酒之类的。我并不想让他记住我说的这么多毫无依据的话,但当我有意地说了句很有根据的话时,他没有回答我。几个月前他去世了,即便有人告诉他他没有被原谅,他也不会感到震惊。他不是早就把这事给忘了吗?一个德国的医生说过如果我们把一把雨伞落在了朋友家里,那是因为我们潜意识里想要再去拜访他。而我的这位朋友可能潜意识里认为我们这一代人不应该有自己的太过喧嚣的主张。

X

我在斯来哥的时候收到一封来自约翰·奥利里的信。信上说我不能在都柏林待下去了,因为那些更年轻的人都已经开始反对我。他说他们嫉妒我,而嫉妒的原因只有天知道。他进一步说这是我自己的错,因为他曾经警告过我如果我继续与那些我想影响到的人保持亲密的关系将导致这样的结果。我应该和他们保持距离并且一个人生活。从我们的上一代的影响来看,从沃尔特·惠特曼的影响来看,这是对的。的确,我曾经坐在公共酒吧高谈阔论,也曾经在某些人的家里畅谈至深夜,向那些已经准备好接受一个信念的人展示我的信念,并且用谈话来找寻那些寻求权威的人。那时候我还不知道思维自由与社会公平是不能兼得的;而且即便我知道,我也不能照着做,因为我当时太年轻所以不会选择沉默。我的麻烦来自于六个不太出名的年轻人。他们无所事事,所以来参加每一个会议,并且足够人数来反对我的一项计划。这项计划是我所有计划中的第一步,包括一个巡回剧院的建设。我们计划着一个与各地支部相连的小型爱尔兰文学图书馆;我们收集书本,募集捐款,然后派遣一位讲师到各地支部,将所得的收益一般用于购买书籍。茅德·冈拥有着在任何乡村吸引许多听众的魅力,因此被任命为讲师。这个计划几乎不需要外部支持的,由约翰·奥利里,J.F.泰勒和我三人争论得出来的六七捆书已经分发到六七个分支去了。"这个国家会支持我们的工作。"泰勒在某个公共讲座上说,"因为我们是这个地球上最有热情的民族。"他那粗糙的嗓音说的几乎像是卡莱尔般的老生常谈,但其实我们也是一个非常容易嫉妒别人的民族。那几个也许有点嫉妒我的年轻人,对于那些得到更多关注的乡村分支更为嫉妒。因为那里有着许多大学教授教导他们去鄙视的农民。他们说:"一个人要么是英格兰的,要么是爱尔兰的。"于是我又回去重新找了一些符合他们要求的书籍,然后整个计划就泡汤了。当刚刚加入我们团体不久的史蒂芬·麦肯纳先生(现在是著名的普罗提诺文章的译者)敷衍地说着感谢的话时我觉得很难受。我记得当时我很生气以至于忘了自己是多么能劝说别人,而且那种团体里最优秀的人都不打心眼里认同我们团体的感觉使我更加无助。我开始觉得相对于团体来说我更需要管家的女主人,但在随后的几年里我都没有找到她。我曾经试图让茅德·冈成为那个女主人,但她的社交生活在巴黎,而且她野心勃勃地想要让法国的公众抵制英格兰。没有思维自由就不会有民意的一致,而民族主义盛行的爱尔兰的过去和现在都没有这样的环境。在那种环境里:一个人的言论能被正确的耳朵听到,而不会被错误的耳朵偷听;他可以满心欢喜地说出自己所有的想法而不用做一个小心翼翼的部分人的代表;人们可以说出自己的理论而无须等到理论被证明;生活可以像阳光般明媚,像铃声般悦耳,而不是像现在这么功利。除去有财富和地位遮蔽的人和拥有反复无常的权利的美貌女子,普通人是无法选择他的伙伴的,也无法光凭自己对他人的习惯或者外貌的喜好来选择与其相交或者决裂。现实是人们对他人的看法会破碎裂开,最后只剩下仇恨和苦涩:车轮交替着前行,带着一声呼啸,用无尽的争论将所有的事物都碾成平庸。如果正如我认为的思想象金属一样,那么当巴黎的首饰商开始用钢去代替不实用的金来制造更为贵重的珠宝件,并为时尚人士制造了宽大的钢纽扣(借此牌手们得以利用纽扣上牌的影子来作弊)时,他们实际上预言了法国大革命。

XI

没有任何一个国家比爱尔兰更加从骨子里厌恶平等。在任何一个圈子里总有一些人荒唐地想要做出一副比别人更高贵或者更与众不同的姿态。我们的一位好学而有天赋的朋友（他认为他的祖先在九世纪从丹麦搬到了爱尔兰）谈起外国那些卓越的人来很熟练，以至于一家爱国报纸给他假定的现代丹麦亲戚开了个专版进行详细描述。一位曾经在教皇的军队里从过几个月军的半疯老人，在国民列队的时候仍然骑着一匹年老的白色战马；一个镇议会议员因为另一位议员将他的手套扔在了地板上而找他决斗；一个受人欢迎的市长在一场公共演讲中夸口说他不看十二页莎芙（公元前六世纪希腊女诗人）写的诗他就不睡觉。那时候，在奥利里极力反对的午休时间里，只要我们不谈论文章和艺术，我们就会说起帕内尔。我们谈到他没有采用任何人做他的顾问，当他所在党派的人偶尔发现自己跟帕内尔同住一个旅馆的时候，他们都会认为如果待在那儿的话会是一种放肆的表现，然后去找其他地方借宿。更多的时候我们谈论的是他的骄傲，他那使自己在敌人面前隐藏起所有情感的骄傲。有一次当福斯特在众议院控告他教唆他人暗杀的时候他表现得很不在意，可是当他走进他的支持者里面时，他的双手都染红了鲜血，因为他拳头握得太紧，指甲割伤了手掌。在许多年后，帕内尔夫人在布莱顿码头说起的那个故事仍然是一个人们经常说起的话题。在那个故事里包含了怎样的激情，蕴含了怎样的神秘感，使得我们的心灵都受到触动。在那个故事里，帕内尔和他爱的女人在狂风暴雨的夜里（当时帕内尔的权力正处于巅峰，无人可以动摇）站在布莱顿码头上。他抱住她的腿，她的上半身超出码头的围栏一臂长。她就这样躺在那里一动不动，因为她知道，如果她动一下的话他将淹死她然后会自尽。也许是动机不明的自我牺牲，或者是受到暴风雨和夜晚的启示，这样的一个男人居然可以为了自己或者为了表达自己而放弃权力。

XII

当我回头看这些年来在爱尔兰的宣传时，我能看到的只有苦涩。我从没有跟家族的老相识会面过，要么就是为了争论才会面的。我跟我自己认识的人也是如此。这些人都属于受过教育的成功人士,各自在大学或者城堡里担任差事。这些人我都是经过精挑细选的。如果我一定要批判那些对于爱尔兰民族主义者来说很神圣的观点的话,那么我知道,我必须努力使别人不去怀疑我这样做是为了迎合联邦主义者。每当有出生成长于大学或者城堡的人支持我,我就会说:"现在你一定接受了贫民窟的洗礼。"我选择在总督来访的时候表现出我对英格兰王室的不信任。在他的来访中,一位因为时间而慢慢变得软弱的年老民族主义者为总督铺上了红地毯,而我则亲自将那红地毯卷了起来,并且宣布如果英格兰的社会为了国王的健康而举杯庆祝的时候,我和我的朋友将会把我们的玻璃杯倒扣在桌子上。不久之后我发现人们会对自己选择的观点变得狂热,而这种观点与人们在足球场上选择支持哪个队毫无两样。我屡次想到那些都柏林开心的房子里的人不会邀请我去他们家里吃饭,那些更为开心的房子里的人吃着鳟鱼,但也不会邀请我去做客。我开始变得无法理喻的敏感,通过在某些公共场所打量我的眼神,对我们派别的私人观点和着装来企图发现那些我假象中的敌人。即便到了现在,二三十年过去了,我还时常感觉自己没有恢复原来自然的行为习惯。但是尽管是这样,我们要影响的,要转变思想的对象仍然是在那些开心的房子里的年轻男女。当我们仇恨自己或者仇恨世界的时候,即便这种仇恨不过是思维上的时候,我们就会把这个世界当成是自己的反面;而当仇恨久久徘徊在我们脑中的时候,这个世界和我们自己就会把自己消耗殆尽,从而走向死亡。影响力较大的民族主义者和联邦主义者很容易互相转换阵营,令一边人感到欢欣同时令另一边人感到头疼。民族主义者的抽象观念有点像是某个歇斯底里的妇女的固定思维——脑子的一部分变得跟块石头一样,而剩下的在沸腾燃烧;爱尔兰的联邦主义者则从那种沸腾燃烧的态度退回到了一种愤世嫉俗的冷漠中,对应着那部分石头般的思维的则是那些认为能轻易带来显著成功的观点。

我记得在某次公共辩论中的泰勒,他那僵直的身体,紧迫感强烈的语气;与他形成对比的是菲茨吉本,当时的上诉法院常务法官,他冷静地说着流畅的句子,让人听了觉得很舒服但又很容易忘记。泰勒谈起了一个他没说出名字的古老国家:"在伟大的波斯帝国与伟大的罗马帝国中间。"他与菲茨吉本争论借着这些伟大帝国的口,同样的,菲茨吉本也这么做,"加入我们的伟大吧!你那狭小的乞丐般的民族主义能跟这个比吗?"我记得他那颤抖的身躯和上升到狂喜般的声音,"走出对这个国家的眷恋将带来整个世界的救赎。"如同昨天发生的事一般,我清楚地记得并气愤于一份来自这个上诉法院常务法官的信(他曾经以进步作为借口转变过自己的政治立场)。在他的信上他建议一位通讯员远离我们,因为我们引导人们不要学习"莎士比亚和金斯利"。

艾德伍德·道登是我父亲的一个老朋友,有着一张黑色但表情丰富的脸。他写的东西都带着联邦主义者的腔调,最后也在联邦主义这块贫瘠的土壤上慢慢枯萎了。在他生命的最后时光,他向一位亲近的朋友吐露说他这辈子最后悔的事是没有和自己心爱的女人在一起;然后就是他早年招来清教主教不满的关于年轻歌德的无心的演讲。他曾经把莎士比亚称作是英国的功利主义者,为了掩饰自己越来越稀缺的同情心而去赞扬雪莱,后来又因为同样的原因放弃了原本应该是他终生课题的歌德研究,最后选择了研究沃兹沃斯,这位在爱尔兰人的信仰兴起的时候被大卸八块作功利之用的伟大诗人。我因为过去他对我的鼓励而时常感激地想起他。而且在对我敞开的都柏林的房子中,他的房子很漂亮,有很多书并且有着学者的气氛。但是有一次奥格雷迪一时激动,憎恨地指责他"有一颗邪恶的头脑,和一颗更为邪恶的心"。自那以后他就不再欢迎我了,而且也再也没有邀请我去他的房子。

XIII

唯——座人们在里面不想也不谈政治的房子坐落在伊利帕里斯街上。在那里一群年轻人聚集在一起,因为他们想要一个好听的名字,所以被称为通灵学者。除了一些长驻的会员以外,白天屋子里还有很多进进出出的人,而阅览室则是一个讨论哲学和艺术的地方。这座房子是属于一个工程委员会的工程师的。他是个留着黑胡子的年轻人,对摩尼教的哲学很有兴趣。所有人都把他当做主人。有时候,尤其是有我在的谈话变得对于他的年轻而精致的生活来说太过可怕,他就会变得愤怒。他会用他那不精确的用辞和不够充分的学识来跟别人争论一些新的宗教概念,比如人类生命的本质。另外我还记得不少奇怪的或者有能力的人。

在房子的顶楼住着一个喜欢阅读柏拉图著作并吸食大麻的医学生和一位拥有着一家素菜馆的苏格兰人。他刚从美国回来,在那里他师从预言家哈里斯,并将回美国去继续他的预言事业。当有人问起他为什么会选择学习预言学的时候,他说起了一位之前与他同住的苏格兰高地人。他是他的朋友,因为年少不懂事经常在街头跟别人打架所以他父亲把他叫回了家。后来他的房间的继任者是一位美国的催眠师,他曾经和冒险家库夏特(Cushant)住在祖尼印第安人之中,而且曾经目睹过一位因为人们赞扬白人发明的电话和电报而愤怒的大喊:"他们能做到这个么?"然后将两拳头的沙子抛向空中,结果他们竟然在空中爆出了火焰,并且直到看上去把他的头包裹住之后才熄灭。这位苏格兰未来的预言家经常谈起祖尼印第安人的哲学,但在我看来这些哲学除了一个许多人在睡眠中进入山的内部的细节之外都过于柏拉图了。这种学说不过是结合了在这间房子里盛行的神秘主义,并给那些四处游荡的年轻男女们提供了一个圣地而已。在楼下住着的是一位奇怪的红头发女孩,沉浸在绘画与诗歌的世界中。她从柏拉图的《论文集》中获得了譬如爱和贫穷的抽象概念,并用亚洲人般的狂热来实践这些理念。那位工程师曾在一间家具稀少的房间里发现她正在挨饿,据说她在那呆了几个星期,每天只吃花不到一便士的面包和去壳可可。她出生在一个农村的家庭中,家庭里的人很高傲以至于邻居讽刺他们为"皇室"。她父亲是个很小气的人,她们家的佃户说他从没有"为任何人松开他的酒瓶"。她因为想要去学艺术所以跟她父亲吵架并离开了家。之后她靠卖掉自己的手表过了一段时间,最后在一家爱尔兰报纸上写一些小故事谋生。有几周她会花半克朗请一位女仆去艺术学校看她,因为她觉得在公共场合没有随从对于一个女人来说是不合适的。后来她没钱交学费了,于是工程师就请她做他妻子的玩伴并提供给她足够的钱去开始自己的学业。她有足够的想象力和才能,而这些足以形成自己的风格。但是,虽然她能为了绘画和诗歌献出自己的生命而且能像一个寓言中的人物般思考,她却痛恨着自己的才能,并且没有足够早地收到人们的赞赏和同情来战胜这种痛恨。当她面对着颜料,画布和纸笔的时候,她能感受到的只有她才能残忍的一面,而且她常常因为未完成自己的作品而不去上学。如果哪天她真的没找出艰苦到能被称为任务的事情做的话,她就更不去上学了。很多人都带着嘲讽的眼光看着她,但是我却是怀着同情。写作使我绷紧神经,损坏我的睡眠。而且就我能回溯的过去里(爱尔兰有着悠久的历史),我的先祖们早就开始从事智力活动了,而她的先祖则正在打猎。其实她可以随时放弃自己的追求(她的父亲极力反对这一点,并非是由于她追求的是艺术,而是因为她追求的是一种职业),去过作为一个女人能过的普通舒适的日子。后来在她因为跟工程师或者他的妻子吵架而回归到她那靠面包和去壳可可为生的日子时,我给她提供了一份为都柏林商人服务的广告工作,这项工作怎么说都要比艺术创作不艰难一些。但是她却认为作广告画是在贬低艺术,然后很用心地感谢了我,其间并没掩饰自己的愤慨。我想,她是带着喜悦回归到饥饿状态的。长期的贫血会使她的意识迷失,说不定可能会看到那些寓言中的人物。再说,在她对理念的崇拜仪式中,饥饿和苦难也扮演着很大的角色。

XIV

我记得很清楚,那时在屋顶的房间里与苏格兰人同住的还有乔治·罗素先生。屋子里的人被分为他的追随者和工程师的追随者。我听说这两派人有时会吵架。这种敌对态度是潜意识的。他们俩

帷幕的颤抖 155

谁都不会在重要的事情上对立。工程师为人们提供场所和资金,而乔治·罗素则在人们看来是圣人和天才。他们俩中的任何一个人如果能看清问题的根源在于谁来主导都柏林的神秘主义思想,他都会放弃,因为在他看来这些事实在是太琐碎了。在周会上,所有事情都可以拿出来讨论,也没有出现主席叫来发言人发号施令的桥段。持无神论的工人可以公开指责信仰,而天主教徒可以用神学使持无神论的工人困惑,随后工程师则反过来精准而务实地表示反对。工程师有着自己的目标,他想使人们相信他所信仰的学说,而他的敌人,作为一位比他优秀的演说家,则能使所有人相信另一种学说。工程师希望限制人们的讨论,并曾经在委员会上决心要这样做,而罗素这位曾经因为竖琴与胡椒瓶学派(代指民族主义学派)限制讨论范围而拒绝加入我们的国家文学社的人,在这里依然反对工程师的主张,并最后获得了胜利。在随后的几年里有一些新的争论兴起,工程师辞职后创立了一个吸收了美国与伦敦的学说与方法的团体。而罗素则直到今天还是那些爱好宗教思考但没有固定信仰的年轻男女的偶像。

六七年前当我和罗素都在艺术学校的时候,他像是一个无法理解的谜。他几乎没法进行连贯清晰的思考,在某些时刻甚至真的是如此。他曾经告诉过我,有时候突然一个念头产生了,如果他说出来就会暴露自己失去连贯性的事实。这个念头一般持续三天,然后他就会选择在这三天中,白天在都柏林的山丘上游荡,这样他就不用说话了。那时,大多数时候是在夜色笼罩的小巷里,我就会陪着他,倾听那些在众多无意义的话语中显得美丽而深刻的句子。和我们在一起的还有很多人,他们也边走边听这位对他们来说几乎是神圣的人的讲话。这种神圣就如同在东方的疯子一般。我们为了艺术创作费尽心力地模仿,而他则不做任何研究,随心所欲地创作。他把这种作法称为"荒地中的圣约翰"。我记得他的一位现在是成功的雕刻家的学生指着一具肩膀的模型,用震惊到几乎是耳语的声音说:"这太简单了,太太太简单了!"看来有了刷子和铅笔,罗素就能变得连贯清晰起来。

我们这些人互相嘲笑对方,互相损对方,但我们从来没有嘲笑过罗素,也从未损过他。他的朋友把喜剧感称为"社会接合剂",而他则远离这种喜剧感。每当我们说起他的时候都会滔滔不绝,就像人们赞扬一位无法理解的人一样。但是当他绘画的时候他就变得没有那么难理解了。一个时常说话没有意义的人怎么可能超越所有至今我们见过的天才而如此快速轻易地创作呢?

在我回到爱尔兰之前他发给我一些我个人很喜欢的诗歌,但埃德温·埃利斯嘲笑我,他认为这些诗毫无韵律可言,而且每当人们认为罗素开始某段韵律时,他就会毫无缘由地跳出这种旋律。现在他的诗歌有着清晰的思想和精致的形式。他不用预先构思毫不费力就能写下这些东西。他的诗歌在以前就是有结构感的,现在更是成长到像但丁说起他自己作品用的词"苍白了自己的脸"那样紧凑并且生动。他所在的团体出版了一些杂志,他在上面询问读者想要读他的诗还是散文,得到回馈后他写了一些形而上学的诗歌,后来结集在《回家路上的歌》中出版。

在那间房子生活并不算贵,人们在那基本都素食。罗素在都柏林的商店里做会计每年能挣六七十英镑。他把省下来的钱都投给了他私人的慈善事业。我相信,正是这种善心给了他写作和演讲时的透彻。如果他让自己相信有一项特别的活动能给社会或者他的朋友带来好处的话,他就会立刻带着热情去做。这种热情别人只有在实现自己的抱负时才会有。他周围总是围绕着一些柔弱或者不幸的人。他教导他们,使猫变成狮鹫,使鹅变成天鹅。后来他接手创建一个合作银行系统。这项工作要求这位从没阅读过经济学或者金融学著作的人在几个月内交出给负责这个系统的皇家委员会的报告。虽然最后没能完成任务,但他那带着激情的多才多艺还是让人印象深刻。

在我写下这些文字的时候,他正在做宗教学老师,他的绘画,诗歌和谈话对于这项工作来说都是有益处的。人们带着敬畏和迷惑看他,认为他是自斯韦登伯格以来所有现代人中能最频繁地看到幻想的人。

当他用画蜡笔拖拉涂抹出他看到的幻想的时候，一些人毫不犹豫地就接受了他的画作。而像我一样的另外一些人，注意到画作的希腊罗马式的风格并且回忆起他以前对古斯塔夫·莫罗画作（他的画作会将某些主观元素神圣化）的敬佩，但是没人会质疑他的文字。也许会有人认为他不是一位好的观察家，但没人会质疑他用最谨慎的态度来描述他相信自己看到的图像，他也会不时做出一些预言来客观地证实这一点。比如有次他跟一位先生在他的花园（在爱尔兰称为他的领地）散步，他声称在花园某个地方看到一座教堂的幻象，于是那位先生就开始挖掘，最后发现那个地方有教堂的地基。还有一次，一位女士对他说："噢，罗素先生，我很不开心。"然后他回答："今晚七点你会变得很开心。"那女士脸刷的一下就红了。因为她在七点和一个年轻小伙子有一个约会。我在一天之后听到这件事，然后跑去问他，他回答说这些语句突然进入了脑子里，他也不知道为什么。为此我经常与他争吵，因为我想让他去研究并质疑自己能看到的幻象并在它们发生的时候把它们写下来，更因为那些在他看来真实的东西（比如在街上擦肩而过的男男女女）在我看来都是象征化的。他们会否只不过是他潜意识的一部分，如果他质疑他们的存在，他们是否就会消失呢？他们会否像是那些只在人们撤开注意力时出现一小会的声音和奇怪的景象一样，如同我在伦敦学到的幻觉效应一般？他的诗歌和绘画灵感来源自同一个源头吗？为什么同一双手能画出梦幻美丽的沙滩（现在挂在都柏林的市民美术馆），也能画出许多普通的画作？为什么在写完巧妙而细腻的《回家路上的歌》之后他便再也写不出一部完美的作品了？是否正是因为斯韦登伯格在他所描绘的与万物接触的与天使的婚姻中结合了意识与潜意识，使得科尔里奇认为他同时是男人和女人？

罗素那本已巨大的影响力比他的才能和神秘感更能招来支持者。他一直坚信并且存在的亲和力更是让他成为了一位大众顾问。他会花无数的时间在良心问题上，而且没有什么情况对于他的清白来说是过于难的。当然有些情况还是有些困难的。我记得有一次他被叫去帮两位吵得很厉害的女士决定谁应该获得一位犹豫不决的男士的青睐。我还听说过他在某些除了陀思妥耶夫斯基笔下的白痴都会回避的问题上取得过进展。通灵社团中的人都很年轻，所以当他们面对某些世界上早已存在的道德问题的时候，他们会把自己当成是第一个面对这些问题的人并且制定一些很严格的规矩。其中的一条规矩是如果社团中的成员发现任何一位其他成员有错的话，他必须向他指出来。如果一位男士相信另一位女士爱上了他，而根据一条不成文的规矩，爱情和灵性生活是不可兼得的，因此这份爱就成为了一项严重的错误。当这位男士发现这种微妙的情况时就向罗素求助，于是两人一起与冒犯他的人抗争。据说后来这些冒犯他的人收到了带着令人吃惊的侮辱的警告并答应改正他们的错误。他的声音经常会变高，在亲密谈话时会失去惯有的沉稳。但是当他的听众多到超出亲密谈话的数量或者某个令人兴奋的事件使演说变得正式的时候，他就会不带私人感情并慷慨激昂地谈话。他一直有着那种超越所有我认识的人的能力。在面对两个极为对立的派别或者人格的时候，他能做到不仅公正的思考，并且在情绪上也没有偏袒。这种能力就像当年柯奈和拉辛将公共或者私人的骚动化解为一场戏剧一般。而且两个有着敌意的人一定在某个时候被他愤慨调解过，因为他们听到对方说出来的话都比自己说出来的好听。这种协调能力在之后的日子里为他带来了政治影响，并赢得了爱尔兰民族主义者和联邦主义者同样的尊重。也许是因为太过教条的接受了那些道德传统中如同希腊罗马式雕像般的高贵形象，他把整个人类生活看成是一个巨大的神秘体系。在这个体系中，虽然猫都是狮鹫，但那些更邪恶的狮鹫都藏在他没说过话的政治家或者他只看过几眼的作家中。那些向他忏悔的人则有着最雪白的天鹅羽翼。但这并不能阻碍他成为一个好的文学评论家。他要求戏剧和诗歌里的角色应该有七条腿，并且固执而病态的厌恶那些比这个标准低的作品。我有时会想如果他在早年没有看过爱默生和沃特·惠特曼的诗歌（现在他们的诗歌因为缺少对邪恶的描述看起来有些肤浅）以及《奥义书》的译本（它因为印度传统中熄灭的火焰而比爱默生与沃特·惠特曼耐用的油灯更难进行研究)会变成什么样的人。

我们从未对那些儿时偶像的成熟程度感到满意,而且因为我们能看到包含了他们整个人生的圆圈(即便是最成功的人生也不过是一个片段),我们就会将他们最严厉的批评保留到生命的最后。我的一位老同学不会相信我竟然会实现我在十八岁时写的那些几乎无法阅读的诗的诺言。有没有富有想象力的人发现那些在他刚能表达自己的岁月里生起的崇拜不过是在一些小圈子里,而且并非第一次成功是最大的成功?当然,我向罗素要求了一些不可能的事情,如果我对他有任何影响的话(我们之间关系很亲密)那也将是个不好的影响。因为我认为诗人和艺术家的目标应该是像表达"完美比例的人类身体"(虽然我当时没能用这个词)一样去表达"存在的一体性"(Unity of Being)。我记得当他因为"意志很薄弱,如果再去追求情感上的目标将变得更为薄弱"而离开艺术学校的时候我是带着冷嘲和愤慨的。后来,当他要求杂志读者选择他写诗还是写散文的时候我也这么想。现在我明白了有些人是无法拥有"存在的一体性"的,有些人是不能追求或者想去表达"存在的一体性"的,还有那些一直在寻找反自我(这是一个在所有事物中都描绘出与本性相反的存在的面具)的人只能压抑反自我,直到本性显现。这些人不能刻意地想要追寻图像,而是等待着图像降临到他们的头脑中。这不是思考的一体性,而是埋藏在他们本性中的一体性,就像是上帝的一体性:科学家,道德家,人道主义者,政治家的结合,是在柱子上苦行的圣西蒙,在洞穴中的圣安东尼。所有这些人的宿命就是了解他们其实是渺小的,甚至是无意义的。他们需要将他们的心灵空出来直到变得空洞,不着定式。这样才能通过揭示混乱而招来创世者,从而成为他人灯芯与灯油安身的油灯。事实上在某种很特别的意义之下可能正是他们的指引才导致耶稣上了十字架。对于他们来说面具和图像都是必要的不正常。他们拥有内视的能力,就好像他们可以颠覆自己。关于他们,查普曼写道:"他们俯身服从任何其他的法律也是不合法的。"事实上他们是那些可以这么做的人,但是他们还是得问:"我的行为像不像某人?""用十诫来衡量的话我算不算个好人?""在上帝面前我能认识到自己的渺小吗?""我是否已经用足够的严谨在我的经历和观察中排除了个人的因素?"他们这样的人不会像雪莱那样看待智慧和美丽〔当他假设自己是亚哈随鲁或者阿赛奈斯王子(Prince Athanais)〕,他们也不会在这个在另一种情况下是不可居住的荒地的世界上寻找图像。正是通过对这种努力的放弃,图像不再被称为 Pandemos,而是 Urania。他们必须丢掉所有的面具,使图像舞动,直到那些因为他们的残忍的谦卑变得美观的图像成为整个自然世界和超自然世界的抽象缩影,并自己追求它。超自然世界的完整性只能通过个人的方式来表述,因为在那个世界里除了人没有其他缩影。《天堂的猎犬》只能将自己投掷到空洞的不设立场的心灵里。我们从其他诗人的诗歌里了解逃亡者因为像乔治·赫伯特,弗朗西斯·托马斯,乔治·罗素,他们的想象力在表达那些并非由他们自己创作出来的事物(比如某种历史上的宗教或者根源)时变得更为生动。但是如果逃亡者们活了下来(有时我觉得罗素就是这样一个例子),比如莫里斯,亨利和雪莱活了下来,这些猎人和追求者们都将投降于那些平凡的作品创作里,满足于重复那些与现实无关的思想与图像。

我想即便我的愿望使他接触了传统信仰而非像一位易受影响的年轻人一样接触现代主观的浪漫主义——这种传统信仰批评所有对浪漫主义的爱慕和赞扬——他也不会失望,因为这使得他的智力能通往他的幻象。这无疑使他的生活变得苦涩,因为他的才智都被花在人们感到害怕的冷漠深渊里,但这同时也使他成为一位宗教导师,并且使他成为他们中最好的一员。政治,对于一个追求灵视的人来说只能算是次要的追求。选择政治等于选择了那种简单的要命的技能而非那种最为困难的。伟大的创世者不是在创造地震和雷电的时候打着呵欠,却在勾圆贝壳那精细的螺旋时费尽苦心吗?

XV

有一天我听一个都柏林人说他在伦敦碰到一位年轻时曾经在伊

利帕里斯大街上的房子里住过的老先生,那些记忆一下子涌到他的脑子里,使得那位老先生都哭了。虽然我作为一贯不满足的评论家,没有那么悲伤的记忆,但那些鲜明的记忆在我写下这篇文字的时候还是回到我的脑海里。

……罗素刚从双岩山远足回来,兴冲冲地说着他跟一位信仰宗教的乞丐之间的谈话。那位乞丐一直重复着说:"上帝掌管着天堂,但他垂涎着大地——垂涎着大地。"

……

我跟一位在辩论中总处于正统位置的年轻人聊天。他是个奇怪的人,说自己继承了他父亲的魔法艺术,并邀请我去他的房间里参观。然后他和他的搭档——一直黑色大母鸡开始了他们的表演。他在一只大碗里烧了些草本植物,但什么事情都没发生。他不断的尝试并喊着,"哦,上帝啊"。当我问他为什么喊上帝的时候,他的回答我没能听懂。那时我觉得在那个房间里存在某种很邪恶的东西。

……

一天晚上我们团团坐在火焰旁边,一位女士讲述了她刚做的一个梦。她梦到有僧侣们在花园里掘土。他们一直挖啊挖,直到他们挖到一口棺材。然后他们揭开盖子,这位女士说她看到里面躺着一个身着织金锦缎的美丽青年。这位青年痛骂起这个世界上的虚荣。当他结束之后,僧侣们恭敬的合上了盖子,并再一次把它埋进了地里。最后他们打扫了一下就继续了他们的园艺工作。

……

有一位年轻人,他是爱尔兰国家文学社的管理人员。有一天我因为要去楼上见那位苏格兰小伙子就把他留在阅览室跟罗素一起。几分钟后我回去时发现那位年轻人已经成为一个通灵论者。但是一个月之后,当他与一位天主教的行乞修道士会面之后——他向这位修道士讲了很多关于自己新信仰的话,他重新开始做弥撒了。

第二部　洪杜斯·卡麦里昂尼斯

I

当我和海德待在罗斯哥蒙的时候，我去了趟凯尔湖，希望在当地能找到一些关于图马斯·卡斯特罗传说的记忆，后来我把卡斯特罗的传说写进了《骄傲的卡斯特罗，马科得莫特的女儿和她的恶毒舌头》(Proud Costello, Macdermot's Daughter, and the Bitter Tongue)。我乘着船向着湖的上游划去，并想着寻找卡斯特罗去世的小岛。我只能从海德的《康诺特省的情歌》里找关于这座岛的凭据。因为当我问船夫的时候，他却给我讲海洛和利安得的故事，还把海洛的房子和利安得的房子说成在不同的岛屿上。不久之后我们停靠在城堡岛——这座小岛整个就是一个城堡——上吃三明治。这座城堡并不古老，由某个有着浪漫主义精神的人修建于七八十年前。城堡里住过的最后一个人就是海德博士的父亲，他也不过在上面住了两个星期。这个地区说着盖尔语的人也习惯了这个城堡的存在。他们通常把很没用的东西称作"大白象"，但却称城堡为"岛上的那座城堡"。城堡的天花板仍旧完好无缺，窗户也未损坏。湖中央的小岛少有树木，四周高耸着郁郁青青的山，身处其中能感受到它的美丽。在湖的一端有一个石头垒成的平台（也许另一端也有），爱好冥想的人常常来这边。我计划着创建一个神秘主义兄弟会，买下这座城堡作为会中的成员可以偶尔隐居冥想的地方。我们还可以在这里举行秘密的宗教仪式，就像人们在艾留西斯和萨摩色雷斯岛上举行的仪式一样。在之后的十年里我最狂热的想法就是徒劳的试图为这个兄弟会寻找它所依从的宗旨和它所应该有的仪式。我不知道何以或者怎样会有这样坚定的信念，但我坚信那些看不见的门总有一天会为我们打开，就像当初他们为布莱克，为斯韦登伯格，为贝姆打开一样。我还相信我们可以在所有想象文学中为我们的宗旨找到所依据的祈祷仪式，并且可以为爱尔兰人写一部特殊的礼仪书——这部书虽然是由很多人写成的，但看上去却来自同一个人的思想,然后将我们的传奇组织和它美丽的所在地变成神圣的象征。我们的组织不会是完全离经叛道的,因为我们会从以前的许多个世纪(大部分还是基督教之后的世纪)里最能感动人的符号里面选择自己的符号。

曾经有一段时间我想要为爱情作一首诗,并称之为《玫瑰》,暗指玫瑰的双重含义。我构思着描写一位心中"从未有过裂痕"的渔夫,一位抱怨年轻时太懒惰的老妇人,和某位开心的琴手——所有这些都是"流行诗人"热衷写的内容。但总有一天,门打开的那一天,我终将变得晦涩难懂。用一种合着莫里斯舞的旋律,我向红色的玫瑰祈祷,向知识女神祈祷:

靠近我,靠近我,靠近我——啊,停下来
留下一点空间,让玫瑰的气息来填满,
以免我再也听不到平常的事物……
但是我还是要去找寻,去听上帝对那些早已死去的人的明亮的心说话,
学会吟唱一种世人不明白的语言。

我不太明白当我写下"明亮的心"时指的是什么,不过后来当我写关于精神的诗时明白了。那是"内有镜子的心"。

我并非要刻意的来创造我们的仪式,就像我作诗一样。我只是按照马瑟斯向我解释的方法做。正是带着这种信念我一头扎进了图像的迷宫里,扎进那些在神谕中警告过我们要小心的迷宫——这些神谕古人认为是索斯亚斯德所作,而现代学者则认为是某位亚历山大时代的诗人。神谕如是说:"不要俯身向那黑暗的壮丽世界看去,那里埋藏着无信仰者的绝望,乌云裹着地狱,对着无法名状的图像露出他邪恶的微笑。"

Ⅱ

我在斯莱戈年老的叔叔是我的一位支持者。他大概五十三四岁,但却有着年纪更大的人的习惯。除了每年去伦敦待一段时间和年轻

时曾花了两个星期跟贸易船去过西班牙(只待在甲板上)以外,他从没离开过爱尔兰的西部。他在政治上属于最固执的联邦主义者和保守党派人员,对爱尔兰历史和文学一无所知。但奇怪的是,他对爱尔兰的传奇故事很了解。他是在划船和骑马的时候从仆人那里听到的。虽然他有着狭隘而顽固的观点,并且谨慎地考量着人生,但是他却可能是我遇过的最宽容的人。他从来不期望别人依从他,只要你不在他赛马的嗜好上作弊或者冒犯他的品位,他对你都不会有偏见。并且在你面临窘境的时候帮你一把。我认识很多书读得比他多并且头脑更加开放的人,但是他们有的都只是思想上的生活。而且如果我和他们的意见有什么地方不同的话,他们不会轻松的接受这种分歧。所以这些年我经常去斯莱戈,有时是因为我租不起在都柏林的房子,但更多的是因为我想寻求自由和平静。他见到的时候会说:"我听说你的某某朋友去了格雷西姆酒店会见了威廉·瑞德蒙德先生。人们为了恶名真是什么都做啊。"他认为所有议会里的爱尔兰民族主义者都是脱离时代步伐的。但是当晚餐结束以后我们开始更为亲近的谈话时,他会说起对巴利纳的芬尼安党成员的同情(他在巴利纳度过他的早年时光),和六十年代芬尼安党的私人船只将伤员卸在斯莱戈的事。帕内尔去世之前在斯莱戈参加竞选。当地的其他身为联邦主义者的官员都拒绝帮助他——我不记得是哪条法律,但是地方官员的某种帮助是必须的,我叔叔却站出来帮了帕内尔。他陪着帕内尔上上下下的走过市政厅的会议室和法庭,但是他却不告诉我任何他与帕内尔之间的谈话,除了谈及帕内尔说起格拉德斯通时的仇恨。虽然当时帕内尔太过愤怒而不管谁听到他的话,但我的叔叔不会将这位伟大人物的怨恨说给别人听。能这样缄口不语的人我找不出第二个了。他参加了帕内尔最后一次公众集会,并在结束之后坐在他身边听他说起那些打算或者已经离开他的支持者们,但是帕内尔仍然是他最崇拜的人。

当我第一次去他那拜访的时候,他住在镇上,与一个叫做巴若福(Burrough)的名声不好的邻居关系很不错。直到有一天他吃晚饭的时候听到窗台下有一对男女在争吵。那个男的大吼道:"我很在意同

帷幕的颤抖 165

你和你女儿睡在同一张床上的时间!"我叔叔吓坏了,立刻搬到了离乡村四分之一英里远的一间小屋子里,与他同住的是一位有着预知能力的老仆。我叔叔还有一个男仆帮他照看他的赛马,有一头驴陪着这男仆,而赛马则在邻居家的田里吃草。他的家具自从他年轻时安家后就没换过。在他的餐厅对面的房间里放着他年轻时的鞍具。虽然他早就不骑马了,但这些鞍具还是经常上油,镫具也保持着整洁明亮。这种状况直到他死前都维持着。他年轻时经历过的几段感情都没有结果,现在他对女人也没什么兴趣,当然也不用去寻求女人的好感。不过他还是很注重他的仪表。他从不让他的胡子长长。不,他有长长过,或者至少他认为自己的胡子有长长过,因为他对这方面有点臆想症,非常在意他的皮肤以至于要花一个小时在剃胡子上。而且每当他发现自己的腰粗了哪怕一根头发丝那么宽,他都会跑去用哑铃健身。二十年过去了,这位老人的身材还是如年轻时那样竖立挺拔。我常常在想为什么他要花那么大的力气去保持身材。我知道他这么做肯定不是因为自豪——在他眼里一个人在自豪的时候跟演戏似的,当然他也不是为了虚名。现在我回头看,有些确信他这么做的理由只是处于习惯。这种习惯是他年轻时作为当地最佳骑手时养成的。

可能是跟他那位有预知能力的仆人玛丽·巴特尔(Mary Battle)呆的时间长了的原因,他开始相信有超自然世界的存在了。他说有几次他带着一位客人回家,在没有通知他仆人的情况下发现餐桌已经为他们三个人准备好了。他还说他得到在利物浦生活的哥哥生病的消息之前就梦到这件事。后来他看到我用从马瑟斯那学来的图像来启动幻想就要求我教他。虽然出于对他年纪和习惯约束的考虑我坚持了很久都没告诉他,但最后他还是把我说服了。从那以后我们就开始不停地做实验,过了一段时间我甚至开始做仔细的记录。夏天的时候他在罗席斯海角有一间小房子,正是在那里他第一次感应到了犹太教神秘教派的符号象征。那儿有高高的山丘和较低的悬崖。我每天在海滩上散步练习,而他则在悬崖和山丘上走。我会不加言语的想象一些象征符号,而他则会注意到经过他的心灵之眼的幻想。在一小段时间内他几乎能说出准确的符号来。在我们所使用的象征符号中,根据颜色有些符号被我们归类成"积极符号",另外一些被归类成"消极符号"。不久后我发现当我想想"积极符号"的时候乔治·波拉克斯芬就会什么都看不到。因此我让他做一些能感应到特定颜色的练习,渐渐的,我们发现适应了这项工作。在我计划着购买小岛上的城堡时,他开始把这个工作当成了自己的兴趣,就好像抛弃了习惯而回归本性一样。

我跟其他人一起为了我的计划而努力,同时也发现了很多有意思的事情。我发现是符号本身,不,不管怎样,反正不是我有意识的想法才造成了某些超自然的现象。有时我搞错了,让其他人凝视一个错误的符号(我们把符号画在卡片上),他们能看到的幻象却是由正确的符号指引的,而非我的安排。或者有时他们会看到两个幻象在一起,一个是由正确的符号导致,另一个则是我的错误安排。当两个互相之间有些交感的人在同一个符号的影响下时,幻想就会分割成两部分,每个人都看到其中的一部分。然后时不时的,这些幻象就会自动产生。我在一本旧的笔记本上写道:"我突然看到一个奇怪的帐篷,里面竖着一具雕刻得不怎么样的木雕像,颜色暗红。一个像是红色的印第安人正在膜拜它。那具雕像面向左边。我问叔叔他看到了什么,他说他看到了一个无比威严的巨大物体,面向左边坐在王座上,浑身发着乳白色的光。"而我最近的笔记上写着,我和我的同学分别坐在两个房间里冥想。我看到平静的海洋上有一艘骚动的船只,而我朋友则在骚动的海洋上看到一只风帆不动的船只。在我们冥想的符号里没有什么可以使我们感知到船只。

我们总是等待乔治的老仆人睡着了才开始我们的冥想。当我们上楼睡觉的时候,她总是因为噩梦而大喊大叫。第二天早上我们就会发现她的梦境和我们的幻象相吻合。一天夜里,因为什么符号我有些忘了,我们看到了带有寓意的天堂和大地的联姻。当玛丽·巴特尔在第二天早上给我们带来早饭的时候,我说:"玛丽,你昨晚梦到了什么?"我是从一本旧笔记本上引用的她的回答,"事实上她做了一个不想一晚做两次的梦。"她梦到她们那的主教,也就是斯莱戈天主教的主教,突然"不告而别",然后娶了一位"非常高的女士","并且她也并不年轻"。她在梦里这样想,"现在所有的牧师都结婚了,去教堂祷告没什么用了。"那里"有着一排排的花,许多玫瑰在教堂的四周"。

还有一次,当我叔叔在对我的幻象进行回应的时候看到了一个脑袋被切成两半的人,玛丽醒来后说她做梦梦见了"用针划伤了自己的脸,上面全是血"。当三四个人一起冥想的时候,梦境和幻象似乎会自动分成三四个部分,每个部分都是完整的,但又是互相连接的。看来幻象是根据每个人的性格来产生的。不管是什么东西产生的幻象,它总是会把一个点火的火把给其中的一个人,一根没点的蜡烛给另一个人;给第三个人没成熟的水果,给第四个人成熟的水果。有时也会有连贯的故事。就像演员们的即兴表演,不仅没有事先的排练,更是没有想到过后面会发生什么。是谁让这些故事出现?是某些幻想自己的思想吗?也许,我有无数的证据可以证明,当两个人合作冥想的时候,符号带来的影响似乎取决于第一个看到幻想的人的思想品质。如果是这样的话,那会是哪一部分呢?我有一位朋友,符号的作用使他进入现实的恍惚中。在恍惚的时候他描述了一个非常详细并且奇怪的故事。但是醒来之后的叙述和恍惚时的有点不太一样。在恍惚中他说:"他们给我一杯酒,然后我就什么也不记得了。"而当他醒来之后却没有说任何关于酒的事情——这一定是在他恍惚的初期有的印象。那么,同样的,这些幻境中的图像都是哪里来的呢?不久之后我相信这是来自记忆中的,或者它们从来都没有在恍惚或者梦中出现。有一个人,他相信夏娃的苹果不过是那种你能从水果摊买到的但肯定这个故事的寓意。他说当我用某个符号引导他去伊甸园的时候,他看到一座四周有围墙的花园坐落在一座高山上,在花园的中间有巨大的鸟儿栖息在枝头。枝头上还有水果。如果你把那水果拿近你的耳朵,你还能听到打架的声音。那时候我还没有读过但丁的《炼狱篇》,所以我不能去考证这座山顶上的花园和树枝上的鸟儿。然而有一位青年女孩在以同样的方法去往伊甸园的时候从树上听到了"天堂的音乐"。当她将她的耳朵贴在树干上听的时候,她发现这种音乐是由"不停的刀剑碰撞声"组成的。这种组成音乐的刀剑声,这种花园的图像和许多类似的想法与图像都是从哪里来的?我还没有确切的答案,但是我知道自己面对的是由柏拉图式的哲学家和现代的亨利?莫尔描述过的万物精神。它有着跟个体记忆相独立的记忆,但是个体记忆也不断的用他们的图像和想法充实它。

Ⅲ

我们每天散步两次,一次是在午饭之后,还有一次是在晚饭之后。在斯莱戈的时候我们散步至通往诺克拿里山的大道山的石门那,而在罗席斯海角我们则散步至海滩上面的岩石那里。我们一边走一边交流我们的思想(这些想法由于没有山和海滩的影像而无法出现在我现在的头脑里)。考虑到玛丽·巴特尔能在睡梦中接收到我们的思想,虽然是粗糙的或者是卡通化的,但是学者和隐士的思想,虽然不用很多语言,不是会传输到大众的头脑中去的么?难道某个时尚女士陷入自我分析热情的折磨中的情绪,虽然她不说很多话,不是会用她的壶传递到琼那里,用她的桶传递到吉尔那里,用某种人们不明白的噩梦带来的忧伤传递到疯子汤姆那里吗?

既然幻象能够拆分成几个互相补充的部分,也许哲学家,诗人和数学家的思想的每一点进步需要依靠某个远方的人的互补思想?全国人民的想法是不是都通过某种暗示的电波来传递,而这种电波是否不管相距多远或者双方多沉默,都互相产生作用呢?一个人走路会留下影子,但谁也说不清到底哪个是本人,哪个是影子,或者到底他留下了多少个影子。是否一个国家并不是乱糟糟的一团,而是这些平行的电波和影子的结合体?那样的话,是否我一直在民族文学中寻找的影像的联合不过是最初的符号?

从这些哲思变得清晰的那一刻起,我就为我自己创造了一个思想上孤独的环境。那些本来可以让人积极行动的论点都突然多少失去了他们的意义。当我无法估量不同的阶级和不同的地位对于那些看不见的幻想与梦境的交流的影响时,我怎么能去评价任何关于教育或者社会改革的计划呢?当一个金穗带的碎片和墙纸上的花豆可能成为导致革命和哲思的起源时,我又怎么能评价什么是奢侈的和重要的?我开始觉得自己不仅是孤独的,而且是无助的。

IV

我并非故意找出这些想法,也不是因为对奇妙事物的热衷或者追求刺激,又或者是因为我发现自己的生活老是在兜圈子,真正的原因是一些不能解释的事情在我童年的时候就发生在了我的身上,使得我有一种无法控制的渴望去了解这些事情。当超自然的事情发生时,一个人首先会怀疑他自己的证词。但是随着超自然的事情不断重复的时候,他就会怀疑整个人类的证词。至少他了解自己的偏见,多少也会考虑到这点,可是记录人类历史和思想的历史学家和哲学家怎么能忽略人类生活中这么重要的经历呢?他们还会歪曲和忽略掉多少类似的事情?当催眠师一开始作为大众娱乐者四处展示的时候,他们最喜欢的把戏就是告诉一个被催眠的人字母表里的有些字母没有了,之后让他在黑板上写出自己的名字。布朗(Brown)或者琼斯(Jones)或者罗宾森(Robinson)很自然的被写成了 Rown,Ones,或者 Obinson。

现代文明会是一场无意识的阴谋吗?是否因为中世纪的黑暗恐怖和某些地位比我们高的人因为某种不可告人的目的强加给我们的重大错觉使得我们自动丢弃了一些想法和事件?即便一些超自然的事件没有被否定过,那些貌似逻辑论证的东西会不会只是改变的原理,一种自动产生的冲动?有一次在伦敦宴会上,出席的都是亲密的朋友,我在一张纸上写下,"五分钟之内约克·鲍威尔将谈起起火的房子。"然后将这张纸塞进我邻居的盘子下并想象我的火焰符号,静静的等待。鲍威尔不断的换着话题,不到五分钟的时候说起他年轻时看到过的一场火灾。当洛克的法语翻译科斯特问他,如果没有"先天观念",他怎么解释鸟儿们筑巢的技巧,他回答说,"我不为解释愚蠢物种的行为而写作。"他的翻译认为这个答案"很好,既然他把他的书命名为《人类理解论》"。亨利·莫尔却认为鸟儿们的本能以它的想法和记忆证明了万物精神的存在。是否现代启蒙的想法跟科斯特的一样,认为洛克有着更为高级的逻辑,就因为他不能自由地思想其他可能性的存在?

V

我不再阅读任何有着晚于欧洲教会的信仰的现代书籍,并发现自己对欧洲教会感兴趣。我试着回溯到它最早被使用的时代,并相信一定有某种比欧洲教会更古老的信仰传统存在,并早于现代社会的偏见而基于对世界的体验建立起一套理论。正是这种对古老传统的追寻催促着我和乔治·波拉克斯芬去学习乡村人们的幻象和思想。某个乡村不断重复的传统有时会让我们争论上一天。不久后我们发现,那些幻象很像我们因为符号而看见的东西。玛丽·巴特尔在罗席斯海角时望向窗外,看到从诺克拿里山(根据当地的传说,马芙皇后埋在这里的石堆下)走过来,"一位你所见过的最美好的女人,她从山上笔直地往这边走过来。"——我引用了当时写下的记录,"她看上去很强壮,但是并不邪恶(就是说她并不残酷)。""我见过爱尔兰巨人(在市集上表演的高大的人)。""虽然他是个不错的人,但是跟那位女士比起来却不算什么,因为他很肥硕所以不能像她一样走路走起来像士兵一般……她几乎没有小肚子,双肩宽大而纤细,比你见过的所有人都漂亮;她看上去三十岁左右。"当我问玛丽是否看到过任何长得像马芙皇后的人,她回答说:"她们中的一些人把头发披了下来,但是她们看上去很不一样,更像是在报纸上有些人看到过的睡意蒙眬的女士。这些头发卷起来的人像这一位。另外还有一些人穿着长长的白色长裙,但是那些头发卷起来的人却穿着短裙。你能看到她们小腿肚以下的部分。"当我追问她的时候,我发现她们穿的可能是某种厚底靴。"她们看上去不错,生气勃勃,像是那些二三人成堆骑着马在山坡上挥舞着大剑的男人一样。现在已经没有这个种族了,没有人可以像她们那样拥有完美的身材比例……当我想起她的时候,现在的女人像是不知道怎么正确穿衣服的孩子……哼。我根本就不会称她们为女人。"

不是在那时,而是过了三四年以后,当我可以不借助有意识的借助那些符号就能看到越来越明晰的幻象时,我看到了这位在我的记忆里徘徊了很久的有着不可思议美丽的女性的两三种样子。而且商船的导航员也告诉我们在靠近导航室的地方他碰到过一群女士列队行进,她们穿着像是来自另一个时代的衣服。她们是不是真的来自过去,重访她们生活过的地方还是我必须把她们解释成(就像我把高山上的花园解释成对伊甸园的幻象一样)区别于个体记忆的种族记忆?显然这些被乡村的人称为鬼魂的东西很有个性。她们难道不是任性的,宽容的,满怀恶意的,焦虑的,生气的么?这些难道不就说明她们要远远超过符号和图像的意义么?当我用大地,火焰和月球的组合图像来引导幻象的出现时,我的预言家,一位二十五岁的女孩看到一个清晰的戴安娜和她的狗围绕在一个洞穴的篝火旁。不久之后,从她紧闭的双眼和说话的声音上看我认为她已经进入恍惚状态而不是幻想中,于是我决定使她的恍惚状态减轻一点,并匆忙而疏忽的用了一种解散她状态的符号。随即她立刻开始大喊,"她说你赶她走太快了。你让她很生气。"如果说我的幻象有着主观上的因素的话,那么玛丽的也有。因为她的精灵们都有着同一种口音,来自遥远的瀑布。而且她从没有在天主教的传教中听到过任何一种她之后没有看到过的东西。她以同样的方式看到了炼狱之门。

此外,如果我看到的图像会影响玛丽的梦境,那么民间的图像也能影响我的。有一天晚上我在半睡半醒之间看到两只有着长长身体的奇怪的狗,一只黑一只白。不久后我在某个乡村传说里找到了原型。一个人怎么能将乡村传说中的狗和我叔叔在他睡觉时听到的狗叫声分离开呢?为了让我自己不再做噩梦,我形成一个习惯,就是想像有四只看门狗,立在我房间的四个角落。我没有告诉过我叔叔或者其他任何一个人,有一天他说:"我发现件很奇怪的事儿;最近的好几个晚上,每当我靠在枕头上想睡觉的时候,我就听见有狗在叫。这些叫声像是来自我的枕头里面。"斯特林堡的一个朋友得了震颤性谵妄,幻想被老鼠们追杀。他的一位朋友在隔壁的房间听到了老鼠们的狂叫声。

Ⅵ

人们兴趣和观点的多样性与艺术和科学的多样性驱使着我构思着去建立一个由图像联合唤起和定义的文化联合,在那之上我还加上了一个图像的多样性。我也越来越担忧乔治的状态,自从一开始的兴奋过去之后,我再也没办法让他从忧郁中振作起来,臆想的症状也越来越浓重。我没有查阅书籍来寻求答案,因为我认为我追求的真相会像诗人追求的主题一样,将通过富有热情的经历自然的浮现。而且如果我把自己暴露在其他人的思想和探索中,我就会迷失在观点和兴趣的多样性里。我可以肯定的是,在我找到正确的图像之前那种富有热情的经历将不会发生。保存在人们记忆里的富有激情的阿波罗,不是因为他的神职才得到那种据古典历史学家说的能举起巨石和折断大树枝的能力么?像是许多已经去世的人一样,在一八八九年吉莫·加尔格尼不是光因为注视了她的十字架而使自己的身上出现深深的伤痕么?在怀尔德圣诞节念给我听的一篇文章里出现了这样的文字——"这个世界的正常运转不得归功于人们对基督的效仿么?难道是归功于对恺撒的效仿?"我见过麦格雷戈·马瑟斯根据某种技巧画了一些结合了人物,动物和鸟类的小画。后来听某位权威人士说他试图去描述古埃及的先人怎样在冥想中假设他们的神的意象。

但是现在一个意象不断的唤起另一个意象,而我不知道应该在它们中选择哪一个。当我选择其中一个时,那意象突然开始变淡,或者干脆变成另一种意象。我将福楼拜的《布瓦与佩叔舍》(Bouvardet-pecuchet)的诱惑换成了他的《圣安东尼的诱惑》(St. Anthony)。我迷失在法国的一副讽刺文学的手稿里。这是由麦格雷戈·马瑟斯展示给我的。里面它警告我说,在卡麦里道路上走丢了,那就走到洪杜斯.卡麦里昂尼斯的道路上。

Ⅶ

在我现在稳定了下来并养了好几只鸟(卡纳利岛丝雀刚孵出四只

帷幕的颤抖 173

小鸟)的时候,我碰到一个洛克弃之不顾的难题。我为它们安了一个人造的巢,那是一个像茶托一般的中空容器,所以它们就不需要像野鸟一样用自己的技巧去编一个巢。每一个物种都会选在有苔藓的地方居住,但是它们会把毛发从它们的巢里去除掉。同时还会将一定的粪便去除出来。在大树下经常能看到这些东西。它们会将草的茎干弄弯曲直到它们变得柔软,然后它们才会将这些草围绕着鸟巢中央摆起来。而当鸟妈妈产下四个灰色的蛋之后,她懂得要不时的去翻弄这些蛋才能让它们均匀受热,也懂得要让这些蛋暴露在空气中一段时间以防止水分蒸发光并且及时回去孵卵否则这些成长中的鸟儿们就会着凉。这些小鸟即便长齐了羽毛,相比起成年了的鸟而言也是静多了,好像每一次移动都可能打翻鸟巢而掉落到地上一样。有一只小鸟总是不时的将它从母亲那得到的食物分给其他小鸟。鸟爸爸在蛋还没有下出来之前经常去啄鸟妈妈,但现在不会了。直到最后一只小鸟长满了羽毛之前,他都会分担起养育它们的责任,表现的非常平静。只有当鸟儿们长大到能自给自足时,他才会变得嫉妒。我也不得不将他关到另一个笼子里。

当我看着我那不到三岁的女儿时,我能看到一些超越她的思想的知识痕迹。为什么当窗外有小男孩经过的时候她就变得很兴奋,而对女孩就没什么兴趣?为什么她在自己身上披上一件长袍然后扭过头去看长袍拖曳在台阶上,好像她知道有一天她会这样子穿婚纱似的?为什么,尤其是当她靠着她母亲躺着的时候,她感受到母亲肚子里的孩子的动作,然后咕哝着说:"孩子?孩子?"

当一个人写下天才著作或者进行某种富有创造力的行为时,难道不是因为有超越他思想的知识和力量进入到了他的思想里吗?我认为这都是意象召唤出来的。我养的鸟儿们的经历开始于我挂了一个茶托在笼子的一边并且在另一边放了些草和毛发,但是我们的意象不能被我们自己有意地选择。

VIII

我现在知道了启示是来自于自我的。它来自于存活多年的有记忆的自我，来自于创造了软体动物精细的壳的东西，来自于创造了子宫里孩子身上裹着的那层膜的东西，来自于教会鸟儿筑巢的东西，来自于将某些被埋没的自我与我们的日常琐碎的思想结合在一起的东西。我们应该把这些东西拟人化的称为门和守门人。因为通过他们戏剧化的力量我们的灵魂才能遭受磨难，才能理解面具和意象。他们根本不在乎我们是否会是将去她的婚礼的茱莉亚，或者是即将死去的埃及艳后。因为在他们的眼里除了磨难没有什么是重要的。在这几个世纪我们一直愚蠢的以为他们会认为一种沉思的人生是有价值的，但他们其实对这种生活比其他任何形式的生活更加厌恶（除非这种生活是人类灵魂最大磨难）。他们只有一个目的，那就是使他们选中的人面对他能无需绝望的处理的最大考验。他们设计了但丁的流放，并夺走了他心爱的碧儿翠丝；将维庸塞进妓女们的怀抱并让他在绞刑架底下召集了他的亲友。但丁和维庸正是因为经历了磨难才和深埋着的自我成为一体的。他们将所有的一切都化成面具和意象，并将他们看到的幽灵也描绘了出来。从那些次要点的伟大作家比如兰德或者济慈那里我们发现面具和意象有时是分开的。安德洛墨达和她的柏尔修斯的经历让我们看到了悲剧之神的强大力量，但整个事情最后还是展示出了他们的美丽。维庸和但丁在创作艺术和转运的时候是不会提及这种神灵的存在的，但是他们俩的悲惨绝望的经历却很相似。他们分裂的自我结合得如此之紧密以至于他们看上去为了他们的目标在努力争取，不管发生什么，他们都极力想要成为那种能自由并且预知命运的存在——生灵的自我。我们带着敬畏看着这些人，但我们凝视的不是他们的艺术作品，而是通过艺术作品所成就的人类的重生——一种新的人种。我们的头发也许会立起来，因为这种重生是由恐怖造就的。如果但丁和维庸不明白他们的命运所毁灭的东西是以后的人生都无法重建的，如果他们缺少他们对邪恶的洞察，如果他们赞同任何乐观主义，他们就可能找一位有着短暂美丽的女子结婚，然后因为生活毫无变化而受着折磨，或者像动物一样思考和行动，又或者从魔鬼之善变为魔鬼之恶，就这样岁岁年年。

他们和他们的同类都值得人们思考。因为只有当思想把生活中的一切都锻造成戏剧和磨难时,我们才能沉思着生活,才能保持我们的艺术创造力。

这些道理对于民族也实用。守门的人们让一个民族陷入战争或者混乱状态中,以便这个民族能发现它的意象和驱动个体的意象不同(虽然我有时相信它们是一起作用的)。当我回头看我写的东西时,我单在那些诗歌中找到了乐趣。在它们中我似乎看到自己找到某种困难的,冰冷的东西,某种对意象的阐述。而这些都是和我的日常生活和我的国家截然不同的。一个人或一个民族无法随意的创造面具或者意象,正如播下种子的土地决定了种子的特征。

Ille.
"除了崩溃和绝望,
那些从普通人的梦中醒过来的艺术家们,
能在这个世界上拥有什么呢?
Hic.
尽管,
没人质疑济慈对世界的爱,
请记住他那强装的幸福。
Ille.
他的作品是欢乐的,但谁知道他的心呢?
我见过的一个学童,当我想起他的时候,
他正将自己的鼻子和脸颊紧贴在糖果店的窗户上。
他当然迟早会步入自己的坟墓,
但是他的感觉和他的心并不满足,
并且因为贫穷,疾病和卑贱,
而被这个奏着奢华歌曲的奢华世界,
拒之门外。"

第三部　悲剧的一代

I

在我们回到贝德福德公园的两三年前《玩偶之家》已经在教长大街上的皇家戏剧院上映了。这是第一部在英格兰上映的戏剧。有人给了我一张位于楼座的票。到了这出戏演了一半的时候，就是女主角要杏仁饼干的那一段，坐在我前面的中年洗衣妇站了起来，跟坐在她旁边的小男孩说："汤米，如果你答应我不到处瞎玩的话，我们现在就回家。"在散场的时候，我正走过门厅，听到一个老人批评道："这部戏就是用一个意外结束了一系列的对话。"我的脑子分成了两块，我不喜欢这出戏，这出戏的所有技巧都出自卡罗勒斯·杜兰德，巴思琴·雷佩琪，赫胥黎，和廷德尔，不过是重复了一遍而已。我痛恨被邀请来欣赏如此接近现代精雕细琢以至于毫无音乐性和风格的演讲的对话。

"艺术之所以是艺术是因为它并非自然。"我不断地对自己说。可是我怎么会跟批评家和洗衣妇想到一块去呢？随着时间的推移，易卜生在我眼里越来越像是一群聪明的年轻记者中的佼佼者。这群因为他们抽象无聊的写作技法而被人批评的年轻人痛恨音乐性和风格。但我和我这一代的人却逃不开他们。因为虽然我们和他们没有共同的朋友，但有共同的敌人。我从每周赚的三十先令里买了阿切尔先生翻译的易卜生的戏剧集，并在往返于爱尔兰和斯莱戈的旅途中将它们随身携带。弗罗伦萨·法尔，这位只有一个巨大的优点——即有着几乎完美的如诗歌般的演讲口才，因成为易卜生戏剧中的女主角还声名显赫，并且在《罗斯莫庄》（这部剧作中包含了象征主义和一种过于诗歌化的陈腐气味）中取得巨大成功。她，我还有我们一半的朋友发现我们正处于支持老式戏剧和传统故事或者支持新戏剧（《每日日报》认为其代表人物是易卜生）的争斗之中。一八九四年她成为了林荫剧院的女经理，拥有托德亨特教授《叹息之声》(The Comedy of Sighs)和伯纳德·肖先生《武器和男人》(Arms and the man)的版权。她叫我给

帷幕的颤抖　177

她八九岁的侄女桃乐赛·佩吉特写一出独幕剧，作为她的第一次演出剧本。我为了她也为了我的爱尔兰剧院写了《心灵的欲望之田》(The Land of Heart's Desire)。在写作的过程中我因为主题是一个孩子让我觉得很不舒服。因为除了关于玛丽·布鲁因的孩童记忆之外我不了解孩子，因为我认识一位爱尔兰女性，她的不安使我很困扰，而且我也无法理解。当弗罗伦萨·法尔开办自己的剧院的时候她不得不面对一群怀有敌意的观众，这些观众几乎与辛格在一九〇七年一月碰到一样暴力，并且可能更为粗鲁。因为在艾比剧院的观众们对演员没有意见，只不过对辛格有些意见罢了。她也没有必胜的信念来给她勇气，因为《叹息之声》其实只不过是一部带有诡辩式的狡黠的杂乱无章的剧作。也许她选择把难题留给自己，因为她一直很厌恶自己那天生的诗意（现在看起来是过时的）和她那得墨忒耳式的面容。她曾试图在媒体面前使她想象中的敌人惊诧，但是由于对自己的观点是否有别于同行的不确定，她害怕用肖的竞技性的智慧，于是就有了现在怒气冲冲的对话。在整整两个半小时里，顶层楼座和正厅后排都充斥着演员的声音和观众的嘘声。这些嘘声对于坐在显眼位置的作者（他还有家人坐在身边）和正勇敢地扮演着辛苦角色的女演员来说是相当苦涩的。演出结束后观众们回到家，开始传播自己臆想出来的某位女主角在换衣间歇斯底里的发狂的故事。

托德亨特承受了这一切。在他编写四部剧作的时间里，他要听着敌人的嚎叫，看着身边朋友一个个离去，直到整个剧院都没了他们的身影。但是没有什么能让这个忧郁的男人燃起战斗的本能。我曾经试图劝他用讽刺画搭配他的文字出版（由刚刚成名的比尔兹利作讽刺画），并用介绍来吸引公众。但是尽管他很容易愤怒，但他还是没能有足够的情绪来做这些事情。他和行业里很多人一样盲目的相信公众是想要看真诚的戏剧的，但是这个愿望被一些有着某种阴谋的管理者和报纸阻碍了。而且他还老是认为戏剧的失败应该怪演员。肖是接他班的人，他早在几个月前就看到了这些问题，于是准备了一个能唬住他的敌人的开场。《武器和男人》在它的前几分钟是一幕粗俗的通俗剧,但是当观众们开始考虑它到底有多粗俗的时候,它就突然变成了一幕绝妙的闹剧。在彩排的时候,一位曾经和观众吵过架的剧作家处于尴尬的境地。在这部剧开始的时候观众笑了起来,他就站起来背对着舞台并怒视着观众。但是当每个人都知道这部剧有了怎样的转变时,他仍旧保持了怒视的姿态并要求离他最近的观众不要笑出声来。

在首次演出的夜晚,整个楼顶和后厅的人,除了一些费边社的成员,都开始嘲笑作者。然而,过了一会儿,他们发现他们自己才是被嘲笑的对象,但是他们并非就此改变了观点——他们要排挤同行的决心不允许他们这样做——而是继续像傻瓜一样坐在那里,与周围笑成一团的观众格格不入。演出完毕后作者要发言。在那阵向作者致敬的沉默中有一个人终于鼓足了勇气大声地嘘了一声。然后肖回答说,"我坚信这位顶楼的绅士跟我的观点相同,但面对满屋子反对我们的人我们还能做什么呢?"从那一刻起伯纳德·肖就成了文艺界最难对付的人。即便是喝得烂醉的医科学生都知道他。我自己的戏剧,是跟《叹息之声》一起演出的,并没有引起很大的反响,但是也取悦了足够多的观众以使弗罗伦萨·法尔保留它并让它和《武器和男人》一起上演。所以有几个星期我几乎天天晚上都待在剧院里。"噢,是的。每个人看上去都喜欢看《武器与男人》。"肖先生的一位演员告诉我,"但我们都以为错了,肖先生很严肃地表明态度了。为此他还写了一封信,他说我们不应该再演喜剧。"有一天晚上我发现管理员在那得意洋洋地兴奋着。因为威尔士王子和爱丁堡公爵都来看戏了。爱丁堡公爵以一种全大厅都听得到的声调说出自己对这部戏剧的厌恶,但是威尔士王子却"很开心",并且"立刻让公爵离开了"。"他们要见我。"他继续说道,"爱丁堡公爵不断地重复说'那是个疯子',他说的是肖先生。而威尔士王子则在问谁是肖先生,他的这部戏暗示着什么。"关于这一点我也很困惑。因为虽然我来剧院是为了看看我的剧作进行的怎么样并且在剧作上演前两个星期用新的台词折磨我那些最为耐心的演员,但是我还是带着兴奋倾听观众对于《武器和男人》的某些情节会有怎样的反应。我并不喜欢这部剧作,在我看来它是过于机械化的,有着笔直的逻辑而缺少人生的曲折。但我还是惊诧于它所蕴含的能量,就像今天我惊诧于爱坡斯坦先生做的岩石钎子和温德姆·刘易斯先生设计的某个作品一样。他把萨缪尔·巴特勒认作他的导师是正确的。因为巴特勒是第一个发现不需要音乐和节律也能有效率地写作。不管这是好是坏,这样写作的方式是将所有带有情绪暗示的部分都从行文中抹去。这就如同用平淡的水酿酒,用都市的铅和焊接剂装饰葡萄树一样。我做过一个噩梦,梦到自己被一台缝纫机追赶。那机子发着清脆的响声,闪闪发光。最不可思议的是那机子还没完没了地笑。然而我还是以肖成为难对付的人而高兴。他可以攻击我和我爱的人的敌人。这一点所有亲近我的还活着的作家都没法做到。

弗罗伦萨·法尔回家跟我有点顺路。因此我们经常在回家的时候交谈。有时,虽然不是一直,她也会跟我一样有疑虑。在之后的岁月里,每当我谈起肖,我就想知道这骄傲的公鸡会因为我的批评还是赞赏而鸣叫。

II

如果没有灾难来临的话,肖和王尔德将在各自的领域一直发展下去。他们俩很不相似,因为王尔德认为有着情感联系的文字才有价值,而且他走路的姿势像是市长出行。

我在斯莱戈看到王尔德反对昆斯伯里公爵的告示。当时我正离开我叔叔的屋子,打算散步到诺克拿里山那边和溪谷里的科克伦(他喜欢别人这么叫他,以此来区别他与其他叫科克伦的)。这是一位很有才能的老人。他有一个亲戚,是一位可怜的疯女孩。她和我们一起吃饭,我很怕她。她会从花盆里直接把花拔下来然后沿着桌布把花推向任何一位坐在她旁边的男客人。老人也有些奇特的想法。这些想法并非来自于一颗残缺的大脑,而是来自于多年的孤独和一种远离任何非经验性的偏见的自由。"世界正变得越来越男人味,"他会说,"人们又开始喝波特酒了。"或者"爱尔兰将会繁荣起来。离婚了的夫妇都选择在爱尔兰隐居。以前他们选择在苏格兰隐居,苏格兰立马就繁荣了起来。山的另一边就住着一位离婚了的女士和她的情人。"我记得那天晚上我跟他说起王尔德对我本人的和善,并说明我并不认为他有罪。我引用了心理学家贝恩的话,他认为所有好色者都有着"丰富的温柔"。我还描述了王尔德那刚强的智慧以及他那居高临下的沉着。我觉得他是一个用行动说话的人,是一位凭着奇思妙想和偶然的灵感进行创作的人。如果他去当士兵或者政治家的话应该会更加有成就。我能确定的是,不管他是否有罪,他仍旧会证明自己是一个男人。那晚好像就我一个人在说话,因为如果科克伦也有表达他的观点,那么我至少能记得一两句他说的有意思的句子。但似乎整个晚上他只是在表达他对我的赞同。几天之后我收到一封来自莱昂内尔·约翰逊的来信,他在信上用很恶毒的言语贬低王尔德,比如他说王尔德有着"冷酷的近乎科学化的思维","在每一个他主导的晚宴上,都会因为他那因之而获罪的理由像获得了权力或者胜利一般得意洋洋。而这个理由有着很大的可能让每一个知道这件事的人都反对他"。他在一种诗意的情绪下写了《致灵魂的毁灭者》,我认为他把这首诗给了王尔德,尽管我并不知道他在何种情况下写的。

我恰好知道王尔德的想象有了某种悲剧性的转折。他一直在沉思着可能来临的灾难,并且将这些想法都诉诸于戏剧——他不是曾经说过做作"不过是人格的增加"么?我认识的一个朋友曾经在威尼斯的理发店碰到他,并且听他解释说:"我正把我的发型剪成尼罗大帝的样子。"我在编著爱尔兰诗歌集的时候曾经想过将他的那句"轻柔的踏步,她正藏在附近的雪底下。"摘下来。但其实最能代表他的应该是这首十四行诗:

"看吧!用这小小的枝条,
　我碰触到了蜂巢的罗曼史——
　我一定丢失了灵魂上的继承权。"

我在伦敦安排自己的戏剧的时候问过一个时常见到王尔德的演员。"他正陷入深度的忧郁之中,"他回答说,"他说他试图将生命的大部分时间花在昏睡之中。每天下午两三点起床然后就在皇家咖啡馆坐到睡觉时间。他写出了自己眼中这个世界上最好的短篇故事,并且在起床时和每一顿饭之前都重复给自己听。'基督从白色平原来到紫色城镇。当他走过第一条街的时候,他听到头顶窗台上有个醉汉在那说醉话。于是他就问:'为什么你要把你的灵魂浪费在醉酒之中?'那个醉汉说道:'主啊,我是麻风病患者,你医治了我,我该怎么办呢?'基督听完接着往前走,经过镇上的时候他又看到一位年轻人跟着一个妓女,于是他问道:'为什么要使你的灵魂沉溺在淫欲之中?'那位年轻人回答说:'主啊,我是一个瞎子,你医治了我,我还能做什么呢?'最后基督在城镇的中央碰到一位老人正蹲在地上哭泣,他问他为什么要哭。老人回答说:'主啊,我是个死人,你将我复活了,我除了哭泣还能做什么呢?'"

王尔德不久之后发表了这个故事,但是加上了他那个时代的多余词藻。我看到这个故事之后不得不一遍遍地重复看才能理解这个故事所蕴含的惊人魅力。我相信这个故事的真诚正如同我相信他的忧郁,他的晚起和昏睡,他那调弄悲剧的手段都不过是防止自己被夸大情绪淹没的尝试而已。他曾经同时有三部成功的剧作上演;他曾经很穷,但现在他富得像是福楼拜,发现自己每年能赚一万:"主啊,我是个死人,你将我复活了,我除了哭泣还能做什么呢?"像是一位喜剧演员,表演的全是那些只懂得怎么写悲剧的剧作家的剧本。

在我的《心灵的欲望之田》首演后的几天,我跟他进行了最后一次交谈。他在帷幕落下的时候来到了剧院里。我知道他用恭维话来淹没我是为了请求我的原谅,然而我并不知道他是否有意选择了用什么样的话来恭维我,或者他只是因为思想的转变才如此过分地称赞我:"你在《国家观察报》上的写的那个关于流放者的刑罚的故事实在是太精彩了。太棒了,太棒了。"

我因为一件什么事情再次来到伦敦,在那里我请求各种各样的爱尔兰作家写给王尔德的慰问信。只有爱德华德·道登拒绝了我的请求,他用了一个我看来是毫无关联的理由——他不喜欢王尔德的作品。我听说王尔德住在她母亲在奥克利大街上的房子里,于是我就去拜访他。但那个房子里的爱尔兰仆人(她的表情有如面临死亡般的干枯悲怆)告诉我他并不住在那,但是我可以去找王尔德的兄弟。威利·王尔德接待了我,第一句话就问:"你是谁?你来干什么?"不过当我告诉他我是送来慰问信之后我们就成了朋友。他把信拿在手上,问了一句:"这些信是劝说王尔德逃离伦敦的么?他的朋友都让他一走了之,但我们觉得他必须留下来看情况。""不是,"我回答,"我当然不认为他应该一走了之,这些信也不是这个意思。""来自爱尔兰的信。"他沉吟道,"谢谢,谢谢。王尔德拿到这些信会很开心的,但是如果这些信是劝说他离开的话,我就不会让他看。"说完之后他就躺回椅子上开始带着情绪有一搭没一搭地说话。他用的词组和他兄弟最糟糕的时候的风格相呼应;他的眼眶湿润了,并且有点醉。"他可以离开的,噢,是的,他是可以离开的。——泰晤士河上有一艘游艇,只要五千英镑就能保释他。呃,好像并非是泰晤士河,反正在哪有一艘游艇。噢,是的,他可以离开的。即便要我在后院给他充一个气球也行,但他已经决心留下来,像基督那样面对困难。你一定听说过,我不需要说明细节,他和我的关系其实不怎么样,但是当他来找我的时候他看上去像一只受伤的雄鹿,我心软就收留了他。""在他被释放了以后,"我觉得他这里应该是指王尔德对昆斯伯里公爵的反对行动失败之后,"斯图尔特·黑德勒姆给他在旅馆订了一个房间,让他用化名住进去。可是旅馆经理一眼就认出了他并且问:'你是王尔德先生吗?'你知道我兄弟的,你也知道他会怎么回答。他说:'是的,我是奥斯卡·王尔德。'然后那个旅馆经理就要求他离开。同样的经历一遍一遍地重演,最后他才决定来我这里。我一直觉得是他的虚荣心害了他,人们将崇敬投在他的面前。"他顿了顿,好像是在思考应该怎么样像他的兄弟那样把握词的韵律,"他们将崇敬投在了他的心前。"他一开始的情绪经过这次思考而结束了。之后他变得更加简单,解释说他的兄弟认为自己的罪过不只是他本身的错误做法,而且还包括了他给他的妻子和孩子带来的伤害。因此他准备抓住任何可以让他重新取得以前的地位的机会。"如果他被判无罪,"他说,"他将离开英格兰几年,然后再回来集合他的朋友。尽管他会被批评为回头报复,但如果他一去不回的话他就连朋友都没了。"后来我听人说,王尔德的母亲曾经对她儿子说,"如果你留下来,即便你入了狱,你也还是我儿子,我对你的爱不会有差别。但如果你就这么走了,那么我永远不会和你说话了。"当我还在威利家的时候,一位女士走了进来,我猜应该是威利的妻子,她躺在椅子上,用筋疲力尽的声音说:"现在一切都好了,他决定如果必要的话就入狱。"在他的牢狱生活的两年中,他的母亲和兄弟都去世了,不久之后他的妻子也因为受了他入狱的打击而得了瘫痪,不久之后也去世了。而他本人的身体状况因为牢狱生活的侵蚀而每况愈下。尽管这样,我还是哪怕一分钟都没有怀疑过他做了正确的决定,他的名声也需要他这样做。

  伦敦有教养的阶层在王尔德反对昆斯伯里公爵之前都嘲笑他的姿态和做作的风格。他们以前拒绝去发现他的机智,但现在伦敦满是他的支持者。当然人们还是认为他有罪的。我在街上碰到一位他的老敌人,他都称赞起王尔德的无畏和沉着。他说:"他将他的恶行变成了新的温泉关了。"我在回给莱昂内尔·约翰逊的信里描述了我对王尔德不幸的惋惜和对他的模仿者的鄙视,但是约翰逊已经和其他人一样改变立场了:"为什么你要鄙视他的模仿者呢?"——我试图去理解他的想法,"他们毫无价值,只能作批评之用。"王尔德在他的眼里已经是个殉道者。当我表示说王尔德的不幸可能会给他的艺术带来更多的深度时,他却并不认同。他认为王尔德出狱之后还是会像其他人一样写那种事件发生后不留痕迹的喜剧。人们到处都可以见到称赞王尔德在证人席上的机智与雄辩的艺术家和作家。他们重复地说着自己与王尔德之间的私人谈话。威利·瑞德蒙德说他看到过王尔德令人惊奇地在某个戏剧协会的座谈会上出现过,在愤怒的群众之中站立着,用前所未有的讽刺天才嘲笑着演员和他们的家乡。他曾经在某次审判中对着著名的画家说:"我那可怜的兄弟写信给我说他在伦敦尽力地维护我,我可怜的,亲爱的兄弟,他可以为此放弃一台蒸汽机。"但是他的兄弟也经历了思想上的转变(如果谣言没有错的话)。事实上那只"受伤的雄鹿"并没有受到优待。王尔德对此的评价是:"感谢上帝我犯的罪还算是体面的。"他还拒绝和他兄弟坐在一起吃饭。后来他用他兄弟的钱去隔壁的旅馆吃的饭。王尔德曾经藐视地说威利是个一事无成的酒鬼,但现在却要他的恩惠。在不幸唤醒他的另一半自我之前,威利可能和街上其他人一样对于他兄弟犯的事充满了鄙夷和愤怒,似乎每个人都有着过于正常的性别本能。"王尔德再也抬不起头了,"一位艺术批评家指出,"因为他做的事让所有人都反对他。"当他的判决下来的时候街上的妓女都在街上跳舞庆祝。

III

我越来越多地来到伦敦,从未错过诗人俱乐部的集会和爱尔兰文学社的委员会。在那里我不断地为了解决爱尔兰的问题和别人争论,并且为了我们的新的动作向不情愿的加万·达菲爵士施压。我们有一条原则,那就是不能让一位政客当委员。因此议会中的爱尔兰成员都对我们有敌意。一天,某位年老的议会成员唯一一次出现在我们的集会上。他富有热情地朗读了他那首带有青年爱尔兰时期风格的民谣,不断重复着那些神圣的名字——伍尔夫·托恩,埃米顿,和欧文·罗,并且悲伤地宣称新的诗人和文艺运动会剥夺这些名字的神圣性。那首民谣在文学上没有什么价值,但是我却是带着一颗困扰的心回家的。在之后的十几年里我一直带着这种困惑,直到我开始学会用更深层的角度去审视我们的作品所带来的后果以及发现我们所做的一切让这个民族更加强大。当我写下这句诗的时候那位年老的政客徘徊在我的心里——

> "我们碎碎念着一些名字,
> 正如母亲呼喊着她的孩子。"

诗人俱乐部已经开始在悲剧中分裂了,虽然我们知道整件事结束之后才看清楚这一点。我一直找不到一个绝对的理由来解释它的分裂。有时候我记得成员里有很多穷人,他们有意放弃那些影响自己写出好作品的赚钱工作,贫穷对于他们来说是一种约束,更多的是对世俗生活的拒绝。然后我开始想起约翰逊是有私人收入的,而其他人也有妻子和家庭。还有一天我在想也许我们写词的方式,我们对自己情感的执着使得我们召集了一些过于劳累的并且生活不稳定的人。第一个神志不清的人并没有什么作诗的天赋,有的只是对世界的机智。不久之后第二个似乎是作家的人也神志不清了。他开始烧自己的诗,我不敢相信这就是他们称之为天才的人。我们开会的时候人们都是很有礼貌的,因此会议有时也很无聊。经常有人读完一首诗之后其他人就开始礼貌地评论,基本没有什么有价值的批评。然而读出自己的诗句而被别人检验还是我们的主要目的。《爱之夜景画》是世界上最美丽的诗歌之一。但是它的思想和隐喻是如此的难懂以至于人们要读它很多遍才能体会这种美(其间还要停下来思考某些行文的意思)。《斯温伯格的福斯丁》的几章诗节读起来很动人很有音乐性。但是当你大声地读它时你体会不到阅读的快感。因为这些诗节之间存在的逻辑性不比一袋子弹之间存在的逻辑多。我会记得莱昂内尔·约翰逊用他那动听的声音大声朗读诗句的那个夜晚,意义和节律都配合得完美无瑕。他的诗受到"查林十字的查尔斯王的雕像"的启示。我听他的朗读似乎是在听一场伟大的演讲。再次重听这首诗的感觉和我第一次听也没得比。很长时间内我只知道道森的《噢,死亡》和他的《日落的维拉内拉》。出于想把这几首诗握在手里的目的我才建议出版《诗人俱乐部的第一部书》。这本书中所收录的不是演讲,而是用说话的声调唱出的完美歌曲。也许是我们作诗的快乐像一场好的戏剧或者一场好的谈话一样抓住了对应观众的心。这也使得弗朗西斯·汤普森拒绝加入这本书。因为他本身对精美诗句的喜好,他可能只看到了那些被我们抛弃的东西,而且想的都是对我们来说过于简单和肤浅的东西。对于一些成员来说这种简单性也许是因为他们乱哄哄的生活而生的。他们会去恭维一位他们渴望的女士,然后希望她能在他们的恭维中发现自我,或者最坏也能发现他们的热情。而且他们知道即便无知如她,也会睡在柔软而温柔的《爱之夜景画》中间。女人在我们的眼里依旧是浪漫而神秘的，依旧是她自己的神庙中的女祭司。我们还记得罗塞蒂的《莉莉丝》和《Sybilla Palmifera》。然而，随着这种喜剧感不久之后影响了时尚人群并且在我们这一代人眼里摧毁了美感本身，它慢慢的在各处出现，对伟大画家和工匠的设计也产生了影响。用约翰逊最喜欢的话来说，就是人生是个仪式。它在某种程度上会表现出我们脑子里的共同想法。但是如果女人具有象征地位的话，人生又怎么能成为一种仪式呢？

如果说罗塞蒂是潜意识大师的话，我们可以转而像有意识的佩特寻求我们的哲学思想。四五年前我重读了《享乐主义者梅留斯》，期望发现自己不再对它感兴趣。但它在我眼里，我想应该是在我们所有人的眼里它是现代英语中最伟大的散文。我开始怀疑是否正是它造成了我的朋友们的悲剧。它教我们要走在一根安静地伸展在空气中的绳索上，但我们却让我们的双脚走在暴雨中飘摇的绳子上。佩特让我们学到了无论我们在哪里都要表现得正式而礼貌，与他人保持较远的关系。我猜没有人知道从不喝酒并且温文典雅的道森会为了一个意大利饮食店的老板女儿而心碎，把自己埋在酒堆里并且晚上睡在六便士的廉价房里。对我来说即便如此（我是说在一八九四年和一八九五年的时候），我们也只知道读过并且批评过的书。因此我确信除了文艺生活我们其实没有交集。有时候约翰逊和塞门兹会去拜访牛津城的圣人。我记得约翰逊回来之后说了一句让我久久不能忘怀的话。他注意到佩特书架上有政治经济学的书籍，佩特解释说任何使人们着迷的东西都值得我们研究。可能正是受到佩特的影响，我们装模作样地在学，宣布文学历史研究我们是最权威的，而非像某些年轻人一样寻找历史。我们宁可选择尚未崩碎的岩石也不选择清白无瑕的水沫。在传统意义上我们在着装、习惯、观点和风格上都很相似。

为什么人们会将自己的想法轻声地说出，就好像怕打扰在博物馆看书的人们一样？为什么他们在知道每一个学科都已经存在很久了，所有的问题都在灰尘落满的书中解决了，却还是那么胆怯？为什么他们要生活得那么混乱却还是想在诗歌中找到受感情驱使的日常生活的句法？到底是我们生活在毫不连贯的所谓的"转变的时代"，还是我们在追求对比？

IV

除了爱和忧郁，我们什么都研究。霍恩在学习波提切利的时候就说他的关于波提切利的著作是纯粹的学习而非研究。赛门斯，在我第一次在音乐厅碰到他的时候在学习乔叟时代的文学。而我则花了很长时间来研究所谓的喀吧拉基督教。至于约翰逊，他几乎没有不沾边的知识学科。我在一八八八年或者一八八九年在去夏洛特大街的房间那里拜访他。那时大概是下午五点，但是他的仆人告诉我他还没有起床，并且透露说："他总是在七点起床吃晚饭。"这种在别人吃晚饭的时候吃早饭的习惯一开始是由失眠造成的，但随后他又有了其他的原因。当我问他这样是否会影响他和别人的交往时他回答说："在我的书房里我有着一切需要的知识。"他有一个大得出奇的书房，远远比我认识的任何年轻人的都要大，大到你想找一个足够大的书架像吊灯那样挂着都难。待在那个房间里我觉得很开心，在那里有着灯丝绒芯做的窗帘盖住了门窗和书柜，墙壁上则贴满了棕色的墙纸。我想是霍恩发明了这种日后迅速流传的潮流。在那里有一幅红衣主教纽曼的肖像，看上去像是约翰逊的样子。还有一些西米恩·所罗门作的宗教画和关于拉丁和希腊的神学著作。点根蜡烛在那里聊天会让想要轻吟出维利耶·德·利尔的名句："为了生计，我们的仆人会帮我们做。"我看得出约翰逊不为人知的潜意识里还是想要这个被他拒绝的世界的，但却是用来做研究。我时常被他搞糊涂，不知道他什么时候什么地点碰到的那些著名人士（他引用了很多他们之间的机智对话），直到他去世前不久我才知道这些对话都是虚构的。他从不修改哪怕一点演讲的细节，并且会引用很多年前自己为格拉德斯通和纽曼设计出来的句子而不经过丝毫的丰富或者修改。在他看来这就是学者的精确态度。他最喜欢引用纽曼的话（我猜他俩从没遇见过）。他说纽曼向自己问好，"我一直认为一个人对文字的精通是神父的第三戒。"这些引用是如此的著名以至于当纽曼去世的时候《十九世纪报》的编辑还想把他们发表出来。由于约翰逊喜欢正式而且安排好的事物,所以他拒绝了他的请求。也许这种想象对于他如此人为的生命来说是必要的。他在写给自己那个保守派的家庭时说当他爬上梯子想去书柜上拿书的时候,原本准备去楼上见学术权威的格兰德斯通停了下来,犹豫了一会然后走进了屋子和他进行了长达一个小时的谈话。不久之后人们发现格兰德斯通在这期间没有接近过牛津城,但约翰逊还是将这个故事当成是真的一样跟人们说,直到他去世前都没有改变其中的一个字。也许他自己也跟他的朋友一样很相信这个故事吧。这些虚构的谈话在戏剧构成上是令人钦佩的,但又不会太过戏剧化而失去偶遇的特征。他们只是表达他的思想的一种方式罢了。如果他对这个世界的理解都出自他的幻想的话,那么他对人和书本的知识当然很博学,可是,这样的博学比起他让我们相信他的智慧来哪个更加令人印象深刻呢?他告诉我他在威尔士游览的时候听到一位女士靠着门唱歌,于是就写下了那首无与伦比的《Morfydd》。这一切是否是他有意掩盖自己拥有跟其他人一样的情感就不得而知了。

"噢,我已忘了周围的微风,
　　和静静流淌的水,
　　在我们四目相对的那一刻。"

他想让我们相信所有这一切。包括他那带着拉丁味的诗歌,他那总是提到长老会和教会中的某些哲学家的宗教信仰,甚至他的礼貌都是一种研究和智力的成果。阿瑟·赛门斯的诗使他很生气,因为它代替了巴黎的印象派。"一场伦敦的大雾,隐约可见的茶黄色的灯光,红色的公共马车,沉闷的雨,被踏平的泥土,耀眼的酒店,自甘堕落的颤抖着的女士,三个灵巧的诗节就能写完这一切。"而我则恰恰相反,对于他关于艺术只为情感而存在的说法感到愤怒。他会用埃斯库洛斯三部曲中最后一部中的话来反驳我。那时候他认为智力多少像是纸上谈兵的东西,缺少了活生生的经验。"叶芝,"他曾经对我说,"你需要在图书馆待十年,而我需要在大自然中呆十年。"当他说大自然的时

帷幕的颤抖　189

候我敢肯定他脑海中浮现的一定是如史诗般的沙漠,比如斯比特或者玛丽奥提克海周围的荒地。他最好的诗歌都是自然而狂热的,但他却很少提起它们。他提的更多的是他的散文,并且认为我不能觉得用来读的文字要比用来说的文字更不自然一些。他对自己写托马斯·哈代的两段话很鸣鸣自得。他强调十七世纪的习惯并且永远准备好花一个小时来讨论冒号的用法。"人们应该在别人用分号的地方用引号,而在别人用逗号的地方用分号。"这句话在我看来应该是在贬低我的无知,因为这种事情原本就没有定论的。

V

直到一八九五年我才想起他是否会因为喝得太多而不清醒——尽管他喝的量要是换了别人早就已经醉了——我们是非常亲密的朋友,所以我相信他的自制力就像相信他对纽曼的记忆一样。发现他所做过的事情对我来说是一次巨大的打击,我想我的世界观也因此改变了。

我因为与奥利里的友情以及与加万·达菲的争斗而吸引了一群人的眼球。这群人在当时控制着残留在英格兰和苏格兰的芬尼安党员的活动。他们发起了一次尝试,试图将我们的宪法政治与非宪法政治结合起来,但后来失败了。他们邀请我代表他们出席在美国举行的某些会议。我去咨询约翰逊,他当时正坐在一张满是书的桌子旁边。我非常想去,因为他们保证我可以说任何话,而且我当时因为一些爱尔兰人办的美国报纸上写了一些煽动人们烧了爱尔兰地主房子的文章而恼火。九年之后我在美国演讲,一位很有魅力的爱尔兰老人来采访我,然后我们度过了我人生中最美妙的时光。在我们的谈话中我们都完全忘记了是在采访。当采访结束后我看了他的名片,发现他就是写煽动文章的人。我告诉约翰逊如果我有一个星期的时间来考虑我很有可能就去了,可是他们只给了我三天的时间,于是我拒绝了。他带着对我的谴责的期待而不理会我的拒绝。我的谴责对于天主教教条也适用。他会发现我发表在长老会上的文章,谴责每一种政治犯罪,尤其是使用炸弹和纵火。我问他为什么长老会谴责那些他们都没有见过的武器。他解释说,那是因为新的武器不过是旧的武器的翻版和发展,两者在理念上是一样的。但我不需要为了这件事烦自己,因为他会在我开始打听他们流派的声明之前告诉我一切关于现在形势的细节。他看上去很有逻辑性,但是似乎比平时更加自信和狂热一点。当他从椅子上站起来急切的向我走了一步并且摔倒在地时,我发现也接受了他喝醉了的事实。从那起他就开始失去对自己生活的控制了。他从夏洛特大街(那儿的人们担心他会撞到油灯或者蜡烛而烧了整座屋子)搬到了格雷旅店,然后从格雷旅店搬到了靠近林肯律师学院附近的一所杂乱无章的房间里。最后有人发现他把自己关在房间里,而门阶上的牛奶已经发酸了。有时候我会督促他像杰克·内特尔希普那样去一个戒酒所。有一次我说得有点重,然后他说起"有一种让身体里的每一个原子都大喊出来的渴望",过了一会又说:"我不想被治好。"又过了一会说:"在十年之内我会变得毫无分文并且骨瘦如柴,而且向朋友借半克朗的钱。"他似乎在冥思某种能给他带来快乐的幻象。现在我回头看,记起来好像他有一次跟我说过王尔德在寻找乞丐和勒索犯中间的被奸者的堕落过程中得到了越来越多的兴奋和快感。我还记得他说这些话的时候令人惊奇地笑了,似乎他在说我不会了解的心理学上的深度。那些苦行,思想上的忧郁和时不时接触到的精神上的狂喜会像互补的颜色互相加深一样加深了邪恶幻觉和它的魅力?维庸,但丁是不是也感觉到了邪恶的可怖魅力?骄傲的人在确认自己的思想没有被蒙骗之后会不会感觉到诱惑加强了呢?

Ⅵ

我从这时开始听说关于道森的事。我只在诗人俱乐部和几次与约翰逊的临时会面中见过他。我这人做事就是爱拖,当我想要邀他吃晚餐或者做一些能使我们俩进一步认识的事时,他好像是在巴黎或者迪耶普了。他也喝酒,但是不像约翰逊(在他死后人们尸检中发现他的身体除了大脑以外其他地方在十五岁之后就没有长大过),他有着男性的魅力。约翰逊和他是好朋友。约翰逊曾经教导过他,让他离开长老会而保持纯洁并且说从此以后他会更加伟大。但是我们其余的人则在谈论有多少个空杯子。我开始听说餐馆老板女儿的故事细节,据说他女儿最后嫁给了一个侍者。我在每周的牌局上还听说了她在道森的感情生活中占有多么重要的角色。当他清醒的时候他不会去找任何一个女人,而当他喝醉的时候,欲望会驱使他找任何一个女人,不管是干净的还是肮脏的。

约翰逊生性严厉,还有坚强的思想,并且有意地挑选他的伙伴。而道森则看上去很绅士,温柔并且优柔寡断。他的诗歌说明他很真诚地感受到了宗教的魅力,但是他的宗教却没有教条,有的只是对无瑕的狂喜的追求。如果他的好朋友阿瑟·赛门斯写的没错,他真的是因为年轻美貌才去追求餐馆老板的女儿的话,那么我们可以肯定他寻求的宗教也应该是带有类似的性质。就像那种斯威登伯格所说的天使在寻找那些永恒向"他们年轻的拂晓"移动的人。约翰逊的诗,就像他没有堕落之前的自己,承载着一种喜悦的,思想清晰的和充满动力的情绪。他给我们带来了他的胜利。而道登的诗则是悲伤的,就像他自己一样。他认为他的人生是充满诱惑和挫败的人生。

> "他们和我们一样,
> 一样充满苦涩和喜悦,
> 充满酒精,女人和歌谣。"

他们看待自己醉酒的角度也表现出他们是不同的人。约翰逊,他因为悔恨所以写下了《黑暗天使》,在他的朋友看来是顽固不改的。而且当我试图组织他建立爱尔兰饮酒俱乐部的时候他没有听我的(后来这个组织因为在一次会议上,有一位成员的妻子大发雷霆而解散了)。而我最后一次见到道登,他在我房间的角落里给自己倒了一杯威士忌,嘴上像是自动的怀有歉意地解释"这是今天的第一杯。"

VII

有两个人一直支持着我,一位是前面提到的莱昂内尔·约翰逊。

还有一位是我之后遇到的约翰·辛格。但是也是因为他的外表,约翰逊在我的记忆中比较清晰(他那轮廓分明的身体似乎印证了他思想的清晰)。我认为道森的最好的诗歌是不朽的,应该比著名的小说,戏剧和历史更加不朽,但是他过于模棱两可和绅士了,以至于我没法喜欢他这个人。我很了解他,因为我对他有一种驱使我寻找强烈的调味品一般的兴趣。虽然我不能解释所有我们这一代人的不幸,但是我想我能部分地解释道森和约翰逊的消亡——

"艺术家拥有着这个世界哪一部分呢?
他们从普通人的梦中醒过来,
却只拥有死亡和绝望。"

当埃德蒙德·斯宾斯描述了 phaedria 和 Acrasia 岛的时候他惹怒了波利王"那个崎岖不平的前额"。如果道德是我们追求的唯一目标的话波利王就是对的。

在这些岛屿上有着一种与日常生活完全不同的美丽气质和给予你感官冲击的形式。欧洲文学还没有写到过它们,以后也不会。因为即便是历史潮流也有涨退,直到济慈写了他的《恩迪米昂》。我认为我们的思想运动越来越因为某些图像和区域的不同而分裂开来。这些图像在美感和贫瘠中生长。莎士比亚倚靠着整个国家和人民的命运就像一个工匠,他在剧院的兴奋溢于言表。所有的诗人,包括斯宾斯都只不过贡献出了几篇诗句,直到我们时代的来临。每个人都有一些宣传使传统流派来找到他们的同盟。马修·阿诺德不是对他的同代人的最好的思想很有信心么?坦尼森和在他之前的雪莱与沃兹沃斯不是把道德价值放在美学价值之前么?但是科尔里奇的《古代船员》与《忽必烈》以及罗塞蒂所有的作品都使得阿诺德称它们为"病态的努力",是那种为了追求"思想和感觉上的完美,并将其诉诸于形式上的完美。"他们为了追求这种新的纯洁美感而使他们的生活遭受不幸。古典时代的典型人物生活得跟公众的生活一样,追求刺激和欲望,所以他们找到了基督教精神,同时找到的还有它的荒凉地段与玛丽奥提克海边的路缘石。但是基督教传教士该对这些越来越希望得到永恒欲望的图像的人说什么呢？他不能说："不要当艺术家了，不要当诗人了。"当全部的生活都是艺术和诗歌的时候，他也不能命令那些遭受人人皆感麻木的恐怖的人们离开这个世界。科尔里奇和罗塞蒂都是虔诚的基督徒，斯坦博克与比尔兹利到死都是基督徒，道森和约翰逊有的只是不断加深的绝望与不断累积的诱惑。

> 黑暗天使，用你那疼痛的欲望，
> 去净化这个世界的悔悟：
> 恶毒的天使，依旧对我的心施加着微妙的暴力！
> 当音乐响起，然后改变了你。
> 像是火花跳动中的银色：
> 你那充满嫉妒的心也不允许有不被欲望折磨的快乐。
> 因为你，仁慈的缪斯化作了复仇女神，噢，我的敌人！
> 罪恶带着狂喜的火焰将所有美丽都烧至灰烬。
> 因为你，充满梦想的土地成了
> 恐惧蔓延的地方：
> 直到拷打到昏死过去的人们留下无用的眼泪。

为什么今天到处都有这些有着奇怪灵魂的人出生呢？他们都带着一颗基督精神无法满足的心。我们的情书耗尽了我们的爱；没有一种绘画流派的继承者比它的奠基者出色，每一笔画都让冲动减少，前拉斐尔学派已经诞生二十多年了，印象派应该有三十多年。为什么我们要相信那些宗教没法说服它的反对者？我们的空气被扰乱了，就像玛拉美说的，被"教堂帷幕的颤抖"扰乱了还是"我们的整个时代就是为了发表一本神圣的书？"我们中的一些人本以为这本书将在上个世纪末出炉，但潮水又退下去了。

VIII

我不知道生活悲惨的约翰·戴维森是否也为了那种寻求"完美的思想和感觉"做了"病态的努力"。因为他总是失败的尝试将它与"形式的完美"联合起来。也许是在一八九四年的时候,某天上午十一点我在英国博物馆的阅览室遇到他。那时我在伦敦为了《心灵的欲望之田》的出版而忙碌。"你在这里工作吗?"我问道。"不,"他回答说,"我已经忙完工作了,现在在闲逛。""啊,这么早?""我每天工作一小时,做久了就会累。即便如此,如果我跟人聊天了,我第二天就写不出东西来。这就是为什么我结束完自己的工作后要闲逛的原因。"没有人怀疑过他的勤勉。他为了支撑他的妻子和家庭为某个知名的小说家捉刀了好多年,每天工作很多个小时。"你在写什么?"我问。"我在写诗。"他回答说,"我写了很长时间的散文,然后有一天我想我也可以写自己喜欢的东西。反正无论写什么都是穷困潦倒。这是我有生以来最幸运的想法。我的代理人现在付给我四十磅一首民谣。上一本书中的诗让我赚了三百磅。"

他比他的诗人朋友年长十岁,曾经是一位苏格兰的国家校长。他后来被解职了,原因是他要求加薪水。然后他就携妻带子地来到了伦敦。他看上去比他的实际年龄老。"埃利斯,"他问道,"你多大?""五十。"埃德温·埃利斯回答说。"那我就把假发摘下来。房间里有一个不到三十岁的人的时候我都不会摘下假发。"他不断地经受着悲剧人生的折磨,而这些折磨使他相信这个世界是与他为敌的(他好几次因为某些原因丢掉了好工作)。这个信念比折磨本身更让人难以忍受。埃利斯认为他急切地渴望在社会上成功,而我认为正是他那苏格兰人特有的嫉妒心使他变得狭隘和表达不清。

在人们为了帕内尔的坟墓而争吵不休的时候,有一句引自歌德的话刊登在了各种报纸上,那是描写我们爱尔兰人的嫉妒心的:"爱尔兰人在我看来像是一群猎犬,总是将高贵的雄鹿拖垮。"但是我并不认为我们有意地拒绝与我们有区别的人;如果我们杀了雄鹿,那么我们可能会抢走它的头和角。"爱尔兰人,"奥利里曾经说过,"区别不了任何艺术形式中的好坏,但是如果你向他们指出哪个是好的,那么他们也不会厌恶,因为这是好的。"一个毫无错误的教会有着罗马天主教的弥撒和中世纪的哲学。我们这个清教徒的社会有偏见地使我们最能干的人远离了矫正后的热情。当戴维德森看到卡莱尔拥有这种热情之后,带着一种苏格兰式的嫉妒很快的就找到了酸葡萄。他用他那精细的,费劲的,无差别的品位看出了女人般的做作。并且,在那种情绪笼罩着他的时候,很开心看到所有看上去很健康,很流行,很繁华的诗歌。有一次我称赞了赫伯特·霍恩的学识和品位,他爆发了:"如果一个人一定得做鉴赏家,就让他去鉴赏女人吧。"他习惯用他最爱用的词来形容诗人缺少"血和胆量",但同时又试图想让四位苏格兰人加入到我们的俱乐部中。他在同一晚带来了这四个人,其中一个读了一首关于诺亚方舟的诗,明显是背下来的;还有一个说了当他在澳洲淘金时候的故事,在那里他因为另一位淘金者不相信地球是圆的而将其打倒在地;剩下的两人除了辩论很厉害之外没有什么令人印象深刻的。他坚持要立刻开始选举,而诗人们因为那种经常使我惊讶的对于自己优良举止的自满同意了这一点。但其实他们在私下里决定再也不集会了。而这一切都使我花费了七个小时的时间开了另外一个会议将苏格兰人选举出去。不久之后我在饭店里偶遇戴维德森,他满脸客气。当我们握手的时候,他居然很有激情地说我很有"血和胆量"。我想如果他对道森或者约翰逊或者霍恩或者赛门斯表现的殷勤点的话也许他会成功。因为我一直缺少他们有的东西,那是一种有意识的造作,当然还有学者风范。他们教过我那种暴力的能量,就像那种燃烧的稻草,在几分钟内释放完所有的活力,在艺术中这种能量毫无用途。我们的第一次燃烧很缓慢以至于我们必须一直停下来思考,一直分析我们做了什么。我们对于工作之外没有生活丝毫不在意,也许我们是为了向其他人展示,就像修表匠用放大镜眯起眼睛时展示的那么少。直到那时我们才知道我们需要保存我们的活力,使我们的思想在自己的控制之下,也使我们的技巧足够灵巧来表达生活中的情感。几个月之后我们在博物馆刚开完会,戴维德森用掉了他的灵感。"火焰熄灭了,"他说,"我必须捶打寒铁。"几年之后当我听说他自杀淹死了,我知道我早就预料到这样的结局了。虽然他有足够的热情成为一个伟大的诗人,但是由于在年轻时候没有遇见过任何一个文化人使得他缺少对知识的感受力。于是他变得不着边际,缺少姿态和风格,现在我已经不记得他任何一首诗了。

IX

渐渐的,阿瑟·赛门斯开始取代莱昂内尔·约翰逊成了我的亲密朋友。我与约翰逊渐渐的疏远是由于我对他的顾忌。如果他来看我,他会紧闭着嘴巴坐在那里,除非我给他看上去对他正常说话有很必要的酒喝,并且如果我让他喝得太多我就成了他酗酒的帮凶了。有一次,一个朋友和我陪他聊天。那时已经早过了睡觉时间,可是他还是在那不停地说着有我们陪他有多么好,当我们离去的时候他将多么伤心。当我们表达出让他睡觉去的意思时,他古怪地看了看我们,笑着对我们说:"我想让你们俩明白你们不过是我喝酒的酒伴。"这是唯一一个我听他说的不够精确的虚拟对话。他给出两个证据来证明他和王尔德在监狱里的对话。一个是王尔德留着他的长发,另一个是他的长发被监狱中的理发师剪掉了。他也慢慢地失去了他那经验的才能,在他的散文和诗歌中他不断地重复旧的思想和情感,而且很苍白,似乎是他对写作的兴趣越来越少。我确信他经常祈祷。有些日子里我去拜访他的时候他在中午之前就起床了并且着装完毕,神态活跃。我猜想他早上是去农场大街做弥撒了。

跟约翰逊待在一起的时候我得去照顾他的想法。但是阿瑟·赛门斯,比任何一个我认识的人都会忘记这一点,似乎他的脑子不在自己的身上。我的思想因为他的交感变得丰富和模糊。我不知道我的实践和理论归功于多少他读给我的加塔拉斯和魏伦以及玛拉美的书籍。我带着困难,很慢地读着《艾克赛尔》。这本书的某些章节有着十分夸张的重要性,而其他的也很晦涩难懂。我不需花费太多力气就能想象的出来这就是我要找的神圣书籍。我的一位爱尔兰朋友住在一所房子里。房子周围的古老高塔旁边建起了一座高大的崭新哥特式大厅和台阶。有时候我会让他把所有灯都熄灭,只留一盏罗马灯。在那微弱的灯光和巨大的模糊阴影之下,除去了无意义的装饰,我想象自己经历了某种奇妙的传奇。大概有六七次冥想,从青少年时候读雪莱的《解放了的普罗米修斯》(我在读完这本书后的几个月内情绪都还沉浸在书中)开始。而赛门斯对于他的印象派艺术更是比我还要着迷。

回头看看,我们总是在最紧张的时刻讨论生活。这些时刻与歌中之歌,高山上的训诫一样神圣,人们在这些时刻里发现一些超自然的事情,这些事情扰乱了世界的根源。他翻译了一些玛拉美,魏伦,考尔德伦和十字街口的圣·约翰的书籍。这些译作都是我们这个时代最有价值的韵律诗作。并且我认为玛拉美的译作对我这些年的诗歌中精巧结构的出现有着重要的影响,从后来的诗《苇间风》到《阴影中的水》,当维利耶·德·利尔·阿当模仿了我的《神秘的玫瑰》时,佩特却没有模仿。我依然记得他第一次在喷泉亭念给我希腊雅德对希贝儿说的话:

> 我童贞得可怕
> 使我高兴,我就把自己裹在
> 长发的恐怖中,那么,到了夜晚,
> 神圣的爬虫,我会感受到冰冻之火那
> 隐约发白的光辉。
> 你那纯洁的艺术和死去的欲望,
> 在白色结冰的夜晚和严酷的雪!
> 永恒的姐妹,我孤单的姐妹,看,
> 我的梦想在你面前成真。现在,我将离去,
> 稀少的水晶是我梦想中的心,
> 我的生命只在我自己的图像中生存,是我对自己的偶像崇拜,
> 反映出希腊雅德的钻石般的眼睛。

然而我还是确信我自己的某部分强迫我去尝试创造一种与任何异源性和偶然性的东西,任何角色和环境分割开的艺术,类似于某些

剧院中希腊雅德圣孤单地在她那窄小的发光圆圈中跳着舞。当然我与我的第一首诗相比有了长足的进步。这期间我从爱尔兰民间文艺中，从摩索拉斯和他的女王的雕像上学到了很多。在那里发光的圆圈静止在那并且包含着整个大众生活，那我为什么还这么肯定？我能想象阿伦郡岛的岛民闯进卢森堡画廊，在印象派或者后印象派中迷失，但却徘徊在莫罗的《詹森》下面迫不及待地想要研究它那充满了珠宝，锻石和青铜模型的精致背景。在他们小岛流传的曲子中恋爱中的人不是对他的女情人承诺"一艘带有金银船桅的船，一双鱼皮手套，一双鸟皮鞋和一套用爱尔兰最好的丝绸编成的衣裳"？

X

那之前我来伦敦都住在贝德福德公园的家中，但后来我在神庙附近的小房间里住了十二个月。那个小房间与阿瑟·赛门斯的只隔了一条小走廊。如果有人敲我们中的任意一扇门，我们都会朝窗外看，然后决定由谁来接待这位拜访者。我从来不喜欢伦敦，但是当伦敦看上去适合一个人走在静静的空巷里或者周日可以像在乡村里一样一个人坐在喷泉边缘的时候，它似乎也没那么讨人厌了。后来有出版商拜访了赛门斯并且建议他主编一份评论或者杂志，他同意了，但条件是比尔兹利必须是艺术编辑。我对他的这个条件感到很满意，我想他的其他投稿人也会如此。奥布里·比尔兹利被《黄皮书》杂志解雇让我们很愤慨。他曾经为王尔德的《萨乐美》做过插图，他那奇怪的讽刺艺术让大众媒体陷入狂怒之中。在众人谴责王尔德的时候，一位大众小说家——她是一位对最传统的英国公众有着巨大影响力的女士，就曾经写信要求他辞职。"她在英国人心中的地位要求她这样做。"她说。比尔兹利甚至不是王尔德的朋友（他们不喜欢对方），他也没有性方面的异常行为，但他却显然是不受欢迎的。那时的社会正好又是去除所有不受欢迎的人的社会。一旦公众认定了一件事，他们就不会去想其他的可能性。于是他们用电报解雇了他（这说明人们的确很反对他）。那时大概二十三岁的比尔兹利因此而变得痛苦，几乎崩溃。我们知道我们要面对的是一个愤怒的媒体和公众环境,但是因为我们的年轻,我们很乐意有敌人并且对这种有历史感的氛围很满意。

XI

我们因为与比尔兹利的联合才幸存了下来——他的《在山下》是一首表明他的文学天赋丝毫不逊色于艺术天赋的拉伯雷式的讽刺诗。当然管理铁路书报摊的书店主也帮我们卖了很多书。那位无疑在寻找比尔兹利设计的管理员选定布莱克的《Anteus setting Virgi land Danteupon the verge of Cocytus》作为优先购买权的基础。当阿瑟·赛门斯指出布莱克是以为"很意识流的艺术家"时,他回答说:"哦,赛门斯先生,你一定要牢记除了有一群年轻女士作为观众之外还有一群不可知论者的观众。"然而,他又把赛门斯先生从门口叫住,说:"如果我们对《皱叶甘蓝》会卖得好的预期是错误的话,我们会很高兴再见到你。"布莱克给我的文章配过插画,之后我就他的这个行为写了一封信给主要的日报。但是我在信上说到了比尔兹利,然后我被告知编辑要求比尔兹利的名字不能出现在报纸上。我在见到编辑的时候问他:"如果他是贺加斯你还会有这样的要求吗?"(贺加斯也招致了同样程度的反对)他带着好奇看着我,就好像找到一个丢失的机会一样,"哈,在贺加斯的时代可没有大众媒体。"我们不能忘了现在的时代有一个大众媒体,它的观点和意见开始影响我们的待人处世和在公共场所的舒适度。在某个很著名的房间里,我刚向一位老人介绍完我自己,他就从我身边站了起来走到房间的另一端。那是因为我在大众心里是一位爱尔兰叛徒同时还开了一个邪恶的公司。客车里的年轻人会大声评论我的事业来引起我的注意。然而有一天傍晚我发现也许除了鄙视还有人会羡慕我们。当时我坐在某个剧院的顶楼后座,发现阿瑟·赛门斯坐在离我不远的前面。然后我听到看上去像是店员的一位年轻人说道:"看。那是阿瑟·赛门斯。如果他接不到剧本,为什么他不买一张正厅前座的票?"显然人们觉得我们因为不公正的手段而变得富裕,所以坐顶楼后座是一种恶心的过度节俭。在另一个剧院我看到一位以前我喜欢的女士,她是我父亲年轻时的朋友的遗孀。我试图去引起她的注意,但是她却目不转睛地盯着舞台帷幕。还有时候我会碰到一些不针对我的敌意。有一次在某个房间里,一位很受欢迎的小说家从我手上夺去《皱叶甘蓝》的复本,将它翻到有比尔兹利插图的那一页(图片名称叫《理发师》)。然后他开始详细地说明这幅图有多么的糟糕,并且激动地说:"如果你想欣赏真正出色的黑白艺术,去找林黎·桑伯恩的《矮胖的人》看吧。"屋子的女主人在平息我们之间的争论之后说:"噢,叶芝先生,为什么你不把你的诗歌发表在《观察家》上却要发表在《皱叶甘蓝》上?"我的回答是:"我朋友都读《皱叶甘蓝》,他们不读《观察家》。"然后女主人做了一个更为无法理解的表情。

其实,即便没有比尔兹利,我们也足以被称为特立独行:马克思·比尔博姆,伯纳德·肖,欧内斯特·道森,莱昂内尔·约翰逊,阿瑟·赛门斯,查尔斯·康德,查尔斯·香农,哈弗洛克·埃利斯,塞尔文·伊姆军,约瑟夫·康拉德;这些都是被人厌恶的名字。我想如果我们遇到挑战的话我们可能会以这种方式争吵:"科学的发展经历了很多嘲笑和迫害,但是它还是赢得了探索任何眼前事物的权利。虽然本·琼森没有在新旅馆协会获得昆虫学家的合格证明,但他还是证明了甲壳虫和大鲸鱼在地位上是平等的。文学也要需要同样的权利去探索所有经过心灵之眼的事物。"这并不是一个十足的自我辩护,因为它用精神去替换物质。但是它在当时还是足够在历史中确立我们的位置。

有批评家可能会回应说我们这个时代的人就是喜欢带着不科学的偏心来写禁忌的话题。但是我觉得我们不应该带着全然的诽谤和全然的赞扬或者像易卜生的追随者那样只为了"最高的道德目的"来快乐地评论长久以来的禁忌。多恩高兴的话可以变得很形而上,而且因为他也可以变得形而下所以从来没有像雪莱那样有时会看上去很没人性和歇斯底里。此外,谁会为了形而上学而痴狂? 如果我们不能发现邪恶的幻觉的话谁又会有干渴的舌头呢?

在我早已丢弃的早期作品里和我同时代人的作品里,我感觉到一种不为人所喜的轻微的充满感情色彩的感官性。这种感官性在多恩的作品中找不到,因为他高兴说什么就能说什么,所以从来不用试图在精神和感官之间徘徊。我经常听同代人说起精神和感官的偶遇,但其实除了瞬间的改变这种偶遇从来没有发生过。它们是由类似剧院突然停电般的感官变化引起的,在那些瞬间情绪引起了强有力的感受。

XII

道森那时住在迪耶普的诺曼底村庄里,王尔德也住在那。而赛门斯,比尔兹利,和其他人来回穿梭,带回来很多传奇故事和信件电报。道森的朋友写了一篇文章很明显地曝光了道森混乱的生活。于是他写了一篇文章回应说现实中自己住在某个小村庄过着勤勉的生活。但是在文章到达英国之前他的朋友收到一份电报,上面写着:"入狱,卖手表,发送收益。"——道森的手表落在伦敦。然后他又收到另一封电报,上面写着:"我被释放了。"十年后我才听到这件事情,据说道森喝醉酒跟面包师打架。后来他所住村庄的村长作为代表去找地方法官,告诉他杜邦·道森是最著名的英国诗人之一。"你提醒得很对,"法官说,"我会把面包师抓进去。"

一位诗人俱乐部的成员曾在迪耶普的某间咖啡店见过道森和一个很普通的妓女在一起。当他走过的时候,那时喝得半醉的道森抓住他衣袖,轻声地对他说:"她会写诗。我们就像布朗宁夫妇一般。"后来道森说了一个不错的传奇故事(我忘了是通过写的还是说的)。他说当时王尔德来到迪耶普,他觉得有必要逼他获得"一种更加健全的品位"。他们将口袋里的钱都掏了出来放在桌子上,但是如果把两堆钱放在一起的话还是不少的。同时这个消息传了出去,他们俩在欢快的众人陪同下出发了。到达他们目的地的时候,道森和群众都留在外面。不久之后王尔德回来了,他对道森低声说:"这是十年来的第一次,也将是最后一次。像是冷羊肉一样。"——就像亨利说的一样,他是一位"学者和绅士"。他无疑还记得伊丽莎白女王时代的剧作家把"冷羊肉"用来形容怎么样的感觉。——接着他大声的对众人说:"把这件事告诉英国人,它将完全重塑我的形象。"

XIII

《皱叶甘蓝》的第一版出版的时候,投资人和出版人一起吃了一个晚饭。赛门斯说他们中的一部分人被邀请去出版人的房间做客,并且说如果我去了那地方一次我肯定不会想去第二次。我觉得出版人是个可耻的人,拒绝与他见面。其实我们都知道他是什么人,不同的是我们与他之间保持的距离。我刚收到两封信,一封来自 T. W. 罗尔斯顿,他在信上以类似《观察家》上的文章所具有的强烈传统道德极力反对我为《皱叶甘蓝》写文章;另一封来自 A. E.,他在信上以强烈的个人信念谴责那本杂志为"梦魇和女妖的喉舌"。我忘了阿瑟·赛门斯曾经借过这些信件,知道我们站在餐桌旁等待着入席的信号。我听到出版人狂怒的声音在吼:"把那些信给我,我要起诉那个人。"然后我看到赛门斯拿着罗尔斯顿的信在手上挥舞,就是不让他拿到。接着赛门斯折好他的信并放进自己的口袋,开始读 A. E. 的信。这时出版人安静了下来,比尔兹利也在听。不久之后比尔兹利走到我这边跟我说:"叶芝,我将给你个很大的惊喜。我认为你的朋友说的对。我这一生都被精神生活所吸引——我小时候在壁炉台上看到流血的耶稣——毕竟在当一个人做其他事情的欲望更加浓厚的时候选择做自己的事,这可以算得上是一种信仰了。"

晚餐结束几分钟后发生了一件我忘了是什么的事情拖住了我,所以当我到达出版人那里的时候我发现比尔兹利在房间中央撑在一张椅子上,面色灰白,筋疲力尽。我进来之后他离开了椅子去到另一个房间吐血,然后立刻回来了。我们的出版人大汗淋漓地摇着手风琴的把手(在公司没有削减开支的情况下,它是电子的),显然他已经很累了,但是比尔兹利让他继续演奏,他说:"这音乐真美妙。""它带给我如此深刻的喜悦。"……这是他与我们的出版人保持距离的方式。

令我印象深刻的比尔兹利的形象除了这个以外还有一个。比尔兹利有一次在早餐后来到温泉厅，带着一位来自我们出版人圈子里的年轻女士。她的外号好像是"着色了的两便士硬币"或者是"纯便士"。他那时有点醉。他的脑袋还在想着被《黄皮书》解雇的事儿。他双手支在墙上，盯着镜子喃喃的说："是的，是的，我看上去是个鸡奸者。"他当然不是。"但是我不是啊。"然后开始大骂他的祖先，骂这骂那的，一直骂到伟大的皮特——他一直宣称自己是他的子嗣。

XIV

我没法以很简短的章节（在那些章节中我触碰到某些基础的东西）来辩护我的信念，就像莎士比亚没法在十四行诗中辩护他那认为宽广世界的灵魂梦想着事件发生的信念。但我还是开始描述我看到的自然。当我作为旁观者的时候我不会只描述事件，也会描述事件遵循的形式。一位法国圣迹牧师有一次告诉我，茅德·冈和另外一位跟我们一起去的英格兰天主教徒，曾经有一位圣洁的女性因为他的村庄而成为"受难者"，还有一位圣洁的女性因为整个法国而成为"受难者"，她给了他她的十字架，因为他也注定成为"受难者"。

法国的通灵研究提供了证据支持像斯溪丹的 lydwine 这样的圣人的确能通过将疾病转移到自己身上来医治疾病。疾病是由罪而生的，把疾病转移到自己身上的做法是在模仿耶稣。出于我的思想之间流通的证据和我们不能将思想和身体分开的事实，我不得不接受受难的理念，而且受难是在多种复杂的形式下进行的。然后我问我自己是否能解释比尔兹利那奇怪而早熟的才能。在我前面用月亮做的比喻体系里，他是属于第十三个阶段的人，他的本性在万物精神的边缘，他最重要的目的就是用他自己的智慧理解这种统一。而 lydwine 和类似她的圣人则属于第七和第十二个阶段，寻求的是超越个体存在的统一，所以他会变得很主观，把对罪的认知和罪的后果都扛在自己身上。我屈服于自己那狂热的想法，那就是通过这样做他让那些没有听过他名字的人发现自己的无知。我足够频繁地进行冥想和做梦(两三个人的冥想与梦境相反或者互补,目前来说是因为这两三个人的性格相反或者互补),以至于我确信他肯定是通过圣人或者潜在的圣人获得这种认知的。我看着他画的肥胖女人和蒙眬的可怜女孩以及他那可怕的孩子(一半是孩子,一半是胚胎)。这些画都在他那充满了淫乱的巨大图画的私人印刷的设计本上。里面的幻觉从一开始就否定自我折磨和苦行者穿的硬毛衬衫。我有一次对他半认真的说:"比尔兹利,我昨晚用唯一可以的办法为你辩护。我说你的画都是受到对不公正的愤怒启发的。"然后他回答说:"即便它们真的是这样来的,那么我画的画也不会有丝毫不同。"我认为他的意思是他是如此真诚地画着他的画以至于即便动机不同也不会改变。

我知道因为疾病的原因他的脑子开始浮现一些淫荡的图像。我毫不怀疑他把这些图像画了下来。"我在纸上弄了一个污点,"他告诉我说,"然后我开始乱洒墨水,结果出现了某些东西。"但我说他画这些东西是由于对不公正的愤慨是错误的,因为要了解那种愤慨他必须得变得客观,关心他人。他需要具备教会或者教会的神圣性,某种不在他脑子里的东西,并且对知识与罪的后果同时负责。他的准备工作是对行为上的罪进行无穷尽的研究,而圣人的准备工作是无穷尽地研究他的自尊,而且不同于圣人的谦虚,他以一种冰冷的热情看待思想中的图像,那是一种智力上的纯洁。

难道不是所有艺术来源于当一种从不停止评价自己的本质在行动或者欲望中耗尽了个人的情绪?它将情绪耗费得如此干净以至于某种客观的东西,某种与行动与欲望无关的东西突然占到了本性的位置。某种东西与在梦醒之间经过思想的图像一样无法预料,良好组织并且独一无二。

但是并非所有的艺术都是受难,很多对比尔兹利艺术的仇恨来源于这样一个事实:受难这个自从波德莱尔时代在法国用另外一个名字表示并被法国人熟悉的词在英格兰并不被人熟知。他几乎一直在描绘醒悟,而且除了这些在他临终时想要毁掉的私人出版的画以外,他没有画过其他欲望表征的画。即便是美丽女人也以一种讽刺精神被夸大成玩具般的漂亮，或者用一种毁坏的天真尖锐化了。我现在比他在世的时候更加理解他的画了。在一八九五年或者一八九六年内，我正对新的喜剧——它们开始使我钟爱的那种美学凋谢，而这发生在那种美学将与神秘主义联合在一起的时候——表示绝望。我有一次告诉他："你对于使你的萨乐美与施洗约翰的思想平等这件事一点也不上心。"他很真诚的回答："是的，是的，但是美学太难了。"这种态度只在当时出现。因为随着外部压力和他自己的病越来越重，他的讽刺也变得越来越暴力，并且从嘲笑精神中创造出一种美学形式。在这种美学形式中他用强有力的逻辑能力将所有暗示着冥想甚至满意的热情的特征都去除掉了。

他的绘画与他的个人行为的区别在接近死亡的时候有了一种新的形式。他画了两三幅迷人的且亵渎神灵的画，尤其是圣母与孩子。在他的画中孩子有着一张洋娃娃般的愚蠢的脸，并穿着一件精致的现代婴儿的衣服；来自利马的圣·罗斯则穿着一件镶有玫瑰图案的长袍，在圣母的乳房上飞向天堂。圣母的脸因爱而狂喜，这种狂喜是以那种最无法跟圣洁扯上边的方式展现的。我想他转变信仰去信天主教是诚心的，但是如同在祈祷和悼念，正式行动和欲望中会耗尽的冲动一般，它发现这种冲动被对立的图像嘲笑。然而我可能是误会了，也许他对历史上的基督精神的理解少到以为那只是一箱玩具，于是他觉得把玩具倒在床上会很有趣。

XV

我在巴黎待的时间很多，虽然每次都不长。我最近一次去那里是与诗人俱乐部的成员一起去的。每个漂亮的女孩都会唤起他的好奇和情绪。他对我时而钦佩，时而带着嘲笑般好奇，因为陷入一段不算幸运的爱情中，我变得对爱情极端谨慎。有一晚，在卢森堡附近，一位穿着自行车服的陌生的年轻女士从小巷中走了出来，将自己的一只手绕在他的脖子上，跟着我们一起静静地走了大概一百码，然后加快速度走进了另一条小巷。他的肤色有些红,并且他还有着一头金发,但是她是如何在黑暗中发现这一点的我一直没搞清楚。我很气愤,但是他为自己辩护说:"你不抚摸的话永远遇不上迷途的猫。我有类似的直觉。"不久之后我们发现自己坐在咖啡馆里,当我从我的英文报纸中抬起头来的时候发现自己被一群浓妆艳抹的女士围绕着,原来是他报复我。在法国我没有进行过谈话,但是我会说:"在那边的那位绅士从来没有拒绝过女士请他喝的酒或者咖啡。"一会儿之后她们都像贪婪的鸽子一样围着他。

我把那些年里的理想,也是随着青春逝去的理想放进了我所著的《骄傲的卡斯特罗》里。"他属于激情的禁欲主义者,他们将他们的心为了爱或者恨保持纯洁。就像其他人为了上帝,为了玛丽和圣人一样。"我朋友对激情没兴趣。一位女士用某种浪漫的卓越美丽或者环境吸引住了他,更吸引他的似乎是她唤起的半智力的好奇心。在我写下这本书不久,他在去过音乐厅或者跑马场之后,他坐在我的椅子上开始说:"噢,叶芝。我之前从没有爱上过弄蛇者。"他很客观。因为他喜欢引用的那句"存在的可视世界",我认为他所属的月亮在进入第四个四分之一圆的过程中。

XVI

一开始我跟麦格雷戈·马修斯夫妇待在战神广场或者 Rue-Mozart 那里。但是不久之后我自己在拉丁区的学生旅馆租了一间房间。我总是忘记当某件事发生的时候我到底在什么地方。麦格雷戈·马修斯,或者称之为麦格雷戈(他现在把后面的马修斯去掉了)经常来拜访我。并且今天他会带贺瑞斯的书过来,明天就会带麦克弗森的奥西恩过来,然后在吃早餐的时候读他们,反正这两本书的效力差不多。有一次当我质疑奥西恩的时候,他变得很愤怒——我凭什么跟英格兰的敌人站在同一边——然后我发现十八世纪的争论仍然能使他愤怒。到了晚上他会穿上苏格兰高地的服装,然后跳一段剑舞,他会思考苏格兰部落的分支和格子呢绒。然而有时我会怀疑他有没有见过苏格兰高地,或者甚至在白玫瑰社团邀请他去之前,有没有见过苏格兰。直到他吐血的那天我才注意到这一点。没关系的,他说,因为这血是从他的头里流出来的而不是他的肺里。我不知道什么使他生病,但是我想他生活在很大的压力下,不久之后我发现他在喝纯的白兰地。他并不是要喝醉,而是喝到伤身体的程度。

他开始预见世界将起的变化。他在一八九三年或者一八九四年宣布一场广泛的战争迫在眉睫,然后在一八九五或者一八九六年我开始学流动野战医院的工作,并且让其他人也跟着学。他的腰间有军刀所致的伤口(也许是他的前额,因为我的记忆有点模糊)。那是在某次学生暴乱中受的伤。也许是跟他的谈话使我写下了这首诗的开头:

露珠缓慢落下,梦想聚集;
不知名的叶子突然飞到我梦中清醒之眼前,
然后我耳中听到骑兵从马上掉落的碰撞声和不知名的军队打仗时的叫声。

他因为自己的梦境都是拿破仑式的,所以宣称战争将带来混乱,混乱也将带来战争。但是那只是过渡状态。他显然看到自己在战争中所能扮演的角色。他使自己成为战争专家,并且有一段时间还为了生计向法国官员传授他的理论。他死于精神忧郁症,而且也许在某些时候或者谈论某些话题的时候就已经疯了。但是他没有让我有这个印象,他的形象一直是慷慨,快乐和友善的。我没有见过一个缺少哲学思考并且走在洪杜斯·卡麦里昂尼斯的道路上人会有好结局。其实他也不过缺少一个模糊的肯定,"我身上没有一点不是属于上帝的。"有一次他告诉我他在闹市区碰到了他的老师们,他们身体接触的时候像电击心脏般的感觉,于是他明白了他们原来是幽灵。我问他他怎么知道他没有被骗或者这些不过是幻觉。他回答说:"另一个晚上他们中的一位拜访了我。于是我就跟他出去了。我跟着他沿着那条小巷走到右边。不久之后绊倒了送奶的男孩,那个男孩很愤怒的说不止我绊倒了他,他面前的另外一个人也绊倒了他。"他像所有我认识的人一样,他们将自己奉献于绘画及图像的细语中,他认为当他证明一幅图像可以脱离他的思想而存在的时候,他也同时证明了画作以及图像的细语都不是出自那里。尽管我需要反面的证明,我却在他家得到了这个证明。我急切地想知道西班牙与美国战争的消息,于是我在早餐之前去了 Rue Mozart 买了一份《纽约先驱报》。当我出去的时候我看到年轻的诺曼底仆人正在布置餐桌,我正对自己说着一个学校里的传奇故事,在休息了很久之后悬挂着吊臂到达了书店,我买了我的报纸回来,发现麦格雷戈坐在门前的台阶上。"嘿,你看上去还好啊,"他说道,"那为什么波恩要告诉我你的手臂受伤了并且还吊在那里。"

有一次当我在街上遇见他的时候,他穿着苏格兰高地服装,在他的长袜上放了几把小刀。他说:"我穿成这样的时候我觉得自己像是移动的火焰。"于是我觉得他所做的所有尝试都是为了让自己觉得像是移动的火焰。然而我觉得他内心深处还是很温柔的,甚至可能有点害羞。他脸上长了点东西,这让他很困扰。如果他不是怕做一个小手术的话,那点东西是能够被去除掉的。还有一次他在自己那老鼠成灾的公寓里设了很多老鼠夹,之后他把抓到的老鼠放进一个很大的鸟笼里。为了防止它们淹死,他喂了它们好几个星期。他自学成才,没有学究气,但却是个学者。他准备用最原始的方式来表达基础对比法。他有时很自负,但也是为了尽量防止两种本质之间的转换——这对于他的神智健全很重要。当那本质成为本身的反面时转换就消失了,只剩下纯洁的本质。

十九世纪的最后十年在巴黎发生了许多互相之间毫不相干的事,没有因果关系,也没有在我的逻辑体系中占有任何部分。我经常忘记事情发生的时间,就好像我会忘掉小时候的事情一样。威廉·夏普在一八九五年或者再晚个四五年的时候来拜访我。当时我在拉斯帕伊大街的旅馆里。当他站起来准备离开的时候他指着我窗台上硬纸箱上的几何图案问我:"这是什么?"在我还未回答之前,他又看到窗外,说道:"那又一个葬礼经过。"我说道:"那可真奇怪,死亡符号居然画在了纸箱上。"我没有往外看,但我确信那没有葬礼发生。几天后他回来跟我说:"我病得很严重;你一定不能让我看到那个符号。"他看上去并不着急着被询问,但是几年之后他说:"我现在告诉你在巴黎发生了什么。我在旅馆有两间房间,一间前面的起居室和紧接着的卧室。我看见写字台那有一位女士在写东西,于是我想肯定是有人走错了房间。但是当我走近写字台的时候我看见在她写的纸上居然没有一个字。我走近自己的卧室发现也没人。从我的卧室有一个通往楼梯的出口,于是我跑下楼梯,想看看她是否从那条路离开的。当我跑到街上的时候刚好看到她的背影消失在拐角处。但是当我拐过拐角之后发现没有人在那里,然后我发现她又在另一个拐角处。就这样我一点点地跟着她来到了塞纳河。在那里我看到她站在一堵墙的开口处,低头看着河水。然后她消失了。我不知道为什么我走到她刚才站过的地方以同样的姿势站在那里。然后我发现自己在苏格兰,并且听到羊铃的声音。在那之后我失去了意识,直到我发现自己浑身湿哒哒地躺在路边,周围站满了人。原来我跳进了塞纳河。"

我并不相信他,并不是因为我认为这个故事是不可能发生的,我知道他比我认识的其他人对符号和心灵感应的感受性都要强;而是因为他告诉过别人的事没有一件是真的。生活的原貌使他很困扰,于是他选择忘记。他受到的影响创造了这个故事但是它只是个幻想,尽管他在好多年之内仍旧相信这是他的亲身经历。作为他那令人敬佩而又忠诚的妻子的亲爱丈夫,他创造出了一个虚拟的爱人,并将自己有才气的著作归功于她。虽然他平时是个清醒的人,但我还是见过他喝醉,在最容易吐露真话的时候,他告诉我他之所以会这样,是因为对于背叛菲奥娜·麦克劳德的悔恨。

保罗·维尔伦在两种本性中转换得几乎没有障碍以至于他看上去像一个坏小孩。读他的圣诗就好像记得圣婴一开始是与野兽一起生活的。在某一月里我收到一个邀请我去"有着大量的咖啡和雪茄的地方"并且署名"快乐的保罗·维尔伦"的纸条。我在圣·雅克街的一所廉租房的楼顶找到他。他正坐在安乐椅上,受伤的腿上绑着很多绷带。他用英文问我是否了解巴黎,然后指着自己的脚继续说巴黎把他的脚烤焦了,就因为他太过了解它,并且他觉得"像是一只苍蝇活在果酱罐里"。他拿起一本英文字典,这是房间里仅有的几本书之一,开始寻找他的疾病的名字。在良久的搜寻之后只找到一个具有相对准确的词"丹毒"。这个时候他那平凡的中年情人做了咖啡也找到了雪茄。房间的风格显然是她布置的;她在窗台上挂了几只鸟笼养着金丝雀,在墙上各种裸体画与报纸的讽刺画中间挂了几张富有情感的石版画。一个不修边幅的愤怒的男人走了进来,他的裤子用绳子系了一下,头顶上带着一顶礼帽。她拉动箱子靠近火,然后他坐了下来,将礼帽拿下来放在膝盖上。而且我猜他肯定很晚才学会戴礼帽,因为他总是不断的将礼帽拿了又放。维尔伦介绍他说:"他是个可怜的人但却是个好伙伴,因为长得像路易十一,我们都叫他路易第十一。"我记得维尔伦说起维克特·雨果,评价他为"一位伟大的诗人,但是一座既喷出火焰又喷出泥巴的火山"。维利耶·德·利尔·亚当在他眼里是"优秀的",并且写法语文章写得很好。他本来想翻译《作为纪念》这本书,但是苦于能力不足。坦尼森太过高贵,太过英文化了。他肯定曾经伤过心,因为他有很多本回忆录。

几个月之后在维尔伦的葬礼上,他的情人与出版人在坟墓旁吵了起来,原因是他们都要掩盖尸体的床单。路易第十一偷了十四把雨伞。这些雨伞斜靠在公墓的一棵树上。

XVII

有一个日子我记得很清楚,因为我花费了很长时间来搞清楚。我在一八九六年的秋天第一次见到约翰·辛格。我那年三十一,而他才二十四。我当时住在科奈旅馆而不在我经常住的地方,好像是因为之前的地方太贵了吧。辛格的传记记者说你在那花费一镑一周。但是我习惯自己做早饭,在圣·雅克街上的一个无政府主义者开的餐馆里用餐。一位我不知道名字的某人在房子的楼顶有一个穷困的爱尔兰人,不久之后就介绍了我们认识。辛格很晚才从意大利过来,在黑森林演奏小提琴。他花了五十英镑旅行了六个月,那时他开始阅读法国文学并尝试写病态而忧郁的诗歌。他告诉我他在崔尼蒂大学学的爱尔兰文化,因此我敦促他去阿伦群岛寻找一种从未在文学中出现过的生活。我并没有预先看到他的才能,我只是觉得他需要某些东西来使他走出他的病态和忧郁。也许我也应该把同样的建议给所有了解爱尔兰的年轻爱尔兰作家,因为在那个夏天我成为了伊尼斯玛和伊尼斯摩,变得非常主观。我的朋友和我坐渔船到达了小岛。一下船就发现自己在一群岛民中间。他们中的一位说他会带我们去见伊尼斯玛的最老的人。这位老人说话很缓慢,但是带着一双笑眼。他说:"如果有哪位绅士犯了罪,我们会把他藏起来。那儿有一位杀了自己父亲的绅士,我把他藏在自己房间里藏了六个月直到他去了美国。"

从那开始我经常见到辛格,并把他带去见茅德·冈。在某人的劝说下,他加入了巴黎青年爱尔兰社团。这个名字是我们为六七个爱尔兰裔的巴黎人取的。这个组织在几个月后解散了。原因是"它试图煽动大陆国家对抗英格兰,而英格兰在觉得自己安全之前不会给我们自由。"这是我听他说过的唯一一句政治性的话。隔了一年之后他听从了我的建议去到了阿伦群岛,并且在阿伦群岛的村庄里呆了一阵子。他在那里变得快乐起来,终于逃离了"贫穷的肮脏和富有的无趣"。我几乎忘掉了他在巴黎时给我看过的散文和诗歌,尽管我在他死后应他的要求看了一遍又一遍他的著作以决定哪些该出版。事实上,我只有一个模糊的印象,就像一个人试图看向窗外,但却因为喷在窗户上的热气而使一切变得模糊。在我的月亮比喻体系里,他属于第二十三个阶段的人。——他的主观生活已经结束。他不能去追求一个图像,他要飞离它。所有的主观梦想,之前可能给他带来快乐和力量,但之后只能侵蚀他。他不得不第一次一头扎进超越他自己的世界中,这种行为总是纯粹的技术。做此事的快乐并非来自于一个人要或者应该这么做,而是来自于一个人能这么做的能力。

他有一次对我说:"一个男人必须养得起他的家庭并且在条件允许下尽量做到善良。如果他做的比这还好的话那他就是个清教徒。一个剧作家必须阐释他的话题,并在条件允许下找到尽量多的美感。如果他做的比这还好的话他就是审美家。"也就是说,他是个有意识的客观的人。每次他想要脱离方言写剧本都写得很糟糕。他尝试过几次,发现只有通过方言他才能不陷入自我表达中。也只有通过方言他才能不带自己的偏见来评价自己脑子的图像就好像它们是由某个其他脑袋想出来似的。他的客观性不过是一种技术,因为这些图像在他心里承载着所有的欲望。他很害羞,很难进行公共演讲。他有着不稳固而又繁杂的道德标准。他创造出了咆哮着的吹牛大王,满嘴诗歌的微醉的人,和身体健康的年轻男女。他从没有说过一个不友好的字眼,有着令人钦佩的行为习惯。然而他的艺术让街上充满了暴乱者,并且使他最好的朋友变成了一生的敌人。

思想如果不被分成两半的话是无法产生的。济慈和雪莱的思想被分成用来追随别人的理性部分和用来隐藏情感和图像的部分,而辛格的思想中情感部分已经干涸了,理性部分则像是镜子般成为一种技术成就。

在写辛格的时候我走得太远了,因为在一八九六年的时候他不过是众人中的一个普通人。我时常感到惊讶,因为我相信我们会碰到稳定在某处生活的人或者经过某个房子,它们在我们生命中将占有很大的成分。在那些时刻我们是否会经历神经的摆动或者像麦格雷戈第一次见到幽灵时那样,停止我们的心跳?

XVIII

我脑海里的很多画面都没有日期和规律。我在卢森堡公园附近散步的时候碰到辛格,——他不经常总结,即便总结也只在想了很久之后。——他说:"这三种东西中两样经常一起出现,但三样不会同时出现。那就是狂喜,禁欲主义,和苦行。我希望我能将它们集于自己身上。"

……

麦格雷戈认为威廉·夏普太过难懂和感伤,而夏普则反击麦格雷戈的自负和固执。威廉·夏普在罗浮宫见到麦格雷戈时说道:"你每天牛奶加水果的,难怪你的研究会是这个样子。"而麦格雷戈反驳道:"不。并非是牛奶和水果,但已经很接近了。"之后夏普与麦格雷戈一起吃午饭的时候,麦格雷戈只给了他胡萝卜和白兰地。

……

麦格雷戈经常被寻求灵魂帮助的女士困扰。有一位女士曾经让他帮忙对付长着腐尸模样的幽灵,而且想让他陪她一起睡。他赶走了她并且愤怒地说:"在两方面都很没品位。"

……

某天早晨我跟两位法国裔的美国人在一起喝咖啡。我们聊得很宽泛。在我们聊天的时候有人在跳舞,那百叶窗上有一个塞子。于是我们把它拔了下来。三个女士走了进来,寻找同谋的作家妻子,和她丈夫的两个妹妹。她秘密地带她们出来跳舞。她看到我们很迷惑,不过随着她看了看我们三个后当着我们的面磕了点药并且在大笑。尽管在我们和其他人的价值体系里她是可耻的,但是我们还是对她慷慨地笑了一笑。

……

我在斯图亚特·梅丽尔家遇见一位犹太的波斯学者。他有一个很大的金戒指,看上去很粗糙,好像是由业余的金匠做的。他展示给我看那枚戒指已经跟他的手指很吻合了,然后说道:"那是因为这里面没有杂质,它里面的金是化学提炼出来的。"我问他谁做的戒指,他回答说是某位拉比,然后开始大谈这位拉比的奇事。我们没有质疑过他——也许他说的是真的,也许他只是自己想象出来这些——我们倾向于再一次接受所有的历史信仰。

……

我与两位法国裔的美国人，德国诗人 Douchenday 以及一位沉默的人（后来我才知道是史特林柏，他在寻找点金石）一起喝咖啡。法国裔的美国人大声的念出了他准备发表在拉丁区的宣言，在宣言中他提议在弗吉尼亚州建立一块只有艺术家的共产主义殖民地，至于为什么选在弗吉尼亚州他有脚注说明："艺术从来不在同一个地方兴起两次。艺术从没在弗吉尼亚州兴起过。"

Douchenday 有着诗人的名声。他解释说他的诗歌里从不用动词，因为动词是世界上所有罪恶的根源。他希望创造一种所有事物都不会移动的艺术，就好像用大理石去做云彩。我翻到他给我的诗集的某一页，发现有一首类似话剧的诗。于是我问他是否希望把这首诗变成戏剧演出，他回答说："它只能由演员们在黑色大理石墙壁前演出。演员们的手上要握有面具。他们不能戴上面具，因为只有这样才能表达我对现实的鄙夷。"

……

我和那位被自行车女孩吸引过的诗人一起在欧莱雅剧院观看了艾弗烈·雅里的《乌布王》的首演。观众们摇着他们的拳头。这位诗人轻声告诉我："演出结束后经常会有决斗发生。"他解释给我听在舞台上发生了什么。人们觉得演员应该像洋娃娃，玩具或者木偶一样，但是他们却像木制青蛙似的跳个不停。我自己发现了一位重要人物，他好像是某国国王之类的，拿着我们用于清理抽屉的刷子象征自己的君权。我们为了这场戏剧欢呼，因为我们觉得有必要支持下这么活跃的团体。但是回到柯奈旅店之后我很悲伤。因为我觉得客观性再一次展示了它那越来越强大的力量。我说："在史蒂芬·玛拉美，保罗·维尔伦，居斯塔夫·莫罗，夏凡纳之后，在我们自己的诗歌之后，在所有我们微妙的颜色和严谨的韵律之后，在康德那微弱的调和色彩之后，还有什么是可能的？在我们身后的是狂野的上帝。"

第四部　骨头的搅动

I

可能是在一八九七年的春天，茅德·冈路过伦敦，告诉我因为某个未知的原因，她没能拿到都柏林的授权，因此去不了美国演讲。这位年轻的都柏林民族主义者计划为沃尔夫·唐恩建一座纪念碑。这块纪念碑所耗费的砖数以及高度都将超过那过于折衷的丹尼尔·奥康奈尔的纪念碑。她打算通过演讲募集捐款。那时我已经离开教会，在布卢姆斯伯里租了两个房间。在那里有重要的伦敦民族主义者和年老的医生——他们在芬尼安运动的时候还是医学学生。因此我可以组织起足够的委员会来通过必要的决议。在我找出为什么都柏林的委员会拒绝给她授权之后——其实是用拖延和含糊的允诺来糊弄她，她就立刻踏上了去往美国的轮船。一位声名显赫的爱尔兰裔美国人因为某些政治原因被谋杀了，还有一位爱尔兰裔美国人曾经被审判但是被宣告无罪，然而他还是被他的政治对手指责。这种批评的声音遍及伦敦和爱尔兰，并且在爱尔兰与当时的政治纠结在一起并带来了新的仇恨。我的委员会和爱尔兰民族主义者联盟的大部分在英格兰的成员这一边，而都柏林委员会和爱尔兰民族主义者联盟的大部分在爱尔兰的成员则处于另一边，两边的火药味很浓。茅德·冈和我有同样的朋友，而都柏林委员会没法理解无论她募集了多少钱她都会用于运动，而不会给她的朋友和他们的对手。看上去如果我接受了一八九八年的大不列颠纪念协会的主席职位的话，我可能就有能力阻止一场公众的争吵，并因此有可能创建一个很大的中央委员会。虽然我的确阻止了一场公众的争吵，但这似乎没有人从中受益——至少有一个活跃的人肯定地对我说我将他的工作的核心拿走了，并且运动本身也没有从中受益——我们的中央委员会一直派出两位组织者并且印刷两种手册，这样才能保证在一位组织者和一本册子占主导地位的时候两边的派别都能有所诉求。

Ⅱ

　　这不关我的事,但这恰好也是我为什么不能远离这件事情的原因。每一个不关我事的事业都诱惑着我。我依旧认为作为人——我把自己算在这一种里面,没有什么比万物精神更加重要。但是如果我像歌德(我不认为他是我们中的一员)那样寻找它的话,我将无法把自己和他人协调起来。歌德具有交织在一起的客观性和主观性,就像黑暗是由第十八阶段的光混合的一样。他只能像威廉·迈斯特那样用智力严谨地寻找,并且通过众多有意选择的经历。事件和技巧的形式像为了收藏家的壁橱一样聚集。然而真正的万物精神——自然像被触碰的单个音符那样喃喃回声,是饱含感情和灵感的,它通过对并非正确的品质和对数量的限制加以拒绝。其实对于这些我并不了解,我看这个世界的方式受了我父亲的影响,他说起法国人经常去停尸房就为了以统一性的名义战胜他们的恐惧。我的父亲嘲笑他们,但是却没有解释为什么要嘲笑,而我,因为我的不幸经历对此感到一种令人发抖的魅力。我也觉得摆脱文化的统一性不管如何机智地寻找,那种统一性还是不存在的。

"困难事物的魅力,
　　抽干了我脉搏中的力量,并且
　　　从我心中借去了
由然而生的快乐和天生的内涵。"

Ⅲ

　　我在英格兰和苏格兰的会议以及偶尔的喧闹的都柏林的大会上四处演讲,这些是我人生中最糟糕的日子。很多年前我就觉得自己干了一件很有成就的事情。帮助我叔叔练马的人邀请我与他一起吃圣诞晚餐,在那里我们在他的鞍具房的火炉前烤肉。而我现在感受到了同样的自豪。在那天晚上我和某位小组织者一起度过——我悄悄地往他的痰盂里倒了我的第三杯威士忌。我一直期望自己能在沉着、决

帷幕的颤抖　217

断和伪装的能力上有所进步,但是现在我敢说,没有必要去刻意寻求因为他们就像树一样发芽和枯萎。

当茅德·冈从美国回来的时候,她成了我们在英格兰和爱尔兰的领袖。正是因为她的决定我们的运动才变成对来自赞成帕内尔与反对帕内尔的党派中的异议者和无耻之徒的抗议。他们互相争斗了七八年,直到忙碌的人们不再理会他们。然后他们表现得像我童年时期在查林十字街的火车站看到过的杂耍小猫那样在桌子上互相吐唾沫。议会的两个政党看到所有年轻的和一部分年老的爱尔兰人在运动中试图加入我们——不放弃自己独立地位的反帕内尔主义。我忘了他们在什么样的条件下才能进入我们的组织。我和其他两三个人不得不去见麦克·戴维特和一位名叫 F. X. 奥布莱恩的议会成员并与他们讨论独立性的问题。我忘了过程是怎样的,只记得麦克·戴维特的形象和风度。他看上去比我还不适应这样谈判的场合(也许是任何牵扯到当代政治的场合)。我当时带着同情看着他。你通过一个人的坐姿就能知道他的情感是否强烈。在我看来他更像一个作家,一位画家,或者是其他某种艺术家,而非一个惯于行动的人。用同样的方式,F. X. 奥布莱恩在我看来不在乎自己用的论据的好坏或者自己看上去像个傻子还是智者,他只陈述自己的观点。但是当他用了不好的论据的时候,戴维特会将我们的思维带回到他的论点处,就如同他必须等几分钟才能重述。有人觉得他一直与自己鄙视的想象力不丰富的权威人士住在一起。也许是由于早年教育的缺失,也许是由于他在人生中最脆弱时候的九年牢狱生活,阻碍了或者破坏了他与现实的沟通。除了在土地联盟的头几个月里,他无法支配其他人。他告诉我如果爱尔兰政党的分裂没有发生的话他会将土地联盟迁移到苏格兰高地上,并将爱尔兰恢复得像苏格兰那样,不过血液和语言都是盖尔族的。我们的谈判让 F. X. 奥布莱恩和我的两个同伴(一个是医生,一个是律师)很兴奋,但是我想它让他觉得很无聊甚于我,至少对我来说谈判还是新鲜事物。但是苏格兰计划以它的历史根源和它那含糊的可能性让他变得兴奋起来。在其他时刻我们的类似的奇思妙想也会激起他的兴趣。在他去世前他回复了我祝贺他的信件(他在辞掉众议院议员职位的时候发表了一份演讲,演讲中他提到自己为提高那儿的爱尔兰议员的质量所做的努力),我相信这是他对我同情心的报答。

IV

我感谢他跟诗人与哲学家一样认为在说出自己的全部想法与保持沉默和不作为之间选其一的必要性。他花费了很多年在这场运动中——用我的一位朋友的话说,在这场运动中你必须得像舌头藏在脸颊里面一样将你的心藏在袖子里头。爱尔兰土地运动的奠基者行事完全按照教条,然而与宗教历史相反,无知的人们不会为了一个理想或者单纯的政治热情而工作。并且你一定会发现他们称为"杠杆"的东西,好像是表示某种现实中的冤情。我不认为我会好奇到相信这种在革命者中很普遍的对"杠杆"的信念,不过是十八世纪机械主义哲学(这种哲学用科尔里奇的话来说就是将人类思想编成镜里背后的水银。不过他现在允许出现那种"在道路上闲逛的镜子"的艺术)的延续。

奥利里跟我讲过一个故事,至今仍未发表。一位声名显赫的爱尔兰裔美国人,因为芬尼安主义而入了狱。在他不久被释放出来之后,给帕内尔发了封电报:——"将土地改革提高到国家问题的层面,我们就会支持你。去见济科汉姆。"帕内尔,这位骄傲的地主,会怎么处理农民和农民的冤情呢?事实上,由于他对这两者的无知,他跑去问济科汉姆(小说家和芬尼安领导人)他是否认为人们需要土地改革,济科汉姆回答说:——"我只担心他们会不会即便下地狱也会这样做。"奥利里的评论则是:"就让他们做吧。"

于是就出现了一些为了土地的原因假装爱国的家伙,一些为了国家的原因假装对土地改革有兴趣的家伙,以及为了自己的前途假装对国家独立与土地问题都感兴趣的家伙。在我写下这些文字的时候,土地改革已经只有老人才会支持。他们在经历了多年的劳作(一些人经历了多年的牢狱生活)之后,发现自己被肆无忌惮的地痞嘲笑。他们当然肆无忌惮,因为他们成长于一堆虚伪的人之中。随着现实中的冤情越来越接近解决,他们无法盲目地兴奋了,他们的虚伪也昭然若揭。他们从来不是能说会道的人,除了满含情绪的想象以外他们没有任何共同的东西。诗意的比喻源自更早的时代,但是它面临的却是一个反对所有演讲术的时代。我回忆起一位在帕内尔死后仍然坚持维护他的政策的议会成员,这与他自身的利益有很大的冲突。他拒绝参加我朋友为布尔战争而开的会议,就因为我朋友认为"英格兰是正义的"。然而在一个星期之后都柏林的匪徒占领了那里,他又劝说爱尔兰的士兵射死自己的长官并且加入克鲁格总统。我还记得另外一个卓越的政治家。他在帕内尔没落的时候反对他,而在帕内尔兴起的时候重新提起了某个殖民地总督的丑闻。我的一位朋友,在建议总督的儿子写他父亲的一生之后,记起了这段丑闻并且拜访那位政治家。"我恳求你,"他带着无限的真诚说,"在选举的时候不要注意我说的任何话。"

把公众的偏见放在一边,这些人都是优秀的演说者,亲切和蔼的人。他们的童年也是在乡村的幽默中度过的,大部分的人感情也很饱满。一半的人有着实用主义的哲学观,并且他们不时地被英国的同情者感动,哭和笑也都符合爱尔兰人的传统。他们可能甚至比别处的同类有着更多的真诚,但是他们继承了人们为之献身的道路。他们自己都愿意为此入狱。靠着殉难者的世袭权利,他们在一段时间里被看成并非普通人,但他们现在要付出代价了。"我刚刚告诉玛哈菲,"王尔德跟我说,"它是一个由天才组成的政党。"然后约翰·奥利里,泰勒,和许多不知名的真诚的人们将其推倒。以个人精神的角度看,那些追随者也应该当成是不一般的人吗?运动首先从诗歌开始,然后整个国家进入了革命的第二阶段,把前一阶段的抽象和怨恨都丢在了一遍。在经历了二十年的第二阶段,虽然抽象和怨恨获得了胜利,但是还是没有清晰的迹象表明第三阶段即《第三者》和理性架构的思维会出现。

在发现只有个体的灵魂才能达到它的精神对立面,一个混乱的国家必须来回经历机械的对立面。但是人们一贯希望那些对立面能获得性别并繁衍下去。有时候当我思考政治主观性对爱尔兰的影响时我都会记起王尔德跟我说过的一个故事(他承认自己是从魔法书上看到的),"如果你在翡翠上刻一条瑟伯勒斯,"他说道,"并且把它放在灯油里,再把他带到你的敌人的房间里,他会长出两个头并且互相咬。"

与分享我们传统的多愁善感的修辞给每个有着现实中的苦难的人不同,不管一个人是否有一丁点关心别人的冤屈,我们中的大部分人都会迫害异教徒。民族主义像是个宗教,几乎没有人会被拯救,冥想只有一个主题——完美的国家和它的完美的服务。"公众意见,"我的朋友收到一份匿名的明信片,"会逼迫你去学习爱尔兰语。"它显然已经逼迫很多人改变裁缝师和衣服。我相信自己的着装是符合公众意见的,直到我的裁缝给我写了一封道歉信:"我花了很长时间才从苏格兰拿到康涅马拉的料子做你的衣服。"

人们喜欢的爱尔兰必须是自我感动和自我创造的,虽然只有很少的人把从英格兰分离出来的理想在政治上加以整理(为了避免得到令人绝望的结论)。那时的人们对在斗争中从英格兰的政治和影响中独立出来的关注更甚于对最后结果的关注。我们不再有任何能领导我们的人,在他们的位置上只有抽象。我们的代表大会(在那里奥利里在不该他发言的时候丝毫不考虑流程和规则就打断别人的谈话)被小团体所控制。那些盖尔语的宣传家们虽然很少,但是确实最富有激情的。同时他们也有着神学系统的专注与狭隘。

我和茅德·冈一起坐火车去参加苏格兰,都柏林,和中部地区的会议。在途中她和我会有一些激动人心的谈话,关于我想要调和新老爱尔兰人的计划。在这个我们的地位就要确定的时候,或者甚至可能是为我们的地位打下奠基石的时候,难道我们不应该邀请支持和反对帕内尔主义的领导人,与被苛税激怒的几乎要改变立场的新联邦主义者的领导人一起讨论如何把他们的政策在我们的代表大会之前落实?难道我们不能到时候建议把这个代表大会维持下去,或者指定某个执行委员会来指导爱尔兰的政策并且随时报告吗?从威斯敏斯特完全撤离的政策是在十七世纪提出来的,早于两个凶狠的脑袋有着相同力量之时。虽然抽象的脑袋看上去最强,但是类似的政策还是会被提出来。我们的大会就可以提出这个政策,并不以一种独立的权利而是以它的下属部门的形式。现在需要考虑的就是什么时候,出于什么目的大会可能提出政策。我厌恶某个无所顾忌的芬尼安运动。借着文学而非政治理念,我梦想着文化的统一可以通过某几个人控制一定程度的行政权为开头。我开始将我的计划说给不同的组织者听,他们总是礼貌地打断我,而将话题转向狄龙先生和瑞德蒙德先生身上。我以为茅德·冈支持我,但是我无意中听到她的谈话,她只是要求将所有爱尔兰的议员撤出来。如果她说起过我的计划的话,那也只是建议送八十个衣衫褴褛的喝醉酒的都柏林乞丐或者拳手到英格兰去——"让他们也承担后果"。

她是我们这个时代第一个在公共场合和半公共场合说起要把撤离爱尔兰议员当成一项实际政策的人。当然,这只是我所知道的。说不定还有其他人也想过这点。在危机中的国家就像一颗简单的大脑,更精确地讲,应该是像那些平行渠道般的大脑,流淌的是一股股思想。每一股思想都反映着它所流经的大脑的颜色。这些思想并非在对话和出版物中,而是通过普通人意识中某种程度的"精神感应"而定型。过了几年之后,当后来发生的事情揭示了它们的重要性时,我们才发现它们不过是同一主题的不同阐述而已。那种自我感动,自我创造的国家要求爱尔兰有一个权力中心。我之前不成熟地试图要在两个凶狠的脑袋间创造和平的想法,只是因为那时的我太过理想化了。但是茅德·冈跟我不一样,在很多重要的事情发生之前我就注意到她不喜欢思考,但是特别迷信。难道她没有意识到巨大灾难发生的时候有一些力量超越了他们自己的思想吗?难道他们像我父亲那个时代的肖像画家一样,只有当模特在他们的眼皮底下时才开始思考?在某个示威运动开始的前夜,我发现她正要将满笼子的金丝雀放生,以此来换取运气。

在发现了我们国家那些尚未进入比勒尔先生的大学里读书的年轻人会将任何他们不同意的意见吼没掉之后,我就放弃了我的计划。而且他们的消费是如此的奢侈以至于我们要奠上基,铺上轨才能保证能达到我们民族的目的。同时茅德·冈野正在实施自己的计划。

她对公众的影响力达到了顶峰。因为她在向人们推广她那在我看来很荒唐的理念时还能保持自由,所以她获得了一部分权力。当人们照她说的做时并非只出于她的美貌,同时也因为那美貌意味着快乐和自由。除了这一点以外她的美丽中还包含着能感动充满古代盖尔族故事和诗歌的头脑的东西,因为她看上去像是生活在古代文明中——在那里所有身体和思想的优势都能成为公众膜拜的一部分。这些都不过是人们的创造物而已,就像教皇走近梵蒂冈一样。她的美貌因她的地位而更加突出,这种能立刻影响一个人群的美貌并非像平时我们看见的舞台明星所拥有的那样,明显而炫耀,而是一种绝对不同的东西。如果说她的美貌看上去像是某个没有思想的希腊雕像——我们必须看到群众的自我是困惑,散落并且是孤独的,那么她的身体则像是花费过很多时间思考的杰作,就像是斯科帕斯衡量并且计算过的,与埃及的圣人相合拍。或者像巴比伦的数学家在起居室都会要勇敢面对阿基米德坟墓中的影响一样。

但是在那种古代文明中抽象的思想很少出现,她只是偶尔部分地会进行抽象思考。因此她像我认识的某位女性一样,痛恨自己的美貌——并非是由于对于他人的影响,而是由于在镜子中的影像。美貌来自那个对立的自我。很少有女人能不恨它,不只是因为这需要每天痛苦的维护,还因为它会招致对自己的否定和崩溃。

> 那个呆坐在书桌旁的灵魂,
> 用了多少个世纪,
> 超越苍鹰和钱鼠,
> 超越所听的和所看的,
> 超越阿基米德的猜想,
> 不知劳苦的计算着,
> 想把那种美丽提升到,
> 人类的存在中。

V

在有史以来最大规模的游行的早晨,议会中的帕内尔与反帕内尔主义的成员像是暴风雨中的牛一样挤成一团,在我们的四轮马车后面聚集。我听到约翰·瑞德蒙德对着他后来的敌人说:"我走向队伍前头,但是一个典礼官说,'这不是你的位置,瑞德蒙德先生,你的位置在很后面。''不,'我说,'我会待在这儿。''那样的话,'他说道,'我会引导你走到后面去。'"后来我从互相推挤的对南非人员的委派上看出地位和程序的重要性,并且发现茅德·冈在哪都很受欢迎,但是爱尔兰的议员走到哪都不受欢迎。我怀疑是不是他们的敌人没有打算羞辱他们。

......

我们在市长官邸的晚宴上,约翰·狄龙做了帕内尔去世后他在主流爱尔兰观众面前的第一次演讲;并且我有好几次都能让我在伦敦的代表位置不受打扰。狄龙很紧张,当我看着他的时候有一种抽象的激情在我心中燃烧。我差点被一种残酷的本能战胜。我想要大声喊:"真瑞和损害他导师名誉的人和解了吗?"

......

当人们为了维多利亚女王纪念日做装饰的时候,我们的奠基石是不是还没有放好?

......

我看到茅德·冈在她的旅馆里跟一个看上去很犹豫的工作人员讲话。他邀请她去一个社会主义者协会的常规会议上做一个关于维多利亚女王的演讲,而且他将开一个在野外的不错的会议。她拒绝演讲,然后他说她的拒绝将让他声名扫地,以后都不会有人相信他的承诺了。当他没有抱怨也没有怒气地离开后,她给了我一个不去野外会议的很有说服力的理由,但我能想到的只有这个年轻人和他的忧郁。他留下了自己的地址。不久之后在我的劝说下茅德·冈去了他的屋子。在那里她发现他和他的妻子孩子挤在一个很小的空间里(也许只有一个房间)。于是在这种感动之下她答应了去演讲。这位年轻人就是詹姆士·科诺里。他和佩吉里克·皮尔斯领导了一九一六年的复活节起义并在之后被处决。

……

会议开在格林大学,人很多。茅德·冈站在一个椅子上演讲。在她的前面的老妇人拿着一张爱德华德·菲茨杰拉德的小画像。她挥着手大喊道:"她出生前我就在了。"茅德·冈告诉我她是怎样早晨在圣迈克尔街的教堂里为烈士献花的。这是一年来人们第一次献花。因为之前因为纪念日的关系人们不允许献花。当她暂停了一下之后她的声音变成了大喊:"难道就因为维多利亚的纪念日,我们那些死去的人们的坟墓就不应该装饰了吗?"

……

有一次晚上八九点钟,她和我从市民大厅回来。代表大会在那儿开。我们好像走到了拉特兰广场的国家俱乐部。我们在街上看到很多人挤在一起,我们在他们的中间。不久之后我听到一声砸碎玻璃的声音。这些拥挤的人群就开始用石头砸精修过的房子窗户。当我试图为了重新创造秩序的时候我发现由于在代表大会上讲了太多的话喉咙哑掉了。我只能轻声说话或者打手势。就这样我从责任中解脱了出来并且被人群的情绪感染,甚至也许在玻璃被敲碎的时候感受到了他们的感觉。茅德·冈很高兴,带着笑脸边走边回头看。

那天晚上更晚点的时候科诺里在游行的队伍中扛了一口上书"英帝国"的棺材,然后警察和暴民为了这口棺材的拥有权而打起来。最后警察没有拿到这口箱子,它被丢进丽菲湖了。警察和砸窗的人也有过几次争斗。我在晨报上读到新闻说有很多人受伤了,两百多个人因为头部受伤在医院里包扎。有老妇人被警棍打死,也有可能是被游行的人群踩死。有价值两千多镑的经过装饰的窗户被打破。我数了数责任链条里的联系,并掐指算了算,不知道这场暴乱是否能联结到我的努力中去。

……

帷幕的颤抖

维多利亚女王来城市访问,都柏林的联邦主义者从爱尔兰各地找了一万两千个小孩,并且为他们造了一个很大的表演台。然后为他们买了糖和面包。一周之后茅德·冈组织了四万个小孩在都柏林大街和德鲁姆康加大街过去的田上当着他们教会的牧师面游行,他们发誓只有当爱尔兰有了自由才会尊重英格兰。这种恨意不会消失。

当这些孩子到了三十岁左右的时候他们中有多少人会扛着炸弹或者来复枪呢?

⋯⋯

都柏林和伦敦的组织之间仍旧火花四溅,因为一位伦敦的医生(他也是我的同伴),在早饭过后时说有一个秘密组织在天黑之前要他的人头。他很生气,虽然他的生命看上去并未受到威胁,但他所受到的侮辱让他难以忍受。

⋯⋯

我们为了委员会会议来到了大法官街。但是德比·戴和其他人已经在我们的房间里上演拳击比赛了。于是我们改地方去隔壁的公共会议室。那儿有小小的平行卧室,就像那种老式的饭堂一样。我们将告诉秘书们要怎么回这周的信件。我们被一位委员打断了。他之前去过德比那儿,回来后半躺在桌子上,不断地重复说:"我知道你们所有人的想法。让我们拿着火炬,让我们将它传递给我们的孩子,但是我说不行!我说让我们立刻起来反抗。"

不久之后一位拳击手来了,不断说着道歉,并且解释说我们都不认识。他停下来之后用一种尖锐的眼神默默地看着我们。"不,我不会。"他大声说道,"我现在只对维纳斯,adonis 和天上的其他星球感兴趣。"

⋯⋯

法国的支持者们被带去参观戈尔韦的老房子。由于法国南部的房子和这边的很像,所以他们一点也没感觉。更多的人选择待在拥挤的房间里。不久之后我认识的一个人,他从自己的卧室窗户偷看到外面。发现旅馆老板站在大厅门口附近,而在路上有一位神情紧张,堂吉诃德式的都柏林律师带着一位看着一根上面串着十二个大厅的水壶的杆子的小孩。他听到一个愤怒的声音和一个温柔恳求的声音："但是,女士,我敢肯定的说,有那么多客人出人意料地来到这里,你肯定会发现自己没准备好。""我从没这样被指责过。""女士,我在思考我们国家的荣誉。"

······

我在茅德·冈的旅馆里,一位意大利的支持者西普朗尼,他是加里巴尔迪的朋友,也在那里。虽然他老了但还是我见过的最帅的男人。我在房间的某一头用英文讲着一个鬼故事,他在房间的另一头用法语说着政治。有人说:"叶芝相信有鬼。"西普朗尼停下了他那富有激情的高调言论,用一种很大气的动作和声调说:"而我,除了加农炮不再相信任何东西。"

······

我拜访了在 westmoreland 街上的爱尔兰组织。他们前门开着,办公室的门也开着。穿过那个办公室之后就是空的房间。碗橱的门也开着,十八英镑的金子就躺在书柜上面。

······

在伦敦委员会的会议上我发现一位不久前溜进房间的中年男人对着秘书耳语说了些什么,然后留了四五先令的钱放在桌子上,最后又溜了出去。我听说他是一位爱尔兰学校老师。他在早年的时候发誓不喝酒不吸烟,将每个月省下来的钱为爱尔兰的独立运动作贡献。

······

Ⅵ

在我投身政治的几个月前,我交了个朋友。正是因此那个建一所爱尔兰剧院的计划才成为可能。阿瑟·赛门斯和我与爱德华德先生待在戈尔韦县的提里拉城堡里,刚好那时候格雷戈里夫人驾马过来。我和她在伦敦的时候见过几分钟,在赛门斯回到伦敦的时候我待在她的房间里(离提里拉城堡只有四英里的路程)。我当时身体很差,年轻

帷幕的颤抖 227

的压力比平时来的更大一点。即便是想象力丰富的人也会觉得年轻是苦涩的。我迷失在偏离洪杜斯·卡麦里昂尼斯的道路上（这是周期性）。第一次是在我十八九岁的时候，当时我像要创造一种更加有层次感的戏剧艺术，然后我经过一部小说达成了目的（我不能写也不能不写这部小说，它以洪杜斯·卡麦里昂尼斯为主旨）。我的主角通过他那迷茫的眼睛看到了所有现代幻象学派，就像法拉奥伯特的圣·安东尼看到基督教学派一样。我因为无助而创作，而我的主人公则因为无助而创造哲学规则。不是我不喜欢规则，或者我没有办法遵守它，而是我要超越自己。不是我选了太多的元素——那些单位都无法用数字来衡量，就像天使一样——，我如同解述斯库曼问题的亨利·摩尔一样，在蜡烛尖上跳舞。也许五十年前我会少点麻烦，但是当我的年龄自动到达洪杜斯·卡麦里昂尼斯时我该怎么做呢？

格雷戈里夫人发现我病了以后从乡间田里带来了民间传说和故事，并将我们已经收集到的东西写了出来并把它当成一部作品。在作品中一个人让其他人说话，并且沿着农田散了很久步，用乡村的词语撒谎道："脑子好轻啊。"她让我来年回去那里。在之后的几年我都在暑假里去她的房子里。当我恢复健康的时候，我发现自己懒多了，一部分原因是我因为那部不可能完成的小说而心烦。我让她每天十一点送我到我工作的地方，几个小时后又让她处理我的信件，如果需要的话还让她评价一下我的懒惰程度。我不知道是不是因为她的支持和关怀我才做了那么多事。不久之后，虽然不是很快，我重建了这个饱受折磨的行业，虽然我在多年以后才可以在面对一个小时的诗歌创作时不想半天开头并且拖延时间。

斯莱哥的某片树林，应该是在道尼岩和位于本波本瀑布上方的树林里（或许我不应该再走进去），有着我深深的热爱以至于晚上我都能梦到它。库勒的树林，虽然没有进入过我的梦境，与我的思想结合得很紧密。我死后将葬在那里。当我们都去世之后，据我的信仰，我们将沿着时间倒着活一些年，从我们爬上去的台阶爬下来，再次变得年轻，或者甚至小孩，直到获得那种不再是自然偶然所造成的天真为止。

在库尔的时候那些原本简单的思想变得复杂了。它们通过与其他人的思想的联系,解释着这个世界,超越我自己的思想。我练习冥想,然后我发现这会影响我的睡眠。它会使普通的梦境变成包含思想的地方。它们不变的连贯性和一定程度上的半睡半醒都对此有影响。我发现这样的经历当我烦扰的时候发生得特别频繁。有时它显得很不合时宜,就好像它必须让外部思想有着力点一样。在一八九七和一八九八年,当我离开或者到达某个政治会议场所的时候,第一个梦境出现了。我穿过一条靠近英寸林旁的小河流时(更准确的讲是在河中心的时候),情绪从没有那么占据过我的思维。我说:"那正是虔诚的基督徒感受到的东西,那正是为什么他会将自己的意愿屈服于上帝意愿的原因。"我为我所有的想象力局限于古爱尔兰的异教徒的神秘主义而惊讶。我在一张大地图上用红色墨水标记着每一座圣山。第二天造成我在破晓前醒来,听到一个声音在说:"上帝对每个人的爱都是无穷的,因为每个人的灵魂都是独一无二的,没有谁能像上帝爱我们一样爱他。"

格雷戈里夫人和我听了很多关于各种各样的人被精灵抓走的故事,一些有精神的或者无生命的东西将他们的喜好保留在替身上面。我一直问我自己这些故事是否真实,结果找到了很多证据。有一晚我醒过来发现自己四肢僵硬,并且听到一个仪式般的声音(可不是我自己在说话),"我们为了这个睡着的人做了一个替身,"这个声音说道,"睡着的不是他本人,我们叫他易曼纽。"多年后那个思想变成了面具的思想。我在这些回忆录中用它们解释人们的性格。几个月后在牛津城,我问我自己是不是"睡着的人的替身",并且无意识地从架子上拿过来一本从没读过的书——波及特的《东方基督精神》并随意地翻了翻。我看到一段格诺斯蒂克写的东西,关于国王的儿子怎么样被流放,睡在埃及(自然状态的象征)。当他睡觉的时候一个天使带给了他一个忠诚的斗篷。在页下我发现一个脚注,说的是斗篷这个词并不代表天使给他的东西有着王子自己的形状和爱好。然而,我在格诺斯蒂克的文章中并没有发现我对埃及故事的思考与面具所代表的是对立的。这样就清晰了,虽然在一个农民告诉我和格雷戈里夫人他在十一月听到新出生的羊羔的叫声时——在精灵的世界里是春天,我就对此有预感了。

......

在杜拉斯的海边,离库拉有几英里远,一个年老的法国律师,弗洛里蒙德·德·巴斯特洛,每年都来那里住几个月。格雷戈里夫人和我说起建立一个爱尔兰剧院的计划。我们看到他的房子外面的草坪,看到每次他从巴黎过来的时候都聚集在一起的一大群鸭子,和每次他秋天去到罗马时聚集起来的一小群鸭子(如果那能被称为群的话)。我告诉她我已经放弃了自己的计划,因为建一个小剧院所需要的英镑几乎是凑不齐的了。然后她就向我保证说她会帮我募集钱款,并将给我必要的数目。这是她为爱尔兰知识运动做的第一个贡献。她某天提醒当她问我怎么做才能帮到我们的运动时我什么也没说。没有人预见到她的才能,正如我预见到约翰·辛格的才能一样。连她自己都没有预见到这一点。我们的剧院在她开始写作之前就建好了,但是她的喜剧很有笑点和美感——一种不寻常的组合。她写的那两本书中包含了爱尔兰的传奇故事。她用如此简单而优雅的英语将其翻译出来以至于爱尔兰想象文学不再需要其他著作来加深本身的想象力了。它们中有我们的古代文学,比我们的《Mabinogion》都要好,几乎可以算是我们的《Morte D'Arthur》了。不过,我在专门描述她个人影响力的回忆录中写这两本书可能会比较合适,尤其是在没有其他人像要说起这段事的情况下。如果没有这些影响的话,爱尔兰的文学将是贫瘠的。我们在图书馆和库勒的树林里计划了很多,正是在那里约翰·沙维·泰勒从阶级和家庭中独立出来,从而能在地主和佃户之间召开会议,进而使得土地能被买卖;正是在那里休·雷恩有了那些野心,使得他召集了散落各地的数千不满的人;正是在那里,也许是因为弗洛里蒙德·德·巴斯特洛的一段话启发了辛格的才能。

我没有将这些文字留给后代去写。虽然我的朋友不在乎赞扬或者批评,但是对那些身处在时代变革而迷茫的青年来说,他们也许能学到他们需要向谁还什么债。

凯尔特的曙光

仙军出动

千军万马从诺克纳里亚①出发,
越过的坟墓属于克露丝纳贝蛾②;
恺特③的红发迎风飞舞,
尼亚芙④喊道,"上路,上路!"
清空你们心中那凡世的梦。
风已醒来,树叶打转,
我们脸颊苍白,头发吹散,
我们胸部起伏,眼神烁烁,
我们臂膀挥舞,嘴唇张开,
若谁凝视疾行的队伍,
我们便来到他
和他手头的事情之间,
便来到他

---

① 诺克纳里亚为爱尔兰斯莱戈的山区,叶芝从小便在斯莱戈长大。
② 克露丝纳拜蕾在爱尔兰语里指"老妇人贝蛾",贝蛾是爱尔兰神话中的长生女神。
③ 恺特是爱尔兰神话中的勇士,罗南家族的首领。
④ 尼亚芙为爱尔兰神话中海神的女儿。

和他心头的希望之间,
大军日夜兼程,不分朝暮;
哪里能寻得这般美好的事情和希望?
恺特的红发迎风飞舞,
尼亚芙喊道,"上路,上路!"

自序

1

像每一位艺术家一样,我希望在这个残破而拙劣的世界中,利用美好宜人、意义非凡之物来营造出一个小世界,向应我所吩咐方向看去的同胞,用梦幻的手法展现出爱尔兰的面貌。于是,我便将自己所闻所见之事忠实而精确地记录下来,除了添加些评注之外,并不会凭空捏造出想象。然而,我也不会煞费苦心地将自己的信仰从农人的信仰分离出来,我只是让男人与女人、鬼魂与仙人不受冒犯地各行其道,也不会用自己的论点来为他们辩解。一个人的见闻如同生活之线,如果他能够将线绳从混沌的记忆线轴上拉扯下来,那么任何人都能用它们织成称心如意的信仰之衣。同别人一样,我也编织出自己的信仰之衣,但我将竭力用它来温暖自己,如果它还算合体,我便已十分满足。

希望和记忆之女,名为艺术。在绝望的土地上,人们将衣服挂在枝杈上,充当战争的大旗,但她却远离这片是非之地。啊,亲爱的希望和记忆之女,请与我同在,哪怕只是片刻。

2

我添加了一些与原有风格相似的章节。我本想多添加几篇,但随着年龄渐长,人也失去了梦想的轻盈;他开始用自己的双手来延续生活,在意的并非开花而是结果,也许,这算不得重大的损失。像原有的内容一样,我在新章节中并无凭空杜撰,只是偶有抒发感慨,或是为了保护那些可怜的叙述者而稍作改动,这样,他们对恶魔天使之类的评述便不会为邻舍所知。这些梦魅零星短小,不足挂齿,但不久我会出版一本关于仙人王国的巨作,我将力图使之包罗万象,形成一套完整的体系。

叶芝
一九〇二年

一 讲故事的人

书中有很多故事为一个叫帕迪·弗林的人所述,他是个眼睛炯炯有神的矮个老头,住在巴利索达尔①村一间漏风漏雨的小棚子里。他说,巴利索达尔是"斯莱戈郡最灵妙的地方"(他的意思是最有仙气)。其他人的看法也大体相同,但会把它排在德拉姆克利夫和德拉马海尔②之后。第一次见到他时,他正在煮蘑菇;第二次,他在篱笆下睡觉,脸上还带着笑意。他生性乐天,可我自认为能从他的眼神(他的双眼从布满皱纹的眼窝中张望时,像兔子一样滴溜溜地转)中看出一丝忧郁,近乎已成为欢乐的一部分;这种因幻想而生的忧郁属于那些本性质朴之人,属于一切动物。

他的生活不乏愁事,年老、古怪、耳聋这三座大山令他倍感孤独,还常常遭到孩童的捉弄。也许正是出于这个原因,他才倍加向往欢乐和希望之事。比如,他喜欢提及科隆西尔③逗妈妈开心的事儿。"妈妈,你今天怎么样?"圣人问道。"不咋样。"妈妈回答。"也许明天更不咋样。"圣人说。第二天,科隆西尔又过来说了同样的话,但第三天妈妈说:"谢天谢地,好些了。"圣人答道:"祝您明天更好。"他还喜欢说到世界末日那天,审判官微笑着赏赐好人,将恶人打入永不熄灭的火海中。他见过许多奇异的幻象,它们或是令他开心,或是使他哀伤。我问他可曾看过仙人,回答是:"他们不是挺烦人的么?"我还问他见没见

---

① 斯莱戈郡一地区。
② 二者均为斯莱戈郡的地区。
③ 即圣科隆巴(五二一——五九七),爱尔兰宗教领袖。"科隆西尔"意即"教堂上的鸽子"。

过报丧女妖,"见过,"他说,"就在那头水边,它用双手拍打着河面。"

我的一个笔记本几乎写满了帕迪·弗林所说的故事和俗语,本书的内容便摘抄自此,只是略有文字上的改动。在见到弗林后不久,我记下了这些东西,现在,一看到笔记本我便懊悔不已,因为空白的几页再也不会写满。帕迪·弗林死了;我的一位朋友给了他一大瓶威士忌,尽管向来是个冷静清醒的人,但看到这么多酒,激动之下他难以自制,连喝几天便一命归西。若在年轻力壮时,他还能承受住这番猛喝,但老迈的年纪和艰苦的日子已令他的躯体虚弱不堪。他讲起故事来可是个能手,与我们这些普通人不同,他知道如何穷尽天堂、地狱、炼狱、仙境和凡间,来充实故事的内容。他并未见过多大世面,但对各种场景的丰富了解却不亚于荷马本人。有了像弗林这样的人,盖尔人[①]或许可以拾回古时的纯朴以及丰富的想象力。文学除了以象征和事件为载体来表达感情,还能如何?难道,表达情绪只需要这个破败的凡间,而无须引入天堂、地狱、炼狱和仙境吗?还有,倘若无人敢于将天堂、地狱、炼狱和仙境混为一体,乃至将兽头安上人身,将灵魂塞入岩心,就不可以表达情绪了吗?讲故事的人们,加油吧,无所畏惧地抓住心灵所向往的猎物吧!一切皆为存在,一切皆为真实,凡间只是我们脚下的尘埃罢了。

二 信与不信

即便是在西边的村子里,也不乏怀疑之人。去年圣诞时,有个女人向我表示她既不信地狱,也不信鬼怪。在她眼里,神父只是为了维持人们的良心,才凭空发明出地狱的概念;而鬼魂也不被允许自由自在地"在凡间溜达";"但仙人是有的,"她补充道,"矮精灵[②]、水马和堕落天使也是存在的。"我还遇见过一个臂上纹着印第安莫霍克族图腾

[①] 即爱尔兰人。
[②] 爱尔兰传说中的精灵,形似矮小老人。

的男人，他的信与不信与那女人几乎如出一辙。不管人们怀疑什么，他们从未怀疑过仙人的存在，正如那个臂上有刺青的男人所说："它们的存在是明摆着的。"即便是官方也深信不疑。

格兰治村位于本布尔本山靠海的一侧，那里曾经有个替人干活的小女孩，她在三年前的一天夜里突然消失。这顿时在左邻右舍间激起一阵骚动，因为有传言说仙人们带走了她。据说，有位村民曾死死地拉住小女孩，但最后还是仙人们占了上风，村民发现，自己的手中只剩下一根笤帚。人们请来的治安警官立即展开了挨家挨户的搜查，同时让人们去女孩出事的田里，把豚草烧光，因为豚草是仙界的圣物。人们烧了一夜的豚草，治安警官则在念着咒语。故事里说，第二天早晨，人们在田里找到了闲荡的小女孩。她说仙人们骑着仙马，带她去了很远的地方。最后她看见一条大河，而那晚曾经拼命拉住她的村民则坐在蛤壳上，顺流而下——仙人可真够法力无边的。在路上，仙人还提到村中即将死去的几个人的名字。

也许警官是对的。我们最好是既相信一点真理，也相信许多不合情理的东西，而不是为了否认而将真伪一并抹杀掉，因为我们既无指引脚步的烛光，也没有沼泽地上为我们开道的微弱鬼火；我们只能在奇形怪状的鬼怪所居住的旷野中摸索前行。毕竟，如果我们能在壁炉边、在灵魂中留住一丝火种，张开手臂迎接一切杰出的人类或幽魂，温暖它们，哪怕对着鬼魂本身也不会残忍地喝道"滚开"，难道，我们就会遭遇可怕的恶魔？毕竟，我们怎么能知道，自己那些不合理的东西一定会不如别人的真理？它已经在壁炉边和灵魂中被烤暖，准备为真理的野蜂采集，酿出甘甜的蜜。野蜂啊，野蜂，请再次来到这个世界吧！

三 凡间的帮助

古诗中说过，凡人曾被带到天上，协助众神作战。库楚兰帮助芳德女神的妹妹和妹夫击败了天国的另一个种族，从而赢得了女神一时的芳心。有人还告诉过我,若无凡人相助,仙人们连曲棍球游戏也玩不了,根据故事的说法,此时,这些凡人的躯体,或是被用来取代躯体的任何东西,都还在家里蒙头大睡呢。没有凡人,他们便只是个击不了球的影子。有一天,我与朋友走在戈尔韦沼泽地的路上,发现一位面容粗犷的老头正在挖沟。朋友听说他曾见过不可思议的场面,后来我们终于从他口中听到些许故事。小时候的一天,他同三十来个男男女女和小孩一起干活。他们在迪厄姆那边,离诺克纳格尔不远。不久,三十来个人都看到,在半英里外的远处聚集了大约一百五十位仙人。老头说,有两位仙人身着我们这个时代的深色衣服,彼此相隔一百码左右,但其余人的衣服则五颜六色,有的穿格子纹或弧纹,有的穿红色马甲。

他不清楚那些仙人在做什么,但似乎都在打曲棍球,反正"看起来挺像的"。他以近乎发誓的语气说,仙人时而消失,时而又从穿深色衣服的两个人的身体里冒出来。这两人和世间人类的体格相仿,但其余人看起来很矮小。他观望了大概半个小时,然后雇佣他们这群人干活的老汉扬起鞭子说道:"干活,干活,否则就干不完啦!"我问,他是不是也看到了仙人,"哦,是啊,不过他可不愿意让我们白拿工钱呀。"老汉逼着他们拼命干活,所以,没有人看到仙人们后来如何。

一九〇二年

四 幻视的人

有天晚上,一个年轻人来我借宿的地方找我,我们谈到了天地的形成和其他各种话题。我还问及他的生活和事业。自从上次与我见面之后,他写下许多诗歌,绘出许多神秘的图画,但近来却没有创作,因为,他正在全神贯注地试图使自己的心智变得强壮、积极而冷静,害怕艺术家感性的生活于自己不利。不过,他背起自己的诗来却毫不费力。有些诗他根本就没写下,而是默记在心里。这些诗的音律狂野,仿佛疾风在芦苇丛中刮过①,在我看来,它们入木三分地表达了凯尔特人的悲伤,以及他们对世间未曾出现的无数事物的渴望。突然,我发觉他的眼神更加凝固、更加激动。"你看到了什么,X 先生?"我说。"一位耀眼而有翼的女子,披着长发,站在门口。"他大概是这样回答道。"是某个活着的人想到我们,她的思想以这种象征出现在我们面前吗?"我说。我对幻视者们的行事和说话方式非常熟悉。"不,"他回答道,"如果这是活人的思想,我应当能在自己的身体中感觉到这种鲜活的影响力,我的心脏将会跳动,我的呼吸将会屏息。它是幽灵,要么是死人,要么是从未存在过的人。"

我问他做什么,他回答说自己是一家大商店的职员。不过,他却乐于在山上漫步,与疯疯癫癫、眼有幻象的农民交谈,或是劝说性情古怪、心事重重的人们敞开心扉,对他吐露内心封存的烦恼。

又是一天晚上,我来到他的住处,期间不止一个人登门拜访,谈论他们的信与不信,如同将自己的想法晾晒在他如阳光般的思想之下。讨论之时,他的脑海中会浮现出幻象,据说,面对着形形色色的人们,他能说出关于他们的过去经历和远方朋友的事情,令他们在这位非凡的老师面前,出于敬畏而噤声不语。他看起来不过是个大男孩,头脑却比这些人中的最年长者还要锐利。

他背诵给我听的诗歌充分显示了他的灵性和想象。诗中有时提到他生活在别的世纪中(他相信有这回事),有时提到他交谈过的人们,将他们的想法揭示出来。我告诉他,自己想写一篇关于他和这些诗歌的文章,他的回答则是,只要不提及他的名字便可,因为他希望永远"不为人知、默默无闻、隐姓埋名"。第二天,他的一沓诗落入我的信箱,还夹着一张便条:"将您说过喜欢的一些诗抄下来赠与您。我想自己不会再去写作或是绘画。我准备开始新的生活,准备着新一轮活动

---

① 作者原注:我写下这句话是在很久之前。现在我认为,对于世上那些保留有古时民族心态的种族,这种悲伤都是他们心中的一部分。我并不像以往那样执迷于各个种族的奥秘,于是便原封不动地保留了这条以及类似的句子。我们曾对它们深信不疑,也许现在也聪明不了多少。

的循环往复。我将使自己的根枝变得强硬,现在还不是长出树叶和花朵的时候。"

这些诗歌都力图在飘渺的意象中捕捉高深莫测的情感。总而言之,它们写得很精致,却常常嵌入于那些对他而言具有特别意义的思想中;在别人眼里,这思想不过是无名铸币上的玄妙文字。它们只是青铜或是红铜币,至多也是晦暗的银币而已。或者,思想被草率的文字所掩盖,似乎他突然疑虑起来,写作是否只是愚蠢的劳动。他常常为自己的诗歌配上插图,尽管结构不甚清晰,却幸而没有掩盖思想的美丽。在他思想中存在的仙人赋予他写作的主题,特别是埃尔西敦的托马斯[①]——一动不动地坐在熹微的晨光下,年轻而美丽的女子从暗影中轻轻地探出身子,对他低语的景象。他尤其喜欢强烈的色彩效果:脑袋上长着孔雀羽毛而非头发的神灵;从火之漩涡伸手触摸星星的鬼魅;还有手指微微合拢,握着彩色水晶球的精灵——这种水晶球是灵魂的象征。但在丰富的色彩之下,却是对人类脆弱希望的温和说教。这种精神上的渴望令许多像他一样寻求启发或是哀缅逝去欢乐的人们慕名而来,其中有一个人让我记忆犹新。一两年前的冬天,他晚上常常边在山上走来走去,边同一位老农夫交谈,这老头几乎从不开口,却对他敞开心扉。两个人都不开心:X是因为自己开始发现艺术和诗歌不适合自己,而老农夫则是因为自己的生命已经渐渐老去,却一无所成且没有希望。多么地像凯尔特人的思想啊!他们都在竭力探寻一种无法用语言或行动来完全表达的东西。老农夫在思想的海洋里徘徊,他的伤感绵延不绝。一天,他迸出一句:"上帝拥有天堂——上帝拥有天堂——却觊觎凡间的世界!"有一次,他还哀叹道自己旧邻都不在了,大家都忘记了他从前,每间小屋里,大家都会在火炉边为他备一把椅子,但现在他们说:"那个老家伙是谁?""这下可得交霉运喽。"他一遍遍地重复道,然后便会继续谈论着上帝和天堂。他不止一次地向着山上挥舞手臂,说道:"只有我才知道四十年前,那棵荆棘树下发

[①] 又称"真理托马斯",是12世纪英国的预言家。

生了什么。"说这话时,他不禁老泪纵横,泪水在月光下闪耀。

当我想到 X 的时候,脑海中便浮现出这老头。二者都是苦苦追寻之人,试图表达出隐藏在话语背后的东西——只不过一个依靠飘渺的词句,而另一个凭借象征的图画和精妙的寓言诗歌罢了;二者(如果 X 允许我这样说的话)都拥有凯尔特人心底那辽阔而模糊的狂想。库楚兰和大海搏斗了两天两夜,直到大浪席卷他,吞噬他的生命;恺特袭夺天神的宫殿;乌辛为了平息自己永不满足的心,徒劳地尝遍仙境的各种欢乐——它们存在于农民幻视者的心中,存在于地主决斗者的心中,存在于所有传奇故事的混乱之中。两位神秘主义者在山间漫步,用满是梦幻的语句述说出灵魂中最为重要的梦想,他们在我看来是多么有趣——凯尔特人幻象的意义无人能知,也没有天使能泄出天机,他们便是其中的一部分。

五 乡村的鬼魂

在大城市,我们活在自己的小团体里,对世界的了解少之又少。小镇或是村庄人口稀少,没有这些小团体。因此,你必然可以看到整个世界。每个人自己便是一个阶级,而每个时辰都是新的挑战。过了村头的客栈之后,你便只能丢下自己所钟爱的奇思怪想,因为,走出村庄之后,你便再也找不到分享这些思想的人。我们在城里听着滔滔不绝的演说,读书、写书、解释宇宙的一切。沉默寡言的乡下人则一成不变地过着日子,不管我们说什么,锄头握在手里的感觉还是那么回事,好收成和坏收成还是一如既往地一个挨着一个。话少的村人们瞧着我们,就像是走失的老马向锈迹斑斑的围栏铁门外望去一样漠然。古代的制图者在那些未经勘探的地区上写道:"此处有狮群出没。"而在渔人和翻犁田地的农夫所居住的村庄中,则是另外一番光景,所以我们只能确信无疑地写下一句话:"此处有鬼魂出没。"

我要说的鬼魂住在伦斯特的 H 村。这里道路蜿蜒,古老的修道院庭院里长满杂草,后面种上幼小的冷杉树,码头上则停着几只渔船。H村虽在历史上默默无闻,却在昆虫学的编年史上享有盛名。如果在靠西的小海湾上连守几夜,便能在夜晚将尽或是黎明微拂之时看见某种稀有的飞蛾顺着海潮的浪线飞舞。一百年前,走私者将这种飞蛾装进运送丝绸和蕾丝的货船里,将它从意大利带了过来。不过,倘若捉飞蛾的人扔下手中的网兜,转而去聆听有关鬼魂、仙人和利利斯的孩子之类的故事,他对村子的故事也许会了解得更快。

如果一个人胆子不大,却想在夜里进这村子的话,那么他得拥有超人的胆略。据说,村民曾经听到过这样的抱怨声:"老天哪,我该怎么走?假如走邓博伊山,也许会被伯尼老船长看见。如果沿着水边,然后走台阶,便会撞上码头上的无头鬼和其他鬼,老教堂院子的围墙下还有只新鬼。走另一条路的话,斯图尔特夫人会在山麓大门那儿出现,魔鬼自己则在医院小道上候着。"

我不知道这个人最后硬着头皮往哪里冲去,但确信他没有走医院小道。霍乱爆发的时候,人们在那里建起了一个收治病人的棚子。瘟疫过后,棚子被拆掉,但从那以后,它的旧址便滋生出鬼魂、恶魔和仙人。H村有个叫帕迪·B某的农民,他力大无比,但滴酒不沾。他的老婆和小姨子想到他的力气,经常疑虑如果他喝了酒会干出什么事来。一天晚上,他走在医院小道上,看见个东西,他开始以为这是只温顺的兔子,但没过多久他又发现它成了一只白猫。再走近些时,这家伙开始慢慢地越鼓越大,而他却发现自己的力气正在逐渐消退,似乎那怪物从他身上吸走了力量。于是,他转身便逃。

医院小道的附近有一条"仙人小道"。每天晚上,仙人们都会沿着它从山上走到海边,从海边走回山上。小径通到海边的尽头处,有一座小屋。一天晚上,住在屋里的阿布纳西夫人将门打开,等着儿子回来。她的丈夫在火炉边睡觉,此时,一个高大的人走进屋来,坐在他身边。过了一会,阿布纳西夫人开口问道:"看在上帝的份上,你到底是谁?"那人起身走出门外,说道:"别在这个时候把门打开,否则魔鬼会找上门来。"她喊醒了丈夫,把事情的来龙去脉告诉他。"有个好人与我们同在。"丈夫说。

也许,我一开始提到的那个胆小鬼走的是斯图尔特夫人镇守的山麓大门。她在世的时候是新教牧师的老婆,"据说她的鬼魂从来没伤害过任何人,"村民们说,"只是在凡间苦修罢了。"山麓大门不远处便是她鬼魂游荡的地方,这里曾出现过一个名气更大的鬼。博根路是一条从村西头伸出来的林荫小道,它便常常光顾这里。在这里,我会详尽地描述这个鬼的历史,也是一场典型的农村悲剧。博根路尽头的村子里有间小屋,壁画师吉姆·蒙哥马利和他的老婆住在这里,夫妻俩子女众多。蒙哥马利出身比邻居们要高,有些玩世不恭,他老婆则是个大块头的女人。他曾因为喝酒而被开除出村里的唱诗班,有一天回家后打了老婆一顿。他的小姨子是个身材同样高大的女人,她听说此事,来到他家,拆下一块窗口的百叶窗——蒙哥马利生性讲究,在每扇窗户的外头都装了百叶窗——劈头朝他打过去。他威胁要告发小姨子,而她回答说,如果他这样做,她就打断他全身的每一块骨头。蒙哥马利的小姨子再也没和姐姐说过话,因为她竟然听任这样一个五短身材的男人狠揍自己。吉姆·蒙哥马利的日子一天不如一天,没过多久,他老婆便吃不饱肚子了,但她出于自尊,没把这事告诉任何人。而且,即便是在冰冷刺骨的夜里,她也常常烤不到火。如果有邻居过来,她便解释说,自己将要上床睡觉,所以熄掉了炉子。周围人听说她经常挨丈夫的打,但她只字不提,整个人也变得骨瘦如柴。终于在一个星期六,屋里的粮食吃完了,她和孩子们只能饿着肚子。她忍无可忍,出门找神父借钱。神父给了她三十先令,但不巧的是,她路遇丈夫,男人夺走她的钱,还打了她一顿。到了星期一,她已经病入膏肓,托人找来了一位名叫凯利的女人,凯利夫人一见到她便说:"太太,你快不行了啊。"凯利请来神父和医生,但一个小时后,女主人就死了。她死后,蒙哥马利对孩子们不管不问,地主们便把他们送去济贫院。几天之后,凯利夫人沿着伯根路回家,这时蒙哥马利太太的鬼魂出现,并一路跟着她,直到凯利夫人到家以后,它才离去。凯利夫人把这事告诉了有名的文物专家S神父,但后者说什么也不信。数天后的一个晚上,凯利夫人又在相同地点遇到了鬼魂。极度的惊恐令她无法走完这段路,于是,她在半路一位邻居家停了下来,求他们让她进门。但那户人家说,他们准备睡觉了。她哭喊道:"以上帝的名义放我进去,否则我就砸门了。"门开了,她才得以逃过鬼魂。这回,S神父终于相信了,他说,鬼魂会一直跟着她,直到她开口同鬼说话。

在博根路上,她第三次遇见了鬼魂。她问鬼魂,为什么它会不得安宁?鬼魂说,它的孩子不能在济贫院住下去,因为那里没有呆过它的亲戚,还有,只有三场弥撒才能让它的灵魂安息。"如果我丈夫不信你,"它说,"给他看这个。"鬼魂在凯利夫人的手腕上按了三个指印,指印肿胀起来,变成淤黑色。然后鬼魂便消失了。吉姆·蒙哥马利一度并不相信自己的老婆会显灵:"她不会在凯利夫人面前现身,因为她只会对体面的人显形。"但三个指印说服了他,于是他便带着孩子们离开了济贫院。神父作了弥撒,鬼魂便不再出现,它想必已经安息。一些时日之后,酗酒成性的吉姆·蒙哥马利一贫如洗,最后死在济贫院里。

我认识一些号称在码头上见过无头鬼的人。有个人在夜里路过旧墓地时,发现一个戴白边帽子①的女人爬了出来,蹑手蹑脚地跟着他。直到他到家之后,鬼魂才离开他。村民们觉得,鬼是受了他的冤屈,出于报复才跟踪他的。人们恐吓别人时,常说"我做鬼也不放过你"。那人的老婆曾觉得自己看到一只形似恶狗的魔鬼,被吓个半死。

这些是露天活动的鬼魂;还有些更喜欢居家的鬼,它们聚集在室内,就像寄居在朝南屋檐下的燕子一样多。

一天晚上,一位名叫诺兰的夫人在弗拉迪小道上的家里照看自己奄奄一息的孩子。突然,外面传来敲门声。她害怕门外是什么非人类的东西,没敢开门。敲门声停了下来,过了片刻,前门被猛地挤开,随即又被关上,紧接着是后门。她的丈夫跑出去看是怎么回事,发现两

---

① 我不知道她为何戴着白边帽子。一位来自马约的老女佣曾经给我讲过许多故事,她说自己的小叔子看到"一位戴白边帽子的女人在田间的草垛周围走动,不久他便被打伤,六个月后就死了"。

扇门都闩上了。孩子死了,门像刚才那样开了又关上。然后,诺兰夫人想起自己忘了把门窗打开——当地的习俗是将门窗打开,好让亡灵离开。这些奇异的开、关门和敲门声,便是照料将死之人的鬼魂们所发出的警告和提醒。

屋里的鬼魂通常没有恶意,也不去伤人,人们希望尽可能久地与之相处。这些鬼魂能为与它们共住的人类带来好运。我记得有两个孩子,他们与母亲和兄弟姐妹们睡在一间小屋里,这屋子还住着一个鬼。这家人靠在都柏林的街上卖鲱鱼为生,也不在乎鬼魂的存在,因为他们知道,只要睡在"闹鬼"的屋子里,生意总是很好。

西边村子里有不少人见过鬼,我便认识一些。康诺特和伦斯特两地的鬼故事大相径庭。H村的鬼魂在暗地里活动,干着实实在在的事情。它们宣布人的死亡、承担某些义务,申冤报仇,甚至是付账——一位渔人家的女儿就曾遇过这等事,然后便匆忙安息起来。鬼魂做这些事时规规矩矩,井然有序。变成白猫或是黑狗的却不是鬼魂,而是魔鬼。说这些故事的都是些贫穷而一本正经的渔民,鬼魂的所作所为尽管可怕,却令他们入迷。西边村子的故事带有一种诙谐的优美,带有一种奇特的狂想。讲故事的人们所住之处多为荒芜而美丽之地,那里的天空总是布满奇幻的流云。他们要么务农,要么做工,偶尔也去打打鱼。他们不太害怕鬼魂,因此能从它们的作为中发现美好而诙谐的乐趣。鬼魂们本身也享受着离奇的欢乐。西边的某个小城里有一座长满野草的废弃码头,这里的鬼魂十分活跃。据说,有个不信鬼的人曾经冒险在一座闹鬼的屋子里睡觉,那些鬼便将他扔出窗外,连他的床也没放过。在周围的村庄里,这些家伙则用上了各种诡异之极的伪装。有个死了的老头化身为一只大兔子,在自己原来的花园里抢卷心菜。一位品行不端的船长则化作鹨[①],在一间小屋的灰泥墙里藏身数年,发出各种不堪入耳的叫声。直到墙被推倒后,他才被弄了出来;鹨穿出泥墙,鸣叫着飞走了。

[①] 一种海鸟。

六 "尘土合上海伦的眼睛"①

I

最近我去了戈尔韦郡基尔塔坦男爵的领地,那里有个名叫巴利利的地方,房屋稀稀拉拉,简直称不上是村庄,但它却在整个爱尔兰西部家喻户晓。古老的巴利利方形城堡里住着一对农民夫妇,他们的女儿女婿则住在一间小屋里。巴利利有座磨坊,年迈的磨坊主住在里面,古老的白蜡树将翠绿的树阴投在小河和宽大的台阶上。去年,我去过两三次巴利利,和磨坊主谈起比迪·厄利。厄利是个聪明的女人,几年前住在克莱尔,她说:"巴利利磨坊水车的两个转轮之间,有可以治愈一切恶魔的万灵药。"我向他或另外一位磨坊主打听厄利所指的是不是流水间的苔藓,还是其他草药。今年夏天我到过一趟巴利利,还准备在入秋前再去一次,因为我听说那里有个名叫玛丽·海恩斯的漂亮姑娘在六十年前死去,而时至今日,人们在火炉边闲谈时,她仍然是他们口中的奇女子;我们总是乐于漫步在那些美丽曾悲伤地存在过的地方,明白它并不属于这个世界。一个老头带我从磨坊和城堡出发,上了一条狭长的小道,这条路几乎为荆棘和黑刺李所淹没。老头说:"那便是房子的老地基,但它的大部分都被人拿来筑墙了。灌木丛已经盖过了地基,但它们被山羊啃得歪歪扭扭,再也长不起来了。人们说,她是爱尔兰最漂亮的姑娘,她的皮肤就像飘流的雪花一样。"——也许他想说飘扬的雪花吧。他又说道:"她的脸颊绯红。她有五个帅气的兄弟,不过他们现在都不在人世了!"我向他提及一首爱尔兰语的诗,是著名诗人拉夫特里写给她的,诗中写道:"巴利利那酒窖很坚硬。"老头说,河水浸入地下形成一个大洞,便有了这个坚固的酒窖。他把我带到一个很深的水塘边,我看见一只水獭匆匆地躲到灰色的石头下。他说,"清晨时有很多鱼从漆黑的水里游上来,品尝山上流淌下

---

① 出自英国诗人托马斯·纳什的诗《瘟疫之时》。

来的清水。"

我最初从一位老婆婆的口中听到这首诗,她住在上游两英里的地方,对拉夫特里和玛丽·海恩斯记忆犹新。她说:"我从未见过和她一般俊美的姑娘,到死也见不到。"拉夫特里则近乎是个瞎子,"没有谋生的办法,只能到处闲逛,事先说好去哪家,然后左邻右舍都会来聆听他的表演。倘若你招待他,他便会称赞你,如果你没招待他,他便会用爱尔兰语说你的不好。"他是爱尔兰最伟大的诗人,如果碰巧站在灌木丛下,他便会为之吟诗一首。他曾经站在一棵灌木下躲雨,为它做了首赞美诗,但后来水却透过叶子漏了下来,他又想出一首贬损它的诗。老婆婆为我和一位朋友念过写那首献给海恩斯的诗,字字清晰、情感丰富,在我看来,它们像歌词一样,随着活力一起流动和变换。那时候,音乐还没有喧宾夺主,甘于充当歌词的陪衬。这首诗并不如上世纪爱尔兰最优秀的诗歌那样自然,因为它的思想表达方式过于传统,令可怜的半瞎老头创作时的口吻,好似一位愿将一切极尽美好之物送给心上人的富农,不过,诗歌倒还算天真和温情。与我同来的友人翻译了一部分诗歌,这些乡下人也自己翻了一些。我觉得,比起多数译文,这首诗的爱尔兰原文要更加朴实无华。

"依上帝之意,我去做弥撒,
雨儿哗哗下,风儿呼呼吹;
基尔塔坦路口,我遇见海恩斯,
电光火石之间,我便坠入爱河;

我对她开口,友好又礼貌,
常常听人说道,她生性便如此;
她回答道:'拉夫特里,
我的性子很随和,今天你便过来吧。'

听到她的话,我不再拖拉,
听到她的话,我心乐哈哈。

只需走过三片田地,
天黑前便到巴利利。

杯子摆上桌,酒有一夸脱,
她头发金黄,坐在我身边;
她说:'喝吧,拉夫特里,
你能过来我非常欢迎,巴利利那酒窖十分坚硬。'

哦,闪耀的星辰,哦,丰收的阳光,
哦,琥珀色的头发,哦,我的这份世界,
姑娘,在周日那时,你是否愿和我在
众人面前,结为连理?

每到周日夜晚时,我便赠你一首歌,
桌上摆着伴汁酒,要喝什么请随意,
但是,那荣耀之王,请将我的路吹干,
直到我能找着,去巴利利的路。

若你在山上,俯瞰巴利利,
在那一侧,空气香甜;
若你走在山谷间,拾拣坚果和黑莓,
可闻鸟鸣盈耳,仙乐谷中传响。

你身边的枝上开了花,你沐浴在它的光芒下,
在此之前,何为伟大?
纵使神灵也无法否认,纵使神灵也无法掩饰,
她是苍穹之日,灼伤我的心灵。

爱尔兰的每处,都有我的足迹,

从那河流,到那山顶,
到那格伦湖畔,湖水深不见底,
她的美却,举世无双。

她的秀发金灿灿,她的眉毛亮闪闪,
面孔如人般端庄,小嘴可爱又甜蜜。
她多令人骄傲,我赠予她枝条,
她像花儿一样,绽放在巴利利。

这便是玛丽·海恩斯,安静又随和的姑娘,
容貌美丽,性格出众,
哪怕一百个牧师在一起,
也没法写出她的一半好。"

有个年迈的织布工,他的儿子据说在夜里会跟仙人们在一起。他说道:"玛丽·海恩斯是这世上最美丽的造化。我妈过去就经常跟我提到她,因为她每场曲棍球游戏都参加,而且,不论是在哪里,她都穿着一袭白衣。一天之内曾有多达十一个男人向她求婚,但她一个也不理会。有天晚上,很多男人聚集在基尔比坎蒂,坐在一起,边喝酒边谈论她,其中有个人站起身来,出发去巴利利看她。然而,克伦沼泽还未被填上,他路过时便失足滑了下去,第二天早晨,人们发现他已经死了。"玛丽·海恩斯则在饥荒到来之前死于热病。"另一个老头说,自己看到她时还是个小孩,但记得"有个叫约翰·麦登的家伙是我们中最强壮的一个,为了看她一眼,结果送了命。他夜里游泳去巴利利,染上了伤风。"也许这就是织布工所说的那件事,故事代代相传,难免会出现各种版本。在记得她的人里面,还有一位住在埃奇格山区德里布莱恩的老婆婆,那里空旷广袤,人烟稀少。有首古诗写道"埃奇格寒冷的山巅上,鹿儿听见狼群的嗥叫",多年之后,这里的景象仍然没有多少改变。老婆婆还记得很多诗歌,谈论间也没有忽略古代言语的高贵气质:"日月从未照耀过如此标致的人儿,她的皮肤白皙之极,甚至浮出微蓝,脸庞上泛着两团小小的红晕。"有个满脸皱纹的老奶奶住在巴利利附近,她对我讲过许多关于仙人的故事。她说:"我经常看到玛丽·海恩斯,她的确很漂亮。她的脸颊两侧有两绺银色的卷发。我见过淹死在那边河里的玛丽·莫洛伊,见过住在阿德拉罕的玛丽·格斯里,但海恩斯兼有二者的优点,实在是个美人儿。我为她守过夜①——她早已看够这个世界。她心肠很好,一天我在回家路上穿过那边的农田,我身子有些累,正是这朵耀眼的小花出现在我面前,给了我一杯鲜牛奶。"老奶奶说的银色,不过是某种美丽而鲜艳的色彩;我认识一个老头(现在已经死了),他认为老奶奶像仙人一样知道"治愈世间一切魔鬼的万灵药",但她没见过金子,也无从知晓它的颜色了。金瓦拉海边住着一个男人,虽然年纪尚小,对玛丽·海恩斯并无印象,但他说道:"大家都说,如今再也没有一个这般俊俏的人;据说她的头发十分美丽,是金子的颜色。她很穷,但每天的衣服都像礼拜天那样,整洁而端庄。倘若她参加聚会,为了看她一眼,人们几乎会彼此厮打起来。许多人爱上她而不能自拔,但她却英年早逝。据说,能被写进歌谣的人都活不久。"

  人们相信,那些备受仰慕的人都是被仙人带走的。仙人能够运用人们的狂热情感,以实现某种目的,就像一位老草药师跟我说过的那样,它们能令父亲拱手让出自己的孩子,令丈夫乖乖交出自己的妻子。如果你正盯着那些受到爱慕和渴求之人,那么你只有说出"上帝保佑他们",才可以让他们逃过一劫。唱歌谣给我听的老婆婆也认为,玛丽·海恩斯是被"带走"的,正如有句话所说:"它们既然已经带走许多模样并不俊俏的人,又怎会放过她?"人们从各地赶来,只为见她一眼,也许他们当中便有人没说"上帝保佑她"。住在杜拉斯海边的一个老头也不怀疑她是被仙人带走的,"因为有些在世的人记得,她曾经来参加庇护神节②,人们都说她是全爱尔兰最漂亮的姑娘。"她死得很早,

---

① 爱尔兰的习俗,在死者下葬的前夜,会有一群人在遗体旁边守候。
② 原注:"庇护神节"是纪念某位圣人的节日。

因为神灵爱慕她,而仙人们都是神灵。我们念叨着"神所爱者必早夭",却忘了它的字面意义,也许正是这句谚语暗示了她会以古老的方式死去。在古希腊,人们认为美丽存在于万物源泉之侧,比起我们这些做学问的人,贫穷的乡下男女在信仰和情感上更加接近那个古老的世界。她"早已看够这个世界";但这些年老的男男女女们在提及她时,却往往责怪别人而不是她。他们中也不乏铁石心肠之人,但一说到她,无人不变得和颜悦色,就像特洛伊长老们在海伦登上城楼之际,顿生柔慈之心一样。

令海恩斯闻名遐迩的这位诗人,本身也是爱尔兰西部妇孺皆知的人物。有人认为拉夫特里只是半个瞎子,说道:"我见过拉夫特里,他眼前一片漆黑,却可以望得见她。"以及诸如此类的话,但也有人说他一点儿也看不见。拉夫特里在暮年时,也许是完全失明的。传说将一切事物的属性夸张到极致,如果一个人是瞎子,那么在传说的笔下,他定未见过世界和阳光。一天,我去寻找一处据说有仙女出没的池塘。我问一个偶遇的人,既然拉夫特里完全失明,那他怎么会如此仰慕玛丽·海恩斯呢?他说:"我觉得拉夫特里确实一点儿也看不见,但盲人拥有一种看见物体的方法,拥有特殊的智慧和悟性,比起视力正常之人,他们知道得更多、感受得更多、做得更多、猜到的也更多。"每个人都说拉夫特里聪明绝顶,难道只是因为他既是瞎子又是诗人吗?我已经提到过的那位织布工说道:"他的诗是万能上帝的礼物,因为凡间有三件东西属于上帝的赠予——诗歌、舞蹈和原则。古时从山上下来的无知之人为何比受过教育的人更加举止得体、学识渊博,便是因为受到上帝恩赐的缘故。"住在库勒的一个人说:"当他把手指放在脑袋上时,一切统统进入他的脑袋,就像在书中看到一样。"基尔塔坦的老帮佣表示:"有一次他站在灌木下同它交谈,它用爱尔兰语回话。有人说那树会讲话,但树里面肯定是有东西中了魔法,才发出声音的。这声音使他对世界万物无所不知。后来灌木枯萎了,躺在这里到拉赫辛的路边,你现在还能看到它。"拉夫特里写过一首关于灌木的诗,不过我没读过,它也许便出自类似这样的传说。

我的一位朋友遇见过一个人,据说他曾在拉夫特里临终之际守在诗人身边,但人们说,拉夫特里死时身边并没有外人。一个叫莫尔汀·吉兰的人告诉海德博士①,整个夜里,人们都能看到一束光从拉夫特里躺着的房子屋顶射出,直入天堂,"那是带他走的天使们";破破烂烂的小屋子彻夜发出耀眼的亮光,"那是来召唤他的天使。它们给他这等荣耀,因为他是个如此伟大的诗人,吟唱过如此虔诚的歌谣。"神话的熔炉将凡世之人转化为不朽之神,也许若干年后,玛丽·海恩斯和拉夫特里便会成为美之悲哀、以及梦想之宏伟和贫瘠的完美象征。

一九〇〇年

II

不久前,我在北方的镇子里同一个男人进行交谈,他小时候住在邻近的村子里。他告诉我,每当不以美貌著称的家庭里诞生出模样标致的姑娘时,人们便会认为她的美来自仙人,将会带来噩运。他提到了几个自己所认识的美丽姑娘,说美貌不会给任何人带来幸福。在他看来,人们既为美貌所自豪,也因它而恐惧。我后悔当初没把他的言语记录下来,因为,它们比我的记忆可要鲜活得多。

一九〇二年

七 羊骑士

本布尔本山和科佩山脉以北,住着一位"体魄健壮的农夫",若是在盖尔时代,人们准会叫他"羊骑士"。他的祖先是中世纪最骁勇善战的家族,而他本人在言行上也凶悍得很。只有一个住在遥远深山里的人,才敢像他这样咒骂。"老天爷爷啊,我犯了什么事,要遭到如此报应?"丢了烟斗时,他便会这样说;每逢集市,只有那个山里人在和他讨

---

① 道格拉斯·海德博士为叶芝的密友。

价还价时能做到不落下风。他生性刚烈，动作粗鲁，一不高兴便用左手扯着白胡子。

有一天我正和他吃饭，女仆人通报说，某位奥多内尔先生来了。老头和他的两个女儿突然沉默下来。最后还是大女儿用有些郑重的语气对父亲说："让他进来吃饭吧。"老头走了出去，回来时如释重负地说："他说不跟我们一起吃饭。""去啊，"女儿嚷道，"把他带至后客厅，给他弄点威士忌。"刚吃完饭的老头闷闷不乐地应声照做，我听见后客厅门在他们身后关上的声音。后客厅不大，老头的女儿们傍晚常常坐在这里做针线活。大女儿转过身来，对我说道："奥多内尔是个收税的，去年他涨了我们家的税，爹爹很生气。趁他来我家的时候，爹爹用个口信将挤奶的女工打发走，然后把他带去奶场狠狠骂了一顿。奥多内尔说：'先生，我可要跟你好好说说，法律是保护官员的。'但爹爹提醒他，身边并没有证人。最后爹爹不耐烦了，也有些懊悔，便说带他抄小道回家。快走到大路上时，他们撞见爹爹手下一个耕地的人，然后不知怎么的，爹爹又记起恨来。他把那耕地的打发走，对着收税人又是一顿痛骂。对奥多内尔这样的可怜人，他竟然大发脾气，听到这事我气得不得了；几个星期前我听说奥多内尔的独生子死了，他因此伤心欲绝，我便决心要让爹爹下次待他好些。"

说罢，她便出门探望邻居，我则向后客厅逛去。到门口时，我听见里面传来气冲冲的说话声。两个人毫无疑问又扯上了收税的事情，因为我能听到他们在反复掰弄着一些数字。我推开门，农夫一看到我，立刻明白自己不是来吵架的，便问我知不知道威士忌放在哪里。我看到老头方才把威士忌放在碗橱里，于是找到酒，把它取了出来。我看着收税人那张瘦削而悲苦的脸，他和我的朋友截然不同，面相十分苍老，一副羸弱而憔悴的样子。我的农夫朋友身强体壮，日子也过得不错，但比较起来，收税人却是那种在世间找不到落脚之地的人。我在他身上发现了童年的某种幻想，对他说道："你肯定是老奥多内尔家族的后代吧。我知道他们的财宝藏在河洞里，由一条多头蛇看守。""是啊，当然了，"他回答道，"在家族世世代代的王子中，我是最后一个。"

接下来,我们谈到很多家常事,我的农夫朋友也一改扯胡子的暴躁脾气,变得十分友善。最后,骨瘦如柴的老收税人准备起身离开,我的朋友说道:"我希望咱们明年也能一起喝一杯。""不,不,"他答道,"我活不过明年了。""我也死过儿子。"我朋友温和地说。"但你儿子和我儿子可不一样。"两个男人分别时,脸气得通红,心里也很难受,若不是我插了几句,他们恐怕还得为谁的儿子更重要而争得你死我活。假如我对那些爱幻想的孩子们不抱怜悯之情的话,我便会任由他们吵下去,也能记下来一段精彩的骂战。

"羊骑士"本会在骂战中胜出,因为,但凡是血肉之躯,没有谁能骂过他。不过,他有一回却失了手,下面便是这段故事。他和农场的帮手们在大谷仓背面的一间小木屋里打牌,那屋子曾经住过一个坏女人。突然,有个人扔出一张"A",无缘无故地破口大骂起来。他骂得很恼人,于是其余人都站了起来。我朋友说:"这里不对劲,他一定是被鬼附身了。"大家撒腿就跑,逃向通往谷仓的门,但门闩却被卡死,"羊骑士"只好抄起旁边靠墙立着的一把锯子,把门闩锯断。随着"嘣"的一声,门猛然打开,就像有只拉着它的手忽然松开一样。大伙儿赶紧逃了出来。

八 惦念之心

有一天,一个朋友来为我的羊骑士画像。老头的女儿坐在一边,当话题转到爱情和求爱时,她说:"哦,爹爹,跟他说说你的情事吧。"老头把烟斗从嘴里拿出来,说道:"没有人能娶到自己爱的人为妻。"他呵呵一笑,继续讲:"比起我老婆,有十五个女人更讨我喜欢。"他提到很多女人的名字,又谈起从前的事。他年轻的时候在外公的手下干活,大伙儿便用他外公的名字来唤他(他也不知道为何),我们不妨就用"多兰"来称呼。他有个好朋友,在这里暂且叫作"约翰·拜恩"。有一天,约翰·拜恩准备去美国,于是他俩便去昆士敦等候移民船。走在码头上时,他们听见一个姑娘坐在椅子上伤心地哭着,身前还有两个吵得不可开交的男人。多兰说:"我想我知道出什么事了。这个人是她哥,那个人是她情人,她哥送她去美国,好让她和情人分开。她哭得多厉害啊!不过我想自己有办法安慰她。"过了片刻,姑娘的哥哥和情人都走了,多兰便在她身边走来走去,说着"小姐,天很好啊"之类的话。没多久,小姐应了声,三个人聊了起来。移民船过了几天还是没来,他们便驾着车到处逛,看了不少风景,无忧无虑,好不开心。最后船终于来了,多兰只好坦白自己并不去美国,她嚎啕大哭,连上次和情人分别都没这般伤心呢。拜恩上船时,多兰小声叮嘱道:"拜恩,把她让给你我可不会记恨,但别结婚太早啊。"

话说到这里,他女儿揶揄道:"爹爹,你这样说可真为拜恩着想啊。"但老头坚持认为,他的那番话确实是为了拜恩;他接着讲道,当拜恩在信里说自己和姑娘订婚时,他还是提出了同样的劝告。从此拜恩便杳无音讯,一晃就是许多年;尽管后来有了家室,但他还是禁不住想知道她的下落。最后,他跑去美国,向许多人打听消息,但一直没有收获。又过了不少年,他老婆撒手人寰,他却健健康康,成了手头没多少事可做的富农。他以做生意为借口,再次去美国寻找她的下落。有一天,他在列车车厢里和一位爱尔兰人聊了起来,照例问他来自爱尔兰各地的移民,最后问道:"伊尼斯寨子磨坊主家的女儿,你有她的消息不?"然后报出了这女人的名字。"嗯,知道,"那人说,"她嫁给了我的朋友约翰·麦克埃文,住在芝加哥的某某街。"多兰于是去了芝加哥,敲了她家的门。开门的是她本人,"模样一点儿也没变。"他报上了自己的真名,外公去世后,他便重新开始用这个名字。他还提到了自己在列车上遇到的那个人。她已经不认识他了,但请他留下来吃晚餐。她说,她丈夫很高兴能见到所有认识那位老朋友的人。他们聊了很多,但我不明白为什么他从头到尾都没有提及自己是谁,也许他自己也不明白吧。晚餐时,他问到拜恩的事情,她便把头放在桌上痛哭起来。女人哭得相当厉害,以至于他害怕她丈夫会生气。他也不敢再追问拜恩的下落,很快就告辞了。后来,他再也没见过她。

老头讲完故事时说道:"告诉叶芝先生吧,也许他会为这写首诗

凯尔特的曙光 253

呢。"但他女儿不同意:"不,爹爹,那样一个女人,谁也写不出诗啊。"唉!我始终没有写下这首诗,也许,我这颗爱过海伦、迷恋过世间一切多情女子的心,已经变得太过伤感了吧。有些事情本不需要太多斟酌,平白的文字便已恰到好处。

一九〇二年

九 术士

在爱尔兰,我们很少听说黑暗之力①,见证过这种力量的人更是寥寥无几,因为人们的想象力更常表现在奇幻灵异之事上,而如果奇幻和灵异同善或恶联系在一起,人们便会失去如同呼吸之于生命般重要的自由。然而,聪明人认为,就像将蜜糖存储在人心中的昼之精灵,和嘤嘤飞舞的暮之精灵一样,不论人走到哪里,渴望着填平欲壑的黑暗之力就会跟到哪里,用激情和忧郁环绕着他。聪明人还相信,有些人能够窥视黑暗之力的秘密居所,他们的超能力或通过长期的追求获得,或先天便存在于体内。黑暗之力原本都是些暴躁可怕的男男女女,或是从未在世界上活过的人,它们缓缓移动,心怀鬼胎。据说,黑暗之力不分昼夜地缠在我们身边,就像老树上的蝙蝠一样;我们之所以对它们缺乏了解,只是因为这些更加黑暗的魔法很少得到施展。我很少在爱尔兰见到试图和邪恶力量交流的人,即便是见过的寥寥数人,往往也在别人面前三缄其口,只字不提他们的意图和行为。他们多为小职员之类的人,为了交流法术,他们常在一间挂着黑帘子的小屋里碰头。他们不让我进屋,但在发现我对这种神秘学说也算略知一二之后,他们乐呵呵地在别处给我展示了他们的法术。"来吧,"身为一家大磨坊职员的领头人说,"我们将让你看到和你面对面交谈的神灵,它们的形状如同我们一样真真切切、实实

---

① 原注:现在我更明白些。爱尔兰的黑暗之力比我原来所想的要多得多,但比不上苏格兰。我认为,爱尔兰人的想象主要在于奇幻灵异之物。

在在。"

我谈到在恍惚状态下同天使和仙人交流的力量——都是些白昼和幽冥的孩子,而他则力争道,我们只应相信在正常状态下所看到和感觉到的事物。"好,"我说,"我到你那里去。"或是诸如此类的话;"但我不允许你把我弄得神志不清,这样,我便能判断你所说的形体是否比我讲的那些更能为人所触摸和感觉。"我不否认其他生物披上人形伪装的能力,但像他提到的那些简单召唤,恐怕最多也只能令人神志恍惚,并进一步感受白昼、幽冥和黑暗的力量。

"但是,"他说,"我们看见它们将家具移来移去,按照我们的意志行动,帮助或是伤害那些不了解它们的人。"我说的可能并非原话,但我会尽可能准确地描述这段话的要义。

约好的那天晚上,我在八点前后到达,带头的这位独自坐在一间后屋里,四处伸手不见五指。他穿着黑色的长袍,像古画中审判官的衣服;除了透过两个小洞向外瞅的眼球之外,他简直就是个隐形人。他面前的桌子上放着一个烧着草药的铜盘,一个大碗,画着符号的头盖骨,两把交叉摆放的匕首,以及某些形似磨石的工具,它们被用来控制来自自然的力量,但至于是怎么控制的,我不得而知。我也穿上了黑袍,我记得它不太合身,严重地妨碍了我的行动。接着,术士从篮子里抓出一只黑色的公鸡,用其中一把匕首割开它的喉咙,让血流进大碗里。他翻开一本书,开始召唤。咒语当然不是英语,倒是有很深的喉音。召唤还未结束时,另外一位二十五岁上下的术士走了进来,穿上一件黑袍,坐在我的左手边。召唤者则在我的正前方,我很快便注意到,他的眼睛透过兜帽上的小洞闪闪发亮,以一种奇怪的方式侵袭我。我拼命试图挣脱这种影响,头疼得厉害。召唤还在继续,最初的几分钟里什么也没发生。然后,召唤者起身,熄灭了厅堂的灯,这样,连门下的缝隙也透不过一丝光线。现在,除了铜盘里燃烧的草药,便再也没有光亮;除了召唤者的深沉喉音,便再也没有声响。

突然,我左边的人晃来晃去,大声喊道:"哦,天哪!哦,天哪!"我问,是什么使他如此难受,但他竟然不知道自己说过话。片刻之后,他说自己看见一条大蛇在屋里游动,整个人变得很亢奋。我并未看见任何有形的物体,但感觉周围有几团黑云。我想,如果自己不作挣扎,必定会陷入恍惚之中,而引起这种恍惚的力量本身却混乱无序,换句话说,是魔鬼在作祟。一番挣扎之后,我摆脱了黑云,得以用正常的感官来观察一切。此时,两位术士开始看到黑色和白色的柱子在屋子里移动,随后是穿着僧袍的男人。我没有看到这些东西,这让他们很是困惑,因为对于他们来说,这些形象就如同他们面前的桌子那样真实。召唤者似乎渐渐加强了法力,我开始感觉到,他将一股黑暗之潮倾泻出来,将其聚集于我的身边;我还注意到,左边的人已经陷入死亡般的恍惚状态。我用尽最后一丝力气驱散了黑云,不过,在没有进入恍惚状态的情况下,它们是我所能看到的唯一物体。黑云可不讨我的喜欢,于是我要求开灯,术士实施了必需的驱魔术之后,我便重回正常世界。

我问两人中法术比较高的那位:"如果你们中的一个神灵制服了我,会发生什么?""你会走出房间,"他回答道,"它的性格便会叠加在你的性格中。"我问他的法术从何而来,但他的回答不过是敷衍,我只能知道他是从父亲那儿学到了这一手。他可不想多说什么,因为他似乎曾经发誓对此保密。

数日之后,我仍然能感觉到有一群奇形怪状的东西在缠着我。光明之力美丽而令人向往,幽冥之力时而动人,时而怪诞,但黑暗之力却用丑陋和可怖的形态来表达他们歪曲的本性。

十　恶魔

有一天,来自马约的老女佣告诉我,有些很坏很坏的东西沿着马路过来,进了对面的房屋。尽管她不肯明说,可我却知道这是什么东西。另一天,她告诉我,有个人向她的两个朋友求爱,但她们却相信他是恶魔。其中一位朋友当时正在路边,那人骑着马过来,邀她上来坐在他背后,骑马到处逛逛。她不答应,那人便消失了。另一位朋友则是深夜里在路边等爱人,有什么东西在路上扑腾着,滚到她脚下。它看似报纸,忽地拍到她脸上,根据尺寸来看,它是张《爱尔兰时报》。突然间,报纸摇身一变,成了一个年轻男人,他邀她一起走走。她不愿意,那人便不见了。

我还认识个住在本布尔本山坡上的老头,他发现恶魔正在自家的床下摇铃铛。于是他溜出门,偷来教堂的钟,把恶魔给赶了出去。故事里所说的这个家伙也许和其他传说中的主角一样,其实根本就不是恶魔,只是长着分趾蹄子的树精给他惹了麻烦而已。

十一 快乐和不快乐的神学家

I

有一次,一个来自马约的女人对我说:"我听说有个女仆人,因为热爱上帝而上吊自杀。她不受神父和社团①的待见,郁郁寡欢,用头巾把自己吊死在楼梯扶手上。死后没多久,她就变得像百合一样白,但假如是谋杀或自杀,身体应该变得漆黑才是。人们给她办了基督徒的葬礼,神父说,她一离开人世便来到主身边。所以,只要热爱上帝,什么都事能做出来。"她说这故事时满脸喜悦,我倒是毫不惊奇,因为她热爱一切神圣的东西,喜欢将这些事挂在嘴边。她说,只要在布道会上听到什么,她后来就必定会看到什么。她向我描述过炼狱大门出现在她面前的景象,但我却忘掉大半,只记得她看到了大门,却没望见炼狱里受难的灵魂。她一刻不停地想着那些快乐而美好的事情。有一天,她问我哪个月份和哪种花最美丽,我回答不知道,她说道:"五月,因为它是圣母之月②;百合,它从未犯过罪孽,一尘不染地从岩石中绽放出来。"然后她问道:"为何冬季的三个月最冷?"我居然连这个

---

① 原注:即她所属的宗教社团。
② 教会将每年五月定为圣母月。

也不知道。她自答道:"人的罪孽和上帝的报复。"她认为,美与神圣如影随形,因此,她眼中的基督不仅神圣,而且具有一切男性的完美优点。在所有的男人中,只有基督的身高恰好是六英尺,而其他人要么高一点,要么矮一点。

同样,她对仙人的所想所闻也是愉悦而美好的,我也从未听她把它们称为堕落天使。它们跟我们凡人别无区别,只是面容稍好。她曾多次来到窗边,看仙人驾着马车穿过天空,马车一辆接着一辆,排成一条长线;或是来到门口,聆听它们在远方的歌舞声。它们似乎最常唱一首名为《远方瀑布》的歌;尽管它们有次将她撞倒,她也没有心生怨念。她在金斯郡做工时最容易见到仙人们,不久前的一个早上,她对我说道:"昨晚我正等主人回家,十一点十五的时候,我听到桌上传来一记重击声。'金斯郡的人全都听到了吧。'我喊道,差点没笑死过去。它们是警告我别在这地方呆太久,因为它们想占有这里。"我告诉她,曾经有个人看到仙人后吓晕过去,她回答:"这不可能是仙人,一定是个坏东西,没有人会因为见到仙人而昏过去。它应该是个魔鬼。仙人们差点把我和我身下的床抛出屋顶之外,但我一点也不害怕。还有一次,我在干活时听见有东西像鳗鱼一样扑通通地沿着楼梯爬上来,还发出吱吱的叫声,可我也不害怕。它爬到各扇门前溜了一圈,但进不了我所在的房间,不然,我会将它丢到天上去,让它像一团火焰般飞出去。我家那边有个男人,是个挺凶暴的人,他便消灭了其中的一只。他本来是去马路上见它,却想必是中了咒语。如果你对它们好,那么它们也会对你好,它们只是不喜欢被人挡道。"还有一次,她告诉我:"它们对穷人一向很和善。"

II

然而,戈尔韦某村庄里有个男人,他的眼里尽是些邪恶的东西。有人视他为圣人,也有人觉得他有些疯。他的一些话令人想到古爱尔兰对三个世界的幻想,据说,正是这三个世界赋予但丁以创作《神曲》的灵感。不过,我实在不敢想象这人竟然能看到天堂。他特别反感仙人们,他描述仙人们通常长着羊蹄,藉此证明它们是撒旦的后代,但事实上,它们是潘神①的后代。他不同意"它们掳走女人,尽管很多人都这么讲"的说法,但确信"它们就像海里的沙子那样多,遍布我们周围,引诱着可怜的凡人"。

他说:"我认识一位神父,他对着地上东张西望,好像在找什么东西。有个声音对他说:'如果你想看到,那就看个够吧。'他的眼睛被拉开,看见满地的仙人。它们时而唱歌,时而跳舞,但无论怎样,它们都长着分趾的脚。"不过,即便是它们如此能歌善舞,他还是对这些非基督徒的东西不屑一顾,在他看来,"只有请它们走,它们才会走。有天晚上,"他说,"我从金瓦拉走回来,在林子里发觉有人在身边,我能感觉到他骑的马和马抬腿的动作,但并不发出马蹄踏地的声音。于是我停下,转过神来大声吼道:'滚开!'他便走开了,再也没烦扰到我。我还知道这么一个人,在他临终时,有个家伙来到他的床边,他大喊道:'滚开,你这非自然的畜生!'那东西就离开了。它们是堕落的天使,在坠入凡间之后,上帝说:'要有地狱。'于是便有了地狱。"在他说这番话时,一个坐在火边的老婆婆插话说:"上帝拯救了我们,但他说那话可真可惜呀,否则现在也许就没有地狱了。"但预言家没有理会她。他继续讲道:"然后他问魔鬼,要用什么来交换所有人类的灵魂。魔鬼的回答是,除了处女之子的血,没有什么东西可以满足他。上帝答应了他的要求,地狱之门便打开了。"看来,他是从一些奇妙的民间传说中得来这个故事的。

"我亲眼见过地狱。我某一次在幻象中见过它。它拥有铁制的高墙和一座拱门,笔直的小路通向里面,进去就像进入绅士的果园一般。不过,地狱的四周不是围栏,而是烧得发红的金属墙。墙内都是纵横交错的小路,我不知道右边是什么,但左边有五个锅炉,里面尽是拴着铁链的灵魂。我连忙转身走开,转过去时我又看了一眼高墙,它们高得望不见顶。"

---

① 希腊神话中司羊群和牧羊人的神,被描绘为半人半神的形象。

"另一次,我看到了炼狱。它似乎在一处平坦的地方,四周没有墙,但整个炼狱就是团明亮的火焰,灵魂站在其中。灵魂受到的折磨不亚于地狱,只是这里没有魔鬼,而且,它们还有希望去天堂。"

"我听到那里传来呼喊声,'救救我,让我出去!'定睛一看,原来是我在军队里认识的一个爱尔兰人,他是这个郡的人。我想他应该是阿森里的奥康纳国王的后代。"

"于是我伸出手,但立刻喊道:'恐怕我还没靠近你三码之内,就已经被火烧焦了。'他应道:'那,就用你的祈祷来帮助我吧。'我照做了。"

"柯内兰神父同样说过,用祈祷来帮助死人吧。他是个聪明人,布起道来得心应手,还从卢尔德①带回圣水,治好了不少人的病。"

一九〇二年

十二　最后的吟游诗人

迈克尔·莫兰一七九四年出生于都柏林自由区布莱克匹兹的法德尔巷。出生半个月后,他便因疾病而丧失视力,但这反而让他的父母因祸得福,他们让他小小年纪就去街角和利菲河桥上卖唱乞讨。他们怕是希望家里所有的孩子们都能像他这般,因为,没有视力的干扰,他的思想便成了一座十足的回音壁,所有的日常行为和公众情绪的每一丝变化,都在这里转化为诗谣和离奇的谚语。长大成人以后,他被公认为为自由区吟游歌手的领袖。大家都敬仰他,推他为这一帮人的首领,这里面包括织布工麦登、来自威克洛②的盲人提琴手基尔尼、来自米斯③的马丁、天晓得哪儿来的麦布莱德,还有麦格兰等人。麦格兰在莫兰死后盯着借来的衣裳(倒不如说是破布烂衫)招摇过市,说莫兰这个人是子虚乌有,自己就是莫兰。失明也没妨碍莫兰讨老婆,相

---

① 法国南部宗教圣地。
② 爱尔兰东部的郡。
③ 爱尔兰东部的郡,和威克洛同属伦斯特省。

反,他却可以好好地精挑细选一番,因为他这种集褴褛衣衫和天赋异禀为一体的形象容易为女人所迷恋。也许,女人们平素因循守旧,因此难免会爱上那些非同寻常、油嘴滑舌、难以捉摸的人。虽然衣衫不整,但他也不缺少好东西。据说,他一辈子都爱吃续随子酱,以至于有次桌上没有摆它,恼怒之下他便将羊腿砸向老婆。不过,他的长相却乏善可陈:带披肩和扇形饰边的粗绒毛大衣,破旧的灯芯绒裤子,肥大的拷花皮鞋,用皮带捆在腕上的手杖;如果吟游诗人麦孔格林①能在科克郡的石柱上通过幻视法看到他,那么这位国王的朋友怕是会给吓得不轻。尽管没有短斗篷和皮夹子,但他却是个真正的吟游诗人,充当着人民的诗人、小丑和送报人。早上用完餐后,他的老婆或是邻居给他念报纸,念呀念,直到他打断——"行啦,我该好好想想了。"一番思忖之后,一天的笑话和歌谣便出来了。在那件粗绒毛大衣下,藏的是整个中世纪的故事。

  不过,莫兰并不像麦孔格林那样憎恨教堂和教士,因为如果他的思想果实尚未熟透,或是人们希望听到更好的作品,那他便会背诵歌唱有关圣人或是殉难者的故事诗和歌谣,或是念诵《圣经》上的历险。他往往会站在街角,当人群聚集起来时,他就会以下面的方式开始(一个认识他的人做了这番记录,被我摘抄下来)——"来吧,孩子们,围在我身边。孩子们,我是站在水坑里吗?我站在水里吗?"然后几个孩子叫道:"啊,不是!不是啊!您这地方干得很哪。继续说圣玛丽的故事吧,继续说摩西的故事吧。"——每个人争相说着他们最喜欢的故事。莫兰怀疑地扭扭身子,理理自己的破衣服,突然喊道:"七嘴八舌的朋友们,你们都变成骗子了。"接下来,像是对孩子们的警告一样,"如果还这么骗我,我可不会对你们客气了。"他要么开始朗诵,要么再卖卖关子,问道:"大家都在我的周围吗?有邪恶的异教徒吗?"他的宗教故事中,最出名的当属《埃及的圣玛丽》,这首诗极其庄重肃穆,由某位科

---

① 麦孔格林相传是十一世纪来自阿马(现为北爱尔兰的一个区)的学者,曾为国王麦克芬古恩祛除其喉咙中的"贪食之魔"。

义耳主教的长诗精编而来。诗歌的内容是,埃及一位名为玛丽的浪荡女子,她漫无目地地跟着朝圣教徒们来到耶路撒冷,却被超自然力量挡在神殿之外。于是她便开始忏悔,逃往沙漠,在苦修中独自过完余生。最后在她将死之际,上帝派遣卓悉莫主教聆听她的忏悔,给了她最后的圣餐,还派一头狮子为她掘墓。这首诗的音律是典型的十八世纪风格,令人难以忍受,但却非常受欢迎,人们常常要求莫兰念这首诗,结果他还落得个"所悉莫"的绰号,也正是这个名字让他为人所惦记。他自己还创作了一首《摩西》,它虽说像诗,但也不完全是诗。不过,他难以忍受过于庄重的诗歌,没过多久便给诗句加上了流浪儿风格的诙谐模仿:

> 在埃及的大地上,尼罗河之畔,
> 法老之女去沐浴,把那时髦赶。
> 她在水里浸了浸,便匆匆上岸,
> 为晒干皇室之躯,她奔上湖滩。
> 芦苇绊了她一跤,她定睛一瞧,
> 中间藏个小娃娃,正对着她笑。
> 她抱起那小娃娃,边哄边说话:
> "老天爷啊姑娘们,这是谁家娃?"

不过,他的幽默诗句更多是对同辈人的揶揄和打趣。比如,有位鞋匠以显摆财富和卑鄙下流而闻名,他便乐呵呵地在一首诗中提到了那人的卑微出身。不过,流传下来的只有第一节:

> 在那腌臜巷子的腌臜一端,
> 住着腌臜的补鞋匠麦克兰;
> 老国王在位的时候,他婆娘
> 粗壮而愚鲁,在街上卖橙子①。
> 埃塞克斯桥上,她扯开嗓子,

---

① 这里可能是双关语,原句"orange woman"既是"卖橙的女人",亦指爱尔兰政治团体"橙带党"(一译奥兰治党)的参加者,该组织在叶芝的《青春年少之遐想》中有所提及。

不管怎么样,六个一便士。
麦克兰穿上新装,
立马变得人模狗样。
他家都是老顽固,他也不例外,
他在街上大声唱,老婆娘也在,
哦啦哩,的哩,的哩嘞!

  他有着各种各样的烦恼,还得面对许多找他麻烦的人。有一次,一个爱管闲事的巡警把他当成无赖抓了起来,却在哄堂大笑声中被法庭打发出去,原来,莫兰提到了自己对荷马遗风的尊崇,而后者也是个失明的诗人,还得靠乞讨为生。随着名气渐长,他便要面对一个日益严重的难题:各地涌现出不计其数的模仿者,比如,有个演员在舞台上模仿他的讲话、歌谣和打扮,赚的基尼①与莫兰挣的先令一样多。一天晚上,这位演员在和朋友吃晚餐,大家开始争论他的模仿是否超过了莫兰本人。后来大家商量,让大众来决定,而赌注是一家著名咖啡馆价值四十先令的晚餐。演员在莫兰常去的埃塞克斯桥搭起台子,随即吸引来一小批人。他还没念完"在埃及的大地上,尼罗河之畔",莫兰本人就来了,身后也跟了一群人。两群观众聚集到一起,大伙儿满心激动,笑得开心极了。"善良的基督徒,"模仿者喊道,"有人会作弄这样一个可怜的瞎子吗?"

  "这是谁啊?是个冒牌货吧。"莫兰回应道。

  "滚开,贱人!你才是冒牌货。你这样作弄那个可怜的瞎子,不怕天堂之火射向你的眼吗?"

  "圣徒们,天使们,这人怎么如此肆无忌惮?你是个最没人性的恶棍,想夺走我诚实的饭碗。"可怜的莫兰答道。

  "你,你这贱人只是不想让我念诵这美丽的诗歌罢了。基督徒们,你们的良心不希望把他赶走吗?他欺负我看不见东西。"

  见自己占了上风,假冒者对同情和保护他的人们表达了谢意,继

---

① 英国旧时金币,约值21先令。

续念起诗,莫兰不知所措,默不作声地听了一会。片刻后,莫兰又闹腾起来:

"你们竟然一个人都认不出我来了?你们看不出那不是我,而是别人吗?"

"在我继续讲故事之前,"假冒者打断他,"麻烦你们发发善心,把他赶走吧。"

"你真是无药可救了,天杀的竟然作弄我?"莫兰吼道,这番侮辱让他再也无法克制,"你以抢穷人的钱为乐?哎呀,还有这种事啊?"

"朋友们,请你们自己看看吧,"假冒者说,"给你们熟知的这个真正的瞎子一点钱,将我从阴谋家手中解救出来吧。"他便收到些便士和半便士的硬币。此时,莫兰唱起《埃及的圣玛丽》,气愤的观众抓过他的手杖,正要对他一阵痛打,却发现他和真正的莫兰是如此之像,困惑之下,他们向后退去。假冒者让他们"抓住那个坏蛋",他"很快就会让大家知道谁是冒牌货"。人们便把他带到莫兰身前,可是他非但没有和莫兰扭在一起,反而往对方手中塞了几个先令,然后向观众解释说自己其实只是个演员,刚刚赢得了一笔赌注。于是,他离开激动的人群,去咖啡馆吃那份赢下来的晚餐了。

一八四六年四月,神父得知迈克尔·莫兰行将就木。他在帕特里克大街15号(现在的141/2号)找到了莫兰,老头儿躺在稻草床上,屋子里挤满了衣衫褴褛的民谣歌手们,他们在莫兰的最后时光鼓舞着他。他死后,这些人拉着小提琴之类的乐器,为他好好守了一次夜,每个人都用诗歌、故事、古训和古风的诗歌来增添欢乐。他红极一时,念过祷告,做过忏悔,为何不风风光光地为他送行呢?葬礼于第二天举行,这天天气不好,下起了雨,他的崇拜者和朋友便纷纷挤进了灵车。车走了没多远,其中一个人突然讲道:"可真冷啊,不是吗?""是呀,"另一个人答道,"到坟场的时候,我们得冻得和死人一样硬了。""他真倒霉,"又有人说,"他若是再撑一个月,等天气好点再死该多好。"有个名叫卡罗尔的人拿出半品脱威士忌,大家为了死者的灵魂而喝了起来。但不巧的是,灵车超载,人们还没到墓地,车上弹簧就断了,酒瓶也摔碎了。

朋友们在为他痛饮,而将要进入另一个王国的莫兰怕是会觉得陌生和不适吧。我们不妨祝愿他能够找到个舒服的中央之地,好让他在那里给自己的旧诗加上点新鲜和节奏,召唤散布在各处的天使:

> 孩子们,过来吧,你们会
> 聚在我身边吗?
> 来听我念故事吧,
> 再过一会,老萨莉就要把
> 面包和茶水端来啦。

并把那些吓人的揶揄讽刺扔给它们。也许,他只是个衣衫褴褛的流浪汉,却找到了至高真理之玫瑰和绝世美丽之玫瑰。爱尔兰的作家,或名闻天下,或默默无闻,因为缺少这两朵花的相伴,便只能像岸头的浪花一样,度过荒废的一生。

十三 来吧,女王,仙之女王

一天晚上,我同一个中年男人和一位年轻姑娘走在西部的沙滩上。那男人一辈子不曾听到过马车的辘辘声,姑娘则是他的亲戚,据说她有预言家的能力,可以看到在田间牛群中移来移去的奇异光芒。我们谈到了"健忘的民族",人们有时会以此来称呼仙人。走到半路时,我们来到一处他们经常光顾的地方,这是一座藏在黑色山岩中的浅洞,影子投射在湿漉漉的沙滩上。我问那姑娘有没有看到什么东西,因为我很想向"健忘的民族"打听些事情。她伫立了片刻,我便发现她正进入一种觉醒状态下的恍惚,冰冷的海风打扰不到她,单调的海水隆隆声也不能使她分心。于是,我大声呼喊着伟大仙人们的名字,过了一小会,她说自己能听到岩石间的音乐声,然后是模糊不清的说话声,以及好像在为某些看不见的演奏者而喝彩的跺脚声。另一个朋友方才在几码之外的地方来回踱步,但这时他突然说有东西会打断我们,因为他听见山岩后面孩子的笑声。然而,我们周围却没有一个人。他也开始受到这里精灵的影响。不一会,姑娘也证实了男人的说法,她的说笑声同音乐声、说话声和跺脚声混杂在一起。接着,她看见一束明亮的光线从山洞中射出来,洞穴则似乎越来越深,穿着各色衣服(红色为主)的小人①应着她没有听过的一首曲子跳舞。

然后,我请她呼唤小人们的女王出现,和我们讲话。不过,她的喊话却没有回应。于是我自己将那些咒语重复了一遍,过了片刻,一位高挑的美丽女人从洞中走出来。这时,我仿佛也置身于恍惚之中,那些被我们称作是子虚乌有的东西,也开始变得非常真实。我能看见闪着柔光的金色首饰,和隐隐约约、如同花儿一般盛开的乌发。我请求姑娘告诉那高挑的女王,让她的属下按照自然的队列集结起来,好让我们看个清楚。和刚才一样,我发现自己还是得重复一遍咒语。于是,这些小人走出洞来,站成四组(如果没有记错的话)。其中一组拿着树枝,另一组则戴着似乎是蛇皮制成的项圈,但它们的服装我并无印象,因为我的注意力全在那光芒四射的女王身上。我请女王告诉预言家,这些山洞是不是附近仙人最常出没的地方。她的嘴唇动了一下,但听不见回答。我请求预言家将手放在女王胸前,这样她便能听清女王的话了。"不,这并不是仙人最常活动的地方,再往前走会有一个仙人更多的洞穴。"我又问她:"她和她的子民是不是真的会掳走人类,如果真是如此的话,它们会不会用另一个灵魂来替代掳走的人呢?""我们交换身体。"她答道。"你们会投胎进人类生命吗?""嗯,会的。""我认识的人中,有出生前属于你们仙族的吗?""有。""是谁?""不能让你知道。"然后我问道,她和她的子民是不是"我们思想臆造出来的事物"。"她不懂,"我朋友说,"但她说,她的子民和人类十分相像,人类做什么,它们也做什么。"我还问她其他问题,比如她的本性,她在宇宙中的意图等等,但似乎只让她越来越糊涂。最后她看起来有些不

---

① 原注:据说,爱尔兰的仙人们有时和我们一样大,有时还要再大些,有时则只有三英尺高。我经常提到的马约郡女仆人说,是我们眼睛里的某种东西让它们看起来高大或者矮小。

耐烦,因为她在沙滩上(当然是幻象中的沙滩,而非脚下咻咻响的沙滩)为我写下这些话——"小心点,别试图对我们了解太多。"既然自己冒犯到了她,我便感谢了她所展示和所说的一切,并让她再次消失进山洞里。很快,姑娘从恍惚中醒来,重新感受到世间的冷风,打起了寒战。

我尽量准确地描述当时的经过,也不用任何理论来让回忆变得模棱两可。理论不过是些贫乏的东西,我头脑中的大多理论早就消失不见了。比起理论来,我更喜欢象牙之门的声音,喜欢聆听铰链的转动,并相信,倘若一个人能越过撒满玫瑰的门槛,他便能望见远方牛角之门的微光。也许,如果我们能心无杂念,像占星家李利①在温莎森林喊道"来吧,女王,仙之女王"。那也许是件美妙的事情。高挑和光耀的女王,来吧,允我再看一眼你那隐隐约约、如同花儿一般盛开的乌发吧。

十四 "美丽而凶悍的女人们"

一天,我认识的一个女人亲眼见到了所谓的传奇美人,这种极致之美正是布莱克口中不随年龄而改变的美,鉴于我们将颓废谓为进步,将淫逸之美尊为首位,因此,它便渐渐淡出艺坛。我认识的这位女人当时正站在窗边,远眺着据说安葬着梅芙②女神的诺克纳里亚山区,她告诉我,自己看到了"你所能见过最标致的女人,你会忍不住翻山越岭,径直向她走去"。她佩着一把剑,手提匕首,身穿白衣,胳膊和脚露在外面。她看起来"很强健,但并不邪恶",也就是说,不凶残。那老妇人曾经见过爱尔兰巨人,"尽管他还不错",却根本比不上那美人,"因为他膀大腰圆,不能像战士那样英武地行走。""她长得像某某夫人,"——这里说的是邻居家一位长相端庄的太太,"但是她没有小肚子,肩膀苗条而宽阔,比你所见过的任何人都要好看。她看上去大概

---

① 李利(一六〇二——六八一),英国古代占星家。
② 爱尔兰神话中康诺特一带的女王。

三十岁。"老妇人用手将眼睛蒙上,当她再次睁开眼睛时,幻象便全部消失。她告诉我"邻居们被她气得不行",因为她竟然没去弄清楚这是不是神的启示。人们相信那一定是梅芙女王,她经常在领航员面前显身。我问老妇人,她是否见过其他类似于梅芙女王的人,她说:"有些人披着头发,但模样很不一样,就像报纸上那些睡眼蒙眬的贵妇人一样。那些盘起头发的则有点像她。别的人穿着白色长裙,但盘起头发的却身着短裙,你可以看见她们的腿肚子。"一番细问之后,我发现她们很可能穿着一种厚底靴;老妇人继续道:"她们面容姣好,英姿飒爽,就像佩着剑、三三两两在山坡上纵马奔驰的男人们。"她还不断地重复道"现在可没有这样的家族了,没有比例如此匀称的人儿了"之类的话,然后说道:"现在的女王①模样挺漂亮,但和她不一样。我之所以瞧不起那些贵妇,是因为这些人根本比不上她们。"她指的是仙灵们。"说到女王和贵妇人,她们就像到处乱跑的小孩子,不知道怎样把衣服穿好。她们还是贵妇人吗?哎,我觉得她们连女人都称不上。"另一天,我的一个朋友在戈尔韦的济贫院向一位老婆婆打听梅芙女王的事情,得到的回答是"梅芙女王很好看,用一根榛木棒打败了所有的敌人,因为那块榛木受到保佑,是最好不过的武器。有了它,你便可以走遍天下"。但她"最后变得很不好——唉,很不好。最好还是别提了,别写在书上,也别讲给人听"。我朋友觉得,老婆婆肯定是想到了弗格斯之子罗伊和梅芙女王之间的丑事。

我本人曾在布伦山区一带遇见过一个年轻人,他记得曾有一位用爱尔兰语写作的老诗人。年轻人讲道,老诗人年少时见过一位自称梅芙的人,还说自己是"他们中间"的女王,问他是要金钱还是欢乐。诗人答的是欢乐,她便将自己的爱赠与他,一段时间之后便离他而去,从那以后他便一蹶不振。年轻人说,自己经常听到老诗人吟唱他的悼诗,但只记得诗"非常之悲伤",以及他将她称为"万美之首"。

一九○二年

---

① 原注:指维多利亚女王。

十五 中魔的树林

I

去年夏天,每当完成一天的活后,我习惯去某处宽阔的树林散步。在那儿,我经常见到一位老农夫,和他聊到他的活计和这片树林。有一两次,会有一位朋友陪我一起来,而老农夫似乎更喜欢对他敞开心扉。他一辈子都忙着砍伐路上的榆树、榛树、女贞树和角树,也常常思索树上的自然和超自然生物。他听过刺猬(他把它称为"格兰·奥格①")"像基督徒一样发出咕噜噜的声音",确信它会偷苹果——在苹果树下打滚,直到每根刺都穿上了苹果,它才满载而归。他还相信林子里有很多猫,它们有着自己的语言——某种古爱尔兰语。他说:"猫其实都是蛇,它们在世界的某次巨变时化为猫身,所以它们很难杀死,打扰到它们也不是什么好事。如果你惊动了一只猫,它也许会咬你、抓你,把毒液注进去,就像蛇的毒牙一样。"他认为,有时它们会变成野猫,尾巴的末端会长出钉子;但野猫和松貂又不一样,后者可是一直住在树林里。狐狸曾经像现在的猫一样温顺,但逃走以后,也渐渐有了野性。除了他不喜欢的松鼠之外,他把各种野生动物都说了个遍,言语间夹杂着亲切和热爱。不过,他偶尔也会闪着得意的眼神——他儿时曾把一捆燃烧的稻草丢到刺猬蜷着的身体下,令它们不得不展开身体。

我不确定他是否能清楚地将自然和超自然区分开来。有一天他告诉我,像狐狸和猫之类的动物喜欢在入夜后钻进堡垒和寨子里。他一讲到有关狐狸的故事,就会自然而然地过渡到有关神灵的故事,那语调一点儿也没变,就像是在说松貂一样——现在这种动物可是少之又少。许多年前,他在花园里干活,有一次,人家让他睡在一间屋子里,那屋里的阁楼堆满了苹果。整晚,他都能听见头上的阁楼传来摆

---

① 爱尔兰传说中的女神。

弄盘子和刀叉的声音。不管怎样,他确实在林子里见过神秘的东西。他说:"有段时候,我在因奇砍树,早上八点左右,我在那儿看到一个采坚果的姑娘,她棕发披肩,脸长得好看又干净,个子很高,头上没带帽子,衣服不俗气,而是很朴素。觉察到我过来,她便蜷起身子,像被地面吞噬一样消失不见了。我朝她那边走过去,想找到她,但从那以后我再也没见过她。"他用的"干净",就是我们所说的白净、标致的意思。

其他人也在这片中魔的树林里见到过神灵。有个工人告诉我们,他的一个朋友在树林里的山瓦拉看见过东西,这地方在林子前的老村庄附近。他说:"一天晚上,我在院子里和劳伦斯·曼根分开,他从山瓦拉的小路上走,还祝我晚安。两小时之后,他又回到院子里,让我点上马厩里的蜡烛。他告诉我,他走到山瓦拉的时候,一个齐膝高、但是头和人类一样大的小东西来到他身边,带着他走出小路,兜了几个圈子,最后把他带到石灰窑,然后便消失不见。"

一个女人告诉我,她和别人曾在河中的深水塘里见到过异象。她说:"我和别人一起从教堂的台阶下来。一阵狂风吹来,两棵树被吹断,掉进河中,溅起的水冲上了天。和我一起去的人们看到了许多身影,可我只看到一个,它坐在树掉进去的那段河岸边。它穿着黑衣服,没有头。"

一个男人则对我说,他小时候曾经和另一个男孩在田野里追赶一匹马,那里是邻近湖边的一小块空地,遍布石块和榛树,地上爬着岩玫瑰和刺柏。他对同行的男孩说:"我赌一颗扣子,假如我向那灌木扔块石子,它会停在树上。"他的意思是,灌木都缠在一起,石头根本穿不过去。然后他"拾起一块卵石,卵石击中灌木时,发出最最美妙的音乐声"。他们吓得拔腿就跑,却看见一个穿白衣的女人围着灌木走来走去。"一开始是女人的形状,后来变成男人的形状,在灌木旁边绕来绕去。"

II

说到鬼怪幽灵的本质是什么,我在这方面的思考比因奇的蜿蜒小路还要错综复杂,不过,我也会模仿苏格拉底的说法。人们告诉他关于依里索斯河仙女的考证观点时,他回答道:"对我来说,普通的看法就够了。"当我用心思考时,我相信自然界充斥着我们看不见的人,它们当中有些其貌不扬、奇形怪状,有些生性邪恶、愚蠢无知,但多数拥有我们不曾领略的超凡之美,当我们走在幽静而宜人的地方时,它们其实并不遥远。年幼时,每次走在树林里,我都感觉自己会无意识地发现一些渴慕已久的东西。这种想象深深植根于我的脑海中,现在,我时常会迈着近乎焦急的步子,在矮树林的每一个角落探寻。毫无疑问,你也会为这样的想象所萦绕,而命之星辰将决定你遇见想象的地方,比如,土星带你去树林,而月亮将你带到海边。在祖先们的想象中,死人会在日落中追随牧人之日而去,但我不确定日落中有没有特别之物,也不确定日落中是否只有一些几乎不会移动的模糊影子。我们甫一出生便入了一张网,倘若美不是它的出口,那么它便也不复为美,与其欣赏光影在绿叶间的曼妙演出,我们还不如坐在家里烤火,听任慵懒的身躯日渐臃肿,或是参加些愚蠢的体育活动。挣脱出那繁缛的思考后,我对自己说,这些超凡之灵的的确确存在着,因为,只有我们这些既不单纯、也无智慧的人才会否认它们,而所有时代的单纯之人,以及古时的智慧之人,都曾见过甚至是同它们交谈过。正如我所想的那样,它们过着自己所热爱的生活,离我们并不遥远,而如果我们能维持单纯且热情的本性,死后便能与他们为伍。愿死亡将我们与一切浪漫传奇相连,愿有朝一日,我们能在苍翠山间与群龙作战,或悟出,一切传奇不过是《尘世乐园》里老人们在快乐时所认为的:

"混杂在意象中
对人类在伟大日子里所犯罪孽的预言。"

十六 超自然的生物

这片中魔的树林里生活着松貂、獾和狐狸,但还有一些更加强大的生物,湖里也藏着些鱼网和鱼线捕不住的东西。这些生物属于在亚瑟王故事中出没的牡鹿种族,以及在本布尔本山与海风交界之处杀死迪亚穆德①的恶猪后代。它们是兼具希望和恐惧的非凡生物,在死亡之门附近的树丛中穿来穿去。我认识一个人,他的父亲有天晚上去因奇,"戈特的小伙子们常到那儿偷树枝。他坐在墙边,听见有什么东西从奥邦威尔赶来,但它的脚步声像是鹿蹄发出的声音。当它经过他时,狗窜到他和墙之间,使劲地挠墙,一副很害怕的样子,但他只能听见蹄声,什么也看不见。那东西过去以后,他便回了家。""还有一次,"他说,"我爹爹告诉我,他在湖上和两三个戈特人划船,其中一人拿着鳗鱼叉,他把鱼叉刺进水里,似乎戳到了什么东西,然后那人便晕厥过去,大家只好把他从船里抬到岸上。那人醒来后说,自己戳到的东西像头小牛犊,反正无论如何都不是鱼!"我的一位朋友相信,这些在湖中随处可见的可怕生物,是古时由那些若隐若现的魔法师所投下的。在他看来,如果我们将魂灵投入水中,它便会成为一种充满极乐和力量等奇异情绪的物质,倘若它再浮出水面,便可具有征服世界的能力。然而,他也相信,倘若这些意象真实存在,那么我们首先得直面,也许是推翻比它们生命力更加强大的东西。他也许是说,当我们经历过最后一次冒险,即死亡后,便能无所畏惧地面对它们。

一九〇二年

十七 博学的亚里士多德

我有个朋友能让一位素来沉默寡言的伐木工吐露心声,最近,他去看望伐木工年迈的妻子。她住在林子边不远的小屋里,和她丈夫一样,记得许多古老的故事。这次,她谈起了传说中的泥瓦匠戈班,以及他的智慧,但随即说道:"亚里士多德博学而睿智,见识甚广,但不还是没胜过蜜蜂吗?他想知道蜜蜂如何搭建蜂窝,花了差不多半个月来观

---

① 迪亚穆德是爱尔兰传说中的人物。格兰公主在自己与费奥恩的婚礼上与迪亚穆德相恋,两人于是私奔,但多年后,迪亚穆德在打猎时被野猪拱伤,最终不治身亡。

察它们，但还是没发现什么玄机。于是他搭了个蜂箱，用玻璃罩上，把蜜蜂装进去，以为这样便能看到。但当他盯着玻璃时，蜜蜂却用蜂蜡涂上玻璃，玻璃变得像锅一样黑；他还是什么也看不见。他说在那次之前，他还从未失手过呢，这下子，蜜蜂可是让他吃了一回苦头！"

一九〇二年

十八 神之猪

几年前，我的一位朋友谈到年轻时和康诺特芬尼亚会人出去操练时发生的事情。他们挤在一辆车里，沿着山麓前行，到达一处僻静的地方。下车后，他们继续扛着步枪爬上山坡，操练了一会。下山时，他们看见一头爱尔兰古时那种身细腿长的猪，这猪便跟在他们后面。其中有个人半开玩笑地嚷道，这是头仙猪，为了配合他的笑话，大家便开始装作逃跑的样子。猪也跟着跑起来，结果，谁也没想到的是，这玩笑竟然变成了真正的恐怖，他们落得个飞奔逃命的下场。跳上车后，他们驱马狂奔，但猪仍然紧追不舍。有人抬枪便要射，但顺着枪管看去，他什么也没发现。车拐了个弯，进了一个村子。他们在村子里述说了所发生的一切，村民便操起干草叉和铁锹，和他们一起上路，准备将猪赶走，但当众人来到拐弯之处时，却什么也没有发现。

一九〇二年

十九 声音

有一天，我在因奇树林附近的沼泽地走着，突然在一瞬之间，我有种奇怪的感觉，我告诉自己，这是基督教神秘主义的根源。我浑身为虚弱感所笼罩，希望一位远在天边，近在眼前的能人可以帮助我。我对这种异感毫无准备，因为自己一直沉浸在安古斯、埃丹和大海之子曼纳南[①]

[①] 三人均为爱尔兰神话人物。

中。那天晚上,我醒来时仰卧在床上,听见头顶上有个声音在说话:"凡人之魂,皆有不同,上帝对任何灵魂的爱都是无限的,因为没有别的灵魂能满足上帝同样的需要。"几天后的一个夜晚,我醒来后看到了自己所曾见过的最可爱的人。一对年轻男女穿着古希腊式样的橄榄绿衣服,站在我床头。我看着那姑娘,注意到她衣服的脖颈处被什么东西束着,它大概是某种链子,又像是常春藤叶形状的硬饰。但让我好奇的是她脸上那神秘的平和表情。没有几张脸能如她这般美丽动人,而她的脸庞上也没有欲望、希冀、恐惧抑或是思索的神色,如动物的面孔一样平静,或如夜晚山中的湖泊,宁谧得有些伤感。我一度觉得,她大概是安古斯的爱人,但一个受到追逐、魅惑迷人、快乐而不朽的不幸女神,怎会拥有这样的脸庞?毫无疑问,她是月亮的孩子,但我永远不知道她是月亮的哪一个孩子。

一九〇二年

二十　掳掠者

斯莱戈城北,本布尔本山南侧,平原以上几百英尺处,石灰岩之间,有一个白色的小方块。没有凡人触碰过它,也没有绵羊或山羊在它边上啃草。世上没有哪个地方像这里一样无法企及,也没有哪个地方比这里更加令人敬畏。它就是仙境之门。子夜时分,门会打开,仙军从此处出动。这些家伙在大地上来回游荡,好不快活,凡人也看不见它们。只有在超常"灵妙"的地方——如德拉姆克利夫和德拉马海尔,戴着睡帽的仙医会被推出门外,观察这些"上等人"在做什么事。他们根据自己训练有素的眼睛和耳朵判断出,田野遍是戴红帽的骑手,空中充满了刺耳的声音——像古代苏格兰预言家记录的那种口哨声,和星相家李利所言"常用喉音说话,类似爱尔兰人"的天使交谈声大不相同。如果街坊邻居中有初生的婴儿或是新婚的姑娘,那么戴睡帽的仙医便会格外警惕,因为仙军不总是空手而归。有时,它们会带着新嫁娘或是新生儿回到山里。门一关,他们从此进入无血无肉的仙境。尽管快乐,但他们注定会在最后的审判中融化成一缕白亮的蒸汽,因为哀愁和灵魂总是如影随形的。通过这扇白石门,以及其他仙门,国王、王后和王子们进入了这片"用一个便士换来快乐"之地,但仙人的势力已经大不如前,因此我脑海中那贫乏的编年史中,只剩下了农民。

斯莱戈集市大街的西角有一家肉店,这地方在上世纪伊始其实并不是济慈《拉米亚》中所描绘的宫殿,而是一家药店,店老板是一个叫欧平顿的医生。他是何方人士,并无人知。那时候斯莱戈还有一位名为奥姆斯比的女人,她的丈夫得了怪病,但医生们束手无策。他表面看起来安然无恙,但身体日渐虚弱。女人于是去找欧平顿医生,被领进药店大堂。一只黑猫直直地坐在炉火前。她瞧见摆满了水果的碗橱,自言自语道:"医生有这么多水果,想必它们是有益健康的东西。"然后欧平顿医生就进来了。他一身黑衣,像那只猫一样,他的老婆则穿着类似的黑衣服,走在他身后。奥姆斯比夫人给了他一个基尼,换来一小瓶东西。她丈夫服了药以后,便康复过来。这位黑衣医生治好过许多人,但有一天,一位家境富裕的病人却不治身亡,第二天晚上,医生、医生老婆和黑猫便人间蒸发。一年之后,奥姆斯比家的男人再度病倒。鉴于他相貌英俊,奥姆斯比太太相信"上等人"正觊觎着他。她去凯恩斯福特拜访"仙医",后者听说了她的事后,走到后门的后面,呢呢喃喃地念起咒语。她的丈夫这段时间也确实有所好转,但没过多久,他第三次发病,病情危险得多。奥姆斯比太太又一次去了凯恩斯福特,仙医又一次走到后门的后面呢呢喃喃,但片刻后他便回到屋里,说没救了——她丈夫已不久于人世;奥姆斯比先生果然断了气,后来,每当提到丈夫的时候,奥姆斯比太太会摇着头说,她知道他在哪里,既不是天堂,也不是地狱或者炼狱。也许,她相信他墓穴里躺着的不过是根木头,但被施了法术,所以看起来像躯体一样。

她现在已经死了,却仍为很多在世的人所惦记。我相信,她曾经是我某个亲戚家的女佣或是家仆。

有时,被掳走的人在多年(通常是七年)之后,仍可以见朋友的最后一面。多年以前,一个女人同丈夫在斯莱戈的一座花园散步时突然消失,那时她的儿子才刚刚出世。他长大之后听到传言,称他母亲被仙人所蛊惑,被囚禁在格拉斯哥的一间屋子里,盼望着能见到他。在农人的眼里,那时遍布帆船的格拉斯哥简直如同天涯海角,但作为一个恭顺的儿子,他还是决然上路。他在格拉斯哥的大街小巷之间徘徊许久,最终在一座地窖里见到了正在工作的母亲。她很开心,说自己吃得棒极了,他不要吃一点吗?桌上摆着各种各样的山珍海味,但他知道母亲是想通过仙人的食物来蛊惑他,好把他留在身边。于是,他谢绝了母亲的"好意",回到斯莱戈与家人重聚。

斯莱戈以南五英里处有一个光线昏暗、树木环绕的池塘,人们根据它的形状将其命名为"心湖"。心湖是水鸟的聚集地,除了白鹭、鹬和野鸭外,一些奇异的生物也常常光顾这里。像本布尔本山的白色方石一样,湖中也会涌出仙军。人们曾一度要抽干湖水,突然有个人大叫起来:他看见自己的房子着火了。大家转头一看,每个人都看到自己家的房子燃起大火。人们匆匆赶回家,却发现这不过是仙人的魔法。时至今日,湖边仍有一条掘了一半的沟——它便是人们对仙人不敬的罪证。在离湖不远的地方,我听说过一个美丽而凄婉的关于仙人劫持的故事。一位戴白帽的老婆婆对我说过这个故事,她用盖尔语哼唱着歌谣,从一只脚挪到另一只脚,好像犹记得年轻时的舞步一样呢。

一位年轻人在夜里赶往新婚妻子的家中,半路上遇见一群兴高采烈的人,他的新娘也在其中。它们是仙人,把新娘掳来充当乐队首领的老婆。然而在他看来,它们不过是一群开心的凡人罢了。新娘见到旧爱,便向他问好,但她很害怕他吃下仙人的食物,从而远离凡间,被带到那无血无肉的飘渺之国。于是她安排他和仙人队伍里的三个人打牌,他便打了下去,直到看见乐队的首领搂着新娘离开,他才有所发觉。他猛然跳起,终于发现它们是仙人——这队兴高采烈的人们渐渐与光影融为一体。他匆匆赶往新娘家里,半路上便听见哀悼者的哭丧声。在他赶到之前,她已死去多时。有位无名的盖尔诗人将这故事编成歌谣,但业已失传,不过戴白帽的朋友还记得零碎的几句,还曾念给我听。

有时,人们听说被掳走的人会充当生者的善意守护神,我在闹鬼池塘听来的这个故事也是一例,它讲述了哈克特城堡约翰·基尔文的经历。基尔文家族①经常出现农村故事中,据说是凡人和神灵的后代。他们以美貌而著称,我在书中读过,克伦卡里勋爵的母亲便属于这个家族。

约翰·基尔文擅长骑术,有一次,他骑着一匹骏马在利物浦上岸,准备去英格兰中部的某个地方参加赛马。那天晚上,他正走在码头边,一个瘦得像纸片的男孩走上前来,问他把马放在哪个马厩。他回答是某某地方。"别放在那儿,"男孩说,"那马厩今晚会失火。"于是他将马牵去别的地方,马厩果然也烧毁了。第二天,男孩要求约翰·基尔文在接下来的马赛中让他当骑师,说完便消失不见。比赛终于到来,男孩在最后一刻冲上马说道:"如果我用左手持鞭抽马,我就会输,但如果用右手,那么你就放心地押上所有的钱吧。"告诉我这故事的帕迪·弗林说道:"左手毫无用处。用左手画十字,就和用扫帚画十字一样,不管圣诞节还是报丧女妖,都不会理睬我。"言归正传,男孩用右手扬鞭策马,约翰·基尔文大赚一笔。赛马结束后,他问道:"我能为你做些什么?"男孩说:"我母亲在您的领地上拥有一间农舍——我还在摇篮里时,仙人就把我夺走了。约翰·基尔文,你要对她好些,无论你的马在哪,我都保证它们不受疾病侵扰;不过,你再也不会见到我了。"说罢,他便化作空气,消失不见。

有时,仙人还会掳走动物——多为被淹死的动物。帕迪·弗林告诉我,在戈尔韦的克莱尔莫里斯住着一位穷寡妇,她有一头母牛和一头牛犊。母牛掉进河里,被水冲走。附近的一个男人便去拜访一位红发女人(据说红发女人擅长应付这些事情),后者令他将小牛带到河边,然后躲起来观望。他照做了,顷刻之后,奶牛便沿着河岸走来,给牛犊喂奶。接着,他按照吩咐的那样,抓住了母牛的尾巴。他们突然

---

① 原注:后来我听说,故事说的并非基尔文家族,而是哈克特城堡的先人——哈克特家族。哈克特家族是凡人和神灵的后代,以美貌而著称。在我的想象中,克伦卡里勋爵的母亲便是哈克特家族的后裔。也许在这些故事中,那些古老的名字都为基尔文所代替。传说故事总是将各种东西熔炼在一个炉子里。

动了起来,飞速越过无数道篱笆和沟渠,最后来到一座"堡子"(小型的环形建筑,通常叫作寨子或是堡垒,自异教徒时期便出现在爱尔兰)里。在这里,他看到了那段时间村里死去的人们,他们或是散步,或是闲坐。一个女人坐在堡子的边上,膝上搂着个孩子,她喊住他,让他别忘了红发女人叮嘱他的事。他想起来女人的话:"给母牛放血。"于是他把刀扎进母牛体内,放了些血出来。这样便破了魔咒,母牛也终于肯回家了。"别忘了拴牛绳,"膝上搂着孩子的女人说,"里面那根。"灌木上放着三根拴牛绳,他取了一根,将母牛安然无恙地赶回寡妇家。

几乎每个山谷或是山麓都不乏关于掳掠的民间故事。距心湖两三英里的地方,住着一位年轻时曾被掳走的老婆婆。她被掳走七年之后回到家中,却没了脚趾——跳舞跳的。许多住在本布尔本山白石门附近的人都被掠走了。

比起我提到的诸多村庄,城里人可要理智得多。如果你夜里走在阴沉的路上,身边是白色农舍里散发出阵阵香气的接骨木,望着笼罩在昏暗山顶上的浮云,你便能轻易地抛开理智的薄纱,发现那些从北方白石门中匆匆飞来的妖仙,或是从南方心湖中纷纷涌出的生灵。

二十一 不知疲倦的生灵

人生一大烦恼,在于无法拥有纯粹的情感。即便是敌人,也拥有我们所喜欢的特点,即便是爱人,也难免存在我们厌恶之处。这种情感的纠结使我们苍老,摺起我们的眉毛,在我们的眼角刻下岁月的痕迹。倘若我们能像仙人一样全心全意地对待爱恨,我们也许会像它们一样健康长寿。但在这一天到来之前,那不知疲倦的快乐和悲伤都是它们的专利,是它们的魅力所在。它们的爱从不会厌倦,星宿的轮回也无法停下它们的舞步。在弯腰挥铲时,或是夜里疲乏地坐在烤盘边时,多内加尔的农民便会记起仙人之好,讲着那些也许永不为人遗忘的故事。他们说,不久前有两位小仙人来到一位农夫的家,花了一晚上清扫壁炉,把家里打理得干干净净。它们中一位长得像个年轻男人,另一位则像个年轻女人。第二天,它们又来了,趁农夫不在时将所有家具搬到楼上的一间屋子,沿墙摆放好。看到家具被布置得体体面面,它们便跳起舞来。它们跳啊跳,日子也一天天过去,乡下人纷纷赶来看,但它们的脚仍然不知疲倦。农夫不敢住在家里;三个月后,他忍无可忍,决定告诉它们神父要来了。小东西们听到这话,便立即逃回了自己的国度。人们说,在那里,只要灯芯还未烧尽,也就是说,只要上帝还未用一个吻燃尽世界,它们的快乐便会继续下去。

　　但不知疲倦的生灵并不仅仅是仙人,那些中了仙人魔法的男男女女,或许是因为得到了天赐的灵气,往往比仙人拥有更加丰富的生命和感受。不朽的美之玫瑰撒下不幸而快乐的枝叶,凡人便在这枝叶间逝去,被那些唤醒星辰的朔风吹散得七零八落,而幽冥王国则或许略带伤感地承认他们那些与生俱来的权利,并赋予他们最美好的东西。有这样一个人,她许多年前在爱尔兰南部的一个村子里出生。她睡在摇篮里,母亲在一旁摇着摇篮,此时一位仙女走进屋子,宣布孩子将成为幽冥王国王子的新娘,不过,考虑到不能让新娘在王子爱情初炽之时便衰老死去,因此她将被赐予仙人的长命。仙人吩咐,女孩的母亲将一根烧得通红的木头埋在花园中,只要它不燃尽,孩子便不会死去。母亲照着吩咐把木柴埋了起来,孩子长大后成了个美人,一天夜里,仙人王子来到她家,将她娶为新娘。七百年后,王子死了,她被另一位王子所接替;又是七百年后,这位王子也死了,她便迎来了又一位王子和又一位丈夫,如此反复,她一共嫁给过七个丈夫。终于有一天,牧区的神父找到她,说她的七个丈夫和长命是整个社区的耻辱。她说,她很抱歉,但自己没有责任,并告诉神父木柴的事情。神父便挖来挖去,终于找到木柴。人们把木柴烧掉,她立马就死了。她得到了基督徒的葬礼,大家都很开心。还有一个名叫克露丝纳—贝蛾①的人,她厌恶生

---

① 毫无疑问,克露丝纳—贝蛾应当是凯蕾阿克·贝蛾,意思是老妇人贝蛾。贝蛾(贝蕾、维拉、德拉和黛拉)是非常著名的神话人物,可能是众神的母亲。我的一个朋友认为,她经常去菲尤斯镇一座山上的利斯湖(又名灰湖)。也许"伊亚湖"是我听错了,也许是叙述者的口误,因为叫"利斯"的湖很多。

活,走遍世界,想找到一个深得足够可以结束她仙人生命的湖。她在山峦和湖边之间来回穿梭,落脚之处总会带去一堆乱石。最后,她终于在斯莱戈鸟山之巅的伊亚湖发现了世间最深的湖水。

两个小东西也许还在继续手舞足蹈,木柴姑娘和贝蛾仍在安详地长眠,因为它们体验过无拘无束的恨和纯洁无瑕的爱,从不为"是"或"非"而烦恼,双脚也不为"可能"或"也许"这样的不幸之网所纠结。大风起兮,带它们领悟自我的真谛去了。

二十二 土、木与火

我小时候念过某位法国作家的作品,书上说,犹太人浪迹天涯之时,沙漠灌进他们的心灵,将他们塑造成现在的样子。我不记得他用什么来证明犹太人是土那不可毁灭的后代,但很有可能的是,各元素都有自己的后代。如果我们熟悉拜火教徒,便会发现他们数个世纪以来的虔诚祭拜已经得到了回报:火已将自己的部分本性传递给他们;我相信,河海雨雾中的水也依据自身形态塑造了爱尔兰人。各种形象如同池塘中的倒影一样,在我们的脑海中永驻。我们在古时全神贯注地投入神话的怀抱,认为神灵无处不在。我们同他们面对面地交谈,关于这种情感交融的故事在爱尔兰可谓数不胜数,在我眼里,它们的数量远远超过欧洲其余地方。即便是在今天,乡下的人们仍会与死人交谈,或是同那些根据我们对死亡的理解,根本没有死的人对话;即便是我们这些受过教育的人,也能毫无困难地进入安静的幻视状态。我们可以让自己的思绪变成一潭静水,映出聚集在周围生灵的形象,并因为这种静谧而活得更加清澈、甚至是更加激情。睿智的波菲利[1]不是认为,一切灵魂来源于水,"甚至是脑海中生成的形象也来自于水"吗?

一九〇二年

---

[1] 古罗马哲学家。

二十三　老城

　　十五年前的一个夜晚,我似乎陷入仙人的力量中。

　　我同一个年轻人和他的妹妹——也是我的朋友和亲戚——出去拜访一位乡下老人。回家时,我们谈论着他讲述的故事。暮色已临,他的鬼故事激发了我们的想象力,并将我们带入一种半睡半醒的临界状态,斯芬克斯和凯米拉双目圆睁地坐着,呢喃细语声不绝于耳,而我们却浑然不觉。在我看来,我们所看见的绝非是清醒头脑的想象。我们走在一条为树阴所遮蔽的路上,这时,那姑娘看到一束沿着马路缓缓移动的明亮光线,但我和她哥哥什么也没见着。我们沿着河边走了半个钟头,又上了一条通向荒野的狭窄小道,那荒野上有一座爬满常春藤的废弃教堂。这地方叫作"老城",据说在克伦威尔时期,这里所有的房屋便被焚毁。根据我的记忆,我们在那儿伫立了几分钟,眺望着布满石头、荆棘和接骨木的荒野,此时我看见,一束小而明亮的光线似乎正从地平线缓缓地升入云霄。在接下来的一两分钟里,我们还注意到其他一些隐隐约约的光点,最后,一股酷似火炬的明亮火光掠过河面。看见这一场景时,我们仿佛置身梦中,一切都是那么虚幻,以致在此之前,我未尝写下这段经历,也不曾开口提起,甚至由于某种莫名其妙的缘故,我在脑海中也从未认真地回想过。也许,我觉得在现实感较弱之际,对自己所见之物的记忆并不值得信任吧。不过,几个月前,我和两位朋友说起这件事,把自己的回忆和他们那些少得可怜的印象进行了对比。这种不现实的感觉愈加奇妙,因为第二天,我听见了和那些光线一样难以形容的声音。我不仅没有感到不真实,却能明白无误、自信满满地回忆起它们。姑娘坐在一面古式的大镜子下看书,我在几码之外的地方边读边写,此时,我听到似乎是豌豆粒撞上镜子的声音,我刚抬起头,便又传来这种声音。后来,我独自待在房间里,又听见"嘣"的一声,好像是什么比豌豆大得多的东西撞在我脑袋边的墙板上。几天以后,姑娘、她的哥哥和仆人们也看到或听到了这些异象。它时而是明亮的灯光,时而是火焰组成的文字,但在人们看清之前便消失不见,时而是在似乎空无一人的房屋里漫步的沉重脚步。人们不禁疑惑:古时男男女女住过的地方,是否真的存在生灵,它们是否如同乡下人相信的那样,从老城的遗迹中爬出,一路跟随我们来到这里,还是来自第一束光闪耀的河畔树间?

一九〇二年

二十四　男人和靴子

多内加尔有个不信邪的人,他从不听那些鬼怪仙灵的故事。在多内加尔,有一座自古以来便闹鬼的屋子,下面便是鬼屋如何让这男人屈服的故事。

男人闯入屋子,在闹鬼房间的楼下点起炉火,脱下靴子,把它们放在壁炉上。男人自己则伸出脚,暖暖地烤着火。他一度为自己的不信邪而欢欣鼓舞;但不一会儿,天黑了下来,一切变得昏沉沉的,他的一只靴子竟动了起来。它从地上立起来,朝着门口的方向跳了一步,另一只靴子也跟着动了一下,第一只靴子随即又跳了起来。于是男人意识到,有个无影无形的家伙窜进了他的靴子里,准备穿着它们离开呢。靴子溜到门口,慢慢地向楼上跳去,接着,男人听到它们在头顶上的鬼屋里踱步的嗒嗒声。几分钟后,他又听见楼梯上传来靴子的声音,随后是外面的走廊。一只靴子走进门来,另一只腾空跃起,越过前面一只,跳进了屋子。它们朝他一路跳过来,其中一只高高跃起,踢了他一脚,接下来另一只也踢了他,然后第一只又踢,如此反复,直到把他赶出房间,又赶出整座房子。这样,他被自己的靴子踢出门外,多内加尔也好好地报复了不信鬼神的人。那无影无形的东西究竟是鬼魂还是仙人,我们已经无从查证,但报复的奇特本质就像仙人的活动一样,驻足于幻想之心。

二十五　胆小鬼

我的朋友是位健壮的农夫，住在本布尔本山和科佩山那头①。有一天，我在他家遇见一个小伙子，但他似乎很不受农夫两个女儿的待见。我问她们为何讨厌他，答案是，他是个胆小鬼。这可吊起了我的胃口，因为有些被身强力壮者看作是懦夫的人，只是神经之于工作和生活来说，过于敏感罢了。我打量着他：不，白里透红的面庞，强健的体魄，并无过分的敏感。片刻之后，他对我讲了自己的故事。他的生活曾经放荡不羁，直到两年前的一天，他夜里很晚才回到家，突然感觉自己陷入鬼界。他一度看见一位死去兄弟的脸庞浮现在面前，于是转身就逃。他没命地逃，一直跑到一英里之外的农舍才停下脚步。他使出吃奶的劲来撞门，终于令粗木闩断成几截掉在地上。从此以后，他便远离那狂放的生活，成了无能的胆小鬼。无论白天还是夜晚，他说什么都不肯回到当初见到那张脸的地方，为了避开那儿，他常常会绕上两英里路。他说，如果得一个人走路的话，"即便是村里最漂亮的姑娘"也无法说服他在晚会结束后到她家去过夜。他惧怕一切，因为他所见到的东西，无人不会为之变色——正是鬼魅那不可思议的脸。

二十六　三个奥拜恩族人和邪恶的仙人

幽冥王国之中，充满着各种各样的美好事物，那里的爱多于凡尘，那里的舞蹈甚于俗世；那里的财宝也远比人间要丰腴。最初，凡世本可以满足人类的欲望，但它却已变得陈旧而堕落。难怪我们想要掠夺另一个王国的财宝呢！

有一次，我的一位朋友去了斯利夫立格附近的村子。一天，他在一个叫"卡谢尔诺尔"的寨子里闲荡。一个形容枯槁、头发凌乱、衣衫

---

① 即前文提到的"羊骑士"。

褴褛的男人走进寨子,挖起地来。我的朋友转身走向附近一位正在干活的农夫,问那人是谁。"那是第三个奥拜恩家族的人。"农夫回答道。几天之后,朋友听说了这个人的故事:异教徒时期,有一大笔宝藏被埋在寨子里,由一群邪恶的仙人看守;但宝藏将为奥拜恩家族发现,并归属他们。在这一天到来之前,必须有三个奥拜恩家族的人发现宝藏,然后死去。两个人已经这样做了。第一个挖呀挖,终于看见装着宝藏的石棺,但霎时间,一只形似巨狗的毛茸茸的东西从山上窜了下来,将他撕成碎片。第二天早上,宝藏又消失不见,深藏地下。第二个奥拜恩挖了又挖,找到了宝箱,他掀开顶盖,看见了金光闪闪的东西。随即,他见到了可怕的异象,开始胡言乱语,没过多久就死了。宝藏再次沉入地下。第三个奥拜恩便是那个正在掘地的人,他知道自己在发现宝藏的一瞬间便会死于非命,但这样一来,魔咒也会解除,奥拜恩家族永世富贵,就像昔时的祖先一样。

附近的农人曾见过这笔宝藏。他在草地上发现一根野兔的胫骨,骨头上有个洞;透过洞,他看见地下堆满了金子。他急忙跑回家去拿锹,但回到寨子以后,他却再也找不到埋藏宝藏的地方了。

二十七 德拉姆克利夫和罗塞斯

德拉姆克利夫和罗塞斯过去曾是,现在也是,将来还是令人叹为观止的灵异之地。我在两地及周围住过多次,收集到众多仙人的传说。德拉姆克利夫是一片开阔的绿色山谷,坐落于本布尔本山山脚下,在夜间敞开大门、放出仙军骑士的白色方石,便正是在山的这一侧。伟大的圣科隆巴在谷地里修建过很多如今已成废墟的建筑,他本人曾在一天登上山巅,好在接近天堂的地方祈祷。罗塞斯则是被大海分为两半的沙质平地,短草覆盖在地面上,犹如绿色的桌布。峰顶在有乱石为标的诺克纳里亚山和"以鹰闻名的本布尔本山"之间,海水拍打的白浪四溅,罗塞斯便位于这里。诗中唱道:

"若不是本布尔本和诺克纳里亚,

许多可怜的水手早已遭遇海难,流落荒岛。"

罗塞斯的北边有一处小小的岬角,这里沙石遍布,长满绿草,是悲哀的鬼魂出没之地。没有哪个聪明的农人会在这里低矮的悬崖下睡觉,因为他醒来后便会变成"蠢人","好人"将带走他的灵魂。这块鸟头形状的土地是通往幽冥王国的捷径,除此之外别无另处,因为,这里有一座看上去为沙堆覆盖的狭长洞穴,通向"满地金银、拥有世上最美客厅和休息室"的地方。以前,当沙砾尚未淹没洞口的时候,曾有一只狗溜了进来,人们后来听到它在地下又深又远的堡垒中无助地哀号。这些堡垒或是寨子早在现代历史之前便已存在,整个罗塞斯和科伦基尔都遍布它们的踪迹。那只狗发出哀号的地方和别处一样,拥有繁如蜂房的地下洞穴。有次我在那里探险,有位极其聪颖而"博学"的农妇和我同去,在外头等我,她趴在洞口,怯生生地说:"先生,您没事吧?"我在地下多呆了一会,看来她是担心我像那只狗一样被掠走了。

她的担心并不让人奇怪,因为堡垒长久以来一直为不祥的传言所笼罩。这堡垒位于矮小的山脊上,北坡零星散布着一些农舍。有天晚上,一位农夫的儿子从农舍回来,瞧见堡垒火光冲天,便跑了过去,却为"魔力"所蛊惑,于是跳上篱笆,双腿盘起,开始用棍子抽打篱笆;在他的想象中,篱笆已经成了一匹马,他彻夜骑着它,在乡间进行最最美妙的旅行呢。到了早晨,他还在抽打篱笆,人们把他搬回家,他就这样一直痴着,三年后才清醒过来。不久以后,一位农夫试图填平这座堡垒。结果他的牛马死了个精光,他自己也为各种麻烦缠身,最后被送回家,成了个废人,"把头搁在膝盖上,坐在火边,一直到死。"

罗塞斯北角往南几百码处也是一个海角,这里也有座洞穴,只是没被沙子遮住而已。约莫二十年前,一艘方帆双桅船在附近失事,晚上,三四位渔民被派去看守废弃的船体。午夜时分,坐在石头上的人们望见,洞口处有两个戴红帽的小提琴手正在全力地拉琴。渔夫们吓得逃了回去。一大群村民赶到洞口,想看一眼小提琴手,但它们已经消失不见。

那位睿智的农妇认为,周围那些苍翠的山峦和树林遍布着永不消逝的神秘气息。傍晚,这位上了年纪的乡村女人立在门边,用她的话来说,"远望群山,念主之恩泽"之时,上帝必在近处,因为异教徒的力量也在不远处:在以鹰著称的本布尔本山北面,当日落时分,方形的白石门洞开之时,狂野的非基督徒便会冲向田野,而在山的南面,白衣仙女(毫无疑问,这就是梅芙女王本人)戴着诺克纳里亚上空巨大云朵组成的睡帽,四处徘徊。即便神父冲她直摇脑袋,她也不会怀疑这一切。不久之前,一个牧童不是才看见过白衣仙女吗?她是如此之近,以至于自己的衣裳碰着了牧童。"他倒在地上,三天后就死了。"不过,这只是仙人王国的一点闲言碎语罢了——它们像针线一样,将我们的世界和另一个世界联结起来。

一天晚上,我在H夫人家吃苏打面包,她的丈夫给我说了一个略长的故事,我在罗塞斯听到的最好故事便出自于此。从芬·麦柯尔[1]到现在,许多穷人都能说出这样的历险故事,因为这些生灵,即"好人们"喜欢重复地做同一件事,起码讲故事的人是如此。"在出门靠运河的日子里,"他说,"我从都柏林乘船出发。到了运河尽头的马林加,我下船步行。走路很慢,我走得双腿发直,疲惫不堪。和我同去的还有一些朋友,我们一会儿步行,一会儿坐马车。我们看到一些姑娘挤牛奶,便停下来与她们开玩笑。然后,我们向她们讨牛奶喝。'我们这里没有装奶的东西,'她们说,'还是跟我们进屋吧。'我们进了屋子,围着火炉聊天。过了一会,其他人都走了,我不愿意离开暖和的火炉,独自留在那里。我问姑娘们要东西吃。火炉上有一口锅,她们取出锅中的肉,放进盘子里,叮嘱我只能吃头上的肉。我吃完肉,姑娘们便走了出去,后来我就没再看到她们。天色越来越黑,我还坐在那里,迟迟不愿意离开温暖的炉子。顷刻之后,两个男人拖着一具尸体进来了。看到他们进屋,我立刻躲在门后。一个人对另一个人说:'谁来转烤肉叉?'那人说:'迈克尔·H,出来吧,转烤肉叉。'我浑身哆嗦地走了出来,摆

---

[1] 即费奥恩·麦克·卡姆海尔,爱尔兰神话人物。《神之猪》一章中提到的迪亚穆德是他的情敌,并最后被他放出的野猪杀死。

弄起烤肉叉。'迈克尔·H,'刚才先开口说话的人讲道,'你要是把肉烧煳了,我们就把你戳上烤肉叉。'于是他们走了出去。我浑身颤抖地翻转着尸体,直到深夜。两个人回来了,一个说肉烧煳了,另一个却说肉正好。虽说争执不下,但他们都保证不会伤害我;坐在火边时,一个人喊道:'迈克尔·H,说个故事吧。''说个鬼。'我答道。这时他抓住我的肩膀,像打枪一样把我扔了出去。这天夜里狂风大作,我有生以来还从未见过这样的夜晚——有史以来最黑的一个晚上。我吓得魂飞魄散,于是,当其中的一个人追上我,碰碰我的肩膀说:'迈克尔·H,你现在能说个故事么?''能,能。'我立刻答道。他带我进来,把我按在火炉边,命令道:'开始讲吧。''我只有这样一个故事,'我说,'我坐在这里,你们两个人拖进来一具尸体,串在烤肉叉上,让我翻烤肉叉。''行了,'他说,'你可以进来,躺在床上了。'我二话没说,赶紧钻到床上;早上醒来,我发现自己躺在一片绿色田野的正中央!"

"德拉姆克利夫"是个充满预兆的地方。如果渔季将有好收成,那么之前暴风云的中央将会出现一个鲱鱼桶;有个名叫科伦基尔滩涂的地方,满是沼泽和泥地,如果圣科隆巴本人在月光皎洁的夜晚乘古船从海上漂来,那便是丰收的预兆。这里也不乏凶兆。几年前,一位渔人在远方的地平线上看见了著名的海布雷泽尔岛[1],这里的人们没有苦劳和担忧,没有嘲讽的笑声,却能在成阴的树丛里,听库楚兰和他的英雄们交谈。若海布雷泽尔岛显形,则预示着民族有难。

德拉姆克利夫和罗塞斯也是鬼魂出没之地。泥潭边,马路上,寨子里,山冈侧,大海畔,鬼魂们以各种形状聚集在一起:无头女人、披甲勇士、深斑野兔、长着火舌的猎犬、鸣叫的海豹,等等。有一天,一只尖叫的海豹就撞沉了一艘船。德拉姆克利夫有一座古老的墓地。《四大师之编年史》[2]中有一段关于战士德纳达克(卒于公元八七一年)的诗句:"虔诚的科恩家族战士,长眠在德拉姆克利夫的榛木十字架下。"不

---

[1] 又名"布雷西尔岛",是爱尔兰传说中的神秘岛屿,每隔七年才出现一次。
[2] 又名《爱尔兰王国编年史》,是爱尔兰中世纪的编年史。

久前,一位老妇人在夜里去教堂的院子里祈祷,她看见一位身穿盔甲的男人,他问她准备去哪。当地的智者说,这便是"虔诚的科恩家族战士",他仍然像古时那样虔诚忠贞,守在墓地里。幼儿夭折之际,将鸡血洒在门槛上的习俗也很普遍,人们相信,这样可以将脆弱灵魂里的邪恶神灵吸进鸡血里。血也是邪恶鬼魂的聚集之处。据说,如果在走进堡垒时手被石头划破,那将是相当危险的。

在德拉姆克利夫和罗塞斯,最奇怪的鬼魂莫过于鹬鬼。在我很熟悉的一个村子里,某座房子的后面长着一棵灌木。出于一些原因,我不会说它是在德拉姆克利夫或罗塞斯,还是在本布尔本山的山坡上,甚至是坐落在诺克纳里亚周围的平原中。这里流传着一些关于那座房子和灌木的故事。曾经有个人在斯莱戈的码头上发现一个装着三百镑纸币的包裹,它是被一位外国船长落下的。那人知道包裹的来历,但一字不发。这笔钱本来用于运货,丢了包裹之后,船长觉得无颜面对老板,便投海自尽了。没过多久,捡到钱的那人也死了。然而,他的灵魂无法安息。他用货款扩建了自己的宅子,把它弄得好不兴旺,但现在,房子却常常发出奇怪的声音。一些在世的人们经常看见他老婆在花园里对着刚才提到的灌木祈祷,因为男人死后的身影时常在那里出现。灌木一直活到现在,它一度是篱笆的一部分,如今则孤零零地立在那里,因为没人胆敢用锹或是修枝刀去摆弄它。至于那些奇怪的声音和说话声,它们直到几年前才销声匿迹。人们在修缮房屋时,一只鹬从坚硬的灰泥中钻出飞走。邻居们说,捡钱者那备受烦扰的鬼魂终于得以脱身了。

我的祖先和亲戚在罗塞斯和德拉姆克利夫附近住了多年,但再往北走几英里,我却成了陌生人,什么也发现不了。当我打听关于仙人的故事时,得到的回答总是草率而敷衍,比如,有位住在本布尔本山海角一座白石堡垒边(爱尔兰的石头堡垒屈指可数)的女人,她这样说道:"它们过它们的,我们过我们的。"谈论这些生物是很危险的。只有出于友情,或是与你的先人相识,他们才会敞开心扉。我的朋友"甜蜜的竖琴弦"(为了避免收税官找上门,我还是不提他的爱尔兰名字为好)很有一套,即便是最为顽固的人,也能在他的打动下开口。不过后来我听说,他常给私酿威士忌酒的贩子提供些自家田里的谷物。除此之外,他的祖先中有一位著名的魔法师,后者曾在伊丽莎白女王时代谙熟"招魂术";他还有权打听各种各样异界生物消息的权利。对于他来说,异界生物如同亲属——假如关于魔法师出身的说法属实的话。

二十八　幸运之人的厚头骨

I

有一次,一群冰岛农夫在埋葬诗人埃吉尔①的墓地发现一块很厚的头盖骨。头骨非常之厚,农夫们相信它属于一个伟人,毫无疑问便是埃吉尔本人的。为了验证这一点,他们把头骨放在墙边,用锤子重重地打下去。头骨被击中的地方泛白,但并没有碎裂,大家便心服口服:这一定是诗人的头骨,应享有无上的光荣。爱尔兰人与冰岛人(或是我们口中的"丹麦人")和其他斯堪的纳维亚国家的居民有着密切的亲缘关系。在爱尔兰一些多山和贫瘠的地方,以及海边的村子里,人们仍然保留着类似冰岛人测试埃吉尔头骨的那种习俗。这些习俗也许来自古代的丹麦海盗,据说,他们的后代记得爱尔兰每一块曾属于自己祖先的田野和山丘,能和当地人一样描述罗塞斯的一切。海边有个区名叫拉夫利,那里的人们从不刮剃或修剪他们粗犷的红胡子;而且,那还是个争斗频发之地。我曾见过人们在一场划船比赛中争吵起来,在嚷了一通盖尔语后,他们执着长桨动起手来。排在第一的船搁浅了,船上的人用长桨拦着第二名的船,不让它通过,反倒是成全了第三名的船。有一天,斯莱戈人说一个来自拉夫利的男人因为敲碎了一排头骨中的一个而遭到审讯,他便用一种在爱尔兰不算罕见的方式为自己开脱说,有的脑袋很薄,你不可能为打碎它们而负责。他以一种激愤而鄙夷的眼光看着起诉他的律师,大喝道:"这小家伙的头,打起

---

① 埃吉尔·斯卡拉格里姆森(约九一〇—九九〇),古冰岛吟唱诗人。

来肯定像蛋壳一样不堪一击。"他对法官笑笑,连哄带骗地阿谀道:"老爷,换了您的头,十天半个月也敲不坏啊。"

II

以上这些都是我在数年之前写的,它们即便在那时,也已是陈旧的记忆。有一天我去了拉夫利,发现它和其他的荒芜之地也没有什么区别。也许我说的是荒凉得多的穆格罗吧。一个人小时候的记忆确实不太可靠。

一九〇二年

二十九　水手的宗教

每当船长站在舰桥,或是在船舱里远眺时,他往往会想起上帝和世界。在遍是玉米和罂粟的远方山谷里,人们也许无牵无挂,只需惦记着晒在面孔上的阳光,和篱笆下温和的树影;然而,船长在风雨和黑暗中穿行,需要不停地思考。两年前的七月,我在玛格丽特号船上和一位名叫莫兰的船长共进晚餐,这艘船从我不熟悉的一个地方出发,驶往爱尔兰西部的某条河流。我发现他和水手们一样,拥有着很多与性格相符的想法。他用海上人的独特方式谈起上帝和世界,每个字都迸发出他这个行业特有的刚强之力。

"先生,"他说,"你听过船长做祈祷吗?"

"没有,"我答道,"是什么样的?"

"是这样的,"他说,"哦,主啊,赐我一片坚硬的上嘴唇吧。"

"什么意思呢?"

"意思是,"他说,"当船员们晚上喊醒我,嚷道:'船长,船要沉了。'我可不能惊慌失措,自乱阵脚。噢,先生,我们有次在大西洋中央航行,我站在眺望台上,三副神色慌张地跑上来,他说:'船长,水漫上来了。'我说:'你进来的时候,难道不知道每年总要沉掉几只船的吗?''知道,长官。'他答道;我问他:'你拿工资,不就是为了有朝一日会沉船吗？''是啊。'他说。我便吼道：'那就像个男人一样沉下去吧，兔崽子！'"

三十　关于天堂、地狱和炼狱的距离

在爱尔兰，人间世界和我们死后去的那个世界相距并不遥远。我听说，有个鬼在一棵树里住了很多年，后来又在桥拱里待了很多年。马约的老女仆说道："我老家有一丛灌木，人们说有两个鬼魂住在下面自我赎罪呢。风朝南边吹，一个鬼便会躲雨，风朝北边吹，躲雨的便是另一个。它们藏在下面，为了躲雨左一拧右一拉，灌木就长成了这种样子。我不相信这故事，但很多人夜里都不敢从那儿走。"当然，有时候几个世界的距离是如此之近，以至于我们在凡间的财产不过是世外之物投下的影子罢了。我认识一位妇人，有一次，她看见一位农村小女孩到处乱跑，身上的长裙拖在地上。她问小孩儿，为什么不把裙子裁短？"这是我奶奶的，"孩子答道，"她才死了四天，你要她穿着只到膝盖的裙子走来走去么？"我还听说过一个故事：一个女人死后的鬼魂一直缠着亲人们，因为他们给她做的寿衣太短了，结果炼狱之火烧到了她的膝盖。农人们希望，墓穴的那头也能像人世的家里一样，只是茅草不会漏水，白墙不会失去光泽，奶房永远少不了上好的牛奶和黄油。而且，不时会有地主、代理人和收税官上门讨面包吃，这表明，上帝还是能明辨善恶是非的。

一八九二年，一九〇二年

三十一　食宝石者

我偶尔会远离那些平日的兴趣，暂时放下自己所忙碌的东西，做起白日梦。这些梦幻时而飘渺黯淡，时而栩栩如生、活灵活现，就像脚下那个真实的世界一样。不论虚幻还是鲜活，它们都远非我的意志能够掌控。这些梦幻拥有自己的意志，忽来忽去，随心所欲地变化着。

一天,我隐约看到一个巨大的黑坑,坑四周围着一圈矮墙,上面坐着无数只猿猴,它们正吃着手掌上的宝石。这些宝石闪闪发光,时而翠绿,时而深红,猿猴们贪婪地狼吞虎咽。我知道自己看到了凯尔特的地狱,也是我自己的地狱,艺术家的地狱,一切过于饥渴地追求美好事物之人,都会失去平静和模样,变得奇形怪状、凡庸不堪。我也见过别人的地狱,其中一座里,有个阴间的彼得,他长着黑脸白唇,用一杆奇怪的双刻度秤称量一些无形的魅影所做过的事,其中既有它们犯下的坏事,也有它们没做的好事。我看到秤上下摆动,却看不清那些聚在他身边的影子。另一次,我看到一大群奇形怪状的魔鬼——鱼形、蛇形、猿形、狗形——坐在类似于我自己的地狱的黑坑周围,看着坑中那似月的天堂倒影。

三十二 我们的山之夫人

小时候,我们不会说邮局有多少距离,或是肉店、杂货店有多远的话,我们通过被覆盖的井或是山冈中的狐狸洞来目测距离。那时,我们属于上帝,属于上帝的杰作,属于古时沿袭下来的东西。如果在山间的白蘑菇中遇见天使闪闪发光的双脚,我们并不会讶异,因为在那时,我们了解那种无边无际的绝望和深不可测的爱——永恒的感情,但现在,我们的脚下却为罗网所羁绊。吉尔湖向东几英里的地方,有个年轻的新教徒姑娘,不仅模样漂亮,蓝白相间的衣裙也甚是好看。在给我的信中,姑娘说,她漫步于山间的蘑菇丛中,遇见一群小孩,被当成了梦中的一部分。初次见到她时,他们害怕极了,把头埋在灯芯草中。但过了片刻,又来了其他孩子,他们便爬起来,略带勇敢地跟在她身后。姑娘发觉了孩子们的畏惧,便停了下来,张开双臂。一个小女孩扑进她怀里,惊叫道:"啊,您是画里的贞女玛利亚吧!""不,"另一个走上前来的孩子说,"她是天上的神仙,因为她穿着天空的颜色。""不对,"第三个孩子说,"她是毛地黄里的仙人,长大了而已。"其他孩子却坚信她是贞女玛利亚,因为她衣服的颜色和贞女一模一样。姑娘怀有新教徒的善心,因此感到十分不安,于是她安排孩子们围着她席地而坐,试图解释自己是谁,但孩子们一点儿也不信。看到解释没有效果,她只好问他们有没有听说过基督。"听过,"一个孩子说,"但我们不喜欢他,若不是因为贞女玛利亚的缘故,他会把我们都杀了的。""请让他对我好些吧,"另一个孩子小声对她说。"我不会靠近他,因为爸爸说我是恶魔。"第三个孩子插嘴道。

她花了很长时间跟他们讲基督和十二使徒的故事,但后来被一位拿着棍子的老婆婆打断。老婆婆把姑娘当成引诱皈依者的猎手,把孩子们赶走,孩子们解释说,这是从山上下来的天堂女王,对他们很好,但老婆婆不听。孩子们离开后,姑娘走着自己的路,过了半个英里,被称作"恶魔"的孩子从路边的高墙上跳了下来,说如果姑娘穿了"两条裙子",自己就相信她是个"普通的妇人",因为"妇人总穿着两条裙子"。姑娘展示了"两条裙子",孩子便悻悻地走开了,不过,几分钟之后,他又从墙上跳了下来,生气地吼道:"爸爸是恶魔,妈妈是恶魔,我是恶魔,你只是个普通的妇人!"他扔了一大堆泥巴和石子,哭着跑开了。漂亮的新教徒姑娘回到家中后,发现阳伞的缨子掉了。一年后,她碰巧又回到山上,却穿着一袭朴素的黑色衣裙。她遇见了那位当初称她为"画里的贞女玛利亚"的孩子,看到伞缨子正挂在这孩子的脖颈上。姑娘说:"我是你去年见过的那位妇人,我还给你讲过基督来着。""不,你不是!不,你不是!不,你不是!"孩子激动地答道。话说回来,将伞缨子抛到孩子脚下的并不是这漂亮的新教徒姑娘,而是海之星辰玛丽,她仍在美丽与悲伤中,漫步于群山和海岸之中。人们向这位和平之母、梦想之母、纯洁之母祈祷,请求她多给些时间,让他们再做点善事或是恶事,再看看古老的时光讲诵着星辰的轮回。

三十三 黄金时代

不久以前,我乘火车去斯莱戈。上次去那儿的时候,我为一些事情困扰着,渴望从住在精灵世界的生物或是无形情绪那里获得一些启示。这启示果真来了,一天晚上,我清楚地看到一只黑色的动物,它既像黄鼠狼,又像狗,沿着石墙的顶端爬动,随即消失。接着,另一端窜出来一只形似黄鼠狼的白狗,粉红色的皮肤透过白毛闪闪发亮,全身光芒夺目;于是我记起农人们相信的传说:两只仙狗分别代表昼与夜,善与恶。这好兆头让我甚是愉快。但这次,我希望得到另一种启示,而运气(如果说真有运气的话)竟也把它送来了。一个男人进了车厢,拨弄起一把似乎是用鞋油盒改装而成的提琴,尽管我不通乐理,但拉琴的声音让我心中充满了奇异之极的情绪。我好像听到了来自黄金时代的挽歌。它告诉我,我们不尽完美、缺陷多多,也不再是编织精美的网,而是一团胡乱缠绕、被扔在角落里的线绳。它说,世界本来完美而仁爱,尽管这个世界依然存在,却如玫瑰瓣般被一锹又一锹的泥土埋在地下。仙人和无邪的精灵住在这里,用随风摇摆的芦苇的悲歌,鸟儿的清唱,波浪的呜咽,提琴那悦耳的哭泣,来哀悼这个堕落的世界。据说,在我们当中,美丽者没有智慧,智慧者没有魅力,即便是最美好的时光也因粗俗之气,或是悲伤回忆中的鸡毛蒜皮之事而打了折扣,而提琴必须永远地哀悼这一切。据说,只有生活在黄金时代的人能够死去时,悲伤之声才能寂静下来,我们才能拾得快乐。可是,唉,唉!他们还在歌唱,我们还在流泪,直到永恒之门敞开为止。

我们驶入装着巨大玻璃顶棚的终点站,提琴手收起旧鞋油盒,伸出自己的帽子讨了几个铜钱,推开车门走了。

三十四　抗议苏格兰人:你们丑化了鬼魂和仙女的性情

如今,对仙人的相信不仅仅存在于爱尔兰。有一天,我听一位苏格兰农夫说,他家门前的湖里有一只水马的鬼魂。他很害怕,于是在湖里撒网,还试着把湖水抽干。如果被那农夫捉到,水马可没有好下场。如果是个爱尔兰农夫,恐怕他早就和这怪物妥协了。在爱尔兰,凡人和鬼魂之间的情感带有一丝怯惧。如果没有理由,他们不会互相伤害,而且,双方也承认对方存在情感,对对方做的事也有个度。有个来自坎贝尔的人就说过一件捉来仙人然后虐待的事儿,换在爱尔兰,可没有人敢这样。他抓来一只水精,把她拉上马,绑在自己的身后。水精性子很暴,但他将锥子和针扎进她的身体,她便安静下来。他们来到河边,水精不敢过河,闹腾起来。他便又一次掏出锥子和针,要扎她。她大喊道:"你可以用锥子扎我,但别用那细得跟头发丝似的奴才(针)刺我。"他们来到一间客栈。他点起一盏灯,照着她;她立马像陨落的星星一样倒在地上,化成一摊浆水,死了。爱尔兰人也不会像一首高地古诗所说的那样来对待仙人。诗中写道,有位仙人爱上了一个在仙山山脚割草的小孩。每天,仙人都会在山上伸出自己的手,递上魔刀,孩子便用这把刀来割草。但好景不长,她的兄弟们讶异于她干活为何能如此之快,最后决定偷看她,找出那个暗中帮助她的人。他们看见了土中伸出一只小手,小孩从这只手中接过了刀。割完草之后,她用刀柄在地上敲三下,小手便又从土地里露出来。他们抢过魔刀,割掉了那只手。仙人从此便再也不见,据诗里说,仙人把滴血的胳膊收回土里,相信是那孩子的不忠让他失去了手。

　　苏格兰人,你们太执迷于神学,太过阴郁了。在你们的口中,连魔鬼都是虔诚的。"你住在哪里呀,好女人,牧师还好吗?"从审讯中来看,魔鬼在大陆上遇到女巫,便对她说了这席话。你们烧死了所有的女巫,但在爱尔兰,我们却将她们留了下来。没错,一七一一年三月三十一日,"忠诚的少数派"在卡里克弗格斯用卷心菜头将一位女巫的眼睛打爆,但"忠诚的少数派"中半数是苏格兰人。你们将仙人当作是异教徒和恶人,希望把它们全都送到法官面前。在爱尔兰,好战的凡人加入它们,协助它们作战,它们反过来教会人们使用草药的精湛技艺,让一些人倾听它们的仙曲。卡罗兰[①]曾在仙人的寨子里睡觉,仙人的音乐飘进他的脑海中,他才成为伟大的音乐家。你们苏格兰人在讲坛上叱责它们,但在爱尔兰,神父却允许仙人向他们求教关于灵魂的问题。神父们闷闷不乐地裁定,它们没有灵魂,会在生命的末日化作明

[①] 特拉夫·卡罗兰(一六七〇——一七三八),爱尔兰盲人竖琴演奏家、吟唱诗人。

亮的蒸汽;但神父们说到这事时,悲哀却多于愤怒。天主教乐于与邻界的生灵和睦相处。

对待事物的两种不同方式也影响到两地的神妖世界。倘若想知道它们所做的快乐优美之事,那么你一定得去爱尔兰;想知道它们犯下的恐怖罪孽,请去苏格兰。在我们爱尔兰,有关仙人的恐怖故事只是幻想。如果一位农人误入一间中魔的小屋,被迫坐在火前,翻转着烤肉叉上的尸体,我们并不会忧虑;我们知道,他将在绿色田野的正中央醒来,破旧的衣服沾满露水。在苏格兰,事情可大不一样。你们丑化了鬼魂和精灵的善良本性。来自赫布里底的风笛吹奏手麦克里蒙扛着乐器,走进海边的巨洞,大声吹着风笛,身后跟着他的狗。很长时间之后,人们还是能听见风笛声。他走了有近一英里,此时人们听到打斗声。风笛声戛然而止。过了片刻,他的狗逃了出来,遍体鳞伤,连嚎叫的力气都没了。麦克里蒙则再也没出来。还有一个故事:一个人潜入一口据说藏着财宝的湖中,看到一个大铁箱。铁箱附近守着一只妖怪,它警告那人说,从哪里来,回哪里去。他浮上水面,但围观的人们听说他看到财宝箱,便怂恿他再潜下去。没多久,他的心和肝漂了上来,把湖水都染红了。人们再也没见到过他其余的身体。

这些水鬼和水怪在苏格兰民间故事中屡见不鲜,我们爱尔兰尽管也有,但远远没有这么可怕。我们的故事中将它们的所作所为统统描述为和善美好之事,或是不带希望地调侃它们。斯莱戈的一个河洞里便寄居着这样一只鬼怪。很多人都热心地相信它的存在,但这并不妨碍农民拿它插科打诨,故意编造出各种稀奇古怪的故事。小时候的一天,我在这个怪洞里捉鳗鱼。我扛着一条鳗鱼回了家,它的头在我身前一摇一摆,尾巴拖到了地上。我遇见一位熟识的渔人,便说自己逮到过一条比现在扛着的这条还要大上三倍的巨鳗,只是挣断鱼线溜走了而已。"是它,"渔人说道,"你知道吗?它把我的兄弟逼走了。我兄弟是个潜水员,为港务局挖石头。有一天,这怪兽游到他面前,问道:'你在找什么?''石头啊。'他答道。'你不觉得你最好离开这儿吗?''好吧,先生。'我兄弟于是搬走了。人们说他是出于贫穷的缘故才搬了家,但事实不是这样。"

你们——你们不与火、土、气、水的精灵妥协,将幽冥王国视作敌人。我们——我们却同另一个世界礼尚往来。

三十五 战争

不久前盛传将和法国交战,我遇见一位士兵的遗孀,她是个斯莱戈的穷老太婆。我从一封来自伦敦的信里给她读道:"这里的人们为战争而狂,但法国却打算和平处理问题。"或是类似这样的话。谈到战争,她的脑子便飞快地转了起来。她对于战争的印象,一半来自战士们,一半来自九八年的起义①,不过,还是伦敦这个词更让她感兴趣,因为她知道伦敦有许许多多的人,而她自己也曾住在"一个拥挤的地区里"。"伦敦真是人挨着人。他们都厌倦了世界,巴不得被杀死。这倒没关系;但法国人除了和平和安静之外,什么也不想要。这里的人们倒是对战争无所谓,毕竟打仗也不会比现在糟多少。他们也许能英勇无畏地死在上帝面前,这也不错,肯定能在天堂混到一席之地。"然后她又说,看到小孩被刺刀挑起来可真是件痛苦的事情,我立刻明白,原来她的心思又回到了大起义上。她随即讲道:"据我所知,从战场上下来的人,没有一个愿意谈论打仗的事。他们宁愿从干草垛上往下扔干草。"她告诉我,小时候她和邻居们常常坐在火边谈论即将到来的战争,但现在,她却害怕战争再次降临,因为她梦到整个海湾"都成了浅滩,被密密麻麻的海草覆盖"。我问她,是不是芬尼亚运动时期让她如此惧怕战争,但她嚷道:"芬尼亚运动那会,可是再快活不了!一些军官会待在我住的房子里,白天我跟在军乐队后面散步,晚上我走到花园的尽头处,看一位穿着红衣的士兵在房子后面的田野里操练芬尼亚会员。一天晚上,他们将一只死了三个星期的老马的肝脏系在门环上,第二天早上我开门的时候发现了它。"我们的话题随即又转到"黑

---

① 一八九八年,爱尔兰爆发了一次反抗英国统治的起义。

猪之战"上,在她看来,这是一场爱尔兰和英国之间的战争,可我却认为,它是将万物扑灭,带回远古黑暗之中的末日决战。接着,我们又谈及关于战争和复仇的谚语。"你知道'四父之咒'是什么吗?他们把人的孩子挑在矛上,有人便对他们说道:'你的第四代子孙将会遭到诅咒。'这也是疾病或者其他灾祸总是降临在第四代人身上的缘故。"

一九〇二年

三十六　王后与愚人

我听说,在克莱尔和戈尔韦交界处住着一位名叫赫恩的巫医,他说,在每个仙人"家庭"中"都有一个王后和一位愚人",如果你被别的仙人"点到",或许还有救,但若是被这两者中的任意一位"点到",那可就麻烦了。在他口中,愚人"也许是最聪明的家伙",穿戴得像"过去在全国来回奔波的哑剧演员。"后来,一位朋友便收集了几则关于愚人的故事,我还了解到他在高地也为人熟知。我记得曾看到一个瘦瘦高高、衣衫褴褛的人坐在老磨坊农舍的火炉边,那磨坊离我现在写作的地方不远;有人告诉我,他就是愚人。我从朋友帮我收集的故事里发现,人们认为它在睡着时会进入仙界;但他有没有变成堡垒愚人阿马丹—纳—布林纳,归属那里的仙人家庭,我却不知道。我熟识的一位老婆婆曾经也去过仙界,她是这样说他的:"它们中有愚人,我们见过的愚人,比如巴利利的那个阿马丹,在夜里会去找仙人,那些我们称为'猿猴'的女愚人也是如此。"住在克莱尔边界的那位巫医还有个女亲戚,她能通过咒语来治疗人和牛犊。她说:"我也有治不好的时候。如果有人被堡垒里的王后或是愚人碰到,那我可无能为力。我认识的一个女人曾经见到过王后,她的模样和别的基督徒别无两样。至于见到愚人的人,我倒是没听说过,只是知道有个女人走在戈特附近,尖叫起来:'堡子里的愚人在跟踪我!'她身边的朋友也大叫起来,不过他们什么也没看见,她也没受什么伤害,我猜是那愚人被叫声吓跑了。她说,愚人是个高大强壮的家伙,身体半裸,除此之外她便也没说什么了。

我没见过愚人,但我是赫恩的表亲戚,我叔叔已经离开二十一年了。"老磨坊主的老婆说:"据说它们绝大多数都是好人,不过,被愚人碰到可是没有救药的。凡是被碰到的,都会死。我们把愚人叫作'阿马丹—纳—布林纳'!"住在基尔塔坦沼泽的一位穷老太婆说:"千真万确,被阿马丹—纳—布林纳碰到是救不回来的。我很久前认识一个老头,他有一捆带子,只要在你身上量量,他就晓得你得了什么病;而且,他什么都知道。有次他问我:'一年之中的哪个月份最糟?'我答道:'当然是五月了。''不,'他说,'是六月,因为阿马丹会在这个月点人!'他们说,他的模样很像其他男人,但身材要宽阔些,相貌要笨拙些。据我所知,有个男孩曾经被吓得不轻:一只长胡子的羊羔正从墙那头望着他,他知道这便是阿马丹,因为那时正是六月。人们把男孩送去我刚才说到的老头那儿,老头一见到他便说:'找神父来给他做弥撒。'他们便照做了,你知道吗,那孩子一直活到现在,还成了家!有个叫雷根的人说:'他们这些异种人,可能会贴着你路过,也会碰到你。只要被阿马丹—纳—布林纳碰到,你就完了!'没错,愚人最有可能在六月份出来碰你。我认得一个被碰过的人,他亲口对我讲了自己的事情。他是我很熟的一个男孩子,有天夜里,一位绅士来找到他,原来是他死去的地主。绅士让男孩跟着自己走,因为他想让他跟另一个男人打架。去了以后,他看见两队人马,另一队中也有个活人,男孩便得跟他打架。他们好好干了一架,男孩占了上风,他那一方的队伍发出雷鸣般的欢呼声,把他放回了家。但三年后,他在树林里砍伐灌木时,看见阿马丹朝他走过来。愚人抱着个闪闪发光的大瓶子,男孩被晃得什么也看不见。可接下来,愚人却把瓶子藏在身后,跑了过来。男孩说,他看起来野蛮而健壮,像座小山一样。男孩掉头便逃,愚人把瓶子扔过来,瓶子'砰'地碎了,冒出个什么东西,反正男孩当场变得六神无主。他后来又活了一段时间,还跟我们讲了很多事情,但他的智慧已经丧失。他觉得,仙人们也许并不希望他打败另一个人。他还害怕自己遭遇不测。"戈尔韦济贫院的一个老婆婆对梅芙女王略知一二,她说道:"阿马丹—纳—布林纳每隔两天变一次形。他有时像个年轻人,有时像只野兽,试图触碰别的人。据说后来他被射杀了,但我觉得,想射中他还不太容易吧。"

我认识一个人,他曾试图在脑海中想象出安古斯的形象。安古斯是古爱尔兰爱情、诗歌与极乐之神,将自己的四个吻变成了鸟儿。突然,一位戴着帽子与铃铛的男子出现在他的想象中,那身影渐渐变得生动,还开口说话,自称是"安古斯的信使"。我还认识另外一个人,他可是真正的预言家,曾在幻视的花园里看见一个白衣愚人。那里有棵树,长得不是树叶,却是孔雀的羽毛;还有花儿,只要被白衣愚人的鸡冠帽一碰,就会绽放出小小的人脸来。另一次,他看见一位白衣愚人坐在池塘边,笑眯眯地看着许多美貌女子从池塘里探出身来。

死亡除了代表智慧、力量和美丽的开始,还会意味着什么呢?也许,愚钝也是一种死亡吧。愚人举着闪闪发亮的瓶子,这里面装着对于凡人而言过于强大的魔法、智慧或是梦想,我想,如果有许多人能够看到这种"每个仙人家庭里都有"的愚人,那未必是好事。当然,每个仙人家庭里也都有一个王后,但人们对国王却闻所未闻,因为,对于那种古人、蛮人甚至是现代人所笃信的智慧,女人比男人要容易接受得多。自我是我们知识的基础,却被愚钝打击得破碎不堪,更因为女人突然的激情而被遗忘殆尽;所以,圣者在痛苦旅途的终点才能发现的东西,愚人可能只需一瞥便能获得,而女人甚至更加轻松。看见白衣愚人的那个人,跟我说起过某位女人(不是农妇):"假如我拥有她的幻视能力,我将了解一切神灵的智慧,但她却对自己的幻视力不感兴趣。"另一个女人(同样也不是农妇)在睡觉时可以进入神秘的美丽之国,可她却只知道打理房子,照料小孩;后来,一位草药师"治好"了她(根据他的说法)。在我看来,智慧、美丽和力量有时会光临那些每天都会死去的活人身上,不过,他们的死亡和莎士比亚口中的死亡并不是同一概念。爱尔兰的故事,每每以活人与死者之间的战争作为话题。故事说,当土豆、小麦和其他人间的果实枯萎时,它们会在仙人的世界成熟;当我们的梦想失去智慧时,汁液便在树木中滋长;当我们的梦想使树木枯萎时,十一月便会传来仙界羊羔的咩咩叫声;盲人所看到的比正常人多。正因为人们总是相信这些,或是与它们类似的东西,巢室和荒野才不会永久地空旷着,否则,来到世间的情侣们也不会领悟这首诗的意义——

> "游方歌者的诗句响彻天穹,
> 那悦耳的词句,你可曾听过?
> 死去的人们在极乐的世界中
> 醒来,你可曾听过?
> 爱情,当手足交缠时,
> 睡眠,当生命之夜碎裂时,
> 思想,为世界之昏暗边界而徜徉,
> 音乐,当人之爱侣正在歌唱,
> 不正是死亡吗?"

一九〇一年

三十七 仙人的朋友

那些经常看到仙人,并拥有多数仙人智慧的人,往往家境贫穷,但也常常被认为具有一种超人类的力量,仿佛他越过恍惚的门槛时,便能来到那片美丽的水中。梅尔顿[1]看见羽毛凌乱的鹰在这里沐浴,便重新焕发出青春。

在戈特镇外不远的沼泽地里,住着一位名叫马丁·罗兰的老人。他年轻时经常看见仙人,临终前更是一日不离它们,不过我却觉得他算不上仙人的朋友。死前几个月,他告诉我,"它们"晚上总是用爱尔兰语朝他嚷嚷,还吹风笛,吵得他睡不着觉。他问朋友应该怎么办,朋友劝他去买根长笛,它们一吵闹、一吹风笛,他就吹长笛,这样,它们大概就不会来烦扰他了;他便照着做了,每当他吹起笛子,它们就逃散到田野里了。他给我看那笛子,吹了几下,发出一点噪音,不过他根本不

---

[1] 爱尔兰传说中的勇士、独行者。

知道如何演奏。他还将拆掉烟囱的地方指给我看,原来,有个仙人喜欢坐在烟囱上吹风笛。我和他的一个共同的朋友不久前去探望他,因为他听讲,"它们中的三个"说他快要死了。老头说,它们在警告过他之后便离去了,经常和它们同来、与它们在屋里玩耍的孩子们(我猜他们是"被掳走"的孩子)也"去了别的地方",也许是因为"屋子太冷了"。说了这话一个星期后,他就死了。

他的邻居怀疑他年老时是否真的看见过什么,但他们相信他年轻时看过这些东西。他弟弟说:"他老了,看到的东西都是想象出来的。如果他年纪还小,那我们倒会相信他。"但他这个人不顾及将来,和兄弟们相处得也不好。一位邻居说:"可怜的人,他们说那些东西都是他想出来的,但二十年前,他在晚上看见它们排成两列,像纤瘦的姑娘们在一起走路一般,那时他还是个生龙活虎的年轻人。那天晚上,仙人们掠走了法隆家的小女孩。"她说,法隆家的小女孩遇见了一位"红头发像银子一般光亮"的女人,然后被她带走了。另一位邻居因为走进仙人们的堡垒而被"拧着耳朵打",她说道:"我相信那大多数是他的想象。昨晚他站在门口时,我说:'风总是灌进我的耳朵,声音也从没停止过。'我想让他觉察出一样的感觉;但他说:'我听见它们不停地唱歌奏乐,其中一个还掏出笛子,为大家演奏。'这个我知道,他拆掉烟囱的时候,说仙人风笛手坐在上面吹笛子,那时他已经是个老头,却能提起大石头,我年轻力壮的时候都举不起这么重的石头。"

一位朋友从阿尔斯特①捎信给我,提到一个人同仙人保持真诚友谊的故事。我朋友之前便已经听说了这位老婆婆的故事,于是找到她,让她重述一遍,并当即写下来,因此,这故事的记录可谓是精确无误。我朋友开始时告诉老婆婆,因为害怕鬼怪和仙人,她不喜欢独自一人待在屋里;老婆婆答道:"不用害怕仙人,小姐。我自己曾经很多次和仙人,或是诸如此类的女人聊天,她跟凡人也没什么区别。我小的时候,她经常去你外公家。但你马上会知道一切的。"我朋友说,自

---

① 今属北爱尔兰。

己听说过她的故事,但那已经是很久以前的事了,所以想再听一遍;老婆婆便打开了话匣子:"好吧,亲爱的,我第一次听说她的时候,你舅舅约瑟夫刚结婚,给他老婆盖了座房子——他一开始带他老婆住在湖边的父亲家。我父亲和我们住在新房的地址附近,负责督工。父亲是个织布工,他把织布机和各种零件搬到附近的一座村舍里。地基位置已经标了出来,建筑用的石头也准备就绪,只是泥瓦匠还没来;有一天,我和母亲站在房基附近,我们看见一个漂亮娇小的女人越过小溪,从那边的田野跑过来。我那时候还是个到处乱跑、玩耍嬉戏的小女孩,但我现在还记得她,好像她就在那儿似的!"我朋友问,这女人是什么打扮,老婆婆回答:"她穿着灰色披风和绿色羊绒裙,头戴黑丝头巾,那时的乡下女人都这么穿。"我朋友又问:"她有多娇小呢?"老婆婆说:"哎,现在想起来,她一点儿也不娇小,只是我们都叫她小个子女人而已。她比很多女人都高,但也说不上特别高。她看起来像三十岁上下的女人,头发棕红,脸蛋圆圆的。她长得像你外婆的妹妹贝蒂小姐,但贝蒂和其余的姐妹都不像。既不像你外婆,也不像任何一个姐妹。她脸圆圆的,气色不错,从来没结过婚,也没有看上过任何男人;我们常说,小个子女人和贝蒂这么像,也许就是她家人吧,只是还没长高就被掠走了,因为这个,她才经常跟着我们,发出警告或者预言。这一次,她径直走到我母亲面前。'现在就到湖边去!'——就是像这样命令的——'到湖边去,告诉约瑟夫,他必须迁移地基的位置,改到我指给你们看的荆棘丛附近。如果他想得到好运和财富的话,就得把房子建在那里,快照我说的做吧!'我猜,房子原来的地基在'小路'上——仙人们出行时走的小路,我母亲把约瑟夫带来,将新位置指给他看,他依照吩咐改变了地基,但并不完全在小个人女人所说的位置上,结果是,搬到新家之后,因为荆棘丛和墙之间的空间不够,牵着耙子的马没法朝右拐,于是把约瑟夫的老婆给撞死了。小个子女人再次出现时,惊讶而生气地说:'他没按照我的嘱咐去做,活该。'"我朋友问,这一次小个子女人从哪钻出来,装束是否和以往一样,老婆婆说:"她总是从小溪那头的田里过来。夏天时候,她戴着薄披肩,冬天时,她戴着披风;

她来了很多次,总是能给我母亲带来很好的建议,还警告她一些为了避免霉运而不应该做的事。除我之外,再没有哪个孩子见过她;每次看到她从小溪那头过来时,我都开心极了。我会连忙跑过去,抓住她的手和披风,向母亲喊道:'小个子女人来啦!'男人都没见过她,我父亲很想见她一面,所以对我和母亲很生气,他认为我们是在编一些撒谎的蠢话。有一天她来了,坐在火边和我母亲交谈,我溜到父亲正在挖地的田里。'快来,'我说,'不然就见不到她了。她坐在火边,跟我妈说话呢。'他便跟着我赶过来,但他生气地朝四周看看,什么也没见着,于是抄起身边的扫帚,打了我一顿。'你这样耍我,'他说,'是得吃苦头的!'他迈着大步走开了,我既困惑又恼怒。小个子女人对我说:'你带人来看我,遭报应了吧。没有哪个男人见过我,以后也不会有。'"

"不过有一天,她却把我父亲吓了一跳,我也不知道父亲见没见到她。他当时正走在牛群中,受惊之后便浑身发抖地逃回家。'别再提你们那个小个子女人,这次我可是受够她了。'另一次,他去戈丁卖马,出发之前,小个子女人走进来,递给我母亲一种野草,说道:'你男人去戈丁,回来的时候会受到很大的惊吓,但把这草缝在他的衣服上,他便能安然无恙。'母亲接过草药,却暗自想道:'这能有啥用。'然后就把它丢在地上,可是你瞧,果真出事了!从戈丁回来时,父亲受到了有生以来最厉害的一次惊吓。具体是什么,我记不清了,但反正他给害惨了。母亲十分不安,担心小个子女人会追究她,后者下一次来时果然也发了脾气。'你不信我,'她说,'把我给你的草药丢进火里,我为了找到它不知跑了多少路呢。'还有一次,她进来告诉我们,威廉·赫恩在美国死了。'去呀,'她说,'到湖边去告诉大家,威廉死了,死得很安详,这是他最后一次读的《圣经》。'于是她报出段落和章节。'去吧,'她说,'告诉他们,在下一次集会上就读这些段落,还有,他死去的时候,我托着他的头。'后来,果然有消息说威廉·赫恩死了,时间便是她说的那天。人们按照她的吩咐,吟唱着《圣经》和赞美诗,从没有哪一次的祈祷集会可以弄成这个场面。有一天,她、我和我母亲站在一起说话,她正因为什么事情警告我母亲,突然她说道:'莱蒂小姐穿着漂亮的衣服来了,我该走了。'说罢,她旋转起来,升上天空,她转了一圈又一圈,人也越来越高,好像是沿着旋梯上楼一样,只不过比那要快多了。她越升越高,最后变得像云端的鸟儿一样渺小;她还一刻不停地唱着歌,自那以后我再也没有听过如此动听的歌声。她唱的不是赞美诗,而是美妙的歌谣,我和母亲怔怔地盯着她,浑身哆嗦。'妈妈,她到底是什么?'我问。'是天使,还是仙女,还是别的?'这时莱蒂小姐来了,亲爱的,她便是你的外婆,不过那时她还是莱蒂小姐,还没听说要和谁私订终身呢。她见我们目瞪口呆地望着天空,觉得很诧异,我和母亲便把一切告诉了她。莱蒂小姐那天穿着喜气洋洋的衣服,可好看了。她沿着小路走过来时,我们都没能注意到她,只是盯着小个子女人边以如此奇怪的方式升上天空,边说道:'莱蒂小姐穿着漂亮的衣服来了。'谁知道她又去了哪个遥远的国度,还是去看望临终的人呢?

"我记得她从不在晚上过来,只在白天出现,但有一次,她在万圣节的前夜现身了。我母亲在火炉边准备晚饭,她拿了一只鸭子和一些苹果。小个子女人溜进来说:'我过来和你们一起过万圣节。''好啊。'母亲说,暗自想道:'我可以好好给她准备一顿晚饭了。她在火炉边坐了片刻。'现在我告诉你,该把晚饭送到哪去。'她说,'织布机旁的那个屋子里——放把椅子,再摆个盘子。''你在这里过节,为啥不坐到桌旁,和我们共进晚餐呢?''按我说的去做,把你给我做的饭送到那间屋子里。我只在那儿吃。'我母亲便在她吩咐的地方摆上一盘鸭肉和一些苹果,我们吃我们的,她吃她的;吃晚饭后我跑进那屋子,瞧哪,她的晚餐还在那呢——盘子里的每样东西都吃了一点点,人已经不见了!"

一八九七年

三十八 无足轻重的梦

还记得那个听说过梅芙女王和榛木棍子的朋友吗?她有天去了济贫院。她发现那儿的老人手脚冰凉、状况悲惨,她说:"就像冬天里的苍蝇一样";但一旦说起话来,他们便忘记了寒冷。有个刚刚去世的老头曾经在仙人的寨子里和它们打牌,据说仙人们"玩得一手好牌";有个老人曾在夜里见到一头被施了魔法的黑猪。我的朋友还听见两位老人为拉夫特里和卡拉南①中谁更优秀而争执不休。一个人说到拉夫特里:"他是个伟大的人,他的诗歌传遍全世界。我还记得很清楚,他的声音像风儿一样。"但另一个人相信:"听卡拉南吟诗,就算站在雪地里也在所不辞。"有个老头随后给我朋友讲了一段故事,所有的人都开心地听着,不时发出笑声。它是旧时闲聊中提到的故事,并没有多少寓意,在生活朴素之地,为那些艰难困苦者带来欢乐。故事说的是一个一切都无足轻重的时代,即便是被杀死,只要你有颗善良的心,别人便会用魔棒一点,令你起死回生;如果你是个王子,又恰巧和你的兄弟模样相仿,你也许会和他的王妃上床,事后你们只是一番小吵罢了。我们也一样,如果我们贫穷而弱小,为一切厄运所笼罩,那么,只要蠢人别来打扰我们,我们便能回想起每一场古老的梦,它们足以卸下世界的重担。

有个国王因为没有子嗣而烦恼,最后找到首席顾问,征求他的意见。顾问说:"如果你按我说的去做,那这事很好办。你先派人去某某地方捕鱼,捉到鱼之后,交给王后,也就是你老婆,让她吃掉。"

于是,国王按照吩咐的那样派人抓了鱼,带进宫中,交给厨师,令她把鱼放在火上烤,但必须小心翼翼,不能让鱼出油或是起皮。然而,在火上烤鱼是不可能不起皮的,于是鱼皮上还是出了一点油。厨师用手指按按,把鱼皮压平,把发烫的手指伸进嘴里吸了吸,手指便凉下来,她还趁机尝到了鱼味。鱼送到王后那里,王后吃了鱼,剩下的肉则被丢进院子,院子里的一匹母马和一只灰狗把剩下的鱼吃掉了。

一年不到,王后便生了个儿子,厨师也有了儿子,母马生了两匹小马驹,灰狗生了两只小狗。

两个儿子被送到某个地方,让人照看了一段时间,回到宫中时,他

---

① 卡拉南(一七九五——一八二九),又称卡拉兰,爱尔兰诗人。

们的模样已经非常相像,人们分不清谁是王后的儿子,谁是厨师的儿子。王后很着急,于是她找到首席顾问:"告诉我,怎样才能知道谁是我的儿子?我可不想让厨师的儿子和我儿子享受一样的吃喝。""如果你按我说的去做,那这事很好办。走到外面去,站在他们进来的那个门口,他们看到你时,鞠躬的孩子便是你儿子,呵呵笑的是厨师的儿子。"

王后便照做了,当她的儿子鞠躬时,仆人在他身上做了个标记,这样下次她就能认出他来了。后来,他们坐在一起吃晚餐,她对厨师的儿子,也就是杰克说:"你走开,因为你不是我儿子。"王后自己的儿子,我们暂且称他为比尔,说道:"别赶他走,我们不是兄弟吗?"但杰克答道:"假如我知道这房子不是我亲爹亲娘的,我早就走了。"不管比尔说什么,他都不听。但在走之前,他在花园的井边告诉比尔:"如果我遭遇不测,上层的井水会变成血,下层的井水会变成蜜。"

接着,他带走了一只小狗和一匹马驹,上了路。身后的风追不上他,他却能赶上前面的风。他来到一位织布娘的家,要求留宿,后者便答应了。起来后他继续前进,又到了一位国王的家。他在门口问道:"要仆人吗?""我所要的,"国王回答,"是一个男孩,他每天早晨把奶牛赶进田野,晚上把它们带回来挤奶。""我愿意为您做这事。"杰克说,国王便雇了他。

早晨,杰克与二十四头奶牛一同出发,按照国王的吩咐,他把奶牛带到一个地方,这里没有一根草,却遍布着石头。于是,杰克便四处寻找,半晌之后,他发现了一块长着优良牧草、属于一位巨人的田野。他敲掉一小块墙,把牛群赶进去,他自己则跑到苹果树下,津津有味地吃着苹果。没多久,巨人来到田野里。"哎哟哟,"他说,"我闻到了一个爱尔兰人的血味。我看到你在树上了,一口吃不下你,两口你又不够吃,还是把你碾成粉,当鼻烟抽得了。""你这么强壮,干嘛不行些善呢?"躲在树上的杰克说。"下来,小矮子,"巨人说,"不然我会连你带树一起撕碎。"杰克只好下来。"你是想拿着热得发红的刀子,戳进对方的心脏,"巨人问,"还是踏在热得发红的石板上,和对方搏斗呢?"

"我在家的时候,经常和别人在热得发红的石板上搏斗。"杰克回答,"你那脏脚会陷入石板,我的脚却不会。"他们便扭打起来。他们把硬的地面踩软,又把软的地方踩硬,绿色的石板上被踩出许多喷泉。一整天都是这样,谁也没占上风,最后,一只小鸟飞来,站在灌木丛上告诉杰克:"如果日落前你不让他完蛋,他就会让你完蛋。"杰克拼尽全力,用膝盖将巨人按倒在地。"饶命啊,"巨人求道,"我将给你三件最好的礼物。""哪三件?"杰克问。"一把攻无不克的剑,一件穿上之后你能看见所有人,但是没人能看见你的衣服,和一双让你跑起来比风还快的鞋子。""它们在哪?"杰克问。"你看,就在山上的红门里。"杰克便将它们取了出来。"在哪里试剑呢?"他问。"砍那个又黑又丑的树桩吧。"巨人说。"没有什么比你的脑袋更黑更丑了。"杰克说罢,一剑挥过去,巨人的脑袋便飞到半空中。脑袋落下来时,杰克用剑接住它,又把它劈成两半。"你应该庆幸我没落在身体上,"脑袋说,"否则你将再也砍不下来。""我可不会给你这个机会。"杰克说完,便披着大衣走了。

傍晚,他领着奶牛回家,人们看到它们的奶量竟是如此之多,个个都难以置信。国王和公主(也就是他女儿)等人共进晚餐时,说道:"我想,今天晚上我只听到远方传来两声吼叫,而不是三声。"

第二天早晨,杰克又赶着奶牛出发,他看见另一片长满青草的田野,便敲开墙,将奶牛放进去。一切都和昨天发生的一样,只是这次出现的巨人长了两个脑袋。他们搏斗起来,小鸟也像往常一样飞来同杰克说话。杰克将巨人打倒后,巨人求道:"饶命啊,我会把自己最好的东西给你。""什么东西?"杰克说。"一件衣服,你穿上它以后就能看见所有人,而没有人能看见你。""它在哪?"杰克问。"山上的小红门里。"杰克取来衣服,然后砍掉了巨人的两个脑袋,在脑袋落下来时,杰克又接住,将它们劈成四半。脑袋又说,他应该庆幸它们没落到身体上。

那天晚上,奶牛回来之后产下很多很多的奶,以至于所有的容器都装满了。

第三天早晨,杰克又赶着奶牛出发,一切如故,只是巨人长了四个脑袋,杰克又将它们砍成八半。巨人让他去山边的小蓝门,在那里他拿到了鞋子,穿上它便能比风还快。

那天晚上,容器已经装不下奶牛产的奶了,于是人们将一部分牛奶分发给房客和过路的穷人,剩余的则被倒在窗外。我那时刚好路过,所以也喝到了牛奶。

那天晚上,国王问杰克:"为什么这些天奶牛会挤出那么多奶?你带它们去别的地方吃草了吗?""没有。"杰克答道,"但我有根好棒子,只要它们不动或者躺着,我就用棒子打它们,于是它们就跳起来,跃过围墙、石头和沟渠,这样,奶牛就能挤出很多奶了。"

那天晚上,国王在晚餐时说:"我没有听见吼叫声。"

第四天早晨,国王和公主盯着窗外,想知道杰克在田野里做了些什么。杰克知道有人盯着自己,便捡了根木棒,把奶牛打得跳来跳去,跃过石头、围墙和沟渠。"杰克没有说谎。"国王说。

有一条大蛇,它每隔七年出现一次,每次都要吃掉一位国王的女儿,除非她能找到身手不凡的人来迎战。这次,轮到杰克这里的公主被供奉给大蛇,为此,七年来,国王一直在暗地里供养着一位打手,你可以想象到,这位打手的各方面条件该有多强,一定做好了战斗的准备。

时辰一到,公主便和打手一起上路,走到海边,但打手什么也没做,却将公主捆在树上,好让那蛇可以轻而易举地吞掉她。打手自己则溜走,躲到一片常春藤中。公主曾将大蛇的事告诉杰克,请求他帮助自己,杰克尽管拒绝,但对一切都了如指掌。这时,杰克穿上从第一位巨人那里得到的隐身衣,来到公主那儿,但公主认不出他。"公主被绑在树上,这对头吗?"杰克说。"当然不对头了。"公主把刚才的事情告诉他,还说大蛇马上就要来吃她了。"让我把头靠在你大腿上睡一会,"杰克说,"蛇来的时候就喊醒我。"他便睡了过去,公主看到大蛇过来,就喊醒他,杰克起身与蛇搏斗一番,将它赶回海里。然后,他割断了绑着公主的绳子,便走开了。打手从树上跳下来,将公主带回国王住处,告诉国王:"我找了个朋友来和大蛇搏斗,我自己在地下禁闭了那么久,有些不好意思,但我明天会亲自上阵。"

第二天，他们再度上路，又发生了同样的事情：打手将公主捆了起来，好让大蛇可以轻而易举地吞掉她，他自己又躲到了常春藤中。杰克穿上从第二位巨人那里得到的隐身衣，走了出来，公主依然不认识他，但还是将昨天发生的事告诉杰克，说一位素不相识的年轻绅士赶来搭救了她。杰克要求把头靠在她的大腿上睡一会，这样她便可以及时摇醒他。接下来发生的事情同前一天一模一样，打手又把公主交给国王，说是找了另一位朋友来为公主作战。

第三天，公主像以往那样被送到了岸边，一大群人聚集起来，观看大蛇是怎样带走公主的。杰克穿上从第三位巨人那里得到的衣服，公主还是不认识他，他们又像前两天一样交谈。但当杰克睡觉之时，公主心里想，以后一定要认出他来，便掏出剪刀，剪了他的一缕头发，捏成一小团，收了起来。她还把他脚上的鞋子脱下一只。

她一看到大蛇，便摇醒他，他说：“这次我要让大蛇再也没法吃掉国王的女儿。”他亮出从巨人那里得到的剑，插入大蛇的颈子，血水喷涌在陆地上，一直流了五十英里。大蛇死了。杰克于是走了，没有人看见他走的是哪条路。打手把公主交给国王，说自己救了她，应当受到奖赏。于是，他成了国王的心腹。

然而，当婚礼准备就绪时，公主掏出那缕头发，说她只会嫁给头发与之相符的人，还拿出鞋子，说她只会嫁给刚好能穿上这鞋的人。打手试图穿上鞋，但他的脚趾怎么也塞不进鞋里，至于他的头发，则与公主从救命恩人头上剪下来的那缕头发毫不符合。

于是，国王举行了一个盛大的舞会，将这个国家所有的要人都聚集在一起，让他们试这只鞋。他们纷纷跑到木匠或是细木工那里，让他们把自己的脚修小一点，好能把脚塞进鞋子。不过这没有用，还是没有人能穿上鞋。

国王找到首席顾问，问应该如何是好。首席顾问嘱咐他举行另一场舞会，"穷人和富人一样，都要参与进来。"

国王便举行了舞会，人们纷纷涌进来，但是没有一个人能穿下那鞋。首席顾问问道："住这屋里的人到齐了吗？""都在，"国王说，"除了那个放牛的男孩子,我可不希望他过来。"

杰克当时正在下面的院子里,听到国王这番话,他怒不可遏,提着剑冲上楼,想要削下国王的脑袋,但他还没来得及靠近国王,看门人便在楼梯上拦住他,劝他冷静下来。他走上楼,公主一看见他便大哭起来,一把扑向他的怀中。人们让他试鞋,鞋子刚刚合脚,而他的头发也和公主剪下的那绺一模一样。他们结了婚,宴席整整摆了三天三夜。

婚礼结束后的一天早上,一头鹿来到窗外,敲响门铃。它喊道:"猎物在这里,猎人呢?猎狗呢?"杰克闻声爬了起来,带着马和猎狗去打鹿。鹿在山洼时,他在山上;等他追到山洼,鹿又逃到山上,就这样追逐了一整天;夜幕降临,鹿跑进了树林里。杰克也跟着进了树林,除了一座泥墙小屋外,他什么也看不见。他进了屋,看到一位大约两百岁的老太婆坐在火炉边。"您看见一头鹿路过这儿吗?"杰克问道。"没有,"老太婆回答,"不过,你这时候还在追鹿,是不是太晚了些,还是在这里过夜吧。""我的马和狗怎么办?"杰克问。"这里有两根头发,"她说,"把它们拴起来吧。"于是杰克走出门,将马和狗拴好,等他回到屋子里时,老太婆说:"你杀了我的三个儿子,现在我要你拿命来。"她戴上一副拳击手套,每只都有九石重,上面的钉子足足有十五英寸长。他们扭打起来,杰克占了下风。"狗子,过来帮忙!"他大喊。"头发,勒紧了!"老太婆喝道,缠在狗脖子上的头发便将它勒死。"马儿,过来帮忙!"杰克大喊,"头发,勒紧了!"老太婆又喝道,缠在马脖子上的头发便将它勒死。老太婆结果了杰克的性命,将他扔出门外。

再说比尔。比尔有一天在花园里散步,看了看那口井,却发现上层的井水变成了血,下层的井水变成了蜜。于是他跑回屋子,对母亲说道:"我一定要知道杰克怎么样了,否则我再也不会在这张桌子上吃饭,再也不会在这张床上睡觉。"

他带着其余的马和猎狗出发,穿过座座荒山。这里没有打鸣的公鸡,吹奏的号角,连魔鬼也不会吹喇叭。终于,他到了织布娘的家。织布娘一见到他便说:"欢迎欢迎,我会比上次招待得更好。"她以为来的是杰克,毕竟他俩长得是如此之像。"真好,"比尔暗自思忖,"看来我兄弟也到过这里。"早上离开时,他给了那织布娘一整盆黄金。

他继续赶路,一直来到国王的家里。他站在门口,公主连忙从楼梯上下来:"欢迎回来。"大家都说:"你刚结婚三天,就跑出去打猎,还去了这么久。"他晚上便和公主住在一起,她一直以为他是自己的丈夫。

早上,鹿又来了,敲响窗下的门铃,嚷道:"猎物在这里,猎人呢?猎狗呢?"杰克闻声爬了起来,带着马和猎狗去打鹿。他翻山越岭,一路跟着小鹿进了树林。除了一座泥墙小屋和坐在火炉边的老太婆之外,他什么也看不见。老太婆留他过夜,给了他两根头发,让他拴住马和猎狗。但比尔多了个心眼,在出门前,他偷偷地将两根头发扔进火炉中。他回到屋里,老太婆说:"你兄弟杀了我的三个儿子,我要了他的命,现在我也要你的命。"她戴上手套,两人厮打起来,然后比尔喊道:"小马,快来帮忙。""头发,勒紧了!"老太婆喝道;"我勒不起来,我在火炉里呢。"头发说。马冲进屋子,用蹄子蹬了她一脚。"狗儿,快来帮忙,"比尔又喊道。"头发,勒紧了!"老太婆说;"没法儿呢,我在火炉里呢,"第二根头发说。猎狗咬住老太婆,比尔趁势将她撂倒。"饶了我吧,"老太婆求饶道,"我会告诉你,在哪可以找到你的兄弟、他的猎狗和马。""在哪里?"比尔问。"看到火炉上的棍子了吗?"她说,"取下来,走出门外,你会看到三块绿色的石头,它们便是你的兄弟、马和狗。用棍子敲他们,他们就会活过来了。""好的,不过我得先把你变成绿石头。"比尔说罢,用剑砍下了她的脑袋。

接着,比尔走出去敲击三块石头,杰克、马和猎狗果然活了过来,他们都好好的呢。他们敲击周围的石头,成千上百个被化成石头的人便得以复生。

兄弟们一起回家,但在路上却起了争执,原来杰克听说比尔和自己的老婆过夜,心生不快,比尔也发了火,便用棍子把杰克敲成了绿石头。他走回家,但公主看出他有心事,于是他坦白道:"我杀了自己的兄弟。"他赶回去,又把兄弟救了回来,他们后来便过着幸福的生活,有了一箩筐一箩筐的孩子,多得得用铲子把他们扔出去。我有一次路过那儿,他们喊我进来坐坐,还给了我一杯茶。

一九〇二年

三十九 路边

昨晚,我去基尔塔坦路上的一个开阔地带,听人们吟唱爱尔兰歌谣。在等候歌手时,一个老头扯开嗓子,唱起多年前死去的一位乡下美人。老头还说自己认识一位歌手,他的歌喉美妙极了,凡是有马儿路过,没有一匹不会驻足停下,扭过头,竖起耳朵听他唱歌。片刻之后,一群裹着头巾的男女老少来到大树下,听起歌来。有人唱《忠诚的心上人》,然后又有人唱《吉米,我的宝贝儿》,这些都是关乎分离、死亡和放逐的悲伤歌曲。接着,一些男人站起来跳舞,另一个人也跟着节奏哼唱起来。后来,又有人唱起《我亲爱的埃布林》,它表达了重逢之喜,也是最令我感动的一首歌,因为歌曲的作者为心上人吟唱的地方,正是我从小看到大的山脚。歌声融入暮色,在林间交织,想起歌词,它们同样融化了,与一代代人混为一体。它时而是词语,时而是思想的态度,时而是情感,令我的记忆回到古老的诗句,甚至是那些被遗忘的神话中。我的思绪飞到了九霄云外,像是来到了四河中的一条[①],沿着它在天堂的墙下行走,一直走到知识和生命之树的根下。农舍中流传下来的故事或歌谣,无一不具有带走人们思绪的语言和思想,因为,尽管我们对它们的来源所知甚少,但它们就像中世纪的家谱一般,穿过那永不毁坏的高贵,一直追溯到世界之初。民间艺术是思想中最古老的贵族,它拒绝了转瞬即逝、鸡毛蒜皮之物,剔除了单纯的聪明和俗丽,也排斥粗俗和虚伪;它将数代人那些最为朴素和难忘的思想集为一体,因此,它还是伟大艺术的根源。不管是在火边说的,路旁唱的,还是刻在门梁上的,一旦属于它的时代到来,对艺术的欣赏就会迅速传播。

[①] 伊甸园的四条河流。

在一个没有以想象为传统的社会中,只有寥寥数人——百万分之三四——得益于自身性格和有利的环境,才可以理解想象中的事物,理解想象即人类本身,况且,这种领悟还需要大量的辛劳。中世纪的教堂将一切艺术拿来使用,因为人们知道,当想象贫瘠之时,能够唤醒睿智希望、长久信仰和理解慈悲的那个主要声音——有人说是唯一的声音——要么发出支离破碎的声音,要么缄默不语。我们希望令古老的歌谣焕发新生,将古老的故事写入书籍,藉此来唤醒那沉睡的想象力。我一直觉得,我们参加了"加利利"①的争吵。一些爱尔兰人也加入了争吵,他们传播外国的做法,但对很多人来说,这种做法也无异于精神上的贫瘠。他们便是那犹太人,高嚷着:"你若释放这个人,就不是该撒的忠臣!"②

一九〇一年

四十 踏入曙光

疲惫的心,疲惫的年代,

来吧,抛开是是非非的罗网;
心呀,在那苍茫的晨光中,再次欢笑吧,
心呀,在那晨间的露珠中,再次叹息吧。

不老母亲爱尔兰,青春闪亮,
露珠不停闪耀,曙光苍茫;
纵是希望破灭,爱已消退,
在毒舌的火焰中烧毁。

心呀,来吧,来到层峦叠嶂处;

---

① 在以色列北部的地区。
② 耶稣受审时,彼拉多曾想释放他,但犹太人高喊这句话,最终让耶稣上了十字架。

因为在此，日月、林壑、河溪
　　神秘情同手足，
　　施展着同等的法力；

而上帝伫立，吹奏寂寞号角，
　　时光与世界不断折销；
爱情不如苍茫的晨光慈悲，
希望不如晨间的露珠珍贵。